「記憶」の変容

『ニーベルンゲンの歌』および『哀歌』に見る口承文芸と書記文芸の交差

山本 潤 著

多賀出版

序

　本著は、ゲルマン民族にとっての「英雄時代」である民族大移動期の歴史的事象を核として発祥し、声の文化の領域で英雄詩として語り継がれてきた物語を素材とする書記化作品『ニーベルンゲンの歌 Nibelungenlied』と、同作品と常に組み合わされる形で写本伝承され、内容上同作品の注釈および続編としての性格を持つ『ニーベルンゲンの哀歌 Nibelungenklage』（以下『哀歌』）を考察対象として扱うものである。

　『ニーベルンゲンの歌』および『哀歌』は、現存する写本からその伝承が1220年代まで遡及可能であることが確認されており[1]、13世紀初頭の成立が見込まれているが、両叙事詩の素材となった伝説の起源は5世紀にまでさかのぼる[2]。そ

---

[1] 現存する『ニーベルンゲンの歌』と『哀歌』を収録する写本のうち、最も古いものは現在バーデン州立図書館に所蔵されている写本 C（Cod. Donaueschingen 63）であり、その成立は1220-1230頃と推定されている（Vgl. Bumke (1996), S. 162ff.）。現在確認されているだけで36種類を数える写本間の関係は、18世紀半ばの『ニーベルンゲンの歌』および『哀歌』の「再発見」以来の研究上の主題であった。ラッハマンは、『ニーベルンゲンの歌』の成立に関し自らの提唱した歌謡集積説に基づいて、初期主要写本のうち最も「不完全な」写本 A が作品のオリジナルに近いものであるとの説を唱えた。それに対し、ホルツマンおよびツァルンケは写本 C が作品のオリジナルの姿を伝えているとの立場をとった。一方バルチュは写本 B のテクストを最もオリジナルに近いものとし、この見解は1900年に発表され、『ニーベルンゲンの歌』の伝承研究におけるマイルストーンとなったブラウネの論文『ニーベルンゲンの歌の写本間関係』によって定説となる。ブラウネは『ニーベルンゲンの歌』の写本間の関係をあるアーキタイプから樹形図状に分岐したものとして説明したが、これは範囲が限定された、また写本間の混淆を想定しないものであり、60年代にブラッケルトによりこの伝承モデル自体に疑問符が付けられることとなった。現在研究上のスタンダードとなっているのは、写本 B に代表されるヴァージョンが詩人の手によるテクストの姿を最もよく伝えているのに対し、同時代では最も広く受け入れられていた写本 C に代表されるヴァージョンは、作品を意図的に大幅に改訂したものであるとの認識である（Vgl. Ehrismann (2002), S. 39ff./Reichert (Hrsg.), S. 3ff）。本論も、この認識を前提とする。なお、『ニーベルンゲンの歌』および『哀歌』の成立年代やその制作委嘱者については、以下の文献を参照のこと。Hoffmann (1992), S. 104-113.
[2] 『ニーベルンゲンの歌』は大きくブルグント伝説とブリュンヒルト伝説に拠っており、前者は5世紀のブルグント王国の滅亡およびフン族の王アッチラの急死、そして後者は6世紀のメロヴィング朝王家の内部紛争という史実から発生したと考えられている。

うした英雄詩として口伝される物語は、単に歴史的素材を扱っているだけではなく、文化圏の過去と関わりがあるものとして受容されていたという見解が、今日では研究上のコンセンサスをなしている。とりわけ、ヤン・アスマンによる「文化的記憶」[3]の概念に依拠し、口伝の英雄詩は実証主義的な意味での歴史的真実を伝えるものではないが、声の文化のうちにある共同体の過去からの「記憶」を伝承する役割を担い、社会の基盤をなす歴史伝承として理解されている[4]。また、18世紀半ばの「再発見」以降、素材自体が持つ前キリスト教・ゲルマン的視点および価値基準が「超時間的」かつ「本質的」であるというロマン主義的な視点に拠り、『ニーベルンゲンの歌』は共同体の持つ超時代的な本質を探究する対象として扱われてきた。それは作品成立の背景をなす、13世紀初頭の共時的文脈が多くの場合捨象されてきたことを意味する。こうした視点は、20世紀後半の研究において批判の対象となり[5]、現在『ニーベルンゲンの歌』と『哀歌』は、口伝の英雄譚を決して「そのままゲルマン的視点から単純に語るものではな」[6]く、当然成立した時代の共時的文脈のうちにある作品としてみるべきと考えられている。「彼ら［中世英雄叙事詩の詩人たち：論者注］は、自分たちの時代の視点から自らの作品を見ており、英雄歌謡は12および13世紀、そして中世後期の人間に未だ何か伝えるべきものがあったがゆえに生き続け、またそのうちのいくつかは叙事詩へと更なる発展を遂げたのである」[7]。

この姿勢は、過去の「記憶」を伝える物語を素材としているものの、13世紀初

---

3) Assmann (1992).
4) 「英雄伝説は歴史伝承である。それは第一義的にそうであり、とりわけ文字のないところではそうである。口から口へと、世代から世代へと受け継がれてゆき、歴史上の人物や出来事に関しての記憶を守るのである」。Kropik (2008), S. 7.
5) この批判の代表的なものとして、フォン・ゼーのものがあげられる。「それはゲルマン的伝統を進歩史観的に単なる前時代的な特徴とみるのではなく、超時間的かつ本質的なものとみるのは、継続性を重視する説の典型的な過ちである。」von See (1972), S. 42。またこうしたロマン主義的発想の否定には、ナチスと第二次世界大戦へと至る道筋に大きな役割を果たした、『ニーベルンゲンの歌』を「民族叙事詩」としてとらえたことへの反省があることは言うまでもない。また、第二次大戦後に『ニーベルンゲンの歌』のいわば「脱神話化」が行われたことは、作品それ自体の文学的クオリティへの懐疑的や、そもそも矛盾に満ちた口承的素材をまとめ上げるのに失敗した作品であるとの見方に繋がり、現在でも『ニーベルンゲンの歌』の文学作品としての質を巡る議論が存在する。
6) Hoffmann (1974), S. 31.
7) Ebd.

頭に成立した『ニーベルンゲンの歌』と『哀歌』を、口伝の英雄詩と単純に同列に置き、同質のものと見なすこともまた否定する。中世における英雄叙事詩とは、「明らかに『古の』ゲルマン英雄詩の単なる再構築ではない」[8]。なにより『ニーベルンゲンの歌』と『哀歌』は、それまで書記化されることなく声の文化の領域で伝承されてきた過去の「記憶」を、文字の文化という異なるメディア的領域へと導入した越境的作品として、文学史上特異な立ち位置にある創作物であり、作品素材となった口伝の英雄詩とは本質的に異なる基盤の上に立つ。両作品は長らく別個の水脈を形成してきた口承文芸と書記文芸の両伝統の交差する地点を形成しており、写本伝承に際し両叙事詩が構築する複合体は、口承から書記へというメディアの転換や口承文芸に由来する英雄的原理と書記文芸の背景をなす宮廷文化の邂逅、そして俗語による口伝の「記憶」の伝承とラテン語による歴史叙述の関係など、声の文化と文字の文化の対照に基づく諸要素を内包する。これらの諸要素の検証から、口承と書記両文芸伝統の交差という文化現象の様相を明らかにすることが、本著の目的である。ひいては、ニーベルンゲン研究の「やっかいな」基本的論点の一つである、『ニーベルンゲンの歌』という作品において口承文芸の「伝統との連続性と作品の独自性／自主性はどの程度までお互い調和しうるのか、そして『ニーベルンゲンの歌』の編者は、矛盾を含み、またはるか昔から伝承されてきた素材の欠片を自らのテクストに統合する、様々な様態をとる伝説の保護者として、書記文芸には欠かすことのできない独自のコンセプトを構想することができたのか」[9]という問いかけへの一つの回答を導く試みである。

　この試みに付随して浮上するのが、声の文化の領域で歴史伝承として機能していたブルグント族の滅亡を語る英雄詩が、『ニーベルンゲンの歌』と『哀歌』という作品へと統合され、異なるメディア領域に導入された時に、そこで伝承されていた「記憶」はいかなる変質を遂げたのかという疑問である。上述したように、『ニーベルンゲンの歌』と『哀歌』がその素材である口伝の英雄詩と同様に「記憶」

---

[8] Kragl (2010), S. 3.
[9] Kropik (2005), S. 141. この問いに対しては、大別して二つの見解が現在存在する。『ニーベルンゲンの歌』は矛盾に満ちた作品であり、相容れない様々な伝説のヴァージョンを文学的に調停しようとする試みは最終的に失敗しているとみるグループと、近代以降の受容者の了見の狭い統一性に対しての期待をはるかに超える、首尾一貫した叙事様式を生み出した詩人の技巧を称賛するグループに大別される。前者の代表がヨアヒム・ハインツレ、後者の代表がアロイス・ヴォルフ。

伝承のための装置として機能したかどうかを一義的に判断することは困難である。しかし、『哀歌』のエピローグには『ニーベルンゲンの歌』に語られる出来事が編纂されて書記記録となったこと、そしてそこからの口伝による拡散が描かれている。今日ではこの書記記録は虚構であると考えられているものの、そうした記録があえて仮構されていることは、両叙事詩の制作コンセプトにおいて、口伝の英雄詩が伝える「記憶」を書記文芸の伝統の中にいかに位置づけるかという問題が、大きなウェイトを占めていたことを裏付けている。そしてこの問題意識は、『ニーベルンゲンの歌』と『哀歌』の構築する複合体が、虚構と歴史叙述の狭間の何処に位置付けられるかという問いを提起するものとなる。本著では、以上の疑問点を『ニーベルンゲンの歌』と『哀歌』の詩学に焦点を当てたアプローチを通して明らかにすることを目指す。各章において取り上げる主題を以下に記す。

　第一章ではまず『ニーベルンゲンの歌』を取り上げ、同作品における口承文芸と書記文芸の混淆の在り様を検証する。『ニーベルンゲンの歌』は「書かれた」作品であり、その舞台はとりわけヴォルムスの宮廷を中心とした、同時代の宮廷叙事詩と共通する宮廷文化を背景とした世界として構築されているのにも関わらず、作品自体は素材とした口承文芸と共通する形式および語法により詩作されており、口承文芸伝統との連続性を受容者に印象づけるものとしての装いを持つ。すなわち、『ニーベルンゲンの歌』は書記文芸と口承文芸双方の背景を作品に与えているのである。この『ニーベルンゲンの歌』の重層性――まさに「口承文芸の伝統との連続性と書記文芸としての独自性／自主性」の作品におけるあり様――を解釈する上で格好の検証対象となるのが、『ニーベルンゲンの歌』前編の中心人物の一人、ニーデルラントの王子シーフリトである。前キリスト教的英雄時代にその根源を持つシーフリトは、『ニーベルンゲンの歌』および『哀歌』によって書記作品化される以前は勿論、その後も今日に至るまで、荒々しい古代のゲルマン的英雄を体現する存在としての理解が、脈々と受け継がれている人物形象である[10]。それに対し、ギリシア・ローマの素材を扱う作品群[11]に見られる

---

10) その一例として、16世紀に成立した『角質化したザイフリートの歌』が挙げられる。『ニーベルンゲンの歌』と『哀歌』の成立以降も書記作品化されず、口頭での伝承により語り継がれたシーフリト像および彼に纏わるエピソードがそこには描かれていると考えられているが、同作品でのシーフリト／ザイフリートは、宮廷社会とは異質な、古代のゲルマン的英雄としての性格を色濃く留めている。Vgl. Millet (2008), S. 469.

ように、中世の書記文芸においては物語素材が古代に根差したものであろうとも、常に中世の状況に適合するよう、「中世化 mediaevalisieren」されて語られる[12]——そこでは古代の英雄は中世の宮廷騎士の姿のうちに描き出されてゆくのである。受容者の「記憶」の中では英雄としての姿を持つシーフリトは、それを書記文芸作品化した『ニーベルンゲンの歌』ではいかなる形象として描かれているのか。この疑問に対する回答には、『ニーベルンゲンの歌』がいかなるコンセプトに基づいて、口承されてきた共同体にとっての「記憶」を扱っているかが反映されていると考えられる。この視点に基づき、第一章は『ニーベルンゲンの歌』に認められる英雄的原理を背景とした口承的素材と、その素材が展開された宮廷的原理を背景とする書記文芸平面の交差の諸相を探る。

続いて第二章では、『ニーベルンゲンの歌』と『哀歌』が、写本伝承において組み合わされ一個の複合体とされていた背景を考察する。『哀歌』はその写本伝承の状況から[13]、常に『ニーベルンゲンの歌』と組み合わされた受容がおこなわれてきたことが明らかとなっている。そのため、両叙事詩の同時代的受容を考察する上で『ニーベルンゲンの歌』と『哀歌』の双方向的な影響を考慮する必要が生じる。それを確認するため、口承文芸と共通すると考えられる詩節形式を持つ『ニーベルンゲンの歌』から、書記文芸に典型的な二行押韻形式を持つ『哀歌』への移行部の検証を行うが、両叙事詩間の形式上の差異への対処には、写本制作者ないし校訂者の両叙事詩間の関係に対する認識を読み取ることが可能であると思われる。この視点から『ニーベルンゲンの歌』と『哀歌』の写本収録状況に関する研究に先鞭をつけたのはヨアヒム・ブムケであるが[14]、未だにブムケによ

---

11) このジャンルに数えられる作品として、ヴェルギリウスの『アエネーイス』を素材としたフランス語の『エネアス物語』に拠った、ハインリヒ・フォン・フェルデケの『エネアス物語』や、ランプレヒトやルードルフ・フォン・エムスによって作品化されたアレクサンダー大王を題材にとった一連の『アレクサンダー物語』などが挙げられる。

12) Lienert (2001a), S. 9.

13) 『ニーベルンゲンの歌』と『哀歌』どちらが先に詩作されたかという問題については、研究史上早い時期から議論がなされてきた。19世紀にはラッハマンの研究に基づき、『哀歌』の『ニーベルンゲンの歌』よりも早期の成立が想定されていたが、フォークトによる研究以降今日では『ニーベルンゲンの歌』を前提とした作品であることがコンセンサスとなっており、本論もそれに倣う(ただし、クルシュマンやフォアヴィンデンなどは『哀歌』の『ニーベルンゲンの歌』に対する先行を主張している)。Vgl. Bumke (1996), S. 104ff.

14) Bumke (1996), S. 237-253.

る検証が唯一のものであるため、本論では彼の解釈に対しての批判的考察に基づき、『ニーベルンゲンの歌』と『哀歌』の形成する複合体の本質を明らかにすることを試みる。

　第二章での考察で得られた両叙事詩間の関係を踏まえた上で、第三章は『哀歌』を解釈の対象とする。13世紀初頭から16世紀初頭の3世紀にわたる写本伝承において、例外なく『哀歌』が『ニーベルンゲンの歌』に併録されているという事実は、『哀歌』は中世を通して『ニーベルンゲンの歌』に対する「必要不可欠な、歓迎されるべき補足」[15]であったことを示唆している。しかし写本d、通称アンブラス写本を最後に写本伝承が途絶え、18世紀半ばに「再発見」されて以降、『哀歌』は常に『ニーベルンゲンの歌』との比較の上で低い文学的価値しか認められず、『哀歌』が『ニーベルンゲンの歌』受容に果たした役割は殆ど顧みられることがなかった[16]。しかし1970年代以降『哀歌』に対する関心が高まりを見せると[17]、『哀歌』は単独でその文学的価値を評価するのではなく、『ニーベルンゲンの歌』との関係において解釈されるべきとの見解が広まり、とりわけブムケの研究[18]とそれに基づいた現在スタンダードとなっている校訂テクスト[19]の刊行を皮切りに、ここ10年来『哀歌』には新たな光が当てられ始めている[20]。ただし、『ニーベルンゲンの歌』と『哀歌』の構築する複合体総体に関する検証は未だ不十分であり、さらなる研究が求められている。

　そこで本論は『哀歌』に関する分析を行うにあたり、『哀歌』の複合ジャンル的な作品[21]としての側面に着目し、『哀歌』の持つ複数の特性が、『ニーベルンゲ

---

15) Ebd., S. 105.
16) ブムケは、すでにアウグスト・ヴィルヘルム・シュレーゲルが『哀歌』に関して『ニーベルンゲンの歌』との比較の上で『ニーベルンゲンの歌』の「はるか下位に位置する」作品として酷評していることを指摘している。Ebd., S. 105.
17) 70年代から80年代にかけて行われた、『哀歌』に関する研究の代表的なものとしては以下の論文が挙げられる。Gillespie (1972), Werli (1972), Szklener (1977), Curschmann (1979), Voorwinden (1981), Knapp (1987).
18) Bumke (1996).
19) Bumke (Hrsg.).
20) とりわけ、リーネルトおよびハインツレによる注釈が、今後の『哀歌』理解におけるスタンダードになると思われる。Lienert (Kommentar)/Heinzle (Hrsg.).
21) 『哀歌』は『ニーベルンゲンの歌』の内容に対しての「注釈」、そして『ニーベルンゲンの歌』での死者に対する「挽歌」、そして『ニーベルンゲンの歌』の結末に接続する「続編」という三つの異なるジャンルを内包する多面的な作品としてとらえられている (Vgl. Szklener (1977)).

ンの歌』と『哀歌』の構築する複合体においていかなる機能を有しているかを解釈対象とする。まず『哀歌』の『ニーベルンゲンの歌』に対する注釈的言説を検証し、『哀歌』が提示する『ニーベルンゲンの歌』解釈の方向性を確認する。これは、『哀歌』の詩人、ひいては中世盛期の文芸創作に携わる層の口承文芸に対しての認識を明らかにするとともに、当時『ニーベルンゲンの歌』がいかなるアクチュアリティを持ちえたかという問題に直結する。それに続き、『哀歌』の伝える物語の中核にある死者たちへの「嘆き」を取り上げ、この「嘆き」とそれに伴う「記憶」の発祥、そしてその固定化とその際に教会組織が果たした役割を、『哀歌』がいかなるものとして描いているかを明らかにする。そしてエピローグにおける、パッサウの司教ピルグリムによる書記的歴史記述の成立の仮構と、そこからの口承の領域への物語の再拡散の過程の描写から、口承されてきた共同体の記憶と『ニーベルンゲンの歌』という書記作品を、『哀歌』がいかなる関係の内に置くことを意図していたかの検証を試みる。

目　次

序　iii

1. 『ニーベルンゲンの歌』——「記憶」の継承 …………… 3

1.1. 『ニーベルンゲンの歌』の口承性　5
    1.1.1. 『ニーベルンゲンの歌』における「語り」——プロローグ詩節を巡って　7
    1.1.2. 詩人の匿名性　14

1.2. 『ニーベルンゲンの歌』の重層構造　22
    1.2.1. Bヴァージョンでのシーフリト描写——第二歌章を中心に　23
    1.2.2. Cヴァージョンでの改訂の示すもの——Bヴァージョンでの問題点　29

1.3. 英雄的世界と宮廷的世界の相克　42
    1.3.1. ハゲネの「語り」——シーフリトの英雄的特性の物語世界への展開　45
    1.3.2. 英雄の記憶——『ニーベルンゲンの歌』の内包する二つの世界　58

2. 写本伝承段階における『ニーベルンゲンの歌』と『哀歌』の受容 ……… 89

2.1. 『ニーベルンゲンの歌』と『哀歌』の非連続性　90

2.2. 写本Bの『ニーベルンゲンの歌』から『哀歌』への移行部　98

2.3. 写本Cの『ニーベルンゲンの歌』から『哀歌』への移行部　103

2.4. 写本Aの『ニーベルンゲンの歌』から『哀歌』への移行部　107

2.5. 初期主要三写本の移行部の構成と『ニーベルンゲンの歌』と『哀歌』による複合体　111

3. 『哀歌』――「記憶」の発生と対象化 ……………………………… 115

  3.1. 『ニーベルンゲンの歌』の総括と注釈としての『哀歌』 118

    3.1.1. クリエムヒルト擁護――「誠」を巡って 121

    3.1.2. シーフリトの「übermuot」―― B ヴァージョンと C ヴァージョンの差異にみる「古の物語」への視線 141

  3.2. 「嘆き」――死者との決別と記憶の発生 154

    3.2.1. 「嘆かれ」るクリエムヒルトと呪われるハゲネ――生者による証言 156

    3.2.2. 生者による追悼――人物像を巡る議論 162

    3.2.3. 英雄たちの葬送 174

  3.3. 過去の克服――『哀歌』の語る「その後何が起こったか」 189

    3.3.1. 埋葬と慰め――世界の変容 190

    3.3.2. 物語の伝承と「嘆き」の克服 196

      3.3.2.1. ベッヒェラーレンにおける伝承 203

      3.3.2.2. パッサウにおける伝承 215

      3.3.2.3. ヴォルムスにおける伝承 222

  3.4. 書記と口承の融合――『哀歌』にみる歴史伝承観 240

4. 『ニーベルンゲンの歌』および『哀歌』に見る口承文芸と書記文芸の交差 …………………………………………………………………… 271

あとがき　285

参考文献目録　　287

「記憶」の変容

『ニーベルンゲンの歌』および『哀歌』に見る口承文芸と書記文芸の交差

1．『ニーベルンゲンの歌』――「記憶」の継承

　フランス語圏でクレチアン・ド・トロワがケルトの伝承に材をとった聖杯探索などの要素を扱う騎士物語を著して宮廷叙事詩という文芸ジャンルを拓き、またギョーム9世を「祖」とするトルバドゥールたちが盛んに恋愛抒情詩を謡っていた12世紀後期、その俗語文芸の波はドイツ語圏にまで波及した。ドナウ川流域では独自の詩形をもった恋愛抒情詩ミンネザングが登場し、叙事詩の分野ではハルトマン・フォン・アウエやゴットフリート・フォン・シュトラースブルク、ヴォルフラム・フォン・エッシェンバハといった詩人たちが、主にフランス語で書かれた原典を、ドイツ語により翻案する形で作品を著した。この背景にあったのが、文芸の領域における世俗諸侯の台頭である。12世紀半ばに至るまで文芸の中心は修道院および教会であり、それゆえに文学といった場合、それは基本的にラテン語で書かれたものを指していた。しかし、世俗の宮廷に尚書局が置かれ始め文字文化への直接的なアクセスが可能となると、世俗諸侯は詩人のパトロン及び作品制作依頼者として文芸活動に関わるようになる。そして彼らが作品素材や主題の選択に対して影響力を発揮し始めた結果として、より世俗の貴族階級の好みに合った俗語による新しい文学への需要が高まった。このような背景のもと、12世紀から13世紀の世紀転換期に、ドイツ語圏俗語文芸は繁栄期を迎えた。この時期は、しばしばドイツ文学史上初の隆盛期とも言われる。

　こうした中世盛期のドイツ語文芸において、とりわけ大きく、そして特異な存在感を放っているのが『ニーベルンゲンの歌』である。遅くとも1204年までに成立したと考えられているこの叙事詩[22]は、現存する写本の数[23]にもあらわれている通り、成立以降継続した人気を得て広く受容されていた。しかし、『ニーベルンゲンの歌』の成立まで基本的には書記化されず、口伝されていたと推測され

---

[22] 『ニーベルンゲンの歌』の成立年代を同定する一つの根拠となっているのがヴォルフラム・フォン・エッシェンバハの『パルチヴァール』での言及である。このことについては以下の文献を参照。Reichert（Hrsg.）, S. 4ff.

ている物語を素材としているという点で、上記の詩人らによる宮廷叙事詩とはその成立基盤において根本的に異なる。ハルトマンら宮廷叙事詩の詩人たちが、アーサー王伝説や聖人伝、そしてギリシア・ローマに由来する伝説などを素材として他の言語で「書かれた」作品を、ドイツ語へと翻案する形で騎士道や宗教上の問題を主題とし、自らの作品として結実させたのに対し、『ニーベルンゲンの歌』は民族大移動期の史実を核として発生したゲルマンの伝説を素材としたのである。この素材の選択は、『ニーベルンゲンの歌』が、書かれた「原典」の存在を作品の正当性の根拠として重要視していた宮廷叙事詩とは本質的に異なる成立背景を持つことを示している。そうした認識を『ニーベルンゲンの歌』成立当時の文芸に携わるものが持っていたことを端的な形で表しているのが、ゴットフリートの『トリスタン』における、著名な詩人録を含むエクスクルスである[24]。このエクスクルスでは、『トリスタン』成立時[25]にはすでに大いに人気を博していたと考えられる『ニーベルンゲンの歌』に関する言及はなく、それは当時の文学事情に精通していたゴットフリートが、『ニーベルンゲンの歌』を宮廷叙事詩とは異なるジャンルに属する作品として認識、位置付けていることを示唆している。それでは、このような中世盛期の文芸における「異端児」である『ニーベルンゲンの歌』とはどのようなコンセプトのもと詩作され、また受容者にとっていかなる意味を持ちうる作品だったのだろうか。本章では、『ニーベルンゲンの歌』の持つ特異な「語り」の構造を検証することを通し、中世盛期の書記文芸作品である『ニーベルンゲンの歌』が、ゲルマン民族にとっての「英雄時代」[26]である民族大移動期に発祥し、口伝されてきた伝説を語る意味を探る。

---

[23] 現在のところ確認される写本の数は、完本11を含む36に上る（Vgl. Müller (2002), S. 42f.）。これは英雄叙事詩の内では群を抜いて多い。そして、13世紀前半から16世紀初頭の「アンブラス写本」に至るまで、途切れることのない伝承が確認されている。これは、例えば『ニーベルンゲンの歌』の影響下に成立した英雄叙事詩の大作のひとつである『クードルーン』が「アンブラス写本」にのみ収録されていることとは対照的である。

[24] Tristan. S. 280ff, v. 4555-4974.

[25] ゴットフリート・フォン・シュトラースブルクによる未完の作品『トリスタン』は1210年代に詩作されたと考えられており、1204年の『ニーベルンゲンの歌』成立よりも後の事である。

[26] この概念はチャドウィックによる。Vgl. Chadwick (1967).

1.1. 『ニーベルンゲンの歌』の口承性

　フランス語圏ではケルト起源のアーサー王素材を扱う宮廷叙事詩と同様に、やはり歴史的な題材を扱う武勲詩 Chanson de geste が人気を博していたのに対し、13世紀初頭のドイツ語圏の文芸において、『ニーベルンゲンの歌』はそれまで口伝されてきた英雄詩の伝統上にある俗語による書記作品としては、ほとんど唯一のものであった[27]。こうした素材的背景はもとより、何よりも同時代の俗語文芸に比して『ニーベルンゲンの歌』を異質なものにしている要素の一つが、独自の作品形式である。宮廷叙事詩を初めとする叙事作品は、一行に四つの揚格を持つ二行押韻の形式をとるのが常であるが、この形式は朗読に適しており、作品が書記文芸であることを一義的に示すものとされる。それに対し『ニーベルンゲンの歌』は、初期ミンネザングの詩人デア・フォン・キューレンベルクのものと共通する韻律構造を持つ独自の詩節形式、「ニーベルンゲン詩節」のもと綴られている[28]。詩節形式は旋律にのって「謡う」のに適したものであり、『ニーベルンゲンの歌』に口承による受容を前提とする装いを与える。すなわち、『ニーベルンゲンの歌』は口伝の英雄詩を素材としているのみならず、形式的にも口承文芸と等しいものとして作られているのである。

　近年の人文学では、ヨーロッパ中世の社会は口頭でのコミュニケーションが支

---

[27] ドイツ語圏では、東ゴート族のテオドリヒ大王が原型となっているディエトリーヒ・フォン・ベルンを主人公とする物語が、『ニーベルンゲンの歌』が素材としたブルグント伝説及びブリュンヒルト伝説と並ぶもう一つの大きな伝説圏を形成している。そしてこの伝説を素材としたものとして、9世紀前半には頭韻で綴られた古高ドイツ語による叙事詩、『ヒルデブラントの歌』が書き残されているほか、『ヴァルタリウス』が10世紀にラテン語で叙事詩として書かれ、また『ニーベルンゲンの歌』後編および『哀歌』もこの伝説を素材の一つとしている。しかし、『ニーベルンゲンの歌』で語られるシーフリトの死およびブルグント族の滅亡を伝える伝説は、『ニーベルンゲンの歌』ないしその原型としての書記的な作品——この実在はラッハマン以来議論の対象であるが、その存在を明確に証明し得るものは何もない——の成立に至るまで、おそらく口承の領域に存在していたと考えられる。

[28] 「ニーベルンゲン詩節」については、以下の文献を参照。Hoffmann (1992), S. 114ff. 簡単にまとめると、中間休止を挟んだ二つの半詩行、すなわち四揚格女性終止の詩行前半と三揚格男性終止の詩行後半が一長詩行を構成する。ただし、最後の詩行後半のみが四揚格を持ち、詩節と詩節を明確に分割している。長詩行は二行ずつ韻を踏み、四長詩行が一詩節を形成する。

配的である声の文化と、書記文書に基盤を置く文字の文化の間の中間段階にあることが一般的に認識されている[29]。文字文化の利用は、主に専門の教育を受けた聖職者階級に限定され、俗語文芸の受容者層を構成する、世俗の支配階級に属する者たちの多くは文盲であった[30]。こうした状況下では、文学作品は書かれた形で詩作されても黙読という形態ではなく、ほとんどの場合朗誦ないし朗読という形態、すなわち謡い手・語り手[31]の「声」を介して受容されていたものと推測されている。そのため、口承文芸に典型的なものと考えられている詩節形式を持つ『ニーベルンゲンの歌』は、声に乗って謡われた場合に、口承文芸との親近性もしくは同一性を聴き手に印象付け、素材とされている口伝の英雄詩と同質なものとして受容者に理解された可能性が想定される。そして、作品成立時の受容形態を踏まえると、詩人は『ニーベルンゲンの歌』という作品を書記文芸の伝統ではなく、口承文芸の伝統に連なるものとして認知されるのを意図し、意識的にこの詩節形式を踏襲ないしは選択したと考えることができる。

　このニーベルンゲン詩節と並んで、『ニーベルンゲンの歌』に口承文芸への親近性を与える要素として挙げられるのが、口承文芸と親近性を持つ文体と、それを特徴づけている形式的語法である。ミルマン・パリーとアルバート・ロードにより、セルボクロアチア語の口承文芸研究から構築されたオーラル・ポエトリー理論では、「ある特定の基本的なモチーフを表現するために、同一の韻律のもと規則的に使用される単語の集合 a group of words which is regulary employed under the same metrical conditions to express a given essential idea」[32]）として定義される「定型的表現」を、口承文芸の特性をなす要素とする。パリーとロードが分析対象としたセルボクロアチア語の叙事詩は、20世紀初頭に至るまで純粋に口承の領域のみに存在していた。しかしそれは完全に暗記される形で語り継がれたわけではなく、語り手は一連の「定型的表現」を記憶し、その組み合わせに

---

29) この段階、すなわち口頭でのコミュニケーションが主である社会と文字／書記が発達した社会の中間段階にあった状況に対し、ポール・ツムトールは"vocalité"の概念を与えた。この概念をウルズラ・シェーファーがドイツにおける中世研究へと取り入れ、"Vokalität"の語を当てている。Vgl. Müller (1999), S. 149./Schaefer (1992).
30) Vgl. Haymes (1999), S. 37.
31) 作品が「謡う」のに適した形式であれば「謡い手 Sänger」であり、朗読に適した形式であれば「語り手 Erzähler」がこの役を担う。
32) Parry (1971), p. 272.

より一回ごとにいわばインプロヴィゼーションを行い、物語を叙事詩の形へと構築したのである。そしてこのオーラル・ポエトリー理論における口承文芸の概念は『ニーベルンゲンの歌』研究にも敷衍され、「定型的表現」を多用し綴られていることが同作品が口承的作品であるという主張の論拠となっていた。

しかし、口承文芸は「定型的表現」の助けを借りて詩作されるものだが、そうした要素を含むのは作品が口承文芸であるための必要条件であり、十分条件ではない——口承文芸は定型的表現を用いて綴られているが、定型的表現により綴られる作品は必然的に口承文芸というわけではない。そして口伝の英雄詩を素材とし、口承文芸と等しいとされる詩節および形式的語法を持つものの、『ニーベルンゲンの歌』は純粋に口承的に成立し、それが書き留められたという性質の作品では決してない。口承的な創作物と考えるには不相応な、2300詩節を超える長さと、またただ素材を羅列するのではなく、ポリフォニックに深く織り込み合わされた複雑な構成、比較的安定した写本伝承などから、『ニーベルンゲンの歌』は書記的に詩作されたとの認識が、今日では研究上のコンセンサスとなっている[33]。すなわち、『ニーベルンゲンの歌』は書記的な成立背景と基盤を持つが、素材に含まれている口承的な語りの伝統と特徴により、口承文芸の伝統に連なるものとしての演出が施された作品と見なしうる。『ニーベルンゲンの歌』の持つ口承性は「装われた口承性」と呼べるものである[34]。

1.1.1. 『ニーベルンゲンの歌』における「語り」——プロローグ詩節を巡って

『ニーベルンゲンの歌』の口承性が意図的に演出されたものであることを端的に示しているのが、主要三写本[35]のうち写本A及びCに収録されている、口承的な「語り」の場を構築するプロローグ詩節である。この詩節は13世紀初頭の作

---

33) Johnson (1999), S. 297.
34) Bumke (2000), S. 196.
35) 主要三写本とは、以下の写本を指す。写本A:ホーエンエムス・ミュンヘン写本。現在バイエルン州立図書館所蔵(Cod. germ. 34)。13世紀最後の四半世紀に成立。写本B:ザンクト・ガレン写本。現在ザンクト・ガレン教会図書館蔵(Ms857)。13世紀中ごろに成立。写本C:ドナウエッシンゲン写本。現在バーデン州立図書館所蔵(Cod. Donaueschingen 63)。13世紀初期から半ば頃の成立。Vgl. Bumke (1996), S. 141-211.

品である『ニーベルンゲンの歌』と、その素材となった民族大移動期の史実を核とする口伝の英雄詩の関係、ならびに『ニーベルンゲンの歌』のメディア的基盤を考察する上で決定的な意味を持ち、今日ドイツ中世英雄叙事詩のメディアや記憶の問題を論じる際に、必ず言及される箇所となっている。この詩節での語り手による聴き手への呼びかけにより、物語は「あたかもそこにいる聴き手と語り手を内包する共同体で口承の物語が語られるように[36]」幕を開ける。

> Uns ist in alten mæren　　　　wunders vil geseit
> von helden lobebæren,　　　　von grôzer arebeit,
> von frôuden, hôchgezîten,　　　　von weinen und von klagen,
> von küener recken strîten　　　　muget ir nu wunder hœren sagen.
>
> 　　　　　　　　　　　　　　　　　　　　　　(1)[37]

> 我々のもとに古からの数々の物語に語られ伝わる多くの類稀なること——賞賛されるべき勇士たちのこと、大いなる苦難のこと、喜びや宴のこと、涙や嘆きのこと、雄々しい勇士たちの戦うさまなど、これより類稀なること、あなた方に語って聞かせることといたしましょう。

　この詩節は『ニーベルンゲンの歌』における「語り」の場を設定する役割を持つという点で、同作品の「口承性」の考察を行う上で最も大きな意味を持つ。まず、冒頭の「我々 uns」という言葉が、語り手と聴き手双方の属する共同体の存在を聴き手に意識させる。そしてその共同体が昔から伝わる「古からの数々の物語」を共有財産として所有していることが述べられるが、この「我々」に伝わる「古の物語」とは、共同体の集合的記憶に属するものであり、その伝承とは声の領域において「過去」の記憶の伝承、すなわち歴史伝承として機能してきたものである。そしてそれが書かれ、読まれてきたものではなく、「語られ geseit」てきたことが言明されることにより、筆記された形ではなく、口伝により継承され

---

[36] Müller (1998), S. 103.
[37] 『ニーベルンゲンの歌』および『哀歌』について、本論での引用は特に注釈がない場合には以下の校訂テクストから行う。『ニーベルンゲンの歌』: de Boor/Wisniewski (Hrsg.);『哀歌』: Bumke (Hrsg.)。なお、『ニーベルンゲンの歌』ではまず詩節番号、そして記載する必要がある場合はコンマで区切って詩行数を記す。『哀歌』は詩行数を記す。

てきたものを指していることが強調されている。

　そして第四詩行後半において語り手は聴き手に「あなた方 ir」と呼びかけ、第一詩行で「我々」として提示した聴き手と自身の構成する集団から自身を切り離し、「私－あなた方」が対峙する現在進行的なコミュニケーションの空間を作り出す。ここでは、語り手にも受容者にも既知の「古からの数々の物語」が、現在という時点において語られる対象であることが明示されているのである。この構造により、過去からの「物語」と接続された現在時点での「語り」は、その内容に関するオーソリティーを、語り手という個人ではなく素材そのものとその伝統に帰すものとなっている。その際に、過去からの「物語」と『ニーベルンゲンの歌』という作品の間のつながりは、この詩節での語り手のありようによって保たれる――ここでの語り手は、「装われた口承性」を通し、自分たちに「語られた」ことをさらに語り継いでいくという行為を自己の負うべき義務として認識していた、口承文芸の語り手像を踏襲するものとして演出されているのである。そして口承文芸の語り手とは、新たな、未知の物語の開幕[38]を告げるのではなく、自分の前にすでに長い伝統をもつ伝承行為を継続する存在である。すなわちこの詩節は、ここから語られる『ニーベルンゲンの歌』という作品が、受容者のよく知る口伝されてきた英雄詩の系譜に直接連なるということを強く印象づけるとともに、受容者の持つ物語に関しての知識を喚起するという機能を持つ。

　語り手と受容者がともに属する共同体に伝わる「古からの数々の物語」と、この詩節で構築される「語り」の場において語られる物語の直接的な結びつきを、文法的な側面から補強しているのが、詩節の第一詩行と第四詩行後半で第二詩行から第四行前半を挟むように構成されている共有構文 Apokoinu である[39]。この構文により、冒頭詩節一行目で言及される「古からの数々の物語」に語られている「多くの類稀なること wunders vil」と、2詩節目以降で「今から語られる」物語が、ともに「類稀なること wunder」として第二詩行から第四詩行前半までの内容を指しているように文法上解釈できるため、「我々に伝わる物語」と、聴き手が「これから耳にする物語」がともに集合的記憶に属するものとしてアイデ

---

[38] ドイツ語圏の宮廷叙事詩は多くの場合、聴き手には未知の「新しい」物語を語り手が語るという構造を持つ。この点で、『ニーベルンゲンの歌』はすでに宮廷叙事詩とは一線を画した作品であることが明らかとなっている。

[39] Vgl. Curschmann (1992), S. 64.

ンティファイされる。ここでは「古からの数々の物語」の内容は具体的には言及されないが、過去の英雄時代の歴史的事象を核にして発展し、口伝の英雄詩に語られる「賞賛されるべき勇士たちのこと、大いなる苦難のこと、喜びや宴のこと、涙や嘆きのこと、雄々しい勇士たちの戦うさまなど」について聞き知った知識が聴き手の意識に呼び起こされることとなる。それにより、現在的「語り」において展開する『ニーベルンゲンの歌』という作品を受容する際の知識的背景が形成され、口承文芸の一般的な性質であり、また口伝の英雄詩を素材としていた中世の英雄叙事詩もそれを踏襲していた、「開かれたテクスト」としての作品の背景を補完する[40]。すなわち、『ニーベルンゲンの歌』はこの僅か一詩節を通して自らを口承文芸の伝統に接続し、聴き手の持つ伝説に関しての記憶に介入することで、受容者がすでに持っている知識を物語の背景として獲得しているのである。

　さらに、第一詩行で言及されている過去からの「物語」が複数形であることにも留意したい。これにより、まず『ニーベルンゲンの歌』の語り手と聴き手の属する共同体には数々の英雄に関する物語が伝承されているのと同時に、それらの物語は『ニーベルンゲンの歌』そのものではないことが示されている。第2詩節目から聴き手に向けて語られる『ニーベルンゲンの歌』の物語は、既存の一つの物語の単なる反復ではなく、物語の集合体から現在の時点での「語り」によって紡ぎ出される一つの物語として表現されているのである。こうした伝承理解の背景には、語り手と聴き手によって構築される受容の場は、いわば網目状に張り巡らされた過去からの「物語」の伝承上の一点であり、またさらに伝承が継続して行く通過点であるとの認識が存在する。この伝承における語り手とは、素材の翻案を通して自身の見解を語る宮廷叙事詩の詩人たちとは異なり、物語の単なる伝承者[41]、大きな伝承の中の一部分として機能し、またそのような自己理解を持つ存在とみなされる。これこそが口承的「語り」とそれを通した集合的記憶との接

---

[40] こうした「開かれたテクスト」としての性質が『ニーベルンゲンの歌』において現れている例として、ハゲネによるシーフリトの青年時代に対する概説的紹介（細部は聴き手の持つ知識に委ねられている）や、ハゲネとヒルデブラントの間の罵り合いに現れる、ワスケンの森のエピソード（2344）などが挙げられる。

[41] その際には、語句上の厳密な統一性ではなく、内容自体が「聞いた／見た」ままのものであるかどうかが重要視された。こうした伝承概念を裏づけしているのが、まさにこの共有構文である。

[42] Müller (1998), S. 105.

続のあり方であり[42]、『ニーベルンゲンの歌』は多くの「古からの物語」に語られる様々な「類稀なること」を伝えるエピソードが、中世的現在において収束する地点としての位置を与えられ、英雄時代に端を発する伝承のネットワークの一端を担うものとして演出されているのである。それにより、書記的に詩作され、ゆえに純粋な口承文芸とは異質な作品である「これより語られる」物語、すなわち『ニーベルンゲンの歌』が、民族大移動期及びメロヴィング朝時代の史実を核として発祥した伝説を語り継いできた伝統と直線的に結びつけられ、声と文字という二重のメディア的性質を帯びることとなる。

　しかし、このように『ニーベルンゲンの歌』の語りの基盤を形作るプロローグ詩節は、主要三写本のうち写本Aおよび写本Cには収録されているものの、作品成立当初の形を最もよく伝えているとされる写本Bには収録されていない。こうした伝承状況から、プロローグ詩節は『ニーベルンゲンの歌』の成立当初は存在せず、伝承の過程で追加されたものであるという見解が、現在は一般的となっている[43]。これは、プロローグ詩節とそれに伴う擬似口承的な「語り」の場の構築が、作品成立当初は企図されていなかったということを意味する。それでは、このプロローグ詩節を欠いていた『ニーベルンゲンの歌』は、本来どのような作品として成立／存在し、またなぜこのプロローグ詩節は追加される必要があったのであろうか。

---

43) Vgl. Henkel (2003), S. 113./Heinzle (Hrsg.), S. 1036.
44) 『ニーベルンゲンの歌』のテクストのヴァリエーションは、注1および注35で触れたように初期主要三写本A、BおよびCに代表される。そのうち、A写本とB写本の系列に属する写本が収録するテクストは、多少の相違はあるものの大枠で共通しており、今日ABヴァージョン、もしくは『ニーベルンゲンの歌』最終詩行「これをニーベルンゲンの災厄といいます daz isrt der Nibelunge nôt」に拠って「災厄」ヴァージョン（Not-Fassung）と呼ばれる。それに対し、C写本の系列に属するものは古い段階のテクストの改作と考えられており、こちらを称してCヴァージョン、もしくはやはり『ニーベルンゲンの歌』最終詩行「これをニーベルンゲンの歌といいます daz ist der Nibelunge liet」から、「歌」ヴァージョン（Lied-Fassung）という。ただし、両ヴァージョンは隔絶していたわけではなく、伝承上の混淆が起こっている。その最も重要な例が、まさに写本Aにプロローグ詩節が収録されていることである。『哀歌』のテクストのヴァリエーションについてはブムケの校訂テクストに準じた分類が現在のスタンダードになっており、主要なヴァージョンとしてB写本に代表されるBヴァージョンとC写本に代表されるCヴァージョン、この二つの混淆から成立したDヴァージョンとJヴァージョンが存在する。特筆されるのは、平行ヴァージョンであるBとCの間に大きな差異があることである。Vgl. Bumke (Hrsg.), S. 6ff.

この問題を考える上でまず、写本Bに収められている「より古い」テクストの冒頭部に注目したい。このテクスト[44]は、「ブルグントの国にいとも高貴なる姫が生まれました Ez wuochs in Burgonden/ein vil edel magedîn」と何の前置きもなく、物語に直接入り込み語り始めるのだが、クルシュマンやミュラーは、第二歌章冒頭のシーフリトの登場箇所「そのころニーデルラントの国に高貴なる王子が生まれました Do wuochs in Niderlanden/eins edelen küneges kint」と同じく、こうしたイン・メディアス・レスな物語の直接的な開始こそ、口承的な「語り」における物語の導入であると指摘する[45]。ここで物語を始めるにあたり用いられている「～が生まれました Ez-wuochs」という定型的表現は、『ヒルデブラントの歌』の冒頭の「私は語られるのを聞いた Ik gihorta dat seggen」における「ik-gihorta」などと共に、口承文芸の典型的な冒頭形式である[46]。これは聞き手の前で語り手が自分の「声」により物語を開始するという口承的な受容形態を前提とするものであり、それゆえに口承文芸における物語の開始方法をより直接的に反映していると考えられている。すなわち、プロローグ詩節が追加される前の段階では、『ニーベルンゲンの歌』は口承文芸の慣例にそのまま則った冒頭形式を持っていたものといえる。言い換えれば、ここではいわば単純な形でミュラーいうところの「口承的な語りの模倣 Mimikry an mündliches Erzählen」[47]が行われており、口承文芸での「語り」の在り様をそのまま書記的地平へと移し変えている、すなわち「書き記している verschriften」のである。

　それに対し、写本AおよびCにみられる口承的な「語り」の場を構築するプロローグ詩節は、写本Bでの単純な口承文芸の「語り」の模倣とは異なり、その背景に書記文芸の原理を持っていることをミュラーは指摘しており、その証明としてアスマンによる口頭伝承の定義を援用する。すなわち、このプロローグ詩節で語り手は「我々のもとに伝わる『古い alt』物語」として口伝の英雄詩の伝統への言及を行うが、アスマンによれば「『古い』というのは書記的な伝承における貴族的な称号」なのであり、「口頭伝承は、そうした（過去からの）積み重なりというものとは無縁であるため、『古さ』は価値概念としては異質なもので

---

[45] Curschmann (1992), S. 57./Müller (1998), S. 105.
[46] 冒頭形式については Müller (1998), S. 106f. を参照のこと。
[47] Ebd., S. 106.
[48] Assmann (1992), S. 100.

ある」[48]。また、「そもそも純粋な口承文芸であれば、それを語るものの声によってすぐさま物語は開始され得るが、書記されたものはまず語られる「場」を決める必要がある」。「古の物語」への言及に関し、この「古」という概念は口承文芸には異質な概念であり、ミュラーはそれを『ニーベルンゲンの歌』が書記的に創作されていることの根拠としているのである[49]。この指摘に従えば、作品成立後に追加されたこのプロローグ詩節は、『ニーベルンゲンの歌』に新しい擬似口承的な語りの地平を拓く演出を施している、すなわち口承的な語りそのものを「書記化 verschriftlichen」する機能を帯びた、書記的かつ人工的な装置として解釈が可能である。

この詩節の追加は同時に、写本Bに収められたテクストに見られる口承的な語りの単純な模倣というナイーヴな演出が、不十分なものとみなされた可能性をも示唆している。すなわちプロローグ詩節は、当初の口承の「語り」を単純に模倣した導入が、書記性と口承性というメディア間の差を埋め切れなかった、もしくはその中間にとどまっていることを受けて、口承的「語り」を書記的平面において擬似的に構築し、作品全体がその内部で展開してゆく「装われた口承性」を演出する文学的装置として追加されたのだと考えられる。

プロローグ詩節の有無による「語り」の性質の差は以下のようにまとめることができるだろう。この詩節を欠いた『ニーベルンゲンの歌』成立当初のテクストは、口承文芸の形式を模し、口承的な「語り」をそのまま書記的地平に移し変えた、いわば口承文芸の擬態であった。それに対し、プロローグ詩節の追加は、口承的な「語り」の場を書記的地平の上において改めて構築し、そこに作品を展開することによって作品全体に擬似的な口承性を付与する。口承的な素材を書記的地平へと導入するという『ニーベルンゲンの歌』の試みは、写本Bに伝承されているテクストでの口承文芸の語り口の単純な模倣よりも、プロローグ詩節の追加と、それを通して擬似的に口承の「語り」の空間を構築することにより、より同時代の受容者に受け入れられるものになったと考えられる。そして、このある

---

49) Müller (1998), S. 103. すでにある作品に追加や変更といった編集を行うということは、中世においては通常のことであった。「オリジナル」のものが最良のものである必然性はなく、テクストは常に「改良 verbessern」される対象であった。Vgl. Müller (2002), S. 158. すなわち、写本Bには収録されていないにも関わらず、このプロローグ詩節が付け加えられ、その後の伝承でも継承されたことは、受容者がそれを含む『ニーベルンゲンの歌』を、「改良」された形として肯定的にとらえていたことの証左であるといえるだろう。

種アンビバレントな擬口承的な「語り」の演出は、『ニーベルンゲンの歌』という作品が、口承から書記へと移行する社会の動向に対応した、共同体にとっての記憶の伝承における一つの新しい形態を打ち出していることを示唆している。

ただしこの伝承が『ニーベルンゲンの歌』によって書記的伝承の地平へと導かれたとき、素材自体にオーソリティがあり、自身はその伝承の一部に過ぎない存在である「語り手」と、書記文芸で作品に関するオーソリティを持つ詩人という存在が、『ニーベルンゲンの歌』という擬口承的な書記的作品ではどのようにとらえうるのかということが必然的に問題となる。

1.1.2. 詩人の匿名性

口承の領域で共同体にとっての過去の記憶を伝える歴史伝承としての機能を果たしてきた英雄詩素材を、書記という異なるメディア領域へと導入しているという点において、『ニーベルンゲンの歌』は英雄詩の伝統上の特異点となっている。しかし、それに付随する形で問題として表面化するのが、語られる事柄の正当性を保証するオーソリティの在処である。12世紀後半から、俗語による書記文芸では、作品内で詩人が自らの名を名乗ることが通例化した。この「名乗り」により自らの名前をテクストと結びつけ、詩人は自らの著した作品に関して「自分が作者であること Autorschaft」を主張し、そのテクストを一個人である詩人に帰すものとして提示する。そこには前述のように文芸活動が新たな段階に入ったのに伴う、新たな詩人の自己意識の表出を見てとることができるだろう[50]。それと同時に、物語を聴衆に対して語る物語内の語り手が、そのテクストに関するオーソリティを持つ詩人とオーバーラップすることとなる[51]。すなわち、詩人の名がその「作者」の名として作品に結びつけられることにより、作品が朗読される一回ごとに詩人は朗読者の声をとおして聴衆の前に姿を現し、語り手によって「私」の人称のもと語られる作品中での物語に対する注釈や、エクスクルスでの主張が、そのまま詩人の言説として聴衆により認識されるのである。また、テクストが受容者自身によって「読まれる」場合には、詩人と語り手の同一性は自明のものと

---

[50] ブムケは、12世紀半ばに世俗宮廷での文芸活動が始まると、宮廷社会において宮廷文芸への高い評価が与えられたことが、詩人自身の詩的才能と並んで、この自己意識を支えていたことを指摘している。Bumke (2002), S. 678.

なる。こうした、物語の語り手と自らを同期し、テクストを自分の創作物とする傾向の最も強い詩人として挙げられるのが、ヴォルフラム・フォン・エッシェンバハであろう。ここではまず彼の代表作である『パルチヴァール』を例にとり、詩人の「名乗り」とそれが物語の語り手と詩人の関係に対して及ぼす影響を検証し、当時の作者意識の実態を探る。

　ヴォルフラムは『パルチヴァール』において三度にわたり「私、ヴォルフラム・フォン・エッシェンバハ」として名乗りを上げる。まずパルチヴァールを主人公とする本編に先立つ、彼の父ガハムレトに関する前史の末部（114, 12ff.）で、彼は「私はヴォルフラム・フォン・エッシェンバハ。詩作についてはいささかわきまえている ich bin Wolfram von Eschenbach/unt kan ein teil mit sange[52]」と自分の詩的能力に対する自負を示す形で、物語の語り手として登場する。ここで、ヴォルフラム＝語り手は、「自分は文字など一つも知らない ine kan decheinen buochstap（115, 27）」と述べるが、史実としてヴォルフラムが全くの文盲であったことは考え難い[53]。ただし詩人と語り手の関係という観点から重要なのは、まず書記文芸作品という虚構の中の存在である語り手に、ヴォルフラムという詩人の持つ具体的な背景を「私」のそれとして語らせることで、物語を語る語り手＝ヴォルフラムという同一性の強化をヴォルフラムが積極的に行っているという点である。そしてこれにより語り手の言説がヴォルフラムの言説と一致するものとして、受容者に認識されることとなる。こうした詩人と語り手の融合は次の「名乗り」にも読み取ることができる。二度目の「名乗り」は、パルチヴァールがペルラペイエの街にやってきた場面で、クラーミデーの軍に包囲された街の飢餓状

---

51) 語り手と詩人の同一性について多様性を見せているのがハルトマンである。彼の作品群の中で初期に書かれたと目されている『エーレク』では、プロローグ部分が伝承されていないためにどのような「名乗り」が行われていたかは不明だが後述するように作中に「私」ハルトマンと架空の聴衆の会話を盛り込んでいる。また『グレゴーリウス』および『哀れなハインリヒ』では、「彼 er」という三人称で「ハルトマン」という名を持つ、「これから語る物語の書き手」に言及する。そこでは「ハルトマン」という詩人の言説を語り手がそのまま伝える、すなわち両者の言説が一致するという点においては変わりはないが、詩人たるハルトマンという存在と語り手は明らかに別個の存在として区別され、聴衆との係わりが間接的なものへと変化している。そして『イーヴェイン』では、プロローグでの三人称による名前の刻印と、作中での「私」ハルトマンと架空の聴衆の会話が組み合わされている。
52) Parzival. S. 116, (114, 12-13).
53) この記述の真偽は長らく議論の対象であったが、今日では学識を持ちまたそれに自負を持つ他の詩人たち――とりわけハルトマン――に対する皮肉として解釈されている。

態と、食べ物にも事欠く詩人自身の貧しい境遇とを重ね合わせる形でおこなわれる（184, 27-185, 8）。ここで物語の語り手である「私」が、詩人ヴォルフラム個人の実際の状況——もちろんその内容自体は史実であるとは限らない——を語ることで、現実の詩人と物語という虚構の中の語り手の融合がさらに推し進められている。

そして三度目の「名乗り」はエピローグで行われるが、ここで語り手＝ヴォルフラムは、『パルチヴァール』の実際の原典としたクレチアン・ド・トロワの『ペルスヴァル』が物語を正しく伝えていないとして批判し、自分の作品が拠っている原典として、「キオート kyôt」というおそらく架空の存在である詩人による物語の存在に言及する（827, 1-14）。この原典仮構からは、実際にはクレチアンの『ペルスヴァル』に拠って『パルチヴァール』を著したと考えられているヴォルフラムが、自分の作品である『パルチヴァール』にとって『ペルスヴァル』がオーソリティを持つ原典として存在するのを嫌い、原典の選定自体を創作することにより、本来の原典から距離をとることを試みていたとの推測を可能にさせる。

ヴォルフラムは物語を語る主体としての自己を主張し、また自らの伝記的事項に言及することで、朗読者の声をとおして詩人＝語り手の像を積極的に具体化する。それとともに原典に単に忠実であることを拒否し、自分の作品が「正しい」物語を伝えるものであることを示す第三の「名乗り」からは、自分が『パルチヴァール』という作品の作者であるのを提示することに対する強い意欲が窺える。

以上のようにヴォルフラムは作中の「名乗り」を通し、作中で「私」という一人称のもと物語る語り手と、詩人ヴォルフラムの同一性を積極的に推し進めた。それにより、書かれたテクストを朗読するという受容形態においては、聴衆を前にした朗読者は捨象され、朗読者の発する声は詩人の声と同化し、朗読者の言説は詩人の言説として認識される。こうした詩人と物語の語り手の積極的な同一化を、より受容の場を具体的に反映する形で行っていたのがハルトマン・フォン・アウエである。彼の最初期の作品とされている『エーレク』の中の物語のヒロインであるエーニーテの乗る馬の鞍を描写する場面で、ハルトマンは物語の語り手に対して、架空の聴衆に「ハルトマン」と呼び掛けさせ、聴衆とのインタラクティヴな会話を擬似的に構築する。

»nu swîc, lieber Hartman:

ob ich ez errâte?«
ich tuon: nû sprachet drâte.
»ich muoz gedenken ê dar nâch.«
nû vil drâte: mir ist gâch.
»dunke ich dich danne ein wîser man?«
jâ ir. durch got, nû saget an.
»ich wil diz mære sagen.«
daz ander lâze ich iuch verdagen.
»er was guot hagenbüechîn.«
jâ. wâ von möhte er mêre sîn?
»mit liehtem golde übertragen.«
wer mohte iuz doch rehte sagen?
»vil starke gebunden.«
ir habet ez rehte ervunden.
»dar ûf ein scharlachen.«
des mac ich wol gelachen.
»sehet daz ich'z rehte errâten kan.«
jâ, ir sît ein weterwîser man.
»dû redest, sam ez sî dîn spot.«
wê, nein ez, durch got.
»jâ stât dir spotlich der munt.«
ich lache gerne ze aller stunt.
»sô hân ich'z doch errâten?«
jâ, dâ si dâ trâten.
»ich hân lîhte etewaz verdaget?«
jâ, enwizzet ir hiute waz ir saget.
»enhân ich danne niht wâr?«
niht als grôz als umbe ein hâr.
»hân ich danne gar gelogen?«
niht, iuch hât sus betrogen
iuwer kintlîcher wân.

ir sult mich'z iu sagen lân. (v. 7493-7525)[54]

「ちょっとまってくれ、ハルトマン。私がいい当てようか?」そうしましょう。さあ、早くしてください。「まずはその前に考えねば。」さあ、お急ぎを。私は急いでいるのです。「そうすれば私のことを賢い男と思うかね?」はい、神にかけてそう思いますからおっしゃってください。「このことを話そうとおもうのだが。」他のことははなす必要はないですよ。「鞍は立派なシデ材のものだろう。」そうです。それ以外のことがありましょうか?「煌めく黄金で飾られているのだろう。」いったい誰が貴方にこのことを言ったのでしょうか?「しっかりと繋がれている。」まさにそのとおりです。「その上に緋色の布がかけてある。」これは笑わずにはいられません。「それみろ、私はまこと言い当てられたであろう。」本当に貴方は天気読みのようですな。「私を馬鹿にしているような話しぶりだな。」いえいえそんなことはありません、神かけて。「いやそうだ、口元に嘲笑が浮かんでいる。」私はいつも笑っているのが好きなのです。「ならば私はやはり言い当てたのだな?」はい、あたかもそこにいたかのようです。「私はなにか言い忘れていることがあるだろうか?」はい、貴方はご自分が何を話すかをお分かりではないのです。「つまり私のいったことはあたっていないのか。」髪の毛一筋ほども。「それならば私は全くの嘘を語ったのか?」いいえ、貴方を欺いたのはあなたの幼稚な想像力です。私がお聞かせすることにいたしましょう。

『エーレク』の原典であるクレチアン・ド・トロワの『エレクとエニード』では、このエーニーテの乗る馬の描写はおよそ四十詩行に過ぎない。しかしハルトマンはその描写を翻案の過程で大幅に拡張し、そこに上に引用した聴衆との疑似的な会話を組み込んだ。ここと同様、『エーレク』にはもう一箇所架空の聴衆が語り手「ハルトマン」に対して、物語の進行を促す場面がある (v. 9169-9170) が、こうした詩人ハルトマンとその聴衆の形成する作品受容の場を構築することで、前述のヴォルフラムと同じく、ハルトマンも物語の語り手と自身の同一性を演出し、それによってテクストに関してのオーソリティを「詩人ハルトマン」という個的存在に結び付けているのである。

それでは『ニーベルンゲンの歌』では、詩人と語り手はどのような関係の内に

---

[54] 引用は以下の校訂テクストから。Hartmann von Aue: Erec. Hrsg. von Manfred Günter Scholz. Übersetzt von Susanne Held. Frankfurt am Main 2007 (Deutscher Klassiker Verlag im Taschenbuch Bd. 20)

あるのであろうか。『ニーベルンゲンの歌』はこれまでも述べてきたように、単純に口承文芸を「書きとどめた」ものではない。ある一個の詩人が口伝の英雄詩を素材として翻案し、「書記化」したのが『ニーベルンゲンの歌』という作品である。すなわち、素材が口承のものであるか書記されたものであるかという差異はあれ、『ニーベルンゲンの歌』は宮廷叙事詩と同様に、書記的な基盤の上に成立する作品である。しかし、宮廷叙事詩の諸作品と『ニーベルンゲンの歌』を分けている要素の一つが、まさにこれまで宮廷叙事詩において検証してきた物語の語り手と詩人の間の関係である。

　ヴォルフラムおよびハルトマンに見られるように、宮廷叙事詩の詩人は自分と物語の語り手を積極的に同化させ、テクストを詩人へと帰したが、それに対してそもそも『ニーベルンゲンの歌』の詩人は作品中で名を明らかにせず、匿名のうちに留まる[55]。その上『ニーベルンゲンの歌』が素材とした口伝の英雄詩とは、聞いたものを「そのままに」さらに語り継いでゆく、という伝承形態を持つ。そしてこの伝承形態、すなわち「英雄叙事詩的な『語り』とは継承してゆくことであり、何が継承されてゆくかということ自体は、主題とされる必要はな」[56]く、「純粋なる口承文芸の謡い手は改訂者ましてや創作者としてではなく、できる限り純粋に護るべきある伝統の一時的な担い手として自己を認識していた」[57]。すなわち、『ニーベルンゲンの歌』の物語の語り手は、その「語り」の形態により、作品の「改訂者もしくは創作者」としての自己認識をもちそれを作品にも反映させていた宮廷叙事詩の詩人とは、全く異なる存在として聴衆の前に姿を現すのである。

　口承文芸においては、語り手は長い伝統の中の一つの「部分」であり、自身は物語の考案者ではなく、「語られ」るのを「聞いて」知った物語をそのまま橋渡

---

[55] シュルツェは、この『ニーベルンゲンの歌』の匿名性は同作品の受容者を驚かせた可能性を指摘しているが、シュルツェの見解の背景をなしているのは、名乗りを挙げることが通例化していた宮廷叙事詩と、『ニーベルンゲンの歌』の受容者が同一のものであったという認識である。Schulze (1999), S. 19. なお、『ニーベルンゲンの歌』および『哀歌』は、現在に至るまで特定の作者名とは結びついていないが、ともにある個的創作意志の産物であることは疑いない。ゆえに、以下本論では『ニーベルンゲンの歌』および『哀歌』の創作者を「詩人」と呼称する。
[56] Müller (1998), S. 105.
[57] Curschmann (1992), S. 57.
[58] Vgl. Heinzle (1999), S. 29./Curschmann (1992), S. 56.

しする媒介として自己を理解する存在であった[58]。そしてこの意味において、過去の歴史的事象から発生した伝説を語り継ぐ口承文芸の語り手は、口承の領域での歴史伝承の担い手とみなされていたのである[59]。そうした「語り」において彼が語るのは超個人的な、共同体にとっての記憶に属するものである。それは共同体にとっての一回性の絶対的経験であり、個人とその創造に帰せられるべきものではない。つまり、『ニーベルンゲンの歌』で疑口承的な「語り」のもと語られる物語とは、個人の創作の対極に位置するものとして演出されているのである。写本Bに収録されている初期のヴァージョンでは口承的な「語り」の模倣、またプロローグ詩節を持つヴァージョンではそれによる擬似的な口承的「語り」の場の構築を通し、『ニーベルンゲンの歌』はある個人の文学的意志や意図によらない性質のテクストとして演出されているため、そこでは詩人は姿を見せずに匿名のまま留まるのが適切なのである。『ニーベルンゲンの歌』の匿名性は、その模したジャンル特有の制約の帰結として、当然のものであるといえるだろう。『ニーベルンゲンの歌』の研究史上、当初この詩人の匿名性は、超個人的な民族的ポエジーの産物として『ニーベルンゲンの歌』という作品を捉えることにより説明が試みられた[60]。しかしこれまで述べてきたように、『ニーベルンゲンの歌』の具える口承性は意図的に構築された人工的なものであり、作品自体も自然発生的な素朴な作品ではない。すなわち、この詩人の匿名性はジャンル的制約であるのと同時に、作品に口承文芸としての装いを与えるための演出の一貫でもあるといえる。そして『ニーベルンゲンの歌』は、この口承の「語り」のスタイルを選択することにより、宮廷叙事詩とは逆に、物語内の語り手から詩人としての自己を切り離し、匿名性の内に埋没させる。この操作により、詩人は物語に口承の伝統に連なる歴史伝承としてのオーソリティを与えるのと同時に、共同体にとっての過去からの記憶を個人的視点から改変しているという非難を逃れているのである。

　こうした口承的な謡い手としての像を与えられた物語の語り手は、その基盤を

---

[59] 中世において英雄叙事詩が歴史伝承として機能していたことは、例えば口承のディエトリーヒ伝説の間違いを『皇帝年代記』の筆者が指摘していることなどに、逆説的に示されている。この問題については本書3.4.を参照のこと。Vgl. Heinzle (1999), S. 22.
[60] 『ニーベルンゲンの歌』の詩人の匿名性についての研究史は、以下の文献を参照のこと。Höfler (1965).

なす擬似的な口承性が人工的に演出されたものであっても、本来の口承文芸のジャンル的制約に則った役割を与えられている。それに相応しく、『哀歌』との擦り合わせにより、ある一定のコンセプトに従い[61]意図的な改訂を施された、写本Cに代表されるCヴァージョン以外において、『ニーベルンゲンの歌』の語り手は物語に対し中立的ないし客観的な立場に留まるのである。この態度は、物語の進行にしばしば注釈的な言説を加える宮廷叙事詩における語り手のそれと対照をなしている。『ニーベルンゲンの歌』の詩人は、口承文芸の語り手の自己理解を『ニーベルンゲンの歌』の語り手に反映させることを通し、語り手を英雄詩という口承の領域における歴史伝承を担う存在として演出する。ここにもやはり『ニーベルンゲンの歌』の成立当初の段階におけるコンセプトとして、意識的な口承文芸のスタイルの模倣を見て取ることができる。

　このように口承の伝統に連なる装いを見せることで、『ニーベルンゲンの歌』は共同体の記憶を伝承してゆく作品としての体裁をとるが、しかしそれが実際に展開されるのは宮廷叙事詩と同様の書記的平面である。そして、口頭伝承とは今日的な意味での単語レベルまでの同一性を重視する伝承ではない[62]。そこでは、常に語り手の「現在」に即した語句が使われたのに加え、『ニーベルンゲンの歌』が成立した時点での「過去」とは、「現在」の姿で語られるものであった[63]。このことは、口承文芸から書記文芸の地平へと基盤を移した『ニーベルンゲンの歌』が、共同体に「過去」から伝承されてきたことを、その伝承者を装い、口承文芸の持つ物語の絶対性を獲得しながら、しかしそれを異なるメディア的基盤に立脚する宮廷叙事詩と共通する文芸の地平上で語るということを意味する。つまり、『ニーベルンゲンの歌』は書記文芸の領域にこれまで存在しなかった口承文芸の流儀をそこに導入し、それに則って口承の領域で伝承されてきた共同体の記憶を書記的伝承へと組み込むものとして創られているのである。

　ただしこの作品の拠って立つ基盤の変更に伴い、因果関係における矛盾や、人物造形上の「破綻」など、物語内で齟齬をきたす場面が幾つか明らかとなる。そ

---

[61] 『哀歌』および『ニーベルンゲンの歌』Cヴァージョンにおける改訂上のコンセプトは、クリエムヒルトの免罪とハゲネのネガティヴな評価がその基本線である。このことは第三章でくわしく検証する。

[62] テクストの伝承における「同一性」が我々の認識と中世のそれが異なるとこは、すでにパリーの研究でも指摘されている。

[63] Müller (1998), S. 104/Haferland (2004), S. 73ff.

して、宮廷叙事詩の詩人とは異なり、語り手に自らの言説を託すことをしなかった——と同時にそれは不可能であった——『ニーベルンゲンの歌』の詩人のコンセプトとは、そうした箇所をどう詩人が処理しているかに最も明確に表れていると考えられる。次節では、こうした宮廷的世界と素材自体の持つ英雄的な特質のせめぎあいの見られる箇所を解釈し、詩人が「古の物語」——口承されてきた共同体にとっての記憶を中世における書記的平面に導入した際、それをどのような形で中世的現在に相応しく語りなおしているのか、そしてそこに見える『ニーベルンゲンの歌』という作品の持つ根本的なコンセプトとは何かを明らかにする。

1.2.『ニーベルンゲンの歌』の重層構造

13世紀初頭の頃の詩人にとっては、過去から伝承されてきた物語を現在的な世界の姿のもと語る、というのはごく自然なことであった。例えばヴェルギリウスの『アエネーイス』に登場する古代の英雄たちは、フランスの『エネアス物語』や、それを原典としたハインリヒ・フォン・フェルデケによる『エネアス物語』では、鎖帷子に身を固めた中世の騎士の姿で現れる。そして物語の舞台は中世的宮廷を中心に構築され、登場人物たちの行動は宮廷的価値体系、すなわち詩人と受容者にとっての「現在」の理想を反映する価値体系を規範とするものとして描かれる。『ニーベルンゲンの歌』もその例に漏れず、宮廷封建社会を反映した世界を舞台として展開する。物語の舞台は素材が生まれたゲルマン民族にとっての「英雄時代」ではなく、受容者にとっての「現在」である中世宮廷社会を反映するものとして造形されている——すなわち素材の発祥した民族大移動期やメロヴィング朝期といった「過去」の姿ではなく、作品の成立した12世紀末から13世紀初頭という、受容者にとっての「現在」と同様の姿で描き出される[64]。

ただし、この「衣替え」が問題なく行われたかというと、そこには『ニーベルンゲンの歌』特有の、素材と作品の関係に起因する問題が存在する。前節で述べたように、ドイツ語圏の宮廷叙事詩は、主にフランス語で書かれた作品を原典とし、それを詩人が翻案する形で作品化したものである。そのため、受容者にとって作品の原典は基本的に未知のものであった。それに対し『ニーベルンゲンの歌』

---

64) Vgl. Haferland (2004), S. 73ff.

の場合は、受容者が作品の素材となっている伝説をすでに知っており、また詩人も受容者が物語に関する知識を有していることを前提としていた。その端的な表出がプロローグ詩節や、詩節第四行に頻出し、物語の展開を先取りする「予言Vorausdeutung」である。このことは『ニーベルンゲンの歌』という作品で語られることと、受容者の記憶にあること、すなわち「古の物語」として語り継がれてきたことが、作品内に重層的に存在していることを意味する。『ニーベルンゲンの歌』では物語の舞台が宮廷的なものとして造形されている一方、作品の素材となった英雄譚はそれとは異質な原理を持つ。そして両者の差異は物語の因果関係および人物の造形に時折齟齬を生み、幾つかのエピソードにおいて物語の表層にまで浮かび上がってきていることをクルシュマンは指摘している。それはまずシーフリトの二重化された青年期の物語に現れ、クリエムヒルトによるオルトリエプを通したハゲネの挑発[65]、シーフリトの死後、子供を放棄してまでブルグントに滞在するクリエムヒルトといった場面に現れる。本節では、上記のような二つの物語の地平の邂逅する地点の例として、『ニーベルンゲンの歌』前半の主要登場人物の一人であるシーフリトの造形を取り上げ、彼にまつわるそうした箇所に関して『ニーベルンゲンの歌』の詩人がどのような処置を施したかを検証し、英雄的世界を伝える「古の物語」に対する詩人の態度と、その書記化がどのように行われたのかという問題に対する解釈を行う。

1.2.1. Bヴァージョンでのシーフリト描写——第二歌章を中心に

物語全体の向かう先を暗示し、そして『ニーベルンゲンの歌』の主人公というべきクリエムヒルトを紹介する役割を担う第一歌章に続き、第二歌章は作品前半の主要登場人物の一人であるシーフリトの紹介に費やされている。そこでは、「龍殺し」、「神秘的な宝の所有者」であり、また「硬質の皮膚を持つ」という、素材の英雄詩に由来し、宮廷社会の原理とは相容れないと思われる、英雄的形象とし

---

[65] 『ニーベルンゲンの歌』の素材となったと考えられている伝説では、クリエムヒルトはオルトリエプを利用してハゲネを挑発する意志をもっていたように描かれていたと推測されている。『ニーベルンゲンの歌』の詩人はハゲネによるオルトリエプ殺害に関する物語上の必然性をフン族によるブルグントの従者の襲撃とそれを報告しに来た血まみれのダンクワルトを通し別に用意している。

てのシーフリトの基軸をなす特性は、どのように扱われているのか。このことを考察するために、まず作品成立時の姿を最もよく保っているとされるBヴァージョンでのシーフリト描写を検証する。第二歌章はシーフリトが初めて物語に登場するのに加え、彼の紹介のみに費やされているため、ここでのシーフリトに関する描写が、『ニーベルンゲンの歌』という作品での彼の造形にとって決定的な意味を持つことは明白である。

歌章冒頭の第20詩節で、クサンテンに都するニーデルラントのシゲムント王とシゲリント妃の間に王子が生まれ、シーフリトと名付けられたことが述べられるのに続き、人々の噂となった彼にまつわる「類稀なること michel wunder（22, 2)」への言及がなされる。

  Sîfrit was geheizen   der snelle degen guot.
  er versuochte vil der Rîche   durch ellenthaften muot.
  durch sînes lîbes sterke   er reit in manigieu lant.
  hey waz er sneller degene   sît zen Burgonden vant!

  In sînen besten zîten,   bî sînen jungen tagen
  man mohte michel wunder   von Sîvride sagen,
  waz êren an im wüehse   und wie scœne was sîn lîp.
  sît heten in ze minne   diu vil wætlîchen wîp.   (B: 21-22)

この雄々しい勇士はシーフリトという名でした。猛る心をもって多くの国を訪れ、自らの腕を試すため、いくつもの国々へと馬を駆りました。後にブルグントの国では、いかに多くの優れた勇士たちに彼はまみえることとなったことでしょう！彼の若かりしころ、最良の日々に、どんなに大きな栄誉を得たか、その身はいかに堂々たるものであったかについて、シーフリトに関するすばらしく類稀なることを人々は語り草としたのです。後に見目麗しい貴婦人たちは彼に好意を寄せました。

まず第21詩節目での、シーフリトが勇敢さに導かれ、腕試しのために多くの国を経巡ったとの記述は、受容者がすでに聞き知っていたと考えられる、シーフリトの英雄的冒険を連想させる。しかしここで自分たちの知っている「あの」シー

フリトを思い浮かべた受容者は、続く描写に戸惑うこととなる。おそらくは受容者が期待したであろう華々しい冒険譚は語られることなく、その代わりに彼が獲得した栄誉とその身の立派さといった、シーフリトに関する「類稀なること」が人々の話題となっていた、という抽象的な、「ぼかした」記述がなされるにとどまっているのである。そしてこの後も、龍との戦いやニベルンクの財宝の獲得といった、シーフリトの英雄的冒険自体は、この歌章では一切語りの対象とはならない[66]。そればかりか、続く詩行では貴婦人が彼に好意を寄せたことが語られ、宮廷的ミンネ関係が暗示される。すなわち、第四詩行では伝説のなかでの英雄としての特性よりも、むしろ宮廷的色彩の輝きのうちにシーフリトは描き出されるのである。これは、『ニーベルンゲンの歌』でのシーフリトが、口伝の英雄詩に見られるような荒々しい英雄像とは些か異なる、むしろ宮廷叙事詩やミンネザングの背景となっている宮廷社会に生きている、宮廷人としての性格をもって描かれてゆくことを受容者に予感させるものとなっている[67]。

　伝説の中の英雄であり、同時にクサンテン宮廷の王子として宮廷社会の中心に置かれたシーフリトが、どのような特性を持つ形象として『ニーベルンゲンの歌』の世界に存在しているかという問題を考える上での重要な鍵となるのが、この詩節で人々の話題となっていたとして言及される、彼についての「類稀なること wunder」の指示内容である。前述のように、21詩節目では彼の英雄的業績——それはまさにプロローグ詩節でも示されているように、「類稀なること」であった——を想起させる記述がなされる一方で、「類稀なること」という言葉を含む22詩節目とそれ以降でのシーフリトは、英雄詩に語られてきたような龍殺しの英雄ではなく、名誉や見目麗しさ、貴婦人や乙女たちとのミンネが話題となるような、宮廷人の理想を体現する若き騎士として描かれている。対極の特性の描写に挟まれるこの「類稀なること」は、第22詩節までの限りでは、シーフリトの英雄

---

66) 口承の領域で語り継がれてきたと考えられるシーフリトの冒険譚や英雄としての特性は、『ニーベルンゲンの歌』では語り手によっては一切言及されず、第三歌章でハゲネにより初めて物語内物語として語られることになる。このハゲネによる語りについては後の節の検証対象とする。
67) そもそも英雄詩には宮廷的なミンネの概念は登場しない。この主題が初めてドイツ語文芸の領域で扱われるのは、12世紀後期に成立したハインリヒ・フォン・フェルデケによる『エネアス物語』においてであり、しかもそこでは未だ概念として宮廷文化の内に固定化されていなかった。

譚とも、彼の宮廷的洗練を指すとも読み得る。この箇所ですでに、作品素材と、『ニーベルンゲンの歌』という作品の間のシーフリト像の差異から生じる重層性が顔をのぞかせているといえるだろう。

　ここでシーフリトを特徴づける「栄誉 êre」や「堂々たる身」といった概念は、宮廷的カテゴリーに属するものであり、それゆえに一義的にシーフリトの宮廷的洗練をあらわすものであるとミュラーは解釈している[68]。しかし、シーフリトの英雄的行為を仄めかす第21詩節から、明確な区分なしに「類稀なること」へと連続した叙述が行われているのに加え、貴婦人たちが彼に好意を寄せ、「婦人奉仕における成功」を彼が修める時点と、シーフリトが「類稀なること」をなした時点が、「後に sît」という時の副詞により時間的に分離され[69]、宮廷的行為と「類稀なること」との間に時間的なクッションが置かれているため、両者の直接的な因果関係が弱められていることなどの要素を考慮に入れると、この「類稀なること」がシーフリトの英雄的行為の数々を指している可能性は否定できない。むしろこの詩節からのみの判断としては、十分にそうした英雄的行為を想起させるものとしてみなし得る。すなわち彼の本質を判断する鍵となる「類稀なること」の指示内容は、受容者たちの記憶に存在するシーフリトの英雄譚とも、他の同時代の書記文芸の主人公たちと共通する宮廷的洗練とも解釈が可能である。それは逆に、具体的描写の欠如によりどちらの選択肢も決定的な論拠を持ち得ないままにされているということを意味する[70]。

　素材とそれが作品化される基盤の乖離に鑑みると、シーフリトの造形上決定的な意味を持つと考えられる「類稀なること」の指示内容が不明瞭である、もしくは一義的ではない理由として推測されるのが、このBヴァージョン——そこに

---

[68] Müller (1998), S. 127.
[69] この貴婦人たちとの係わり合いについての記述があるのは第四長詩行においてであるが、すでに述べたように『ニーベルンゲンの歌』の第四詩行目にはしばしば未来の事に関しての予言的な記述が見られる。この詩節のものも、その一例として考えることが可能であろう。また、シーフリトが貴婦人たちとミンネの駆け引きを行うようになるという描写が、シーフリトの「類稀なること」に関する描写と時間的な区切り (26, 1) を挟んだ後 (26, 3) にあることも、このBヴァージョンでは「類稀なること」を一義的に宮廷的洗練と解することを躊躇わせる要因として挙げることができる。
[70] この「類稀なること」の内容を一義的に解釈するのに難があることは、改訂ヴァージョンであるCヴァージョンにおいて、二つの意味に分割されて書き改められていることにも表れている。Cヴァージョンでの当該箇所の解釈は本章1.2.2を参照のこと。

は『ニーベルンゲンの歌』の詩人の手によるテクストがおそらく最も忠実に伝えられていると考えられる――では、意図的にこの「類稀なる」ことの内容を一義的に解釈し得ないものとして記述された可能性である。Bヴァージョンでは、シーフリトが物語に登場する第二歌章冒頭で、受容者がその記憶に持つ英雄としてのシーフリト像を否定はせず、しかし具体的には描写することもまたせずに、ただ仄めかすに留めているため、その結果として同時代の宮廷叙事詩が描く宮廷騎士と同様の特性を彼が纏うことが可能になっている。そして、シーフリトの英雄的特性は否定しないものの、それを内容的に受ける「類稀なること」という言葉が英雄的行為と宮廷的洗練双方への関連付けられることを通して、受容者の記憶にある英雄的なシーフリト像から宮廷的なシーフリト像への移行が行われている。これは『ニーベルンゲンの歌』という物語において、受容者の記憶に由来する彼に関しての知識との繋がりを残しつつも、シーフリトをそれとは異なる、独自な形象として描写するために詩人が施した布石として考えることができる。

　この推測の論拠となるのが、Bヴァージョンではこの両極を含む二つの詩節以降第二歌章が終わるまで、シーフリトが一貫して宮廷騎士として造形されていることである。第22詩節目後半の描写を引き継いで、第23詩節目からは宮廷の王子に相応しい教育や貴婦人や乙女たちとのミンネ、そして為政者としての適性が語りの対象となっており、そこからは『ニーベルンゲンの歌』でのシーフリトが、素材段階では彼の本質をなしていた英雄的特性を一度括弧に入れ、宮廷的特性を軸として造形されていることが読み取れる。それを象徴しているのが、彼の受けた宮廷的教育に関する描写である。

  Man zôch in mit dem vlîze　　als im daz wol gezam.
  von sîn selbes muote　　waz tugende er an sich nam!
  des wurden sît gezieret　　sînes vater lant,
  daz man in ze allen dingen　　sô rehte hêrlîchen vant.

  Er was nu sô gewahsen,　　daz er ze hove reit.
  die liute in sâhen gerne.　　manec frouwe und manec meit
  im wunschten, daz sîn wille　　in immer trüege dar.
  holt wurden im genuoge,　　des wart der herre wol gewar.

Vil selten âne huote	man rîten lie daz kint.
in hiez mit kleidern zieren	Sigmund und Siglint.
sîn pflâgen ouch die wîsen,	den êre was bekant.
des mohte er wol gewinnen	beide liute unde lant.　　(23-25)

　彼はその身に相応しく、入念に教育されました。彼自身の心栄えをもって、どれほどの徳を身につけたことでしょう！全てのことに関して人皆が彼をまこと優れたものだとみなしたので、後に彼の父の国々は名声を得ることとなったのです。さて、シーフリトは宮廷へ伺候するまでに成長し、彼の姿を目にするのは皆の愉しみでした。多くの貴婦人や乙女たちは、彼がいつも宮廷にやってくる気になることを願ったのでした。多くのものが彼に好意を向け、シーフリトもそれをよく心得ていました。彼は護衛なしで馬を駆るのを許されることは滅多にありませんでした。父王シグムントと母シゲリントはシーフリトに美しい服で装わせるよう命じ、また名誉ある賢者たちが補佐に当たったのです。それゆえに、国民皆が彼に心を寄せました。

　この箇所で注目されるのが、シーフリトの受けた宮廷の王子として受けた教育と、その過程での「徳 tugent」の獲得の様相である。この「徳」こそは宮廷騎士の具えるべき特性であり、「謙虚さ diemüete」、「節度 mâze」、「誠実 triuwe」などの美徳を包括する概念であるが[71]、これらが中世文学作品の登場人物の具える特性として言及される場合、それはその人物が宮廷騎士としての理想的な存在であることを示す[72]。そして、シーフリトはこうした宮廷的教育を経て一人前になると、貴婦人たちにミンネを求めるようにもなる（26, 3）[73]。「徳」を身につけ、宮廷人としての作法を心得るに至ったシーフリトは、この歌章後半で華々しく描写される刀礼による騎士叙任によって、理想的な宮廷騎士として自己の存在を確立するのである。そして、ニーデルラントの王子であり模範的な騎士であるとい

---

71) Vgl. Bumke（2002）, S. 416ff.
72)『ニーベルンゲンの歌』後編に登場するフン族の辺境伯、リュエデゲールも「全ての徳の父 vater aller tugende」として表され、実際封建君主や貴婦人との関係、そして騎士としての勇敢さや鷹揚さなどにおいて、理想的な宮廷騎士として造形されている。
73) ミンネとはそもそも英雄的形象とは無縁の概念である。

う『ニーベルンゲンの歌』でのジーフリトは、歌章冒頭で仄めかされたような、英雄性を基本的特性とする受容者の記憶にある英雄的形象としてではなく、宮廷叙事詩の主人公たちと共通する特性を持つ、宮廷的な人物としてまずこの第二歌章で物語に導入される。

さらに彼の宮廷的造形の極みをなしているのが、ジーフリトはこの教育期間中「護衛を連れずには外出することが許されない」というように、宮廷の厚い保護の下に置かれたと述べられていることである。そこで描かれるのは口承文芸に見られる英雄の像とは正反対のものであるばかりでなく、前述の彼の英雄的行為を仄めかす、「猛る心をもって多くの国を訪れ、自らの腕を試すため幾多の地方へと馬を駆った（21, 2）」という描写と矛盾するという点でとりわけ重要である。ここには『ニーベルンゲンの歌』が素材とした伝説の中での英雄的ジーフリト像と、『ニーベルンゲンの歌』の詩人が第二歌章で意図した宮廷的な造形の対照が、最も先鋭化された形で表れている。Bヴァージョンではこの矛盾に対する説明は一切なく、引き続き「護衛」や教育の師である「賢者」たち、そして彼に心を寄せる貴婦人たちに囲まれた宮廷人ジーフリトの姿が語られ、英雄の姿とは全く異なる、むしろそれとは対照をなす特性が前景化されて描き出されることで、口頭伝承でジーフリトの本質をなしていた英雄的特性は、下層へと追いやられてゆく。

1.2.2. Cヴァージョンでの改訂の示すもの——Bヴァージョンでの問題点

以上のように、『ニーベルンゲンの歌』の詩人は宮廷的な装いのもとにジーフリトを物語へと導きいれるが、それは受容者の記憶の中に存在する、龍殺しの英雄であり、ニベルンク族の宝の所有者でもあるジーフリト像とは全く異なるものである。そして、伝説に由来する英雄的素性を曖昧なままにしておくという操作にも関わらず、Cヴァージョンでジーフリトの青年時代の経歴に関して大幅な改訂が施されていることに鑑みれば、『ニーベルンゲンの歌』でのジーフリトの造形は、恐らく受容者には異質なものと映ったと考えられる。そしてその改訂内容からは、第二歌章で描き出されるジーフリト像に対する、受容者の反応を推測することが可能である。以下に、Cヴァージョンでの変更箇所をBヴァージョンと比較し、ジーフリト描写について何が問題視されたか、そしてCヴァージョ

ンはそれに対していかなる解決をはかったかを検証する。

Cヴァージョンではまず Bヴァージョンにおける第21詩節と第22詩節の間に詩節が一つ追加されているのに加え、それに関連した細かな修正が見られる。

> Sîfrit waz geheizen   der snelle degen guot.
> er versuochte vil der rîche   durch ellenthaften muot.
> durch sînes lîbes sterke   suochte er fremidiu lant.
> hey, waz er sneller degene   sît ze Buregonden vant!
>
> *Ê daz der degen küene   vol wüehse ze man,*
> *dô het er solhiu wunder   mit sîner hand getân,*
> *dâ von man immer mêre   mac singen unde sagen;*
> *des wir in disen stunden   müezen vil von im gedagen.*
>
> In sînen besten zîten,   bî sînen jungen tagen
> man mohte michel wunder   von Sîfvriden sagen,
> waz êren an im wüehse   und wie schœne was sîn lîp.
> des heten in ze minne   diu vil wætlîchen wîp.   (C: 20-22)[74]

この雄々しい勇士はシーフリトという名でした。猛る心をもって多くの国を訪れ、自らの腕を試すため<u>異境の国々へと</u>[75]馬を駆りました。後にブルグントの国では、いかに多くの優れた勇士たちに彼はまみえることとなったことでしょう！<u>この勇敢なる勇士が一人前になる前に、人々がいついつまでも謳い語ることのできるような類稀なることを、己の手により成し遂げました。そのうちの多くのことに関しては、今は語らないままにしておかざるを得ません</u>[76]。彼の若かりしころ、最良の日々に、彼がどんなに大きな栄誉を得たか、その身はいかに堂々たるものであったかについて、シーフリトについてのすばらしく類稀なることを人々は語り草としたのです。そのことゆえに、見目麗しい貴婦人たちは彼に好意を寄せることとなりました。（下線筆者）

---

74) 『ニーベルンゲンの歌』Cヴァージョンのテクスト引用は Hennig (Hrsg.) より行う。
75) Bヴァージョンでは「いくつもの国々へと」。
76) この下線部の箇所が Cヴァージョンで追加された C第21詩節にあたる。

この改訂を通し、BヴァージョンでIs二義的に解釈できる「類稀なること」が、Cヴァージョンでは二つに分割され、それぞれに対照的な指示内容が与えられていることにまず注目したい。これを成立させているのが、Bヴァージョンではその間に明確な区別を挟まないまま連続していた、シーフリトの英雄的特性が暗示される第21詩節と、以降のシーフリトの宮廷的造形の導入となっている22詩節の間に、新たに挿入されたC第21詩節である。

　この詩節の挿入により生じる影響として、Bヴァージョンでは連続している第21詩節と第22詩節の間の叙述の直線的な流れが分断され、Cヴァージョン第22詩節の「類稀なること」が第21詩節の英雄的行為を示す描写から切り離されることがまず挙げられる。これにより、Bヴァージョンでは英雄的冒険との繋がりを保持している「類稀なること」は、文脈の分断とさらにCヴァージョン第22詩節第四詩行目前半に施された改訂により、その連関を解除され一義的に宮廷的な意味内容を持ったものとなる。前述したように、Bヴァージョンではシーフリトが「類稀なること」をなした時点と、貴婦人たちが彼に好意を寄せた地点が「後にsît」という時の副詞により隔てられ、両者が直接的な因果関係で結ばれているかどうかは必ずしも明らかではないかたちでの叙述が行われている。それに対し、Cヴァージョンでは「後に」が「そのことゆえに des」へと変更され、シーフリトに関する「類稀なること」を貴婦人が彼に寄せる好意の直接的な原因とするという因果関係が明らかにされている。「貴婦人」という宮廷的存在の「好意」を得るという描写の背景には、宮廷風恋愛であるミンネの関係と婦人奉仕が浮かび上がり、ゆえにこの詩節で述べられるシーフリトに関する「類稀なること」とは、彼の「栄誉や見目麗しさ」に起因する宮廷人としての卓越を指し示していることがより鮮明となる。Cヴァージョンの改訂者はこの詩節での「類稀なること」の曖昧さを廃し、シーフリトの宮廷的特性を示すものとして定義し直しているのである。

　しかしその一方で、Cヴァージョンはこの改訂により同箇所からは消去される英雄的行為を指示する「類稀なること」をフェードアウトさせることはせず、別途言及することで補完する――新たに挿入された第21詩節2詩行目に、「そうした類稀なること solhiu wunder」に関する記述が追加されているのである。この新たな「類稀なること wunder」は、次詩行の da von 以下の「人々が謡い語る singen und sagen こと」を指しているが、これはまさに口伝されてきた「類稀な

ること」、すなわち受容者の知るシーフリトの英雄譚を想起させる。そのため、この詩節で新たに語られるシーフリトに関する「そうした類稀なること」とは、第22詩節の「類稀なること」が宮廷的特性と関連付けられたのとは対照的に、一義的に英雄的行為ないし特性を指示する。そして、これをさらに明瞭にするために、Cヴァージョンの改訂者はCヴァージョン第20詩節／Bヴァージョン第21詩節に小さな、しかし決定的な改訂を加えている——若きシーフリトが「己の腕を試すために durch sînes lîbes sterke」経巡ったのが、「いくつもの国々 in manigiu lant」から、「異境の国々 in vremidiu lant」へと変更されているのである。一見、大勢に影響は無いように見えるこの改訂だが、シーフリトが冒険をなした空間を「異境」の国々、すなわち日常で自らが属する空間とは異質なものとすることで、Bヴァージョンでの「いくつもの」と比較すると、その空間がより『ニーベルンゲンの歌』の主筋が進行する宮廷世界から異化されていることは見逃せない。そして、この「異境」という言葉の背後に想定されている意味は、第三歌章での記述から推測が可能である。

　第三歌章でシーフリトは配下の者たちとクリエムヒルトへの求婚のためにヴォルムスを訪れる。その報告が宮廷の王たちに上がったが、彼らを知る者は誰もいなかった（79, 4）。そこでグンテルは彼らが何処からやってきたかを訝しむが、メッツのオルトウィーンが助言をする。

《sît wir ir niht erkennen,　　nu sult ir heizen gân
nâch mînem œheim Hagenen;　　den sult ir si sehen lân.

Dem sint kunt diu rîche　　und ouch diu vremden lant.
sint im die herren künde,　　daz tuot er uns bekant.》
(81, 3-4; 82, 1-2)

「われわれにはあの者たちの素性が知れませんから、グンテル様におかれてはわが叔父ハゲネをすぐにお呼びになり、彼らを見極めさせますよう。叔父ハゲネは、諸国のことのみならず、異境の国々にも通じております。あの者たちのことを知っておれば、我々に教えるでしょう。」

　このオルトウィーンの台詞は二つの点で重要である。まず、「諸国 rîche」と「異

境 vremdiu lant」が異なる領域として提示されている点である。「諸国」と「異境」の組み合わせは、Cヴァージョンで改訂された第21詩節でのシーフリトが経巡った空間に関する描写と共通しているのに加え、そこでは「自らの腕を試すめ、異境の国々を訪れた」として、異境の国々を巡る目的が己の純粋な肉体的な強靭さ——これは勿論英雄的存在の根本をなす要素である——の確認および顕示であることが述べられている。またこの後、「異境」の諸事に詳しいハゲネがブルグントの者たちを前に第87詩節から第102詩節にかけてシーフリトに関して語るのは、まさしく受容者に知られていた冒険の数々であり、「異境」とはヴォルムスを中心とした宮廷的原理のもとにある世界ではなく、それとは全く異なる原理の支配する、英雄的原始的空間が想定されていることが、一連の叙述からは明らかとなる。すなわち、先に引用した箇所に述べられる、シーフリトが若き日に経巡った「異境の国々」とは宮廷的空間とは異質な空間であることが明確化され、そこへの冒険は異界への旅路といった色彩を帯びる。「いくつもの」をこうした英雄的世界と結びつく「異境の」へと変更したCヴァージョンの改訂は、この詩節でのシーフリトの行為の、英雄的行為としての意味合いを補強する。Cヴァージョンの改訂で以上のように詩節の追加と叙述の整理が行われ、「類稀なること」が二つの対照的な指示内容を持つものへとに分割されているという事自体が、Bヴァージョン第二歌章での「類稀なること」の曖昧さへの受容者の戸惑いと、英雄的特性よりも宮廷的特性を身に付けた存在として物語に導入されたシーフリト像に対する否定的な反応を物語っているともいえるだろう。

　さらにこの追加詩節には、『ニーベルンゲンの歌』という作品でシーフリトに付与された宮廷性と、素材である口伝の英雄詩では彼の基本的特性であったと考えられる英雄性という両極の特性を、Cヴァージョンの改訂者がどのような関係の内におくことを想定していたかが投影されている。これまで述べてきたように、Cヴァージョンの改訂者はBヴァージョンでの「類稀なること」が内包する英雄的要素と宮廷的要素を二つに分離するが、そのうえでシーフリトが英雄的行為をなした時点を「彼が一人前になる前 ê daz der degen küene vol wüehse ze man」であるとして、『ニーベルンゲンの歌』の主筋と同一の時間軸上に置いた上で、彼の青年期に限定する。この操作により、シーフリトの持つ英雄的特性と宮廷的特性の関係はBヴァージョンよりもより論理的に整理され、受容者の記憶に存在する英雄シーフリトと、『ニーベルンゲンの歌』の詩人が第二歌章で描

き出した宮廷的存在としてのシーフリトの間に合理的な説明が与えられる。この改訂は、確実に受容者により問題とされたと思われるBヴァージョンでの矛盾を解消することを意図したものである[77]。シーフリトは生来英雄としての特性を本質とする人物形象であり、それが発揮されたのが『ニーベルンゲンの歌』の受容者にとって既知の冒険の数々であるが、Cヴァージョンの改訂者はそうした冒険を成し遂げた後に宮廷的教育を通して宮廷的特性を獲得し、初めて「一人前」になった人物としてシーフリトを描く。つまり、Bヴァージョンがこの歌章での言及をおそらく意図的に避けているシーフリトの英雄譚について、Cヴァージョンの改訂者は詩節の追加によりそれをシーフリトが行ったこととして認め、さらに婦人奉仕に代表される宮廷的行為との時系列的な関係を明らかにすることで、両特性が共にシーフリトの中に存在することについて論理的な説明をつけているのである。Bヴァージョンは、まず彼が物語に登場する第二歌章では英雄的特性を仄めかすのに留めてフェードアウトさせ、シーフリトの成長過程を徹頭徹尾宮廷的教育を通して描くことにより、「新たな」シーフリト像を作り出す。そのうえで第三歌章でのハゲネの口承的「語り」を通して初めて英雄としてのシーフリトを作品内に導入し、『ニーベルンゲンの歌』において新たに造形された宮廷騎士シーフリトと受容者の脳裏にある「あの」英雄シーフリトの融合をはかった。しかし、この方法はシーフリトが両極の特性を内包することを十分に受容者に納得させるものではなかったと思われる。これを受けてCヴァージョンは、両特性間の関係の曖昧さを排除し、第二歌章の時点ですでにシーフリトの持つ英雄性は否定せずそのままに受容者に明らかにする。しかしそれを宮廷的特性で包み込み、彼の持つ二つの本質的に異なる特性を時間軸上に分離して配分することで矛盾を解決し、英雄的シーフリト像と宮廷的シーフリト像を両立させている。そし

---

[77] ミュラーは、この追加詩節を考慮に入れてもこれに続くB25/C24で述べられる、シーフリトが「一人で馬を駆ることはほとんど許されなかった」という、彼の教育課程での厚い庇護との矛盾が存在することを指摘している。ただし同時にこの矛盾は「簡単に訂正する事のできた」ものであり、その具体的な解決の例として、写本mに残された所謂ダルムシュタット歌章目録 Darmstädter Aventiurenverzeichnis での「シーフェリトが騎士になる前に、いかにして戦えるまで成長しまた角質化したか、そしてニベルンク族の宝を手に入れたかの章 Abinture wie siferit wusch zu stride und wie hurnen wart/und der nebůlunge hurt gewan E er ritter wart」との歌章表題や、リンハルト・ショイベルの英雄本（写本k）での改作を挙げている。Vgl. Müller (1998), S. 129f.

てその際に、英雄的特性は宮廷的特性の下層に置かれることとなるのである。

　それでは、Cヴァージョンがシーフリトの青年期の区切りとし、口伝の英雄詩の中での英雄シーフリトと、『ニーベルンゲンの歌』で新たに提示された宮廷騎士シーフリトの分水嶺となるべき、彼が「一人前 man」となったのはどの時点が想定されているのだろうか。この問題を解く鍵となるのが、Cヴァージョンが第二歌章に施したさらなる改訂、Bヴァージョン第24詩節の削除と、Cヴァージョン第43詩節の追加である。これらもやはりシーフリトの成長及び英雄的特性に関わる内容を持つものであり、第21詩節にみられるシーフリトの英雄的特性と宮廷的特性を並存させ、シーフリトという一個の人物形象の中で統合するというCヴァージョンの志向は、この二つの改訂にも読み取ることができるため、一連の改訂は一貫したコンセプトのもと行われていると考えられる。この二か所の改訂を通し、Cヴァージョンがシーフリトの青年期をどのように構築しようとしていたのか、そしてそれに伴いシーフリトという人物形象が内包することになった英雄的特性と宮廷的特性はどのような関係の内に置かれることになるのかを以下に検証する。

　Bヴァージョン第24詩節はどのような理由からCヴァージョンでは削除されたのか。この詩節では、時系列的には作品成立当時の宮廷的「教育の理想[78]」が反映された、シーフリトに対する宮廷的教育が始まった後かつ刀礼の前の地点の描写が行われている。

> Er was nu sô gewahsen,　　daz er ze hove reit.
> die liute in sâhen gerne.　　manec frouwe und manec meit
> im wunschten, daz sîn wille　　in immer trüege dar.
> holt wurden im genuoge,　　des wart der herre wol gewar.　(B: 24)

> シーフリトは宮廷へ伺候するまでに成長しました。彼の姿を目にするのは皆の愉しみでした。多くの貴婦人や乙女たちは、彼がいつもやってくる気になることを願ったのでした。多くのものが彼に好意を向け、シーフリトもそれをよく心得ていました。

---

[78] Vgl. Reichert (Hrsg.), S. 379.

この詩節の C ヴァージョンにおける削除の理由について考察する上で大きな意味を持つのが、B ヴァージョン第26詩節/C ヴァージョン第25詩節である。

> Nu was er in der sterke,　　daz er wol wâfen truoc.
> swes er dar zuo bedorfte,　　des lag an im genuoc.
> er begunde mit sinnen　　werben sœniu wîp.
> die trûten wol mit êren　　des küenen Sîvrîdes lîp.　(B: 26/C: 25)

さて今や彼は武器をとるのに足る力を持っていました。そのために必要なものはすべて、彼には十分に具わっていたのです。彼は分別をもって美しい婦人たちに求愛するようになりました。彼女たちが勇敢なるシーフリトのことを愛することは、誉れとなることでした。

二つの詩節はともに初めにシーフリトの成長およびそれに伴う貴婦人たちとのミンネ関係の開始に関しての叙述であり、内容的にほぼ重複する。そのため、C ヴァージョンで B ヴァージョン第26詩節が削除されたのは C ヴァージョンの改訂における方針の一つである「重複の回避」によるものであると推測される[79]。ただし、シーフリトの成長に関して、両ヴァージョンはその記述をやや異にしていることには留意する必要がある。B ヴァージョンは、第24詩節一詩行目でシーフリトが宮廷的存在として申し分ないまでに成長したことを示した上で貴婦人や乙女たちとのミンネの関係を暗示しているが、この詩節以前に叙述されているのは宮廷的素養を身につけるための教育についてであり、詩節第一詩行目においてシーフリトが宮廷に伺候するまでに「成長を遂げた gewachsen」ことが語られていることから、シーフリトの宮廷的教育はここで完成をみたとの印象を受容者に与えるものとなっている[80]。このことを考慮に入れると、同詩節を C ヴァージョンが削除したことは、シーフリトの宮廷的教育をこの時点で完成させる、すなわちシーフリトが「一人前」になることを回避し、先に延ばすという効果を生んでいると考えることができる。いうまでもなく、この操作はシーフリトの青年期を延長し、C ヴァージョンの追加詩節で言及された、「一人前」になる前にな

---

79) Vgl. Hoffmann (1967).
80) Vgl. Müller (1998), S. 129, Anm. 63.

されたというシーフリトの英雄的行為が行われる時間的幅を用意するものである。Bヴァージョン第24詩節が削除されたことで、シーフリトに施された宮廷的教育の最終段階ないし到達目標点は「武器をとること[81]」、すなわち刀礼とそれを通した騎士叙任へと収斂し、それに伴いシーフリトが成熟し「一人前」となるのが、彼が刀礼を受ける時点であることが明確なかたちで示される[82]。これは、シーフリトが彼の名を世に知らしめる英雄的な冒険を行った時点では、未だ宮廷騎士として「未熟」な存在であるという理解の反映として読むことができるだろう。Cヴァージョンの改訂は、英雄的特性と宮廷的特性を時間軸上に割り振ったばかりではなく、両特性の宮廷社会における優劣も目に見える形で示しているのである。

　以上のように、Cヴァージョン第21詩節の追加とBヴァージョン第24詩節の削除という改訂を通し、シーフリトの英雄的冒険は宮廷騎士としての造形から乖離することなく、同一時間軸上に展開することが可能となった。これにより、英雄的冒険をなしたシーフリトと、宮廷的存在としてのシーフリトが一個の人物形象の内に矛盾なく収められ、受容者の記憶の中のシーフリトの持つ元来の英雄的特性と、『ニーベルンゲンの歌』の作品世界の中で彼に与えられている宮廷的特性は、重層的に両立するように整理されているのである。そして、両特性の結合を、Cヴァージョンは第二歌章の結尾に新たに付け加えた詩節によってさらに推し進めている。

> In dorfte niemen schelten,　　sît dô er wâfen genam.
> jâ geruowete vil selten　　　 der recke lobesam
> suochte niwan strîten.　　　　sîn ellenthaftiu hant
> tet in zallen zîten　　　　　　in vremden rîchen wol bekant.　　　(C: 43)

---

[81] この詩節でのシーフリトが「武器をとるのに足る力をもっていた」という記述は、それが直接次詩節以降の刀礼とそれを祝う宴と因果関係の内にあり、またこの詩節第二詩行でもそのためにはいくつもの要素を具える必要があることが言及されていることからしても、彼が肉体的物理的に武器を持つことが可能になったのを示しているのではなく、宮廷的騎士となるための教育を経て成熟し、騎士としての力量を獲得したことを意味していると考えるのが妥当である。

[82] この刀礼を受けた後の第三歌章初めの第44詩節目で、語り手はシーフリトのことを作品内で初めて「殿 herre」と呼称している。このことは、刀礼のくだりを描写して終わる第二歌章から第三歌章の間で、シーフリトが「殿」と呼ばれる身分に格上げされた、すなわち「一人前」になったことを示している。

剣を手にしてからというもの、彼には非の打ちどころがありませんでした。そう、天晴な勇士は休むことなく常に戦いを求めました。その勇敢さ故に、彼は常によその国々でもよく知られていたのです。

　この追加詩節第一詩行では、刀礼と宮廷的教育の完成、そして人格的成熟が密接な連関の内にあることが改めて示される[83]。そして、シーフリトの英雄的特性と宮廷的特性の結合という観点からすると、特に注目すべきなのが第二詩行から第四詩行である。第二詩行および第三詩行前半では、騎士叙任の後にシーフリトは常に戦いを求めたことが述べられる。ミュラーはここで言及される「戦い」を、先のCヴァージョン第一の追加詩節である第21詩節でのシーフリトの英雄的冒険、伝説に語られた「類稀なること」と重ね合わせ、彼がそれをなした「一人前になる前に」という時系列上の地点を示しているのが、刀礼の記述に続くこの第二の追加詩節であると解釈する[84]。しかし、この追加詩節に先立つ物語の筋との関連を考慮に入れると、この詩節で言及されるシーフリトの戦いは、英雄としての戦いではなく、宮廷騎士に期待される戦いであると考えるべきである。

　シーフリトの刀礼とそれを祝う宴について語られた後、Bヴァージョン第39詩節/Cヴァージョン第38詩節で、シーフリトの父シグムントはシーフリトに、彼と共に刀礼を受けた若い騎士たちに封土を与えさせる。

```
Der herre der hiez lîhen        Sivrit den jungen man
lant unde bürge,                als er het ê getân.
sînen swertgenôzen              den gap dô vil sîn hant.
dô liebt' in diu reise,         daz si kômen in daz lant.      (B: 39/C: 38)
```

---

[83] この記述は宮廷人としてのシーフリトの完成を示すと同時に、刀礼を受けて騎士となる前のシーフリトは、宮廷的存在としては決して理想的な人物ではなかったことを暗示している。Cヴァージョンの傾向として、『哀歌』と同様（『哀歌』についての精密な解釈は第三章で行う）に善悪二元論的な人物描写がなされていることが従来の研究で既に指摘されているが、シーフリトに肯定的な評価が与えられるのはこの時点である。

[84] Müller (1998), S. 128-129. この解釈ゆえに宮廷的教育を受けたシーフリトが英雄的戦いを戦うという矛盾が生じるが、ミュラーはCヴァージョンでの改訂は常に局部的なものにとどまっていることにこの矛盾の原因を求めている。

国王はかつて自らが行ったように、若きシーフリトに国土や城砦を封土として与えさせました。自分とともに刀礼を受けた者たちに、シーフリトは多くを与えたのです。そこで彼らはこの国へとやってきたことを嬉しく思いました。

　ここでシーフリトが行った封土を与えるという行為は、それを与えられた者との間に封建的主従関係を結ぶということを意味する。また彼の父でありニーデルラントの王であるシグムントが「かつて自ら行ったように」シーフリトもまたそれを行ったとの記述は、これが封建君主としての資格を得る儀式であり、シーフリトに実質的に王権移譲が行われていると考えてよいだろう。この描写は、シーフリトが作品の受容者にとっての「現在」と同様、封建制をとる宮廷世界のなかの存在であることを強く印象付けるものである。さらに、Bヴァージョンでは第二歌章の最終詩節であり、Cヴァージョンでは第二の追加詩節の直前に当たるBヴァージョン第43詩節／Cヴァージョン第42詩節では、自分の父母シグムント王とシゲリント王妃が存命である限りは王冠を頂こうとはしないが、シーフリトは国々を脅かすあらゆる脅威に対して立ち向かう意志をもっていたことが語られる。

> Sît daz noch beide lebten, 　　Sigmunt und Siglint,
> niht wolde tragen krône 　　　ir beider liebez kint.
> doch wolder wesen herre 　　für allen den gewalt,
> des in den landen vorhte 　　der degen küen' unde balt.
>
> 　　　　　　　　　　　　　　　　　(B: 43/C: 42)

シグムント王とシゲリント妃が共に健在であったので、彼らの愛する子息シーフリトには王冠を戴く意志はありませんでした。しかし、勇敢で意気軒高なる勇士は、国々の脅威として憂慮されるあらゆる力に立ち向かう君主であろうとしました。

---

85) de Boor/Wisniewsik (Hrsg.), S. 12. また、第42詩節で彼が立ち向かおうとする脅威について、それが及ぶのが「国々 in den landen」と複数形で記述されていることにより、そうした脅威に対する戦いとは直轄する自国のみならず臣従する国々、そしてそれを治める封建的家臣に対する庇護の意味を持つため、シーフリトが封建君主の模範を体現する人物として描かれていることを読み取ることができる。

デ・ボーアの指摘しているように、ここでのシーフリトは、「不正と暴力に対する裁き手かつ復讐者として、臣従する者たちを守護する」ものとして存在する[85]。これらの要素は、宮廷社会において封建君主がその持つべき資質として求められるものと重なり、それはすなわちシーフリトが封建君主としての最も重要な務めを引き受ける意志を持つ人物として描かれていることを意味する。国を侵略者から守るという君主の義務への意欲を持ち、この詩節に接続する形で追加されたCヴァージョン第43詩節で、「武器を手にした後の彼には非の打ちどころがなかった」、つまり刀礼を経たあとの宮廷騎士としての優秀さとともに語られるシーフリトの「戦い」とは、英雄的行為としての戦いとは趣を異にしており、封建君主ないしそれに準ずる存在としてのものと解釈するのが妥当である。すなわちCヴァージョン第43詩節は、シーフリトの英雄的冒険についてではなく、封建君主として自国および自分に臣従する国々を守護する戦いについての記述であり、そこで示されているのは宮廷騎士の持つべき美徳の一つとしての勇敢さ、また弱者の保護への意志[86]である。

　以上のように、Cヴァージョン第43詩節の第一詩行から第三詩行前半までの描写からは、改訂者がこの詩節を追加することで、国土を守る戦いを自らの第一の存在意義とする、封建君主の理想の姿のもとシーフリトを描きだすのを意図していたことが明らかとなる。そこにはBヴァージョンでシーフリト描写の軸をなしていた宮廷的特性を受け継いでそれを展開させ、彼を宮廷社会の頂点に位置する封建君主に相応しい人物として描くという試みが浮かび上がってくる。

　この詩節を締めくくり、またシーフリトの持つ英雄的特性と宮廷的特性に関して重要な意味を持つのが、シーフリトの名が「常に」知られていた、との第四詩行目の叙述である。この「常に」という語により、彼についての名声は時間軸上の制限が撤廃されるのと同時に、宮廷的君主としての戦いを開始した時点ですでに、英雄的存在としての名声を広範に得ていたという背景が付与される。その結果シーフリトの名声は、Cヴァージョンが彼の青年時代に限定した英雄としてのものと、その後宮廷的教育を経た後の理想的な封建君主としてのもの両者を共に内包する。加えて、『ニーベルンゲンの歌』の物語内での彼に関する名声にとどまらず、作品の受容者が知る、口伝の英雄詩の中のシーフリトの名声までをその

---

[86] 宮廷的騎士の道徳的徳目については、以下の文献を参照のこと。Bumke (2002), S. 416ff.

指示内容に持つ包括的なものとなる。この言説は物語の枠を超え、作品の受容される「現在」の時点までがこの「常に」の時間的幅に組み込まれることによって、受容者の知るシーフリトと『ニーベルンゲンの歌』のシーフリトがアイデンティファイされる。そしてBヴァージョンでの描写で問題とされたと考えられる、第二歌章で描かれた宮廷的なシーフリトと、後に第三歌章でハゲネの「語り」を通して初めて具体的な内容を伴って導入される、受容者の知る「あの」シーフリトという、両極に分裂していた二つのシーフリト像の統合が果たされる。この追加詩節により、第二歌章で描かれてきた徹頭徹尾宮廷的な姿——それは受容者にとっては、違和感のあるものだったに違いない——に重ねられるように、再び英雄シーフリトの姿が仄めかされ、『ニーベルンゲンの歌』という作品のシーフリト像を重層的に造形しているのである。

　Cヴァージョンでの改訂は、封建君主の責務とされた臣下とその領土を守護するための戦いを行う『ニーベルンゲンの歌』独自の宮廷的なシーフリト像と、受容者の知る英雄的特性を発揮した結果としてその名を轟かせたシーフリトという、本来ならば相反する特性によって特徴づけられた二つのシーフリト像を共存させ、両面とも彼に関する真実とすることを目的にしたものとの解釈が可能である。ただし、その際にシーフリトの英雄的特性を明らかにしながらも、それを宮廷的教育の過程描写を通して宮廷的特性の下層に位置づけ、『ニーベルンゲンの歌』のシーフリトにとっては二次的な特性とすることで、Bヴァージョン以来の、シーフリトを宮廷的存在として造形するという基本軸は遵守していることを確認しておきたい。CヴァージョンはこのR歌章において、Bヴァージョンとは異なりシーフリトの英雄的冒険および特性に言及し、それがシーフリトに具わることを認めるものの、決してシーフリトの宮廷性を曖昧にしているわけではない。むしろ、シーフリトの英雄譚を、彼が「一人前」になる前、すなわち彼が成熟する以前の時点に配することにより、宮廷的特性の英雄的特性に対する優位を明らかにし、その結果相対的に英雄的なものの価値を減じているのである[87]。こうしたCヴァージョンでの改訂からは、『ニーベルンゲンの歌』の受容者が、Bヴァージョン第二歌章でのシーフリトの宮廷的造形に対して疑問を持ち、自分たちの知るシーフリトのエピソードと『ニーベルンゲンの歌』の語る物語との整合性が問題

---

87) この傾向は、『哀歌』とともにCヴァージョンの特色をなしている。

とされていたこと、そして作品成立時に一般的に認識されていたシーフリト像と、『ニーベルンゲンの歌』という作品という作品のなかでのシーフリト像の乖離を読み取ることができる。

　以上、第二歌章における C ヴァージョンの改訂箇所を検証してきたが、この改訂の背景には、口頭伝承に生きる英雄的シーフリトと宮廷的存在としてのシーフリトという、二つのシーフリト像の鬩ぎあいがあった。そしてこの改訂においては、前者に由来するシーフリトの英雄的特性を改めて認知した上で、『ニーベルンゲンの歌』のシーフリトを造形するのにあたり二つの特性の間の関係が再構築されるが、その過程で口頭伝承を通し聴き手にとって既知のものとなっているシーフリトがなした数々の英雄的冒険が、彼の若き日々におけるものとして限定されることにより、宮廷の王子として受けることとなる宮廷的教育の下層へと追いやられ、龍の血が彼の皮膚を角質化させ、その肉体を包みこんだがごとく、シーフリトの表層は、宮廷的特性によって覆われていく。こうして中世的現在を反映する『ニーベルンゲンの歌』の作品世界の内にあって、シーフリトは英雄的特性を具え、それを発揮したという過去を秘めながらも、宮廷騎士として登場を果たしているのである。

1.3. 英雄的世界と宮廷的世界の相克

　第二歌章での登場に際して、シーフリトは口伝の英雄詩を通して人々の共通認識となっていた、超人的な膂力をその身に具え、超自然的な力を持つ剣を携えた、ゲルマン的、すなわち作品成立当時の受容者にとっては異教的かつ「過去 Vorzeit」に属する英雄としてではなく、封建君主としての徳性を具える、騎士道という同時代のイデオロギーを強く反映した宮廷叙事詩の主人公たち[88]と同様の宮廷騎士として造形された。そのため、宮廷的に養育され、「一人で馬を駆るのを許されなかった」人物には似つかわしくない彼の英雄譚は、第二歌章では語られず終いとなっている。

　第二歌章での、中世貴族の子弟が受けていたのと同質の宮廷的な教育を軸に叙

---

88) 宮廷叙事詩の中核をなしているアルトゥース・ロマーンの舞台も時系列的には「過去」に属するものであるが、そこの登場人物、とりわけ主人公は騎士とはいかなる存在であるべきかという同時代的な問題をその身に負うものとして描かれている。

述される彼の青年期には、「過去」に根差している英雄としてのシーフリトとは異なる、「新しい」姿のもとシーフリトを物語に導入しようとする詩人の意図が顕れている。しかし、おそらくは受容者側の反応を受けた形で、彼の英雄譚にも言及することにより、宮廷騎士としてのシーフリトと、ゲルマン的な英雄としてのシーフリトを同一の存在として示すという補完がＣヴァージョンでは行われていることからは、『ニーベルンゲンの歌』の受容者には英雄的形象としてのシーフリト像が深く浸透しており、「シーフリトに関する物語」とはそうした超自然的要素を含み、受容者側も宮廷叙事詩のものとは異質な世界で展開する英雄譚を期待していたことは論を待たない。そして、詩人も口伝の英雄詩のなかでの彼の姿とは異なる、宮廷騎士としてシーフリトを造形してはいるものの、その一方で『ニーベルンゲンの歌』は物語の語り手を「過去」に関しての記憶の代弁者として演出しており、口承文芸の伝統との繋がりは保たれている。そのため、受容者の記憶にある英雄と、『ニーベルンゲンの歌』の詩人が新たに導入した宮廷騎士という二つのシーフリト像が『ニーベルンゲンの歌』の受容者に意識されることとなるが、両者の間には当然齟齬が生じることになる。そして詩人はシーフリトに新たな衣を纏わせるため、この齟齬に対する措置を講じる必要があった。それが困難を伴い、シーフリトの青年期を宮廷騎士の成熟過程として描く第二歌章でのＢヴァージョンとＣヴァージョンの間の相違に明確な形で表出しているのは、これまで検証してきたとおりである。Ｂヴァージョンはまずシーフリトの宮廷騎士としての造形を完遂するために、彼の英雄譚については曖昧な仄めかしを行うにとどめた。しかしＣヴァージョンでの改訂は、この受容者の知る彼の姿とは異なる造形に対する戸惑いがあったことを示唆している。そのため、ＣヴァージョンはＣ二歌章の時点でシーフリトの英雄譚に言及したうえで、それを刀礼を受ける以前の、騎士として「未熟」な段階での行為として規定することで、両特性を矛盾なく並存させるという改訂を行っている。そうしたＣヴァージョンもシーフリトの英雄譚の存在は認めるものの、「今は語らない」と語り手に述べさせることにより、現在的な「語り」において進行している『ニーベルンゲンの歌』という物語は、シーフリトのそうした英雄譚を語ることが主眼ではないことを明らかにしている。

---

89) ミュラーはＣヴァージョンが施した改訂の多くが局所的な辻褄合わせに終始していると指摘しており、この第二歌章でのシーフリトの英雄譚の時間軸上の確定に関しても同様の見解を示している。Vgl. Müller (1998), S. 127.

ただし、第二歌章でのシーフリトの紹介の際のこうした工夫や、C ヴァージョンで受容者に対して言明された彼の英雄譚への不触は、あくまでも第二歌章内での限定的なものにすぎない[89]。事実、第三歌章以降、彼の英雄的特性は物語の要所で顕在化し、また彼の英雄的行為および英雄的特性——おそらくそれは受容者の記憶にあるものと一致する——を、詩人は『ニーベルンゲンの歌』という作品の中で語り、また発揮させている。メルテンスは、「新たな」宮廷的シーフリト像を詩人の「一貫したコンセプト」によるものとしてとらえ、口伝の英雄詩に由来する英雄的特性および能力を前提としている一連のモチーフを、そうしたコンセプトに適合するものではないが、素材の持つ強制力ゆえに詩人は『ニーベルンゲンの歌』という作品に反映させる必要があったとしている[90]。事実第二歌章に限っては、『ニーベルンゲンの歌』の詩人はシーフリトを一義的に宮廷的存在として描いており、それに反する彼の英雄的特性および英雄的行為は、素材の及ぼす強制力によって「やむなく」作品に取り入れられたものとのメルテンスの主張はある程度認められるが、第三歌章以降でシーフリトが物語で果たす役割を検証してゆくと、彼の英雄的特性は物語の展開上不可欠なものであることが次第に明らかとなってくる。そのため、詩人のコンセプトに沿わない要素としてシーフリトの英雄的特性を理解する彼の解釈は、些か納得しがたい。

　同時代の宮廷世界を反映するものとして構築された物語の舞台とは異質な、古い素材に由来する諸要素が表面化し、物語の進行上重要な役割を与えられている箇所として挙げられるのは、第三歌章のハゲネにより語られるシーフリトの青年期の冒険譚、およびその発展的な補完としての第八歌章である。本節では、この二箇所に表れているような、ヴォルムスを中心とした宮廷的空間と、シーフリトの英雄的行為および英雄的特性の背景となっている英雄的空間の間のずれに着目し、両者の関係とその混淆の在り様を検証する。シーフリトの造形はまさに、『ニーベルンゲンの歌』という作品が、素材とした、前キリスト教的／ゲルマン的原理を持つ英雄詩と、同時代的な価値体系に則って構築された文学空間をどのように交差させているかという問題に対するモデルケースとなっていると考えられるからである。

---

[90] Mertens (1996), S. 60.

1.3.1. ハゲネの「語り」——シーフリトの英雄的特性の物語世界への展開

『ニーベルンゲンの歌』の詩人は第二歌章でシーフリトが宮廷的教育を受けて成長する様を描き、宮廷騎士という同時代の宮廷叙事詩の主人公と同様の存在として、英雄的原理ではなく宮廷的徳目をアイデンティティの軸とした造形を試みた。そして刀礼を通してシーフリトが「一人前」の宮廷騎士となり、宮廷人としての自己を確立すると、第三歌章で詩人はシーフリトのクリエムヒルトへの求婚へと物語を移行させる。この求婚の過程では、第二章での宮廷性を前面に押し出した造形とは裏腹に、『ニーベルンゲンの歌』で初めて、シーフリトの英雄的冒険とそれに伴う彼の超自然的な英雄的能力が「語り」の対象となる。これは、それまで受容者にとっての「現在」の社会の規範を反映した宮廷的価値体系を基軸に構築されている世界の中で推移してきた物語が、その素材となっている英雄譚が展開されているのと同質の英雄的原理に則った空間へと移行していることを意味する。そしてこの変化に伴い、英雄的形象としてのシーフリトに関する「語り」は、第三章に至るまで詩人が語り手の口を通す形で行ってきたものとは異なる、新たな地平を生み出す。

第三歌章冒頭、ブルグントの美姫クリエムヒルトの噂を耳にしたシーフリトは求婚を決意し、ここで物語の「本筋」が初めて動き出す。ここには所謂「嫁取りBrautwerbung」の構造が現れるが、そもそも「嫁取り」という主題は主に所謂吟遊詩人叙事詩や英雄叙事詩といった、口承文芸の特徴を色濃く宿すジャンルの作品の構造原理であり、「嫁取り」を通してその主役は、ある一個の個人として、またある集団を率いる統率者として適格であることを認可される[91]。この歌章でのシーフリトによる求婚は、人の噂に聞いただけで未だ目にしたことのないクリエムヒルトに恋い焦がれ、またその意志と計画に関して廷臣たちによる意見の申し立てが行われるなど、「嫁取り」の構造の定型を遵守している。とりわけ、廷臣たちによる意見具申を経て決定されているのは、それを行うものを首長とした集団の国家的行為としての性質を明らかにする。

このように「嫁取り」の典型的な形で開始を告げるシーフリトの求婚物語だが、そこでのシーフリトが、第二歌章と同様に、宮廷的色彩を帯びた姿で描写される

---

[91] Vgl. Müller (2002), S. 72.

ことにまず注目したい。彼が求めるのは「高きミンネ hôhe minne（47, 1）」であり、またそのミンネは「誠実な、不変」のものであることを、シーフリト自身が望むことが語られるのである（48, 2）。

  Dô gedâht ûf hôhe minne daz Siglinde kint.
  ez was ir aller werben wider in ein wint.
  er mohte wol verdienen scœner frouwen lîp.
  sît wart diu edele Kriemhilt des küenen Sivrides wîp. (47)

このとき、シゲリントの子は「高きミンネ」を求めたのです。彼に比べれば、あらゆるクリエムヒルトへの求婚者は物の数でもありませんでした。シーフリトは麗しい婦人を奉仕によって得るのにまこと適っていたのです[92]。高貴なるクリエムヒルトは、後に勇敢なシーフリトの妻となりました。

ここでシーフリトが口にする「高きミンネ」とは、言うまでもなく一般にミンザングや宮廷風恋愛および婦人奉仕の根幹をなすものとして理解される概念である。そしてデ・ボーアやグロッセはこの箇所で言及されている「高きミンネ」を、一般的な「ある騎士が、この上なく高い誉れを持っている宮廷社会の貴婦人に対し寄せる愛情のこもった賛美[93]」、「宮廷的恋愛観念の基本的な表現であり、社会的及び道徳的な卓越が認められている貴婦人に対する、抽象的で一途な愛を表す、宮廷的ミンネ観の根本的な表現[94]」としてとらえ、ここでのシーフリトのクリエムヒルトへの感情が宮廷風恋愛の文脈の中にあるものとして解釈している。また「誠実」もやはり宮廷的徳目の体系における主要概念の一つであり、このような言葉をもってクリエムヒルトへの求婚を決意するシーフリトは、宮廷的婦人奉仕を通して人格的高みを目指すといった、ミンネザングに描かれるような宮廷騎士と同質の存在としての印象を受容者に与えるものとして立ち現われてくる。

 それに加え第三詩行目では、ブルグント王家の姫であり、また「いかなる国で

---

[92] こここの文章の訳は、後述するミュラーの解釈を採るとすれば、「シーフリトは麗しい婦人をまこと勝ち得ることができたのです」となる。
[93] Grosse (Kommentar), S. 745.
[94] de Boor/Wisniewski (Hrsg.), S. 13.
[95] 外見の美しさは、中世文芸においては単に容姿が優れていることを表すのではなく、その内実の質の高さも保証するものである。

も美しさで彼女に比肩しうるものはいない (2, 3)[95]」という、宮廷の最上位にある人物として叙述されるクリエムヒルトに、シーフリトは "verdienen" する——宮廷的文脈でいえば、婦人奉仕を通してその報いを受けることを意味する——のに、十分値することが述べられる。そしてこの「高きミンネ」を宮廷風恋愛の文脈でとらえると、クリエムヒルトへの求婚が宮廷風恋愛の範疇にはいるものとして解釈され、宮廷騎士の理想の追求としての意味合いが表面化してくる。

しかし前述したように、このクリエムヒルトへの求婚は「嫁取り」のシェーマを遵守して行われるものであり、そこにはシェーマにより規定される、本来の国家的行為としての側面もまた含まれているといえるだろう。そしてこの「高きミンネ」および「奉仕して報いを受ける」という概念が二義的に読まれ得ることから、「嫁取り」が二つの意味を持つことをミュラーは指摘している。ミュラーは、「高きミンネ」とは確かに宮廷的婦人奉仕の中心的概念であるが、トルバドゥールやトルヴェール、ミンネゼンガーの歌う宮廷風恋愛とは区別されるべきものであると主張する。すなわち、ここでシーフリトのいう「高きミンネ」とは、恋愛抒情詩に見られるような貴婦人の宮廷的完璧性——それがゆえに彼女は到達不可能な存在となる——を示すのではなく、「高き」は社会的地位の高さという具体的な階級性を表していると解釈する。そして宮廷風恋愛の文脈における「高きミンネ」が、求愛するものの品位を高めることにその帰結があるという、個的な領域の問題にかかわる、いわば宮廷的存在としての人格向上のための手段であるのに対し、ここでの「高きミンネ」とは社会的に高い地位にある女性、具体的にいえばクリエムヒルトその人を指している。そして求婚物語の構造に組み込まれることで、それは彼女との結婚を通して国家的盟約を成立させるということが目的となっており、そこでは宮廷的な価値概念が政治的な目的と英雄的倫理という意味へと、新たな解釈を施されていると指摘している[96]。

またミュラーは、「高きミンネ」が二義性を持つのと同様に、宮廷的婦人奉仕のキーワードである「奉仕の報いを得る verdienen」という語に関しても、宮廷

---

[96] Müller (2002), S. 72. メルテンスは、自身のコンセプトと素材とするモチーフの間の摩擦を解消する手段として詩人に可能なのは、そうしたモチーフの再解釈であるとしている (Mertens (1996), S. 61.) が、ここでの「高きミンネ」の英雄的文脈での意味付けは、自身のコンセプト側に含まれる語彙を、英雄的文脈に当てはめるという、逆のベクトルでの再解釈とみることができる。

的「婦人奉仕 dienst」を通して己が恋人として価値あるものであることを示すことでその報いを得るという、宮廷風恋愛の文脈での意味があるのと同時に、「優れた肉体的強さをもって、軍事的助力を恃みとせずに勝ち得る gewinnen」という、英雄的行為を指しているとする[97]。ここでの verdienen の語を、宮廷的婦人奉仕に関連する概念としてよりも、英雄的行為としての色彩が強いものとして詩人が描いているとするミュラーの指摘が妥当なものであることは、その求婚の旅の「仕方」を巡っての父王シグムントとの会話の中に見て取ることができる。シーフリトのクリエムヒエルトへの求婚の意志を聞いた父王シグムントは、それを思いとどまらせようとし (53ff.)、それでもなおその意欲を強くするシーフリトに対し、軍勢の供与を申し出る (57)。それに対して、シーフリトは「私は己自身の手でもって、姫を手に入れるのです Si mac wol sus erwerben / dâ mîn eines hant. (59, 1)」との返答で軍勢を率いていくことを拒否し、ただ12名を引き連れてブルグントへ向かうことを宣言する[98]。詩人はシーフリトがこの「嫁取り」を宮廷的婦人奉仕の原理に則って行うのではなく、「望む女性を、英雄的行為を通して獲得 verdienen しようとする[99]」、すなわち英雄的原理に則って行うように描いているのは明らかである。

このミュラーによる解釈は、第二歌章で宮廷的特性を付与されたシーフリトの、まさにその宮廷性を示す言葉が二義性を付与されていることを示す。これを通し『ニーベルンゲンの歌』の詩人は、シーフリトに宮廷的教育を受けた存在に相応しい宮廷風恋愛の言葉を語らせながら、「嫁取り」のシェーマに則ることで、この求婚に英雄的原理に従った旅としての意味を与え、「高きミンネ」および「奉仕の報いを得る」という二つの言葉の指示内容を英雄的政治的なものへと転回させている。ここには、宮廷叙事詩の主人公たちと同質の宮廷騎士と、受容者がすでにその記憶の中に持ついにしえの英雄の両極を併せ持つという、シーフリトの重層性が明瞭なかたちであらわれている。詩人は、「嫁取り」という英雄詩に典

---

97) Müller (2002), S. 72.
98) B ヴァージョンではここの箇所では「己を12人目として selbe zwelfte (59, 2)」として、率いてゆくのは11名であることになっているが、後の描写では12名の従者がいることになっており (161, 3)、それを受けて C ヴァージョンはこの箇所で12名を連れてゆく「私はグンテルの国に12名の従者を連れてゆきます ich wil mit zwelf gesellen/in Guntheres lant (C: 59, 2)」と修正している。
99) Müller (2002), S. 72.

型的なシェーマの中に、宮廷風恋愛の象徴的概念である「高きミンネ」という語を組み込み、しかしそれに英雄的な意味内容を与えることを通して、二つの異なる原理を組み合わせているのである。前節で検証したように、『ニーベルンゲンの歌』の詩人は第二歌章ではシーフリトをほぼ一義的に宮廷的な形象として描いていたが、Bヴァージョンでは意図的に隠蔽され、Cヴァージョンではそれに関する言及はなされたものの、宮廷的特性の下層へと塗りこめられていた英雄性をこの第三歌章では徐々に表面に浮かびあがらせている。このシーフリトに関する叙述の変化からは、Cヴァージョン第二歌章での改訂が、第三歌章以降の両特性を併せ持つシーフリト像を確認したうえでのものであることを推測することができる。それと同時に、詩人がシーフリトという人物形象を、宮廷的文脈の内では宮廷的存在として、また受容者の持つ記憶を背景とする文脈の内では英雄的存在であることができるようにと、柔軟性を持って扱っていることがここにはあらわれている。

　こうして求婚の旅に出立するシーフリトは、『ニーベルンゲンの歌』で新たに与えられた宮廷性と、素材に由来する英雄性双方の性質を帯びる存在となり、それは受容者が記憶の中に持つ英雄としてのシーフリトと、第二歌章で語り手の造形した宮廷的シーフリトの間の断絶を緩やかに埋めてゆく。そして、最終的に宮廷騎士シーフリトに英雄シーフリトが重ねられる、すなわち彼にまつわる数々の英雄譚が『ニーベルンゲンの歌』の中で披露されるのは、彼がブルグントに到着し、その素性を問われたハゲネが自分の知るシーフリトについて語る場面である。

　ブルグントの宮廷にはヴォルムスに到着したシーフリトの素性を知るものがいなかったため、オルトウィーンが叔父ハゲネに尋ねることをグンテルに進言する。そして「諸国や異境のことに通じている dem sint kunt diu riche/und ouch diu

---

100) ハゲネははじめからブルグントの宮廷にいるのではなく、オルトウィーンの進言を受けたグンテルによって召し出されて初めて宮廷に姿を見せる、という描写は、ハゲネの物語世界の中での立ち位置を端的に示している。グロッセやデ・ボーアは、まずハゲネがこの場面で「勇士たちを連れて」宮廷へとやってくる描写を取り上げ、ハゲネ自身が臣下を持つ封建領主として造形されていることを指摘している（Grosse (Kommentar), S. 749/de Boor/Wisniewski (Hrsg.), S. 19.）。そして、ヴォルムスという、『ニーベルンゲンの歌』の作品世界における宮廷的中心に直属する人物たちにはシーフリトが「未知」の存在であるのに対し、そうした宮廷世界の外部である「異境」に通じているハゲネによって語られるシーフリトは、英雄的存在としてブルグントの者たちに認識されるのと同時に、それを知るハゲネもまた宮廷世界の中心からは外れた位置にある人物形象として造形されていると考えられる。

fremden lant (82, 1)」ハゲネは召し出されると[100]、シーフリトの姿を窓から眺め、彼の「語り」を開始する。

  Alsô sprach dô Hagene: 《ich wil des wol verjehen,
  swie ich Sivriden   nimmer habe gesehen,
  sô wil ich wol gelouben, swie ez dar umbe stât,
  daz ez sî der recke,   der dort sô hêrlîchen gât.

  Er bringet niuwemære her in ditze lant.
  die küenen Nibelunge sluoc des heldes hant,
  Schilbunc und Nibelungen, die rîchen küneges kint.
  er frumte starkiu wunder mit sîner grôzen krefte sint. (86-87)

そしてハゲネは言いました。「私はシーフリトのことを一度も見たことはありませんが、どのような事情であれ、あそこで悠然と歩を進めているものこそかの勇士であると確信していることを、はっきり申し上げようと思います。彼は耳新しい話をこの国にもたらしています。勇猛なるニベルンク族を彼は己が手で討ち果たし、豊けき王子たちシルブンクとニベルンクもまたその手にかかりました。以来彼はその大いなる膂力で、凄まじい類稀なることを成し遂げたのです。

 この詩節を皮切りに、第101詩節までの15詩節に渡り、ハゲネの口からシーフリトの英雄的冒険が語られることになる。その内容は、シーフリトがニベルンク族の財産分けの仲介人となったこと (88-93)、報酬として名剣バルムンクを得たこと (93)、調停がうまくいかず結果的にニベルンク族を征服し従えたこと (94-95)、侏儒のアルプリーヒとの戦いに勝ち (96)、隠れ蓑を奪い (97)、また彼を従えて宝の番人にしたこと (98-99)、そして龍を討ってその血を浴び、彼の皮膚は武器を通さない角質となったこと (100) である[101]。このハゲネによる「語り」において、『ニーベルンゲンの歌』という作品の中で初めてシーフリトの英雄としての姿が直接語られる対象となる。これらのシーフリトの青年期の冒険の数々

---

101) ここでハゲネによって語られたシーフリトに関する逸話及びそれに付随して彼が得たもの及び特性は、すべてこの後物語内の真実として現れることとなる。詳細は後に述べる。

は、侏儒や龍といった超自然的存在の属する英雄的原理の支配する空間で行われるが、それはまさに口伝の英雄詩の中でのシーフリトが属していた、『ニーベルンゲンの歌』の中では後述するイースラントと並んで、ヴォルムスを中心とする宮廷的世界の外縁へと追いやられてしまった世界である。

　このハゲネによるシーフリトの紹介は、『ニーベルンゲンの歌』という作品において、シーフリトの英雄的冒険が包括的かつ具体的に語られる、唯一の箇所であることをまず指摘しておきたい[102]。第三歌章以降、シーフリトが超自然的な力を発揮する場面はあるが、それらはこのハゲネによる「語り」の内容を前提として初めて成立し得るものであり、受容者にとって既知のものであったと思われる彼の英雄譚そのものは、このハゲネによる「語り」を通してのみ『ニーベルンゲンの歌』に接続される。つまり、ハゲネによる「語り」とは、シーフリトの持つ英雄的背景を物語内へと導入し既定の事実とするために、『ニーベルンゲンの歌』という書記作品と、口承されてきた知識を連結する機能を持つものであるといえるだろう[103]。そして『ニーベルンゲンの歌』の詩人は、シーフリトの英雄譚を語るにあたり、それを物語内物語として演出し、ハゲネという作中人物に語りの任を負わせる。これにより、シーフリトの英雄譚は語り手とは異なる発話者の管轄下に置かれることとなり、それまでの語り手による「語り」から、ここで語りの地平がずらされているということができる。これにより、語り手によって語られるヴォルムスを中心とした宮廷的世界から、ハゲネが語り、またシーフリトが「古の物語」の中ではそこの住人であった英雄的世界へと、語られる世界の移行が行われているのである[104]。

---

102) 他にただ一箇所、ハゲネにシーフリトの弱点を教えるクリエムヒルトが、シーフリトが龍の血を浴びたことを語る場面があるが、これもやはりハゲネによる紹介を前提としている。
103) ここでハゲネという物語内の人物による「語り」により、シーフリトの英雄的冒険という彼の「過去」が物語内の時系列から外れて語られるという構造に関して、メルテンスはヴェルギリウスの『アエネーイス』のディドーを前にしたアエネーイス自身による彼の前史の「語り」に見られる非時系列的な「人工的配置 ordo artificialis」の影響下にあることを指摘し、このハゲネの語りは口承文芸ではなく書記文芸の伝統から採用されたレトリックであるとしている (Mertens (1996), S. 62)。このことは、『ニーベルンゲンの歌』が口承的な形式をとっているが本質的に書記文学であることの証左となっている。
104) Vgl. Müller (1998), S. 125f. 前節で検証した、C ヴァージョン第二歌章の追加詩節で語り手が口承の領域に伝わる英雄譚について、自らは語ることをしないと述べていることも、この意識的な発話者とその内容の区別を反映したものであると考えることができるだろう。

なぜ語り手によってではなく、ハゲネという物語の一登場人物によりシーフリトの英雄譚とその舞台となる英雄的世界が語られるのか。その意味を考える上で、一つの示唆を与えてくれるのが、ハゲネがシーフリトに関する知識を得た経緯に関する叙述である。上に引用した箇所で、ハゲネはシーフリトを「一度も見たことがない」にも関わらず、彼を認識していること、その際にシーフリトに関しての「耳新しい話 niuwemære」がもたらされていることを述べる。そしてシーフリトの英雄譚を語るにあたり、「わしはこのことをしかと聞いたのですが daz ist mir wol geseit（88, 2）」と言明する。こうしたハゲネの台詞は、彼がシーフリトについての知識を得たのは彼について「語られるのを聞いた」ため、すなわち詩人はそれを口伝によるものとして描いているのである。そして、それを再びブルグントの者たちを前に「確かなこと」として語るハゲネは、自らの聞き知ったことをさらに語り継いでゆくという、口頭伝承の語り手のステレオタイプとして演出され、そこにはブルグントの宮廷の者たちを聴衆とした口承的な「語り」の場が構築される。そして受容者を前にした口承の語り手という、共同体にとっての記憶の伝承者としてのイメージがこの箇所でのハゲネに与えられているのは、詩人の意識的な文学上の操作であることを、彼の台詞からは読み取ることができる。

  Hort der Nibelunges   der was gar getragen
  ûz einem holen berge.   *nu hœret wunder sagen,*
  wie in wolden teilen   der Nibelunge man.   (89, 1-3)

ニベルンク族の宝が残りつくさず、ある山の洞窟から運びだされておりました。<u>さて、類稀なることをお聞きください</u>、いかにニベルンク族の者たちがその宝を分配しようとしたかということを。（下線筆者）

ハゲネがシーフリトの英雄譚を語るにあたり、聞き手に対して発した「さて、類稀なることをお聞きください nu hœret wunder sagen」との言葉は、A及びCヴァージョンのプロローグ詩節での語り手の言葉、「さて類稀なることを皆様にお聞かせしましょう muget ir nu wunder hœren sagen（1, 4）」と等しい表現であり、両者は同等の性質を持つ「語り」として構想されているのは明白である。前節で検証したように、A及びCヴァージョンのプロローグ詩節は、擬似的な口承の「語り」の地平を開く書記文芸的な装置であり、そこで語られるとされる

のは「我々のもとに伝わる類稀なる物語」、共同体にとっての記憶である。そして、この第89詩節で構築されるハゲネによる擬口承的な「語り」の場を、プロローグ詩節の構築するものへとさらに近づけているのが、以下の箇所でのハゲネの語り口である。

> Er sach sô vil gesteines,   *sô wir hœren sagen,*
> hundert kanzwägene   ez möhten niht getragen;
> noch mê des rôten goldes   von Nibelunge lant.
> daz sold' in allez teilen   des küenen Sîvrides hant. (92)

我々が語られているのを耳にしているように、シーフリトは百台の輜重車でも運びきれないほど多くの宝石と、さらに多くのニベルンクの国の眩い黄金を目にしました。これをみな、勇敢なるシーフリトは分配することを任されたのです。（下線筆者）

注目すべきは、第一詩行後半である。第86詩節以降のハゲネの発言は、その「語り」の受容者であるブルグントの宮廷の者たちが知らないことを、口伝で聞き知ったハゲネが語るという形をとっており、その「語り」は確かにプロローグ詩節にみられたものと同様の構造を示しているが、受容者にとってその情報が既知か未知かという点で、口承文芸的な「語り」の構造からは外れている。しかし、ハゲネの「語り」を物語内物語として聞く『ニーベルンゲンの歌』の受容者にとって、それは既知の物語――「我々のもとに伝わる類稀なる物語」であり、まさにこれまで『ニーベルンゲンの歌』の詩人が触れるのを避けてきた、口伝の英雄詩に語られている、英雄としてのシーフリトの物語である。そしてこの第92詩節第一詩行で、「『私 ich』が聞いた物語」から「『我々 wir』の耳にしている物語」へと言い換えられることで、「この叙事詩に典型的な語りの形式によって、ハゲネの口から語られる知らせは、詩人による叙事詩の語りへと受け渡されてゆく[105]」。すなわちこの「語り」の主体のすり替えにより、物語内物語として構築されているハゲネによる「語り」の枠が撤廃され、「我々」にとって既知の物語であるシーフリトの英雄譚を語るハゲネによる「語り」の地平と、シーフリトを宮廷騎士と

---

[105] de Boor/Wisniewski (Hrsg.), S. 21.

して描いてきた語り手による「語り」の地平が重ね合わせられるのである。そしてハゲネの口から語られる言葉は語り手の言葉と同化し、「語り」かける対象を『ニーベルンゲンの歌』の受容者へと移す。その結果、ここでのハゲネの「語り」は、プロローグ詩節にみられた受容者を前にした擬口承的な英雄詩の語りと同等のものとして、『ニーベルンゲンの歌』の受容者に対して発せられるものとなる。先に言及したように、メルテンスは『ニーベルンゲンの歌』の詩人は口承文芸の伝統に強く結びつき、自分をそうした伝統における代弁者と認識しているために、自身のコンセプトにそぐわないいくつかのモチーフを作品に収録する義務を感じていたと指摘しているが、彼が想定しているモチーフの一つが、この第三歌章でハゲネの語ったシーフリトの英雄譚である。しかし、『ニーベルンゲンの歌』の詩人のコンセプトとは、まさにこうした口承の領域における英雄的シーフリト像と『ニーベルンゲンの歌』で新たに構築される宮廷叙事詩の主人公と共通する宮廷的特性を備えたシーフリト像の融合であり、このハゲネの「語り」により導入されたシーフリトの英雄的特性が、これ以降物語内で実際に既定事実として扱われることに鑑みれば、シーフリトの英雄譚が詩人のコンセプトにそぐわないという見解は不適切なのは明らかである。

　こうして『ニーベルンゲンの歌』におけるシーフリトは、受容者の記憶の中のシーフリトとアイデンティファイされることになる。クルシュマンは、ハゲネによって語られるシーフリトの英雄譚は、「短く、未完成」であり、「受容者は自身の伝説に関する包括的な知識から補完をする必要があり、場合によっては不満足のままであらねばならない[106]」ことを指摘しているが、この「不十分さ」は、まさに『ニーベルンゲンの歌』の詩人が想定した受容者にとってシーフリトに関する英雄譚が細かな叙述を必要としないほどまで深く根を下ろしていることの反映とみなし得る。シーフリトの英雄的特性およびそれに基づく英雄的行為は、おそらく第一歌章から語られることが期待されていたのにも関わらず、彼に宮廷的特性を新たに付与するため、果たされていなかった。しかし詩人はここで語り手からハゲネという作中人物へと語りの主体を移すことで、これまで語り手により語られてきた宮廷騎士シーフリトとは全く異なる彼の英雄としての姿を、いった

---

106) Curschmann (1992), S. 68.
107) ハゲネにより語られるシーフリトの英雄譚の大きな特徴として、その舞台が地理的時間的に非具体的であることをミュラーは指摘している。Müller (1998), S. 130ff.

1.『ニーベルンゲンの歌』——「記憶」の継承

んそれまでに語られてきた物語の舞台と時間的空間的に繋がりのない語りの地平に展開する[107]。その上で、ハゲネによる「語り」をプロローグ詩節と同様の「語り」として構築し、彼とその言葉にオーソリティを付与する。このように詩人はハゲネの言葉と語り手の言葉の統合を通し、ハゲネにより語られるシーフリトの英雄譚を「まことのこと」として提示しているのである。

以上のように、シーフリトは宮廷的な教育を受けた模範的な宮廷騎士／封建君主としての特性と、共同体の記憶に根差した英雄としての特性を共に与えられる。しかしこの二つの特性を初めから同じ地平に共存させるのを詩人が避けていることは、宮廷的シーフリト像を語り手の叙述、英雄的シーフリト像をハゲネの「語り」とそれぞれに言及する発話者を注意深くわけていることからも察することができる。その上で詩人は、ハゲネによる「語り」を口承の「語り」の形式のもとに行うことを通して語り手による叙述と同化させ、相反する特性を重層的に内包する形象として『ニーベルンゲンの歌』という作品におけるシーフリトを造形しているのである。

そして、ハゲネの「語り」をそのまま反映する形で、シーフリトがブルグント宮廷の者たちにより英雄的形象として認知されていることは、このハゲネにより語られたシーフリトの英雄的特性が物語内で実際に影響力を持ちうるものとして着床し、それを境にシーフリトの描写上の軸が、宮廷的なものから英雄的なものへと移行したことを示しているといえるだろう。ハゲネによるシーフリトに関する「類稀なること」の紹介に続く、彼を英雄的存在として扱うべきというハゲネの主張（101）はグンテルに受け入れられる。

それに呼応するようにシーフリトは第二歌章での宮廷性を基軸にした造形に関わらず、英雄的存在としてブルグントの者たちの前に現れる。グンテルがシーフリトを「作法 zucht」に則った、宮廷的な挨拶で迎えた（105-106）のに対し、シーフリトは当初の目的であるはずのクリエムヒルトへの求婚を切り出す代わりに、国や財産すべてをかけたグンテルとの一騎打ちを申し出るのである。一対一の戦いを通し、ブルグントの全てを申し受けるというシーフリトの宣言の「奪い取る」対象には、クリエムヒルトも含まれているのは言うまでもない。ここに至ってクリエムヒルトに対する求婚は、宮廷的婦人奉仕を通してのものではなく、戦いを通し己の強さを認識させて対象を獲得するという、英雄的原理に則ったものとなっている。前節で指摘したように、詩人はシーフリトに関する描写を行う際に英

雄性と宮廷性どちらを前景に出すかという選択を文脈に応じて適宜変更するのだが、このハゲネの「語り」により用意された文脈のうちにブルグントの宮廷に登場したシーフリトは、一時的ではあるが英雄的原理に則って行動する人物として物語の中に存在することとなる。

シーフリトの挑発を受けたブルグントの家臣たちはいきり立ち、一触即発の事態となるが、ここで王弟ゲールノートの発した命令が再び物語の進行している空間の性質を変化させていることは注目に値する。ゲールノートはシーフリトに戦いを挑もうとするオルトウィーンを制し (120)[108]、また他の者たちにも戦いを禁ずる。

> allen sînen degenen   reden er verbôt
> iht mit übermüete,   des im wære leit.
> dô gedâhte ouch Sifrit an die hêrlîchen meit.   (123, 2-4)

ゲールノートは部下の勇士たち皆に、シーフリトに侮辱を与える思い上がった言葉をかけることを禁じました。すると、シーフリトもまたこの時に麗しい乙女のことを心に浮かべたのです。

この詩節でのゲールノートの言葉とそれが引き出したシーフリトの反応は、物語にとって重要な転換点をなすものである。まず、ゲールノートが禁じた「思い上がった言葉 reden mit übermüete」であるが、この箇所での「思い上がり übermuot」とはエーリスマンの指摘するように英雄的行為のライトモティーフである[109]。これはゲールノートがブルグントの者たちに、シーフリトに対しての英雄的原理に則った対応を禁止していることを示す[110]。そしてそれはすぐさまシーフリトにも影響を及ぼし、彼の思考は英雄的行為とみなし得る「一騎打ち」から離れ、クリエムヒルトのことを心に浮かべるのである——クリエムヒルトとシーフリトの間の関係が、宮廷風恋愛へとその文脈を変えていることをこの心情

---

[108] ゲールノートはこの詩節で、シーフリトも剣を抜いてはいないことを指摘し、そして「節度 zuht」を持ってことを解決し、シーフリトを仲間に引き入れることが得策と語る。不必要な争いを「節度」という宮廷的徳目をもって収めようとするゲールノートの姿を、デ・ボーアは「英雄的ではなく、しかし模範的な騎士の姿を示している」と解釈している (de Boor/ Wisniewski (Hrsg.), S. 26.)。

1.『ニーベルンゲンの歌』──「記憶」の継承

描写は示しており、ここでクリエムヒルトは「戦いを通して獲得するもの」から、「奉仕をして報いを得るもの」へと姿を変える。詩人はゲールノートによる戦いの禁止に、シーフリトのブルグント側に対する挑発により喚起された英雄的行動様式を抑え、その場に存在する人物を宮廷世界の規範に従った行動様式へと引き戻す役割を担わせているのである。

そして、この文脈の転換を反映して、シーフリトを客人として迎えたヴォルムスの宮廷では、シーフリトの望んだグンテルとの一騎討ちにかわり、様々な「競技 kurzewile（130, 1）」がとりおこなわれ、その中でシーフリトは卓越した力量を示したことが描かれる。「競技」とは国や命をかけた英雄的な一騎討ちの対極にある宮廷的なものであり、物語が宮廷的世界の中で展開されているのを象徴しているといえるだろう。また詩人はゲールノートの言葉による変化をさらに尖鋭化するがごとく、この「競技」を宮廷風恋愛へと結合させる。

> Swâ sô bî den frouwen durch ir höfscheit
> kurzewîle pflâgen die riter vil gemeit,
> dâ sach man ie vil gerne den helt von Niderlant.
> *er het ûf hôhe minne sîne sinne gewant.*
>
> Swes man ie begunde, des was sîn lîp bereit.
> er truog in sîme sinne ein minneclîche meit,
> und ouch in ein diu frouwe die er noch nie gesach,
> diu im in heinlîche vil dicke güetlîchen sprach. (131-132)

---

109) Ehrismann (2002), S. 70. なお、この「思い上がり übermuot」という概念は、『ニーベルンゲンの歌』の続編的作品である『哀歌』の解釈で大きな役割を果たすことになる。詳細な解釈は『哀歌』を扱う第三章で行うが、ここでは「思い上がり」は決して英雄的形象に限定された概念ではないことに言及しておきたい。確かに英雄的行為は英雄的形象の行動様式の中核をなすが、英雄的行為をなすものがすべからく英雄的形象ではない。他ならぬ『ニーベルンゲンの歌』の後編でハゲネを筆頭としてブルグントの勇士たちが「英雄的」に描かれたように、英雄的行為は宮廷的形象として描かれる人物も行い得るものであり、その可能性をここのゲールノートの言葉は明らかにしている。

110) ここに暗示されているように、宮廷に属する人物形象が英雄的に行動することも決して排除されていない。このことは、まさにシーフリトの造形に表れているように、『ニーベルンゲンの歌』という作品においては、英雄的なるものと宮廷的なるものは二者択一の関係の内にあるのではなく、重層的に存在しうるものであることを示している。

いとも勇敢なる騎士たちが[111]、婦人たちの傍らで宮廷的卓越を示すため競技を行っている時、いつでもニーデルラントの勇士は人々の視線を集めました。<u>シーフリトは、己の心を高きミンネへと向けていたのです。どんな競技にも、彼は準備ができていました。彼は心に一人の愛らしい乙女のことを思い、また彼が一度も目にしたことのないその乙女も彼のことをひそかに、しかし度々優しく話題にしていました。</u>（下線筆者）

　ここで再び「高きミンネ」の語が現れるが、この箇所では疑いなく宮廷風恋愛と婦人奉仕という宮廷的活動における「高きミンネ」が意味されており、シーフリトとクリエムヒルト双方が、お互いを目にした事がなくとも意識する最初の描写として、クリエムヒルトへの婦人奉仕の開始がその語に伴う形で描かれている。詩人は第三歌章でシーフリトをハゲネの「語り」を通し英雄的形象としてブルグントの宮廷に登場させたが、ゲールノートの言葉をきっかけとして再び第二歌章で示したような宮廷的な特性を前景化させ、クリエムヒルトに「高きミンネ」をささげつつも会うことが出来ないという、まさに宮廷風恋愛での「恋の苦しみ」のただなかに身を置く存在としてシーフリトを描く。

　このように、受容者の脳裏にあるシーフリトの持つ英雄的特性は、ハゲネの「語り」によって『ニーベルンゲンの歌』へと導入され、それ以降物語の進行上大きな役割を果たしてゆくが、それにより英雄的存在へと接近したシーフリトを、ブルグント宮廷での滞在を前にして詩人は再び宮廷的な存在へと転回させていることが上の引用箇所からは明らかとなる。

1.3.2. 英雄の記憶――『ニーベルンゲンの歌』の内包する二つの世界

　それでは、物語に導入する際に語りの発話者を変えるなど、第二歌章で叙述された宮廷騎士シーフリトと、受容者の脳裏にある英雄シーフリトとの乖離をおそらく十分に認識していたと思われる詩人は、これ以降どのように両特性を扱っているのか。以下に、この後シーフリトにまつわる英雄的要素はいかなる形で再び姿を現すことになり、そこからは『ニーベルンゲンの歌』という作品とその素材

---

111) ここでそれまでの「戦士／勇士 recke/degen」に代わり、「騎士 riter」の語がつかわれていることも、この競技が宮廷叙事詩と同様の、宮廷的空間において行われているものとして描写されていることの証左といえる。

となっている「古の物語」の間のどのような関係が読み取れるのかを、シーフリトが『ニーベルンゲンの歌』の物語の中で重要な役割を果たしたエピソードに則して検証する。

　この問題を考察するにあたり、重要な示唆を与えてくれるのが、彼がニベルンク族の財産分配の謝礼として受け取ったとされる、英雄としてのシーフリトと不可分の関係にある剣、バルムンクの作品内での扱われかたである。この剣はハゲネの「語り」で初めて言及され（95）、物語に登場した後、ザクセン・デンマルクとの戦いの際に実際にシーフリトにより振るわれる（207）。その後はその名を呼ばれることはないが、シーフリトの死後ハゲネが所持し、物語の終末部でクリエムヒルトがハゲネからシーフリトの最後の形見として奪い返し、彼を討った「シーフリトの剣 daz Sifrides swert（2372, 2）」はこのバルムンクであると考えられる。まさに英雄シーフリトの分身とも見えるバルムンクだが、この剣について言及される上記の三箇所のうち、とりわけシーフリトその人が剣を振るうのが第四歌章、シーフリトがブルグントの宮廷にやってきてから一年が過ぎた時点で勃発するザクセン・デンマルクとの戦いである。

　戦いに先立ち、シーフリトはこの一年クリエムヒルトに会うことを望みながらも面識を得る機会を得ず、ミンネの苦しみの内に過ごしていた（136-138）ことが語られるが、この導入はシーフリトが前歌章から引き続きミンネに悩む宮廷騎士として物語内に存在していることを受容者に印象づける。そこにもたらされたザクセンの王リウデゲールとデンマルクの王リウデガストがヴォルムスへと兵を進めてくるという報せにこの戦いは端を発する。この時点では未だヴォルムスの宮廷の外部の存在であったシーフリトは[112]グンテルの鬱々とした様子に援助を申し出、ブルグントの一員として戦いに参加することとなる。宮廷騎士としてブルグントに滞在するシーフリトを、戦いという場において詩人はどのように描き出すのか。以下にザクセン・デンマルクとの戦いでのシーフリトの描写を検証し、とりわけそこでのシーフリトおよび彼の英雄的特性の一角をなしているバルムンクの果たしている役割についての考察を行う。

　まず注目されるのが、敵側のシーフリトに対する認知に関する描写である。ブ

---

[112] 第148詩節でこの事態に対応するための協議が開かれるが、そこにシーフリトは呼ばれていない。このことは、一年を過ぎてなお彼はブルグント宮廷の外縁の存在に過ぎないことを示している。

ルグントに対して戦を起こす意を告げたデンマルクの使者が国へと帰り、ブルグントの様子を報告する際、ブルグントの勇士たちの中にニーデルラントのシーフリトが含まれていることが告げられる（168）。この情報に対し、デンマルク王リウデガストは「それが本当のことと知り、心を悩ませた ez leidete Liudegaste,/ als er daz mære rehte ervant（168, 4）」。この叙述は、リウデガストがシーフリトの名を知っており、戦において強敵となり得る存在として認識していることを前提としているのは言うまでもない。そしてシーフリトに関してリウデガストの持ちうる情報とは、ハゲネが「耳新しい話 niuwemære」と呼んだ彼の英雄譚であるため、ここで彼が心を悩ませたのはシーフリトの英雄としての名声ゆえとされていると考えられ、また受容者もそのように理解したと思われる。

　そして、詩人がこの想定のもとリウデガストの「悩み」を描写していたことを裏付けているのが、次詩節でのデンマルク側の対応に関する記述である。ここではシーフリトがブルグント側についているとの情報を得たデンマルク側は急ぎ兵を集め、結果遠征に二万人もの軍勢が召集された（169）ことが語られるが、これはシーフリトという存在が大きな軍事的脅威として認知されていることを反映するものであり、人並み外れた膂力を具える英雄として、ザクセン・デンマルク側がシーフリトを理解していることを示す。このように戦いにおける強さを畏怖されるシーフリトに関しての描写は、受容者に再び超人的な膂力を具えた英雄としてのシーフリトのイメージを喚起し、ニーデルラントから連れてきた12騎とブルグントの兵千名という寡兵をもって四万余の敵勢に打ち勝ち、敵の王二人を捕虜にしてブルグントに勝利をもたらす、というこの戦いでのシーフリトの働きを妥当な納得し得るものとする。ブルグントの宮廷という空間に存在するシーフリトは宮廷騎士としての特性を軸に描写されていたが、戦いの場面では受容者の脳裏には否応なく英雄の超自然的な力を発揮する彼の姿が思い浮かばれたものと考えられる。そして結果のみから見るとそれはまさしく「類稀なること」であり、この勝利は英雄にいかにも相応しいとも思われるが、実際に描写されるシーフリトの戦うさまは、巨人や龍を屠ったような超自然的な膂力を具え、その発露をもって自己を顕示するという英雄の姿とは、いささか趣を異にしていることは見逃せない。シーフリトは軍勢を率いザクセンとの国境を越えると（177）自ら斥候にでるが、同じく偵察に出ていた敵方の王リウデガストと鉢合わせ、一騎討ちとなる。結果シーフリトは勝利しリウデガストを捕虜にするのだが、シーフリトの

持つ英雄と宮廷騎士という二極の特性を、詩人がいかなる形で発露させているかという問題に関し、この戦いでは以下の二つの点が注目される。

まず、この一騎討ちは宮廷での騎馬試合と全く同じ経過をたどって行われるという点である。二人は馬上で槍をもって突きあい（184）、それで決着がつかなかったため剣での戦いに移る。その際に「手綱をさばいてまこと騎士のやり方で向きを変え mit zoumen wart gewendet/vil riterlîche dan（185, 3）」たとの描写がなされており、詩人は「騎士のやり方で riterlîche」との言葉を通し、二人の戦いを宮廷における騎馬試合を彷彿とさせるものとして描写している[113]。ここには、ハゲネによって語られた英雄としての姿よりも、むしろ宮廷騎士としてのシーフリトの姿が浮かび上がるとともに、ザクセン・デンマルクとの戦いの行われている空間を、詩人がヴォルムスの宮廷の延長線上に設定していることを示唆している。ここでは、詩人はクリエムヒルトとの宮廷風恋愛に帰結する宮廷騎士シーフリトの華々しい戦いを描き出すために、このザクセン・デンマルクとの戦いという場を構築していると考えられる。

そして二点目が、戦いの場においてシーフリトがどのような形で敵方にアイデンティファイされたかについての記述である。リウデガストをとらえた後、ブルグント側はすぐにまた攻勢に打って出、ザクセン・デンマルク側と激しい戦いを繰り広げる。この戦いではシーフリト一人に限らず、シンドルトやフーノルトおよびゲールノート（200）、フォルケール、ハゲネやオルトウィーン（201）が大きな働きをなしたことが語られ、またザクセン（198）、デンマルク（202）、ブルグント（203）、ニーデルラント（204）の者たちの戦いぶりも記述されている。この総力戦の最中で、シーフリトとリウデゲールは相対することとなるが、そこでまずシーフリトが彼の英雄的出自を示すものの一つである名剣バルムンクを振るう姿が描かれる。

  Dô der starke Liudegêr Sivriden vant,
  und daz er alsô hôhe truog an sîner hant
  den guoten Balmungen und ir sô manegen sluoc,
  des wart der herre zornec unde grimmic genuoc. (207)

113）グロッセはこの箇所を「あたかも騎士の騎馬試合でやるかのように」と、riterlich という言葉が持つ宮廷的背景に重きを置いた翻訳を行っている。Grosse (Kommentar), S. 63, 761.

シーフリトがその手に名剣バルムンクを高く掲げ、ザクセンの者たちの多くを切り倒しているのを目にした勇猛なるリウデゲールは、怒りに燃えて憤激しました。

　ここでの描写に、『ニーベルンゲンの歌』の受容者が英雄シーフリトの姿を思い浮かべたことは想像に難くない。ハゲネによるシーフリトの英雄譚で初めてその名が挙げられたことにも明らかなように、このバルムンクはシーフリトの英雄性を象徴するものであり、それを手にしたシーフリトは、英雄的行為・戦いを通して認識されるべき存在である。しかし、語り手による「語り」の地平では、バルムンクがシーフリトその人を認識させる要素としては機能せず、またハゲネによる「語り」に述べられた、その出自に相応しい超自然的な力も発揮していないことは注目に値する[114]——ニベルンク族とは異なり、バルムンクを目にしてもリウデゲールは恐怖を覚えるどころか、むしろ闘争心を掻き立てられているのである。また第207詩節での、リウデゲールがバルムンクを振るうシーフリトを目撃したという記述は語り手の視点からのものであり、この時点ではリウデゲールは戦う相手が誰であるかを認識しているとは述べられていない。詩人はリウデゲールがシーフリトをアイデンティファイする場面をあえてこの後別に設けているのだが、そこでリウデゲールが何を通してシーフリトをその人として認めるかは、この戦いにおけるシーフリトの造形上の軸を解明するための決定的な意味を持つ。

>Dô het der herre Liudegêr　　ûf eime schilde erkant
>gemâlet eine krône　　vor Sîfrides hant.
>wol wesser, daz ez wære　　der kreftige man.

---

[114] ハゲネによる「語り」では、バルムンクそれ自体がシーフリトに大きな力を与え、彼の英雄的能力の大きな部分を担っていたことが示されている。バルムンクを手にシーフリトは12人の巨人とニベルンク族の勇士700名を討ち (94)、その結果「多くの若き勇士たちは、その剣バルムンクと勇敢なる男シーフリトに対して激しい怖れを抱いたため、国から城まで彼に差し出したのです。durch die starken vorhte vil manec recke junc,/die si zem swerte heten und an den küenen man,/daz lant zuo den bürgen si im undertân. (95, 2-4)」。すなわち、シーフリトの英雄的冒険においては、バルムンクは敵対者に恐れを喚起する超自然的な力を持っていたのであり、リウデゲールの反応はそれと好対照をなしている。

```
der helt zuo sînen friwenden        dô lûte ruofen began:

《Geloubet iuch des sturmes,    alle mîne man!
sun den Sigmundes              ich hie gesehen hân,
Sîfriden den starken           hân ich hie bekant.
in hât der übele tiuvel        her zen Sahsen gesant.》       (215-216)
```

その時王リウデゲールは、シーフリトの手に握られている楯に王冠が描かれていることに気が付きました。そして、目の前の人物があの勇猛なる男であることを知ったのです。リウデゲールは大声で自分の部下の者たちに呼びかけました。「わが配下の者たちよ、みな戦いを止めるのだ。ここにいるのはシグムントの息子、猛きシーフリトであることがわしにはわかった。悪魔が彼奴をこのザクセンへと連れて来たのだ。」

　ここでリウデゲールは初めて戦いの相手がシーフリトであるのを認識する。しかしそれは、受容者の記憶の中での彼の姿に相応しい彼の英雄的行為を通してでも、その手に握られた名剣バルムンクの超自然的な力を通してでもない。ニーデルラントの王子であることを顕示する、彼の手にした楯に描かれた王冠を通してなのである[115]。ここで紋章を通して認知され、さらにその紋章が王冠というシーフリトの封建制度上の身分を示すものであることからは、詩人がザクセン・デンマークとの戦いを戦っているシーフリトを、彼の具える二つの対照的な特性のうち、英雄性ではなくニーデルラントの王子という宮廷社会における身分を前面にだした形で描いていると考えることができる。
　さらに、シーフリトの素性を認識したリウデゲールは部下の兵たちに戦闘を止めることを命じ、軍旗を降ろしてブルグント側に降伏するが、この場面の進行における論理構成は、詩人が『ニーベルンゲンの歌』という作品の中でシーフリト

---

115) 楯に描かれた紋章は、戦いの際にその楯を手にするものの素性を明らかにするという点において、非常に重要であった。鎖帷子の頭巾と兜の鼻当てにより見分けのつかなくなった騎士たちは、第一次と第二次の十字軍の間の時期に、楯の表面に図柄を描き始める。ここでシーフリトの楯に描かれた王冠は、純粋に紋章学における象徴的意味を持つものではないが、甲冑に覆われたシーフリトの身分を示すものとなっている（Grosse (Kommentar), S. 762.）。紋章の起源およびその役割については以下の文献を参照のこと。ミシェル・パストゥロー (1997)。

の内包する宮廷性と英雄性の間にどのような関係を想定しているかを明らかにしてくれる。確かにシーフリトを始めとするブルグントの勇士たちの戦いぶりは凄まじく、ザクセン側の被害が大きいことは述べられる（214, 3）が、楯の紋章を通して自分の戦っている相手の素性を認識するまでは、シーフリトに対するリウデゲールの徹底的な抗戦への意志が描かれており、それはリウデゲールが戦いの終結を命じ、ブルグント側へと降伏する決定的な理由とはなっていない。リウデゲールをして、降伏という決断——封建君主という立場にあるリウデゲールにとって、戦いの放棄と全面降伏とは、最も重い決断である——をさせたのは、自分の戦っていた相手がシーフリトの名を持つ存在であるという認識ただ一つである。そしてこの認識を得た後のリウデゲールの「悪魔が彼奴をここザクセンへと連れて来たのだ」との言葉の背景には、龍や巨人たちを討伐し、超自然的な力を己のものとしているという、英雄としてのシーフリトの名声に関する知識の存在を詩人が仄めかしていることは明らかである。また、盾に描かれた王冠により、宮廷社会の中の身分を通してリウデゲールはシーフリトのことを認知するものの、上に引用した二詩節でシーフリトが「勇猛なる kreftig」および「猛き stark」と形容されていることにあらわれているように、彼の「シーフリト」という人物に関しての理解とは、受容者の記憶の中のそれと一致する——敵対するリウデゲールの目から見れば、まさに「悪魔」的な力を具えた存在——ものであり、リウデゲールは王子という宮廷社会で高位にある存在と敵対するのを恐れたのではなく、英雄としての強さを恐れたのである。すなわち、楯の紋章によるシーフリトの身分の認知とそれに伴う素性の同定によって、『ニーベルンゲンの歌』の語り手の「語り」の地平で宮廷の王子として描かれるシーフリトに、作品の受容者の記憶の中に存在し、また物語内でも「耳新しい話」を通して認知されていた英雄としての姿が重ねあわせられ、一個の人物形象に統合されるのである。そしてこの時点で初めて、リウデゲールには自分の戦っていた相手を「恐れる」理由が与えられ、戦いの放棄へと至る。

　ただし、リウデゲールがシーフリトを認知し同定する経緯で、シーフリトの英雄的特性は、語り手による「語り」の地平では何も発揮されていないことは大きな意味を持つ。この戦いにおいて、シーフリトは確かにバルムンクをその手に戦ったものの、その剣自体の斬れ味などについての記述は一切なく[116]、また、戦いという場において大きな意味を持つはずの、彼の角質化した皮膚もその効用が

発揮されたとの描写はない。すなわち、リウデゲールが恐れ、彼に降伏を決意させたシーフリトの英雄的特性は、作品内ではハゲネに「ごく簡単に」ふれられるのにとどまっており、しかもそれは具現化された形では語られず、物語内には現象していない。それにも関わらず、リウデゲールは自分の敵が「あの」英雄シーフリトであると知ると、降伏を選択するのである。これは、ハゲネによる「語り」を通して導入された彼の英雄性が、この戦いではあくまでも宮廷騎士として存在するシーフリトに纏いつき、物語の中で「まことのこと」として作用していることを意味する。リウデガストとの騎馬試合を思わせる戦いや、リウデゲールによる楯に描かれた王冠を通した認知に象徴的に描かれているように、詩人は語り手による語りの地平ではシーフリトを宮廷騎士――ただし単なる宮廷騎士ではなく、封建君主としての才覚と資格を兼ね備え、また宮廷叙事詩の主人公たちと同様に、比類なく武勇に優れた騎士として描く。それと同時にハゲネにシーフリトの英雄的特性を語らせ、物語の登場人物たちが「耳新しい話」として知ったシーフリトの英雄譚と、受容者の記憶の中での英雄的シーフリト像をオーヴァーラップさせることで、語り手による「語り」の地平の上ではシーフリトに超自然的な英雄性を発揮させることなく、しかし彼に英雄としてのアウラを纏わせ、リウデゲールの降伏を受容者にとって納得し得るものにしているのである。

　ザクセン・デンマルクとの戦いは以上のような経過をたどるが、シーフリトにとってこの戦いは、かねてから彼が「高きミンネ」を向けるクリエムヒルトとの面会を果たし、続く第五歌章で彼女の「挨拶 gruoz」を得ることに帰結する。宮廷社会において貴婦人から「挨拶」の声をかけることは、婦人奉仕に対する顕彰であり、また奉仕の報いとして最も望まれたことである[117]。すなわち、この戦いでのシーフリトの活躍は、クリエムヒルトとの宮廷風恋愛の一過程としての意味付けを与えられているのである。また、この祝宴は聖霊降臨祭（271）に催されるが、聖霊降臨祭とは言うまでもなく宮廷叙事詩において宮廷および祝宴の催される時節であり、ザクセン・デンマルクとの戦いを挟んで、物語は一貫して宮廷的空間の中で進行していることを示す。そして危機にある国を外敵から救い、その支配階級に属する女性とのミンネ関係を得るという、この戦いでシーフリト

116）ハゲネによる「語り」の中でのバルムンクに関する描写については、註114を参照のこと。
117）de Boor/Wisniewski (Hrsg.), S. 54.

が結果的になした業績は、宮廷叙事詩にみられる典型的かつ様式化した宮廷騎士の戦いと等しい構図を持つ。ハゲネによって導入されたシーフリトの英雄的特性は、このザクセン・デンマルクとの戦いにおいて物語の表面に具現化することなしに戦いを終わらせる力となり、シーフリトのクリエムヒルトに対するミンネの成就を引き寄せるものとして描かれているのである。すなわち、この過程では宮廷風恋愛を成就に導く原動力として英雄的要素は機能している。

このように、ザクセン・デンマルクとの戦いでは、シーフリトの英雄的特性は語り手による語りの地平には姿を見せることなく、しかし受容者及び物語内の登場人物の持つ知識から補完される形で、物語に影響を与えている。しかし、クリエムヒルトとシーフリトが逢初めを果たした直後の第六歌章以降、シーフリトの英雄的特性はこれまでとは異なり、語り手による「語り」の地平に現象することとなる。

第六歌章の題材となっているのは、ブルグントの王グンテルによるイースラントの女王プリュンヒルトへの求婚である。この発端となったのはヴォルムスに伝わった「全く新しい噂 itesniuwe mære」であり、そこに語られる見知らぬ女王にグンテルが想いを寄せ、それに対してシーフリトおよびハゲネが意見を述べる（330-331）という、シーフリトのクリエムヒルトへのものと同様の「嫁取り」の構造が再びあらわれる。そしてこの「嫁取り」は、ハゲネの「語り」でその存在について言及された、シーフリトの持つ超自然的な力の一つである「隠れ蓑 tarnkappe」が実際に使用されているという点において、『ニーベルンゲンの歌』という作品内における一種の特異点をなしている。先に検証したバルムンクのように、ハゲネの「語り」により導入されたシーフリトの英雄的特性を具現化している超自然的な要素は、第六歌章に至るまでは語り手による「語り」の地平では語られず、しかしハゲネの「語り」により受容者の記憶の中のシーフリトと『ニーベルンゲンの歌』のシーフリトが重ねあわされ、作品の受容者及び物語の登場人物の持つ知識として、物語に影響をおよぼすものとして描かれていた[118]。それに対し、「隠れ蓑」についてはこの求婚の旅において実際に使用され、その超自然的効能が物語内の事実として語り手により語られるのである。これは、それまで宮廷的空間の中で進行してきた物語が、「古の物語」と共通する英雄的空間へと移行していることを意味している。

プリュンヒルトへの求婚の旅は、はじめからシーフリトの持つ英雄的背景、ひ

いては受容者の記憶の中での彼の姿およびその背景をなす英雄譚へと強く結びつけられていることにまず触れておきたい。プリュンヒルトについての情報は、「全く新しい噂」、すなわちこの第六歌章開始の時点では、ブルグントの者たちにとっては完全に未知のものとして紹介される。ここで言われる「全く新しい噂」とは、第三歌章でのシーフリトに関する「耳新しい話」と同質のものであり、ともにヴォルムスの宮廷の外部、非宮廷的世界からもたらされた情報である。そして第六歌章で、「全く新しい噂」であるにも関わらず、「シーフリトどのはプリュンヒルトのことをよくご存じだから sît im daz ist sô kündec, wie ez um Prünhilde stât（331, 4）」と、シーフリトに助力を頼むようにというハゲネの進言は、第三歌章と同じく受容者の脳裏に彼らの知るシーフリトとプリュンヒルトに関するモチーフ群を浮かび上がらせる。その結果、シーフリトがイースラントの諸事に詳しく、またプリュンヒルトと互いに面識があることが、何の前置きもなしに既定事項として語られるのである。詩人はこのプリュンヒルトに関する「ある新しい噂」に言及することで、そこから開始されるグンテルの求婚物語と集合的記憶との接続を行い、シーフリトおよびプリュンヒルトにまつわるエピソードの舞台である英雄的世界を、直接語ることをしないままにこの求婚の旅の行われる空間として用意し、ヴォルムスを中心とする宮廷的世界の外縁に存在させている。

　そして、プリュンヒルトへの求婚を決意したグンテルに対するシーフリトの台詞からは、詩人がプリュンヒルトおよび彼女の治めるイースラントを、宮廷的世界とは異質な、英雄的原理の支配する空間として設定していることは明らかとなる。グンテルの求婚に対してシーフリトは反対を表明するが（330）、その理由として、彼の地の女王が求婚に来た者たちに対して行っている「恐ろしい習慣 vreislîche sit（330, 2）」を挙げる。この「恐ろしい習慣」とは、具体的には求婚者はプリュンヒルトと槍投げ、石投げおよび幅跳びの三種の競技で競い、勝った者のみがその「ミンネ」を得ることができるが、そのうち一つでも彼女に敗れれば、命を取られる（327）というものである。こうした「習慣」は、プリュンヒルトとその属する領域が宮廷的な世界とは異なる原初的な性質を帯びていること

---

118) こうした英雄的特性の物語の舞台への登場の仕方は、シーフリトの角質化した皮膚においても同様のことが指摘できる。語り手による「語り」では、シーフリトの角質化した皮膚は、ハゲネによる「語り」での紹介以降その効用が発揮されうる戦いの場面では一切言及されず、しかしハゲネによるシーフリト暗殺における決定的なモチーフとなっている。

を端的に示しており[119]）、それによりイースラントは、ヴォルムスの宮廷から海によって隔てられ、地理的空間的な連続性を持たない彼方の「異境」として構築される[120]）。そしてそこを目的地とするこの求婚の旅は、英雄的原理の支配する空間へのものであることを、シーフリトの言葉を通して詩人が予告しているのである。

　さらにこのプリュンヒルトを巡る求婚物語が、『ニーベルンゲンの歌』成立当時おそらく受容者にとってはすでに馴染みの深いものであったことを物語っているのが、写本Aでのテクスト収録状況である。写本Aは三つの主要写本のうち最も短いヴァージョンを収めているが、他の二つの写本と比較して省略が行われている箇所が第六歌章から第十一歌章に集中しており[121]）、これはプリュンヒルトへの求婚物語の冒頭から、その結果としてのグンテル・プリュンヒルトおよびシーフリト・クリエムヒルトのふた組の結婚とその後のシーフリトのニーデルラントへの帰国までの箇所にあたる。このことは、プリュンヒルトに対しての求婚物語全体が、写本Aに収録されたヴァージョンでの短縮の対象となっていることを示している。この短縮についてクルシュマンは、プリュンヒルトへの求婚を物語る古い口承詩の存在を想定し、受容者にとって既知の内容であったことの痕跡であると指摘している[122]）が、上記のような写本Aでの収録状況は、この推論を裏付けるものといえるだろう。そしてそうした口伝の英雄詩に語られるのに相

---

119) Grosse (Kommentar), S. 771.
120) 本論では詳しく論じないが、『ニーベルンゲンの歌』では支配原理の異なる空間の間は海ないし川で隔てられている。イースラントは海の彼方であるし、第八歌章でシーフリトの赴くニベルンク族の国もイースラントからさらに海で隔てられている。また、作品後半でブルグントの一行がフンの国に向かう際にも、ドナウ川が決定的な分岐点となっており、そこは水の精という超自然的な存在が出現する、「異境」との境界となっている。
121) Müller (1998), S. 87. 写本Aは全部で2316詩節、写本Bは2376詩節を収録し、後者は前者が収めているもののうち3詩節を欠くが、逆に前者にはない63詩節を収めている（Hoffmann (1992), S. 73.）そして第六歌章から第十一歌章の間で、写本Bには存在するものの写本Aにはない詩節の数は61に上り、写本Aでの省略はこの箇所に集中しているといえる。省略されている詩節は、デ・ボーア版の詩節数に従うと以下の通り。第六歌章：340, 341, 345, 346, 354, 355, 356, 357, 368, 370, 388。第七歌章：396, 397, 398, 401, 409, 412, 413, 414, 415, 439, 442, 445, 453, 455, 459, 465, 471, 472, 473。第八歌章：513, 514, 515, 516, 517, 518, 524。第九歌章：531, 534, 555, 563, 564, 568, 571, 573。第十歌章：582, 583, 595, 599, 605, 629, 631, 634, 639, 652, 659, 681。第十一歌章：691, 695, 711, 719。
122) Curschmann (1979), S. 96.

応しく、プリュンヒルトへの求婚の旅は「英雄的」な方法で開始される。この旅の始まりにあたり、どのような形で求婚に赴くかについて、グンテルとシーフリトの間で相談がなされるが、これを詩人は第三歌章でのシーフリトと父シグムントとのやり取りと相似するものとして記述する。軍勢は三万まで召集することができるというグンテル（338）に対するシーフリトの反応は、この旅の本質およびその舞台となる地イースラントがどのような空間として想定されているかを端的に示すものである。

《Swie vil wir volkes füeren》,　　sprach aber Sîvrit,
《ez pfligt diu küeginne　　sô vreislîcher sit,
die müesen doch ersterben　　von ir übermuot.
ich sol iuch baz bewîsen,　　degen küene unde guot.

Wir suln in recken wîse　　*ze tal varen den Rîn.*
die wil ich dir benennen,　　die daz suln sîn.
selbe vierde degene　　varn wir an den sê.
so erwerben wir die frouwen,　　swie ez uns dar nâch ergê.

(340-341)

それに対してシーフリトは言いました。「いくら大勢の者たちを引き連れていったところで、女王は恐ろしい習慣を行っており、兵たちは彼女の思い上がりゆえに命を落とすは必定です。勇敢にして高貴なる王よ、私がもっと良い方法をお教えしましょう。我々は勇士のやり方でラインを下ってゆくのです。それをなすべきものの名を貴方に申し上げましょう。我々は四人でもって海へと漕ぎだして行くのです。さすればどのようなことになろうとも、かの婦人を得ることができるでしょう。」（下線筆者）

シーフリトはこの求婚の旅を「勇士のやり方 in recken wîse」で行うことを進言する。三万の軍勢を率いていったところで失敗して皆命を落とすが、しかし四人で行けば成功するという論理は、二つの求婚の方法の間に本質的な差異があり、「勇士 recke」としての求婚のみがプリュンヒルトの存在する領域、すなわち英雄的空間の原理に適応し、彼女を得ることを可能ならしめるものであることを示している。すなわち、プリュンヒルト治めるイースラントは、ヴォルムスの宮廷

とは異なる原理の支配する空間であり、そこへ向かうこの求婚の旅は二つの異なる領域にまたがったものとして設定されているのである。そして同時に、これまでのシーフリトの持つ二面性に関しての検証でも表面化していたように、『ニーベルンゲンの歌』の登場人物の行動は、それが行われる空間の性質に強く規定されていることがここでもまた明らかとなる。宮廷的世界の外部にある、「恐ろしい習慣」を司る女王の治めるイースラントという非宮廷的空間へと足を踏み入れるためには、その空間に相応しい方法が要求されているのである。そして、プリュンヒルトの支配する領域が、そうした英雄伝説の色彩を色濃く示す英雄的原理に律せられるものであるということは、前述の宮廷の騎馬試合を想起させる叙述がなされていたザクセン・デンマルクとの戦いとは異なり、そこでシーフリトに英雄としての特性を直接発揮することを可能ならしめる。同時にまた、この空間は彼に宮廷騎士ではなく英雄であることを要請するものであり、「勇士のやり方」で旅を成功させるため——この旅の成功はシーフリト自身のクリエムヒルトに対する求婚の成功と一体化している（333-334）——、シーフリトは英雄的存在としての超自然的な力の象徴とでもいうべき「隠れ蓑」を、旅の出立に際して「携えてゆかねばならなかった muose füeren（336, 1）」のである。

　こうしてシーフリトにより英雄的なやり方で行うのを提案された求婚の旅だが、この旅はしかし完全に英雄的なものとして描かれているわけではないことに留意する必要がある。シーフリトの提言を受けて旅への出立を決定すると、グンテルはプリュンヒルトの宮廷を訪れるにあたり相応しい衣装を用意するため、妹のクリエムヒルトを訪ねる。そこでのグンテルの言葉は、この求婚の旅は確かに「勇士のやり方」で行われるものの、宮廷的原理に則った行為としての側面もあることを明らかにしている。

> Dô sprach der künec Gunther:　　《frouwe, ich wilz iu sagen.
> wir müesen michel sorgen　　　bî hôhem muote tragen.
> *wir wellen höfscen rîten*　　　*verre in vremdiu lant;*
> wir solten zuo der reise　　　haben zierlîch gewant.》　　（350）

　そこで王グンテルは言いました。「妹よ、お前に言っておこう。私たちは快活な気分でありながらまた大いに気にかかることがあるのだ。<u>我々は遠き異境の国</u>

<u>へと馬を進め、礼をつくして貴婦人にお目にかかろうと思う。そしてその旅に
は豪華な衣装が必要なのだ。</u>」(下線筆者)

　グンテルのこの言葉は、この旅がブリュンヒルトへの求婚、とりわけ宮廷的婦
人奉仕を目的にしていることを示しており[123]、それは彼の真意を理解したクリ
エムヒルトのグンテルに対する問いにも反映されている[124]。この求婚の旅は、
「勇士のやり方」でなければ求婚対象の存在する空間に到達し得ないが、グンテ
ルの言葉に従えば、華美な衣装に身を包んだ婦人奉仕を目的とした「ミンネの旅
Minneritt[125]」と呼び得るものであり、「勇士のやり方」で始められる旅も、英
雄的なるものと宮廷的なるものの混淆されたものとして構築されているのである。
この旅は、シーフリトのヴォルムス訪問に続く、宮廷的世界と英雄的世界の邂逅
する場であるということができるだろう。

　このように、イースラントへの旅は「勇士のやり方で」、しかし婦人奉仕を目
的とした「求婚の旅」として行われるというハイブリッドな性質を帯びるのだが、
その過程で決定的な役目を果たすのが「隠れ蓑」である。「隠れ蓑」はシーフリ
トが侏儒アルプリーヒから奪ったことがハゲネによって語られ、物語に導入され
ているが(97)、当初それがどのようなものなのかは述べられない。「隠れ蓑」の
具体的な効能が初めて紹介されるのは、グンテルに対し「勇士のやり方」で旅に
出立することを勧めるシーフリトの進言に先立ち、「隠れ蓑」をシーフリトがこ
の旅のために準備したことが語られる箇所である。しかも、ここで「身につける
と十二人力が加わり(337)」、またそれを着たものは「誰からも姿が見えなくな
る(338)」という、「隠れ蓑」の持つ超自然的効能について語るのは、「異境」の
諸事に通じているハゲネでも、また「隠れ蓑」の所有者であるシーフリトでもな
い。これまでシーフリトの宮廷的教育を叙述し、彼を宮廷騎士として描いてきた
『ニーベルンゲンの歌』の語り手なのである。すなわち、この「隠れ蓑」に関す

---

[123] de Boor/Wisniewski (Hrsg.), S. 65./Heinzle (Hrsg.), S. 1131.
[124] この要請をうけたクリエムヒルトの返事は以下のようなものである。「お聞かせください、
異国でミンネをもって求めようというその貴婦人が誰であるのかを und lât mich rehte hœren,
wer die frouwen sint,/der ir dâ gert mit minnen in ander küneges lant. (351, 2-3)」この言葉
からは、この旅が貴婦人をミンネをもって求める、すなわち婦人奉仕を通した求婚を行うとい
う、宮廷的な性質を帯びたものとして描かれているのを読み取ることができる。
[125] Ehrismann (2002), S. 80.

る説明は、語り手による「語り」の地平に現れた初めての英雄に具わる超自然的な要素に関しての叙述であり、こうした叙述が語り手により行われたことは、『ニーベルンゲンの歌』の持つ、口承の素材に由来する英雄的世界と、同時代の宮廷叙事詩と共通する宮廷的世界からなる重層構造の在り様を考察する上で大きな手がかりとなる。

　前節で検証したように、シーフリト青年期の英雄的冒険と宮廷的教育は、それぞれハゲネの「語り」と語り手の「語り」に結び付けられ、語られる地平を異にしている。そのため語り手は、第六歌章に至るまではシーフリトに関して伝説にみられるような超自然的な能力を直接語ることはなかった。この詩人の姿勢を象徴しているのが、ザクセン・デンマルクとの戦いでのシーフリト描写である。この戦いで語り手はシーフリトの戦いを宮廷騎士の戦いの範疇で描き、彼にバルムンクを振るわせながらも、ハゲネの「語り」により導入された英雄的要素については、自分の口から語ることはしなかった。しかしプリュンヒルトへの求婚の旅を前にして、「隠れ蓑」の持つ超自然的効能を語り手が語ったことにより、これまで厳格に分割されていた「語りの審級 Erzählinstanz[126]」は交差し、語り手による「語り」と同一の地平で、宮廷的世界から逸脱したシーフリトの超自然的な能力が認められ、語られ始める。つまり、このプリュンヒルトへの求婚での「隠れ蓑」は、これまで宮廷騎士としての特性を前景として描写されてきた『ニーベルンゲンの歌』という作品におけるシーフリトに、伝説の中で彼が本来的に持っていた英雄的な力を、それまでの「語りの審級」を越えて付与するのである。そして、二つの異なるシーフリト像が同一の語りの地平上に展開されることで、重層的に構築された『ニーベルンゲンの歌』の二つの「語り」の地平はその境界を曖昧にしてゆき、結果として作品内に二つの異なる原理が並存することとなる。以下に、この求婚の旅におけるシーフリトに関する描写を取り上げ、超自然的な力を秘めた「隠れ蓑」がそれまで宮廷騎士として描かれてきたシーフリトに及ぼす影響を検証する。

　イースラントへの旅路で、プリュンヒルトとシーフリトが既知の関係であるという受容者の持つ知識を背景に、シーフリトはこの「異境」への案内人としての任を果たす。彼は船頭として一行をイースラントへと導き（377）、遠目に見える

---

[126] Müller (1998), S. 125.

プリュンヒルトを紹介する（393）。そしてイーゼンステインの城に入城する際には、同地のしきたりを説明するのである（407）。シーフリトがプリュンヒルトおよびイースラントに関する知識を持っているとの叙述は、受容者の持つ記憶に根ざした知識と『ニーベルンゲンの歌』という作品を接続しているという点において、ハゲネによるシーフリトに関する「語り」と同質のものであるといえる。ここでそれが物語内での既定の事実として語られることで、この旅でのシーフリトは再び口伝の英雄詩で語られていた英雄的特性を獲得する。その具現化が、「隠れ蓑」である。

　プリュンヒルトへの求婚を成功させるためには、前述のとおり三種の競技で彼女に勝つことが求められるため、試合に先立ち、シーフリトは船に隠れ蓑を取りに戻り、それを身につけて不可視となる（431）。そして、誰にも気取られることなく試合の場所に戻るが、まずそこでは試合の相手であるプリュンヒルトのいでたちが語られる。中立ての厚さが三指尺もある彼女の盾は、侍従が四人がかりでようやく運べるものであり（437）、槍もまた家臣が三人がかりで辛うじて担えるという代物であった（441）[127]。こうしたプリュンヒルトの携える、常人にはとうてい扱い得ないと思われる武具は、彼女が超自然的な力を持ち、現実の理想的反映である宮廷的世界とは異なる領域に属する存在であることの証であるが、同様の強さをシーフリトに与える「隠れ蓑」においては、それを纏う人物の強さとの関係が好対照をなしていることをまず指摘しておきたい。シーフリトは、隠れ蓑を身につけることで十二人分の膂力を得る、つまり「隠れ蓑」が彼に英雄としての膂力と超自然的な能力を付与しているのに対して、プリュンヒルトは運ぶだけでも数人の力を必要とする武具を、己の持つ超自然的な身体的強さをもって扱う。すなわち、この段階ではシーフリトは未だ超自然的な膂力を備えた英雄としてではなく、あくまで人間の範疇に収まる宮廷騎士として描かれているのである。それを裏付けているのがこの競技の際のシーフリトに関する心理描写である。

---

[127] この槍と盾の描写については、ともに「我々に伝わるところでは als uns daz ist gesaget（437, 1）」及び「この重い槍についての類稀なることをお聞きください von des gêres swære hœret wunder sagen（441, 1）」と、口承の伝説との関連付けが行われ、まさにそれが「類稀なること」であることが示される。また、石投げの競技で彼女が投げる石が、12名の手で運ばれるほどの重さであることは、その直前に武具を返還してもらい意気を取り戻したブルグント一行の闘志を再び挫く原因となっているが、同時にプリュンヒルトの強さが宮廷的存在の強さの尺度を遥かに超えたものであることをあらわしている。

>   An vil wîzen armen   si die ermel want.
>   si begonde vazzen   den schilt an der hant.
>   den gêr si hôhe zuhte: do gienc iz an den strît.
>   *Gunther unde Sîvrit*   *die vorhten Prünhilde nît.*   (451)

そのいと白き腕に、プリュンヒルトは袖を捲り上げました。彼女は手に楯をとり、槍を高く振りかざしました。そして戦いが始まったのです。グンテルとシーフリトは、プリュンヒルトの敵愾心に恐怖を抱きました。(下線筆者)

準備が整い競技が開始される時に、シーフリトは（グンテルと同様に！）プリュンヒルトに対して恐怖を抱くのである。戦いを前に相手を恐れるというこのシーフリトの心理描写は、死にも敢然と立ち向かうべき英雄にはおよそ相応しくない。またシーフリトの感情の動きがグンテルのそれと一括したかたちで叙述されていることからも、この箇所でのシーフリトは英雄的形象としてではなく、宮廷的存在の代表者であるグンテルと同質の存在として描かれているのは明らかである。そして、槍投げの競技では、プリュンヒルトとシーフリト、そして隠れ蓑の持つ「強さ」の順列が明らかな形で示される。

>   Des starken gêres snide   al durch den schilt gebrach,
>   daz man daz fiwer lougen   ûz den ringen sach.
>   des schuzzes beide strûchten die kreftigen man.
>   wan diu tarnkappe,   si wæren tôt dâ bestân.   (457)

槍の堅固な穂先は楯を貫き、輪を編んだ鎧から火花が散るのが見えました。この投擲に力強い勇士は二人ともよろめいたのです。隠れ蓑がなかったら、二人は死んでそこに横たわっていたことでしょう。

隠れ蓑の力により辛うじてプリュンヒルトの投げた槍を受け止めたシーフリトは、彼女に対して槍の石突を向けて投擲し、結果的になんとかこの競技に勝ちを収める。しかし、この槍投げ勝負の過程は、「隠れ蓑」を着ない状態では、シーフリトの力がプリュンヒルトに完全に劣っていることを明らかにする。イースラントでのシーフリトは、隠れ蓑という超自然的な能力の象徴物をその表層に纏う

ことによって初めてプリュンヒルトと同等の力を持ちうる存在なのであり、隠れ蓑の下のシーフリト自身は、あくまでも常識的な範囲におさまる「力強い騎士」のままなのである。これは、シーフリトの持つ二つの特性が、シーフリトという人物形象の中で未だ統合されていないことを象徴している。「隠れ蓑」を纏うことにより、シーフリトはプリュンヒルトに対抗可能な力を得るが、その力は彼自身の身体に宿るものではなく、彼の所有物とはいえあくまでも彼の外部にある「隠れ蓑」に宿るものとして描かれる。イースラントという空間においては、シーフリトはいわば英雄の衣を纏った宮廷騎士として存在しているのである。しかし、このプリュンヒルト獲得のための競技の後に、詩人は「隠れ蓑」に仮託されて分離していたシーフリトの英雄としての力が、シーフリトの身と最終的に同化する場面を用意する。

　プリュンヒルトへの求婚の旅は、競技に勝ち、プリュンヒルトを勝ち取ったのみでは終わらない。競技での敗北を認め、イースラントがブルグントの支配下へと入ることを承諾しながらもプリュンヒルトはすぐにヴォルムスへと出立しようとせず、一族の者たちを呼びよせ始める。それを脅威と感じたブルグントの一行の意を受け、シーフリトはニベルンクの国の軍を召集するための旅に出る。彼がニベルンク族を征服し、支配者となっていたことはハゲネの「語り」によって紹介されていたが、それは口伝の英雄詩を通し受容者に知られていたと考えられる冒険の結果であり、第二歌章で描写された、「護衛なしで馬を駆るのを許されることは滅多になく」、宮廷内部で手厚い保護と教育を受けていたという、宮廷的造形とは対極にある要素である。そしてまさにこの旅において、英雄シーフリトから分裂し、この段階では未だ彼の外部に留まる英雄的能力を、シーフリトはその身において顕し、「古の物語」の中での彼と同様の姿で描き出されることとなる。

　イースラントを発ったシーフリトは、「隠れ蓑」を身に纏って一昼夜船を漕ぎ続け、イースラントからさらに優に百マイル以上も離れたニベルンクの国に到着する（484）。このニベルンクの国とは、『ニーベルンゲンの歌』における宮廷的中心であるヴォルムスから、イースラントよりさらに遠い場所にあり、いわば英雄性の度合いがより強くなっている空間である。そしてイースラントへの旅は「勇士のやりかた」で、しかし宮廷的な「求婚の旅」として行われる、英雄的要素と宮廷的要素が混淆したものであったが、このイースラントからニベルンクの国への旅路は、「隠れ蓑」の持つ超自然的な力を借りたシーフリト一人により辿

られる、まさに「勇士のやり方」に則った旅である。そして目的地であるニベルンクの国は、シーフリトの英雄的冒険の舞台となった空間であり、ハゲネにより語られた時と同様に、非具体性に満たされた、現実からの距離を感じさせる空間として構築されている[128]。すなわちこのニベルンクの国は、宮廷的世界からは断絶した、伝説がその舞台としている英雄的世界そのものであり、そこを支配しているのは一義的に英雄的原理なのである。この空間において、『ニーベルンゲンの歌』の中で初めて、シーフリトが己の身に超自然的な膂力を宿らせて英雄に相応しく行動することが語り手により語られることになる。

　彼はこの国での冒険を英雄に相応しく一人で行う。また、「隠れ蓑」についても、上述のようにニベルンクの国へとやってくる際に使用したことが明記されているが、到着後彼はもはやその助力を必要としない。イースラントでのシーフリトとは異なり、ニベルンクの国でのシーフリトは、超自然的な存在とも充分に渡り合う力をその身に宿した、英雄としての姿で描かれるのである。

　このニベルンクの国の再訪で、シーフリトはニベルンクの城を守る巨人および侏儒のアルプリーヒと戦うことになる。まず彼はニベルンクの城の門番をしていた巨人 ungevüege (487, 1)/rise (488, 1)――言うまでもなく、巨人とは超自然的・非宮廷的存在の象徴である――に、「私は戦士である ich bin ein recke (488, 1)」と名乗り、ヴォルムスを初めて訪れた時と同様挑戦的な台詞を吐き、巨人を戦いへと挑発する。この過程で、シーフリトはこの国の支配者であるにも関わらず、門番の巨人に対して自らの正体を明かさない。そればかりでなく、彼は自らの声色を変え、意図的に自分の素姓を隠蔽して門番を挑発する (487-478)。そして、巨人の鉄棒の一撃に楯を砕かれ、生命の危険を冒しながらも、本来は自分の部下であるこの門番が信頼するに足ることを確認して満足し[129]、彼を打倒して縛りあげるのである (492)。ここでの、自らを「戦士」、すなわち宮廷騎士ではなく英雄的原理のもとにある存在であると名乗り、命のやり取りをむしろ楽しむかのようなシーフリトは、イースラントでプリュンヒルトの姿にグンテルと同様に恐れを抱いたシーフリトとは本質的に異なる存在、「隠れ蓑」の助けなしでも巨人を打ち倒すことのできるような、プリュンヒルトと同様に超自然的な膂力を

---

[128] Vgl. Müller (1998), S. 131.
[129] 「それゆえに門番の巨人はシーフリトの殿の気に入ったのだ dar umbe was im wæge sin herre Sifrit genuoc (491, 4)」。Vgl. de Boor/Wisniewski (Hrsg.), S. 87.

具えた人物として描かれている。ニベルンクの国という英雄的空間では、「隠れ蓑」に仮託されシーフリトから物理的に分離されていた、彼を英雄的形象たらしめる能力は、シーフリトの身に具わるものとなり、彼は受容者の知る英雄としての姿へと回帰しているのである。

　ニベルンクの国への再訪のクライマックスとなっているのが、侏儒アルプリーヒとの一騎討ちである。門番の巨人とシーフリトの戦いの様子を耳にしたアルプリーヒは武装を調えるとシーフリトのもとへと向かい、彼と激しい戦いを繰り広げる。この戦いに勝利したシーフリトは、アルプリーヒに自分がニベルンクの国の主人であることを確認させる。シーフリトに縛りあげられ、その名を明かされたアルプリーヒは、戦っていた相手が自分の主人シーフリトであることを認めて言う。

　　　《nu hân ich wol erfunden　　　diu degenlîchen werc,
　　　　daz ir von wâren schulden　　　muget lands herre wesen.　（500, 2-3）

　　　勇士に相応しい業を拝見し、貴方さまがまことこの国の主人たり得ることが分かりました。

　このアルプリーヒとの二度目の戦い[130]を通して、シーフリトは改めて自分が英雄的原理の支配する空間であるニベルンクの国の正当な支配者であることを証明する。ニベルンクの国に到着して初めての戦いで城の門番を屈服させ、またアルプリーヒをして「勇士に相応しい業 diu degenlîchen werc」をふるうと言わしめたシーフリトは、英雄としての能力を最も明確な形で表面化させているといえるだろう。この時点で初めて、『ニーベルンゲンの歌』のシーフリトは英雄譚の主人公としての姿と完全な一致を見せる。これにより、隠れ蓑という形でしか『ニーベルンゲンの歌』の世界に具現化していなかった英雄的特性が、語り手による地の「語り」におけるシーフリトに具わっていることが物語内の真実となるのである。

　しかし、詩人はシーフリトの英雄的特性の発露がクライマックスに至ったまさ

---

130) 一度目の戦いはハゲネの口を通してのみ叙述される（96-98）。ここでは、シーフリトがアルプリーヒから隠れ蓑を奪って戦いに勝ち、ニベルンクの財宝の番人にしたことが語られている。

にその瞬間、英雄性とは対極に位置する宮廷的徳目をシーフリトに発現させる。

> dô stiez er in die scheiden　　　ein wâfen, daz was lanc.
> den sînen kamerære　　　　　　wold' er niht slahen tôt;
> er schônte sîner zühte,　　　　 als im diu tugent daz gebot.　　（496, 2-4）

その時、シーフリトは長剣を鞘におさめました。自分の宝物庫の番人を斬り殺す気はなかったのです。彼は徳の命じるまま、自分の作法を守ったのです。

　剣を収めたシーフリトは、素手でアルプリーヒに立ち向かい、命を取らずに彼を降伏させるのである。シーフリトはアルプリーヒとの戦い——それは戦いで「強さ」を顕示して相手を打ち負かし、自己を一国の王として相応しいことを証明するという、英雄的原理にのっとった戦い——を、自身の「徳 tugent」に従い、「宮廷的作法 zühte」にのっとったかたちで収束させる。一対一の戦いで、勝負の決する前から相手の命を無駄に奪うことを気にかけるというシーフリトの心理は、およそ英雄のそれとは趣を異にする。シーフリト伝説を素材とし、16世紀以降大きな人気を享受した作品である『角質化したザイフリートの歌』には、『ニーベルンゲンの歌』ではハゲネの「語り」により簡潔に紹介されたのみのシーフリトの青年期の冒険が、おそらく口承されてきたそのままの形で作品化されているが、そこに確認できるシーフリト／ザイフリートの発揮する英雄性とは、無軌道かつ社会適合性を欠いたものであった[131]。それに対し、アルプリーヒとの戦いにおいて、宮廷的徳目はそうした英雄性を律する規範として描かれている。ここで詩人は、これまで空間および文脈に依存する形で交互にシーフリトという人物形象の表層へと浮かび上がらせていた宮廷的特性と英雄的特性を、初めて直接的に連関した形で同一平面上に描きだし、その上でシーフリトに宮廷的徳目に則った行為をもって英雄的な戦いに終止符を打たせているのである。結果として、ニベルンクの国に代表される『ニーベルンゲンの歌』における英雄的原理が支配する空間およびその住人は宮廷的世界へ帰属することとなり、シーフリトによるニベルンクの国の「再征服」は、英雄的なものの宮廷的なものへの吸収という結果に帰結する。ここに至ってハゲネによる「語り」の地平と語り手による「語り」

---

[131] Vgl. Millet (2008), S. 469.

の地平は最終的にオーヴァーラップし、シーフリトの中にこれまで重層的に分割されて存在していた英雄的特性と宮廷的特性が、後者が前者を包みこむ形で統合される。

　シーフリトが併せ持つこの二つの特性は、それぞれ口伝の英雄詩——それは『ニーベルンゲンの歌』で「古の物語」と呼ばれる、受容者にとっての「過去」からの記憶を伝えるものである——の持つ英雄的原理と、同時代の宮廷叙事詩およびミンネザングで主題化されている宮廷的徳目——それは同時代の宮廷社会の理想的反映であり、書記文芸の想定する世界を構築する原理——を背景としたものである。この二つの特性がいかなる関係の内に配置されているかということには、『ニーベルンゲンの歌』の詩人が作品の素材とした「古の物語」を、同時代の宮廷叙事詩と共通する書記的平面へと展開するにあたり、両者の間の齟齬をどのように解消することを試みているかが反映されていると考えられる。そしてそれが端的にあらわれているのが、アルプリーヒとの戦いでのシーフリトにおいてであるといえるだろう。ここでシーフリトにおいてなされた英雄的特性の宮廷的特性への取り込みは、すぐにそのさらなる波及が描かれることとなる。

　巨人およびアルプリーヒとの戦いの後に、イースラントに帰還するにあたりシーフリトがニベルンクの勇士たちに対して下した命令の内には、この二つの世界の間の関係の行く末が象徴的な形で明らかにされている。アルプリーヒとの戦いの結果を受けてニベルンクの国の王として再認識されたシーフリトは、ニベルンク族の勇士を招集し、イースラントへと伴ってゆくが、その出立にあたり勇士たちに声をかける。

> Er sprach:《ir guoten ritter,　　daz wil ich iu sagen:
> ir sult vil rîchiu kleider　　　　dâ ze hove tragen,
> want uns dâ sehen müezen　　vil minneclîchiu wîp.
> dar umbe sult ir zieren　　　　mit guoter wæte den lip.》　　(506)

> シーフリトは言いました。「雄々しい騎士の諸君、私は皆に言っておきたい。君たちは立派な衣装を着て宮廷へと赴くべきである。なぜなら、大変愛らしい貴婦人たちに会うことになるからである。それゆえに、優美な衣装でその身を飾る必要があるのだ。」

まずシーフリトがニベルンクの国の勇士たちを、英雄詩的概念である「戦士 recke」——シーフリト自身、門番の巨人に対しては自らを「戦士」と名乗っていた——ではなく、宮廷文化に属する概念である「騎士 ritter」と呼んでいることに着目する必要がある。このシーフリトの命は、明らかに宮廷的な背景をもって発せられたものであり、この一詩節を通してニベルンクの国の戦士たちは宮廷的な騎士へと変貌を遂げる。それに対応し、第三詩行ではまず宮廷的恋愛が仄めかされる。そもそも、宮廷的世界から隔絶したニベルンクの国という英雄的空間に属する存在にとって、貴婦人とのミンネとは全く異質な概念であるが、このシーフリトの言葉は、そうした存在が宮廷的世界へと導きいれられることを示しており、ニベルンクの国を発ってイースラントへ向かう旅路が[132]、英雄的空間から離れ宮廷的空間へと入っていくという意味をもつことがこの詩節には端的に表れている[133]。ハゲネの「語り」を通して『ニーベルンゲンの歌』という作品に導入された英雄的空間は、その支配者たる英雄シーフリトによって再征服されるが、それが宮廷的徳目に則った戦いを通してなされることで、宮廷的世界へと吸収されることになるのである。

　プリュンヒルトへの求婚物語という、口伝の英雄詩として人口に膾炙していたと考えられるエピソードを通し、そこに構築される宮廷的世界の代表者による英雄的世界の代表者に対する求婚の成就——ただしそれは欺瞞に満ちたものであり、後の禍根となるものだが——と、宮廷的世界に同化した英雄による英雄的世界の征服という二重の構図をもって、イースラントおよびニベルンクの国という英雄的空間は、宮廷的世界へと取り込まれることになる。それは英雄として具えるべき超自然的な身体的能力を、ニベルンクの国という英雄的空間において再び獲得し、また発揮してきたシーフリトが、宮廷的特性を顕してアルプリーヒに勝ち、

---

[132] この描写からは、ひとまずの目的地であるイースラントも宮廷的空間に属しているものとして描かれていることが読み取れる。これは、三種の競技で敗れ、ブルグントに屈したプリュンヒルトに代表されるイースラントが、宮廷的空間へと取り込まれていることをも暗示しているといえるだろう。

[133] また、「優美な衣装でその身を飾る」ことは、プリュンヒルトへの求婚の旅に出るグンテルがクリエムヒルトに対して衣装の調達を頼む場面で、その旅を宮廷的論理に従った求婚の旅として行うことを表明していることと対応する。すなわち、このシーフリトの命に従ってのニベルンクの勇士たちのイースラントおよびヴォルムスへの旅は、宮廷的なものとして色づけされているのである。

ふたたびニベルンクの国の主であることを証明することに集約されているということができるだろう。この箇所で最終的に成し遂げられる、シーフリトが並列的に内包していた本質的に異なる二つの特性の融合を通して、『ニーベルンゲンの歌』は口承されてきた共同体にとっての記憶を伝える英雄譚を、宮廷叙事詩と等しい書記的文学平面上に展開することを果たしているのである。

　以上のように、口承文芸を背景とした英雄的特性と、詩人が新たに創出した宮廷的特性は、シーフリトという人物形象の中に並存するものの、これ以降英雄的特性は、宮廷的美徳に覆われてシーフリトの表層からは消えてゆく。そして、彼の行動を律する原理は宮廷的なものへと移行してゆくが、シーフリトを英雄性を内に秘めながらも宮廷的徳目を行動原理とする騎士として『ニーベルンゲンの歌』の詩人が造形していたことを端的に示すのが、他ならぬ彼が命を落とした直接の原因についての描写である[134]。第十六歌章で、ハゲネの策謀によって森の泉の畔までグンテルおよびハゲネと競走をすることになったシーフリトは、二人よりも先に泉についたが、国王であるグンテルへの「礼儀正しさ」から、彼より先に泉の水を飲むことをしなかった。これが彼の命を奪う機会をハゲネに与えてしまう。

> Die Sîfrides tugende　　　　wâren harte grôz.
> den schilt er leite nider,　　　aldâ der brunne vlôz.
> swie harte sô in durste,　　　der helt doch niene tranc,
> ê daz der künic getrunke;　　　des sagt er im vil bœsen danc.　(978)
> (…)
> Do engalt er sîner zühte.　　　　　　　　　　　　　　　(980, 1)

　シーフリトの徳は、この上なく立派なものでした。泉の湧き出るところに彼は楯を横たえました。いかに激しい渇きを覚えていようとも、国王たるグンテルが飲む前には、勇士は決して水を口にしようとはしませんでした。これに対し、グンテルは酷い礼を返したのです。（中略）そこでシーフリトは己の礼儀正しさ

---

[134] シーフリトが暗殺された原因は何なのか、という問題は大規模な議論を必要とする。しかし、現在問題としているのは、テクスト内部で詩人がそれをどのようなものとして説明しているかという点であり、本論の焦点はその説明から詩人がシーフリトいかなる形象として描いているかを検証するということにある。

により害を蒙ることとなりました。

　ここで詩人がシーフリトが命を落とした直接的な原因として挙げるのが、「徳 tugent」および「礼儀正しさ zuht」という、まさに宮廷的教育の中でシーフリトが獲得した、宮廷騎士にとっての美徳なのである。

　さらに注目されるのは、彼の死の場面である。英雄の死とは、自らの破滅を顧みずに戦った結果のものであり、英雄たるものは従容として死をその身に引き受ける。しかし、『ニーベルンゲンの歌』でのシーフリトは、そのような英雄としての死を死ぬのではなく、予期せぬ死を、しかもそれに絶望しつつ死ぬのである。彼がグンテルとハゲネを責めた言葉には、シーフリト自身がその死を不当なものとみなし、死を受け入れることを拒んでいる様子が描かれる。

> Dô sprach der verchwunde: 《jâ ir vil bœsen zagen,
> waz helfent mîniu dienste　　daz ir mich habet erslagen?
> ich was iu ie getriuwe;　　des ich engolten hân.　　(989, 1-3)

　その時瀕死のシーフリトは言いました。「ああ、お主らひどく卑怯な者たちよ！お前たちに討たれたとあっては、私の奉仕は何の役に立つのか。私は常にお前たちに誠をつくしたというのに、それがために害を受けるとは。」

　『ニーベルンゲンの歌』の詩人が、死に際してシーフリトの口から吐かせたのは、やはり封建制を背景とした「奉仕 dienst」及び「誠 triuwe」といった言葉であった。ここでのシーフリトによる非難の論理は、「誠」に基づいた「奉仕」を行ったのに、それに対して正当な報いを与えられず、むしろそれにより害を受けた、というものである。「奉仕」を受けたものが、それに対する「報い lôn」を与えることは、封建制の基礎をなす。すなわち、シーフルトはグンテルとハゲネを封建制度および宮廷的倫理に照らして非難しているのであり、それは彼が死に際しても英雄文芸の中の英雄としてではなく、宮廷世界の住人として描かれていることを意味する。『ニーベルンゲンの歌』はシーフリトの死を英雄の死ではなく一人の宮廷騎士の死として描いているのである。

　それと同時に、このシーフリトによる批判は、シーフリトを殺したブルグントの宮廷の非宮廷性の告発となっている点も見逃すことはできない。シーフリトは

宮廷的教育を通し、本来自己の本質をなす英雄性を律する体系として宮廷的徳目を身につけ、この場面においても「礼儀正しさ」を守ったが、それが徒となり命を落とした。すなわち、彼は宮廷騎士としての存在を体現したがゆえに殺されたと解釈することが可能である。そして彼を殺したのはまさに彼が宮廷的奉仕を行った対象であるグンテルとブルグント宮廷であった。『ニーベルンゲンの歌』においてブルグントのの宮廷は、作品世界における宮廷的空間の中心をなしており、その長たるグンテルはまさに宮廷世界の代表者としての立場にある。その彼への宮廷騎士としての奉仕が理想的騎士シーフリトを殺したという構図には、宮廷的理想の欺瞞が透けて見える。そして、このシーフリト暗殺とそれにより露見する宮廷の自壊を呼び込んだ原因は、これまで論じてきたプリュンヒルトへの求婚とそれに伴う英雄的世界の宮廷的世界への吸収の過程に求めることが可能である。

　プリュンヒルトへの求婚の旅は、大枠のみを見ればシーフリトによるニベルンクの国の再征服と相似する、プリュンヒルトに代表される英雄的世界のグンテルの代表する宮廷的世界への同化・吸収ととらえることが出来るが、シーフリトがニベルンクの国を宮廷的徳目に制御された英雄的能力によって正当な方法で再征服したのに対し、プリュンヒルトおよび彼女の治めるイースラントのグンテルとブルグントへの帰順に至る過程には、二つの欺瞞が存在する。そしてシーフリトの英雄的特性と宮廷的特性の融合とは異なり、ブルグント宮廷を中心とした宮廷的世界への英雄的世界の同化・吸収は、その欺瞞に起因する「ねじれ」を内包する。そしてこの「ねじれ」は、ブルグントの宮廷に危機をもたらし、またシーフリトの暗殺へと直接つながってくることとなる。

　第一の「ねじれ」とは、シーフリトの身分詐称である。そもそもシーフリトはニーデルラントの王子であり、王の位にはついていないものの家臣たちと封建主従関係を結んでおり、実質ニーデルラントの王権を担っているため、宮廷社会における序列はグンテルと同格である[135]。しかし、シーフリトはグンテルのプリュンヒルトへの求婚を成功させるために、プリュンヒルトの前で自らの地位を「グンテルが自分の君主であり、自分はその家来である Gunther sîn mîn here, und ich sî sîn man（386, 3）」と偽り、また同行者であるグンテル、ハゲネおよ

---

135) 宮廷という場においては序列が非常に重要な意味をなしていたことの証左が、まさしくシーフリト暗殺へと至る一連の因果関係の端緒をなす、プリュンヒルトとクリエムヒルトのミサの際の聖堂に入る順番争いである。

びダンクワルトにも、口裏を合わせることを求めた。それはシーフリトにとっては他でもないクリエムヒルトへのミンネを成就させるための手段であったが、このシーフリトの申し出を『ニーベルンゲンの歌』の詩人が否定的なものとして描いていることは、続く詩節での叙述に見てとることができる。

  Des wâren si bereite, swaz er si loben hiez.
  durch ir übermüete ir deheiner ez niht liez,
  sî jâhen, swes er wolde; dâ von in wol geschach,
  dô der künec Gunther die scœnen Prünhilde sach. (387)

  グンテルにハゲネ、そしてダンクワルトはシーフリトが約束を求めたことに同意しました。思い上がりゆえに誰もそれに反対せずに、彼らはシーフリトの望むままにすることを約束したのです。そのおかげで、王グンテルが麗しいプリュンヒルトにまみえた時、彼らにとって上手くことが運んだのでした。

　同時代の宮廷叙事詩とは異なり、『ニーベルンゲンの歌』において語り手は、原則的に物語の内容に関しての善悪判断は行わず、「聞いたままのことを語る」口承文芸の語り手と同質のものとして演出されているが、この箇所では例外的に、ブルグントの三人がシーフリトの要求を受諾したことを、彼らの「思い上がり übermuot」のゆえであると指摘する。「思い上がり」と訳出した「übermuot」は多義的な指示内容を持つが[136]、ここでは否定的な意味である「思い上がり」が意図されていると考えられる[137]。そして、この「思い上がり」により許容されたシーフリトの身分詐称がプリュンヒルトへの求婚の成功要因となっていることは、第四詩行に語られている通りである。すなわち、グンテルによるプリュンヒルトへの求婚、ひいてはシーフリトによるクリエムヒルトへの求婚は、「思い上がり」により容認された、宮廷的序列を偽ること——それは序列が決定的な意味を持っていた宮廷社会においては、その根幹を揺るがしかねない反社会的行為である——がその成功の最大の要因とされており、この語り手の言葉は求婚の旅にその端緒からすでに暗い影を投げかけているのである。

---

136) übermuot の多義性に関しては、第三章で詳細に論じる。
137) Grosse (Kommentar), S. 778.

この身分詐称により、プリュンヒルトへの求婚は確かに一見成功したかのように物語は進行する。グンテルは隠れ蓑を纏ったシーフリトの力によってプリュンヒルトとの競技に「勝ち」、彼女を花嫁としてブルグントに連れ帰り、またシーフリトも希望通りクリエムヒルトを妻とするが、結婚式に続く初夜の床で、この「ねじれ」は表面化することとなる——プリュンヒルトが催していた「恐ろしい慣習」である競技での真の勝者ではないグンテルは、彼女を抱く、すなわち名実ともに自分の支配下に置くことあたわず、拒まれ手酷く打ち負かされた末、手足を縛られて壁に吊るされることになる（637）のである。本来プリュンヒルトへの求婚の旅で彼女を得るために要求されるのは宮廷的存在としての身分の高さや徳目ではなく、英雄的原理にのっとった身体的な強さであった。そしてここでプリュンヒルトの力の前にグンテルが屈服したことにより、成功裏に終わったかのように見えたグンテルの求婚は破綻をきたす。

　そしてプリュンヒルトがグンテルを拒んだ直接の原因となっているのが、他ならぬ身分詐称に起因するシーフリトとクリエムヒルトの結婚への疑念である。プリュンヒルトは結婚式を挙げたのにも関わらず、王家の姫であるクリエムヒルトがグンテルの家来であるはずのシーフリトに嫁いだわけを耳にしないことにはグンテルに身を任せないことを宣言し（622）、またグンテルが彼女を求めた折にも繰り返しそのことを口にする（635）。すなわち、この第一の「ねじれ」であるシーフリトの身分詐称は、表面上プリュンヒルトへの求婚の旅の成功とそれに伴うクリエムヒルトへの求婚の成就を導くが、同時にその破綻の原因ともなっているのである。そして、この破綻からグンテルひいてはブルグント宮廷を救うために、二つ目の「ねじれ」が生じることとなる。それが、シーフリトによるプリュンヒルトの「再征服」である。

　グンテルから初夜の床での不首尾を知らされたシーフリトは、翌晩グンテルに代わって寝室に入り、抵抗するプリュンヒルトと格闘することとなる。この際にシーフリトは隠れ蓑を纏い、十二人力を得た上で不可視となって戦う。ここでのシーフリトとプリュンヒルトの戦いは、宮廷的空間の中で行われるものでありながらも、イースラントで行われた三種の競技の延長線上にある、英雄的な原理に則った戦いという点で異彩を放っている。ただし、シーフリトに彼の英雄的能力をプリュンヒルトに対して行使することを許可したのは他ならぬグンテルであり、また彼はその戦いの結果としてシーフリトがプリュンヒルトの命を奪うことにな

ったとしても、それを容認し、咎めだてをしないとまで言明するのである（655）。ここに見られるのは、グンテルという宮廷の代表者の持つ、己の目的のためには社会的秩序をも歪めることをも厭わない暴力性であり、それはシーフリトの英雄的特性に仮託される形で表出している。そしてこの戦いがまさに宮廷の最も奥まった場である国王の寝室で行われたということは、ブルグント宮廷は最も深い核において欺瞞をはらんでいることの象徴となっており、それまで理想的な宮廷として描写されてきたブルグント宮廷がそのような欺瞞を孕んだものとの暴露と批判は、宮廷的理想そのものへの批判へと敷衍され得る。そして最終的なプリュンヒルトの征服は再び隠れ蓑に仮託された英雄的能力を身に付けたシーフリトによってなされるが、しかしプリュンヒルトはシーフリトではなくグンテルに抱かれ、彼女のアイデンティティを形成している超自然的な力を失うことになる。すなわち、プリュンヒルトは英雄的原理によって征服されるも、その結果として彼女を支配するのは宮廷的世界の代表者であるグンテルであり、そこでは過程と結果が詐術的にずらされているのである。

　そして、この二つ目の欺瞞も一つ目のものと同様、物語内に「ねじれ」として現出することとなる。それがシーフリトによるプリュンヒルトの帯および指環の強奪と、それによって引き起こされる宮廷の危機である。シーフリトの身分詐称に起因するクリエムヒルトとプリュンヒルトの諍いが生じたときに、これらはブルグント宮廷の根底を揺るがすものとして機能する。宮廷の最上位にあるべき王妃がその王ではなく他の存在——しかも当の王妃であるプリュンヒルトにより臣下として認識されていた存在——によって征服されたという証拠たり得る帯と指環は、それまで欺瞞によって支えられてきたブルグント宮廷を崩壊の危機へと追い込む。プリュンヒルトへの求婚の過程で浮上した問題は、その度ごとにシーフリトの英雄的特性と能力が発揮されることによって解決されてきたが、それは欺瞞により覆い隠され、ブルグントの宮廷は表面上安定を保つ。しかし、英雄的原理に則った戦いによって獲得された欺瞞の象徴である帯と指環は、その安定がまやかしであることを暴露する。プリュンヒルトへの求婚を成功させ、また最終的決着をつけたのは、シーフリトの身分詐称と彼の具える英雄的能力であるが、それはブルグントの者たちの「思い上がり」によって許容され実現されたものであり、いわばその副作用として帯と指環が物語内に存在することとなったといえるだろう。そして、それらによりブルグント宮廷に危機がもたらされた帰結として、

シーフリトは暗殺されることとなる。皮肉にも、ブルグント宮廷で最後まで宮廷騎士としてあるべき規範を保ち続けたシーフリトは、自らが内包する英雄性とそれを通した封建的な奉仕が結果的に招いた、宮廷の崩壊により殺されたのである。

　理想的な宮廷騎士の死として描かれるシーフリトの死は、ブルグント宮廷の欺瞞と宮廷的理想の崩壊を象徴するものであり、『ニーベルンゲンの歌』前編はそこを物語の終着点としている。そして、宮廷的徳目による規律が失われるのと軌を一にして、宮廷的行動規範とは異なる行動原理がブルグントの者たちにおいて表面化してくる。それは、まさにシーフリトにおいて宮廷的徳目の管理下に置かれていた、英雄的形象が本来的に従う行動原理である。このことを端的に、そして象徴的に示しているのが、第二十五歌章でエッツェルとクリエムヒルトからの招待を受諾したブルグントの者たちがフンの国へと赴くにあたり、彼らが「ニーベルンゲン」と語り手により呼称されていることである（1527）。この呼称は単に宝の所有者に冠されるゆえにブルグントの者たちにも適応されたのみならず、彼らの変容を示唆していると考えられる[138]。作品素材となった英雄詩での姿とは異なる宮廷騎士としての姿を『ニーベルンゲンの歌』はシーフリトに与え、宮廷的徳目により彼が本来的に具える英雄的特性を律する人物として造形した。そのうえで、宮廷的奉仕を目的としてシーフリトが垣間見せた英雄的行為の結果として、ブルグントの宮廷の持つ非宮廷性を暴きだすことにより、詩人は宮廷的原理の表層性と矛盾に対する批判を行っているのである。それでは、ここで暴かれたブルグント宮廷の非宮廷性とは具体的に何を意味するのであろうか。

　そもそも、中世の宮廷叙事詩において主題とされる宮廷の理想およびその基盤を形成する宮廷的徳目とは、世俗の戦士にキリスト教的見地から存在意義を与え、キリスト教世界の中での位置を定めるために構築されたイデオロギーであり、それは騎士道における規範をなしていた。そして宮廷叙事詩は騎士のあるべき、理想的な姿を追求することをその主題とする。しかし、上記のように『ニーベルンゲンの歌』はブルグント宮廷においてそうした宮廷の理想がいかに表層的であるかを描き出し、それは世俗の戦士とキリスト教的道徳のジンテーゼを体現する宮廷騎士という理想的存在に対する楽観性への批判的視点を提供する。そして、宮廷的原理をはぎ取られたブルグントの者たちに残るのは、『ニーベルンゲンの歌』

---

[138] Vgl. Müller (1998), S. 342.

の素材となった口伝の英雄詩において、まさにシーフリトに代表される英雄的存在にその理想が描かれていた、騎士道というイデオロギーに律される以前の戦士階級の行動原理である。ただし、シーフリトおよびプリュンヒルトが超自然的な能力を具えた超人としての姿をその背後に持つのに対し、ブルグントの者たちの「英雄性」とは、超人性を欠いた人間の範疇に収まるものであり、それは具体的には行為がいかなる結果を生むかを考慮しない、無軌道な暴力性として具現化する。この暴力性は、一方では死をも恐れずにそれに敢然と立ち向かう、そして宮廷的徳目に照らし合わせても「勇敢さ」として肯定されもするものであるが、他方まさに『哀歌』がブルグント滅亡の最大要因として挙げている「思い上がり」という悪徳にも直結するものである。

　このように、『ニーベルンゲンの歌』の詩人は、それまで別の文芸伝統に分かたれていた英雄文芸的要素を書記文芸の平面へと導入し、宮廷批判へと結びつける。これを通し、両文芸伝統の融合がなされているのみならず、宮廷叙事詩の枠組みの中では想定し得ない視点が導入され、新たな文芸の地平を『ニーベルンゲンの歌』は構築しているということができるだろう。

2. 写本伝承段階における『ニーベルンゲンの歌』と『哀歌』の受容

　『ニーベルンゲンの歌』は36という現存する写本の数が示すように[139]、中世において大きな人気を享受した作品であったが[140]、ほぼ例外なくニーベルンゲン素材を扱うもう一つの叙事詩『哀歌』と組み合わされるという、独自の伝承形態を持つ[141]。この二つの叙事詩は、時系列的に連続した物語を伝えており、一個の複合体を形成しているのだが、こうした伝承上の強固な結びつきに反し、正反対の特徴を備えた作品同士でもある。前章で指摘したように、中世における「古の物語」、すなわち口伝されてきた共同体にとっての記憶に属する様々なエピソードを、再構築して書記の地平へと導入した『ニーベルンゲンの歌』は、セミ・オーラルな社会状況[142]においては、口承文芸のものと等しい詩節形式や定型表現などの「装われた口承性」を通し、口承文芸の伝統に連なっている印象を受容者に与えるべきものとして詩作されている[143]。それに対し、『哀歌』は「より洗練された」二行押韻形式をとり、語り手の物語に対してとる態度などの面から

---

[139] ただし、低地オランダ語への翻訳を加えるとその総数は37になる。Vgl. Klein (2003), S. 188.
[140] このうち11が完本、他は断片で、これは英雄叙事詩のなかでは抜きん出た数である。『ニーベルンゲンの歌』のエピゴーネン的作品、『クードルーン』はアンブラス写本のみに伝わり、後章で解釈の対象とする歴史的ディエトリーヒ叙事詩、『ディエトリーヒの逃亡』および『ラヴェンナの戦い』は4つの完本と1つの断片にのみ伝わっている。ただし、ディエトリーヒ・フォン・ベルンをめぐる伝説を素材とする物語は中世後期から近世初期にかけても数多く民衆本などの形で残されている。
[141] このごく僅かな例外が、写本k（リンハルト・ショイベルの英雄本）及びnであるが、両者とも改訂を施されたテクストを収録しており、ブムケは写本kの前段階の写本には、まず間違いなく『ニーベルンゲンの歌』と『哀歌』両者が共に収録されていたであろうことを指摘している。Vgl. Bumke (1996), S. 257, Anm. 1.
[142] 文盲の者でもその一部、例えば貴族階級は書かれたものに関わることができ、また逆に僧侶などの文字を知るものたちが、大勢を占めていた平信徒たちの口承のコミュニケーションに参加することができるが、そこでは書かれたものが常に朗読によって声の領域に戻ってゆくような社会のこと。Vgl. Müller (1998), S. 26f.
[143] 『ニーベルンゲンの歌』の持つ口承性については、本書1.1.を参照のこと。

も144)、むしろ宮廷叙事詩や年代記といった、書記文芸の伝統と共通の基盤の上に成り立つ作品なのである。

　同一の素材に拠っているとはいえ、完全に異質な作品同士である『ニーベルンゲンの歌』と『哀歌』からなる複合体は、その伝承形態自体において、また二つの異なる形式と力点を持つ作品を並存させているものとして特異な存在である。そして、両叙事詩がどのように写本収録されたかを考察することは、写本の編集者や写字生たち、すなわち同時代の写本伝承段階における受容者の、『ニーベルンゲンの歌』と『哀歌』からなる複合体に対する認識を探ることを可能にしてくれる145)。そしてこの二つの叙事詩をひとつの複合体として伝承する際に、二つの作品の間の差、とりわけ『ニーベルンゲンの歌』の詩節形式と、『哀歌』の二行押韻形式という形式上の差異が、その処理をめぐって問題となった146)ことは想像に難くない。本章では、『ニーベルンゲンの歌』と『哀歌』の写本収録の形式を検証することを通し、両叙事詩からなる複合体がいかなる性質のものであり、また写本収録に際し両叙事詩の間の差異がどのように扱われたかを考察する。

2.1. 『ニーベルンゲンの歌』と『哀歌』の非連続性

　『ニーベルンゲンの歌』の末尾と『哀歌』の冒頭部に注目してみると、両者は常に組み合わされた形で伝承されているものの、元来完全に独立した作品同士であったということは明らかである。

> Ine kan iu niht bescheiden, 　　waz sider dâ geschach:
> wan ritter unde vrouwen 　　　weinen man dâ sach,
> dar zuo die edeln knehte 　　　ir lieben friunde tôt.
> hie hât daz mære ein ende: 　　daz ist der Nibelunge nôt. 　(2379)

---

144) 英雄詩の伝統に倣い、物語を極力客観的に「聞いたまま」に語ることを主張する『ニーベルンゲンの歌』の語り手とは異なり、『哀歌』の語り手は物語の因果関係に対してしばしば自らの個人的見解を述べる。
145) Henkel (1999), S. 74.
146) この問題は『ニーベルンゲンの歌』の口承性に関する議論に直結する。『ニーベルンゲンの歌』が純粋に口承的な文学であると言う主張は現在ではほぼ否定されており、前章で言及したように「装われた口承性」をここに見る見方が主流。

2．写本伝承段階における『ニーベルンゲンの歌』と『哀歌』の受容　91

　もうこの後のことは皆様にお話しすることもなく、ただ騎士も貴婦人も、そして高貴な小姓たちが親しい者たちの死を嘆き悲しんでいる様子が見られただけでした。ここにおいてこの物語は終わりを告げます。これこそが、ニベルンク族の災厄であります。

　『ニーベルンゲンの歌』の語り手は第三十九歌章の末尾で、「もう皆様に語ることはありません」と宣言し、絶対的結末をもって物語に幕を引く。これにより、ここまで語られてきた物語は再び「語り」の現在の地点から切り離されて「古の物語」として集合的記憶の中へと回収されてゆき、物語は中世の現在的時間の彼方で完結する。

　それに対して『哀歌』の語り手は、『ニーベルンゲンの歌』の末尾部に真っ向から対峙する形で語り始めるのである。

> Hie hebt sich ein maere,
> daz waere vil redebaere,
> und waere guot ze sagene,
> niwan daz ez ze klagene
> den liuten allen gezimt.
> swer ez rehte vernimt,
> der muoz ez jâmerlîche klagen
> und jâmer in den herzen tragen.　　　　　(B: 1-8)

　ここに一つの物語が始まりを告げます。それは語る価値があり、またお話するにも良いものですが、ただそれを嘆き悲しむことが全ての人に相応しいのです。この物語を正しく受け取るものは誰でも、それをひどく嘆き、心に痛みを抱くに相違ありません。

　このように『哀歌』冒頭で語り手は、「ここにある物語が始まりを告げる」として、新たな「物語 mære」の開始を明確に示しており、写本の収録順序に従って『ニーベルンゲンの歌』から続けて読んできた、ないしは聞いてきた受容者が、ここですでにそれまで語られてきたものとは別の物語を認識するのは明らかである。また、『哀歌』の語り手は、口伝の英雄詩との連続性を提示する『ニーベルンゲンの歌』の語り手とは異なり、自分の語る物語が書かれたもの、とりわけC

ヴァージョンでははっきりとラテン語で書かれた原典に拠っていると述べる[147]。

> Dizze vil alte maere
> het ein schrîbaere
> wîlen an ein buoch geschriben
> latîne. desn ist ez niht beliben,
> ez ensî ouch dâ von noch bekant,
> wie die von Burgonden lant
> mit vreude in ir gezîten
> in manigen landen wîten
> ze grôzem prîse wâren komen,
> als ir vil dicke habt vernomen,
> daz si vil êren mohten walten.　　　　　　　　（C: 17-27）

この遥か古の物語は、かつてある書記がラテン語で本に書き記したものです。それゆえ、その当時ブルグントのものたちが、皆さま折につれ耳にされてきたように、在りし日には喜びをもって数多の国において大変な賞賛を得、そして大いなる栄誉を担い得たことが、忘れ去られることなく今日に至るまで知られることとなったのです。

　この冒頭の原典への言及と対応する形で、作品末尾にはこの書記的な原典を源にして口頭伝承が発生するという口承的な物語の伝承モデルが示されており[148]、こうした『哀歌』における書記的原典への言及は、『ニーベルンゲンの歌』が純粋な口承的なものとして演出されている[149]のと対照をなす。これら作品の創作基盤における相違は、両叙事詩が対をなすコンセプトのもとつくられていること

---

147) Bヴァージョンでは何語で書かれたかということには触れられていないが、ブルグントという国についての記録であるならば、この記述において歴史書としてラテン語による筆記が行われたことが念頭に置かれていたことは自明である。
148) B4295-4322、C4401-4428。この箇所で示されるのは、物語の伝承における口承と書記の混淆である。これは例えばC66-67においても示されている。「我々が後に聞き知り、また書物で知ったことによると（als uns ist gesaget sît/und ist uns von den buochen kunt）」。こうした記述は、セミ・オーラル的伝承がなされていた中世の現実を忠実に反映している。『哀歌』がここで示すような、口承と書記両伝統の交差については、次章で詳しく検証する。

を明確に示している。すなわち、『ニーベルンゲンの歌』が口承のあり方を模し、それを擬似的に演出することを通して、口承文芸の伝統を書記平面に導入するのを試みているのに対し、『哀歌』は口頭伝承が書記的な記録から発生しているという原典創作[150]を行い、口承文芸の伝統全体を書記の枠内に包括されるものとして位置づけているのである。

こうした両叙事詩間の相違は、語り手の態度にも現れている。『哀歌』では、このラテン語原典への言及に続いて、まず『ニーベルンゲンの歌』の後半部が簡潔に述べられ[151]、クリエムヒルトの果たした復讐の因果について、また彼女を復讐へと突き動かしたものについての解釈が示される。ここにおいて『哀歌』の語り手は、「聞いたことをそのままに語る」という口承文芸の語りの流儀を継承した『ニーベルンゲンの歌』の語り手とは異なり、多くの場合「もし〜であったのなら、このようなことにはならずに済んだであろうに」といったように、接続法を用いて物語の進行と異なった場合の成り行きを提示することを通し、『ニーベルンゲンの歌』で語られた殆どの登場人物が命を落とすという結末の原因とその責任の所在について、一個人の視点からの所見を述べる[152]。こうした態度は、匿名性の影に隠れて口承の伝統に連なるという演出を通し、集合的記憶のもつオーソリティのもと物語る『ニーベルンゲンの歌』の語り手とは対照的であり、主にフランス語で書かれた原典に拠ってそれを翻案し、独自の作品とした宮廷叙事詩や、ラテン語の年代記文学により近しいものといえる。

このように、そもそも『ニーベルンゲンの歌』と『哀歌』は創作基盤およびコンセプトを異にし、同一の素材を扱っているとはいえ間に断絶を孕む作品同士な

---

149) 『哀歌』ではここで触れたように、プロローグおよびエピローグにおいて、書記的原典に関する記述が認められるが、『ニーベルンゲンの歌』においては、例えば一度たりとも「本 (buoch)」という言葉が作品内で使われていないなど、書記的な原典が示されることはない。もちろんこれは『ニーベルンゲンの歌』が純粋に口承的な成立背景を持っているということを単純に意味するものではないが、少なくとも『ニーベルンゲンの歌』を口承文芸として演出しようとする詩人の意志が働いていることが確認できよう。

150) 『哀歌』において示されている、口頭伝承が書記的な記録から発生したというモデルはあくまでもフィクションであるが、中世において口頭伝承が実際どのように理解され得たかということを示していると考えられる。

151) Bヴァージョンでは1-586詩行、Cヴァージョンでは1-602詩行。

152) 例えばBヴァージョン284行以降。「もし誰かがエッツェルに正確に話を伝えていたら、この大いなる災いは簡単に回避できたであろうに。(der Ezeln hete kunt getân/von êrste diu rehten maere,/sô het er diu starken swaere/harte lihteclich erwant)」

のだが、本章冒頭でも述べたように常に組み合わされた形での特異な伝承がなされている。この理由と、そこから浮かび上がる同時代の『ニーベルンゲンの歌』および『哀歌』に対する認識を以下に考察する。

13世紀から14世紀にかけての伝承において、『ニーベルンゲンの歌』および『哀歌』はほとんどの場合、単独写本に収められている。通常一つの作品のみを収録する単独写本に、『ニーベルンゲンの歌』と『哀歌』二作品が収録されているという伝承状況自体が、『ニーベルンゲンの歌』と『哀歌』の緊密な繋がりを示し、両叙事詩が複合体として認識されていたことを端的に物語るが、複数の作品を収録している一つの写本内での他の作品の収録状況との比較が、『ニーベルンゲンの歌』と『哀歌』の複合体への同時代の理解を探る上では不可欠であろう。さもなければ、上記の伝承状況からは『ニーベルンゲンの歌』と『哀歌』の複合性が意識されていたという非常に一般的な見解は得られるが、その複合性がどのような性質のものであり、それがどのような単位として認識されていたのかを特定するのは困難であるからである。こうした検証を可能にしてくれる興味深いサンプルとなり得るのが、両叙事詩を収録している初期主要三写本のうちの一つ、写本B（ザンクト・ガレン写本）である。

写本Bは、13世紀半ばと推定される成立時期において[153]、『ニーベルンゲンの歌』と『哀歌』を収録しているものとしては例外的な集成写本であり、『ニーベルンゲンの歌』と『哀歌』の他には、ヴォルフラム・フォン・エッシェンバハの『パルチヴァール』および『ヴィレハルム』、シュトリッカーの『カール大帝』、コンラート・フォン・フーセスブルネンによる『イエスの幼年時代』及びフリードリヒ・フォン・ゾンネンベルクによる抒情詩の断片5詩節分と、コンラート・フォン・ハイメスフルトの『聖母マリアの昇天』の断片を収録している[154]。

上記の八作品を収める写本Bは羊皮紙写本で計318葉を持ち[155]、44の折丁から編まれているが、とりわけ注目されるのが、作品の収録に際する折丁の構成である。中世の集成写本においては、一つの作品の末尾に直接続く形で次の作品が

---

153) Bumke (1996), S. 150.
154) この写本のように、アルトゥース・ロマーン及び英雄叙事詩、歴史及び宗教叙事詩に至るまでの幅広い作品を集めて収録している写本は他に例を見ない。Vgl. Ebd., S. 151ff.
155) ザンクト・ガレン写本として今日あるのは318葉だが、元の写本に含まれていたものとして、『イエスの幼年時代』の断片L及び『聖母マリアの昇天』の断片Eがそれぞれ伝えられている。Vgl. ebd., S. 147. Anm. 36.

書き入れられることが多いが[156]、このザンクト・ガレン写本は作品と作品の間には大きな空白を含んだページができることになるにも関わらず[157]、新しい作品に移るごとに折丁を変えている。それに対して、『ニーベルンゲンの歌』と『哀歌』は、例外的に折丁を変えずに収録されている。この写本で、『ニーベルンゲンの歌』と『哀歌』の他に折丁を変えられることなく、直前のものと同じ折丁内に収録されているのは、『ヴィレハルム』に続くフリードリヒ・フォン・ゾンネンベルクによる抒情詩5詩節のみであるが、この抒情詩は写本成立後に余白を利用する形で書き込まれたと考えられる上、同じ折丁の中とはいえページを改めた上で収録されている。そのため、『ニーベルンゲンの歌』と『哀歌』の場合とは異なり、このフリードリヒ・フォン・ゾンネンベルクの詩と『ヴィレハルム』の間に、何がしかの繋がりが意図されていたとは考えられない。

　さらに、『ニーベルンゲンの歌』と『哀歌』の収録上の繋がりを例外的なものにしているのが、前者から後者への移行部分である。『哀歌』は『ニーベルンゲンの歌』と同じ折丁に収録されているのみならず、ページを分けられることもなく『ニーベルンゲンの歌』の直後に書き込まれ、『ニーベルンゲンの歌』に直接続く形で収録されているのである（179ra）。この理由としては、まず両叙事詩の時系列的連続性が考えられるが、この写本に収められているシュトリッカーの『カール大帝』とヴォルフラムの『ヴィレハルム』も、『ニーベルンゲンの歌』と『哀歌』と同様、時系列的に連続した構造を持っていることが指摘されている[158]。そしてこの二作品はこの写本Bにおいてもその時系列に従い、前後して収録されているが、『ニーベルンゲンの歌』および『哀歌』とは異なり、それぞれが別の折丁に分けられ、写本構成において異なる単位として処理されているのは明白である。そのため、この写本における収録形式は、『ニーベルンゲンの歌』と『哀歌』の結合が、単に時系列的に連続するということ以上の繋がりを持つものとし

---

156) Vgl. Henkel (1999), S. 80. この理由として第一に、羊皮紙自体が非常に高価であることが挙げられる。このことに鑑みると、作品ごとに羊皮紙の帖を分け、未記入のページの多くがそのままになっているこのザンクト・ガレン写本は、非常に贅沢な造りであるといってよいだろう。
157) この白紙となったページは切り取られており、他の用途に使われたと考えられている。
158) シュトリッカーの『カール大帝』とヴォルフラムの『ヴィレハルム』は、古仏語の武勲詩、『ロランの歌』と『アリスカーン』に基づいており、共にカール大帝及びギョーム・ドランジュに率いられたキリスト教徒の軍勢と異教徒モール人との戦いを描く。Vgl. Sankt Galler Nibelungenhandschrift (Beiheft), S. 21f.

て認識されていたことを示唆する。そしてこの写本Bの構成から導き出される、『ニーベルンゲンの歌』と『哀歌』が強固に結び付けられ、独自の単位と伝承上と見なされていたとの見解は、伝統的な『ニーベルンゲンの歌』と『哀歌』の関係に関する認識の再考を促すものである。

　18世紀における『ニーベルンゲンの歌』および『哀歌』の再発見[159]以降、今日に至るまでの研究においては、その「文学性」に対する低い評価ゆえに、『哀歌』は常に『ニーベルンゲンの歌』に従属する二次的な作品との見方が大勢を占めていた。そのため中世において重要視されていたと思われる、写本伝承上の『ニーベルンゲンの歌』と『哀歌』の結びつきは、校訂テクスト編纂の際にも多くの場合顧みられず、両叙事詩が複合体として伝承された背景への考察は、最近までほとんどなされていないのが現状であった。こうした写本の編集者・写字生レベルでの13世紀当時の『ニーベルンゲンの歌』と『哀歌』の伝承状況および両叙事詩からなる複合体への認識に関しての研究に先鞭をつけたのがヨアヒム・ブムケである[160]。ブムケは、初期主要三写本において『ニーベルンゲンの歌』と『哀歌』が、「ちょっと見ただけでは、自分が『ニーベルンゲンの歌』の頁か、それとも『哀歌』の頁を開いているかわからない」[161]ほど、視覚的に似た形で筆記されていることから、写本収録に当たり、同一写本に収録するのみではなく、両叙事詩を視覚的に結合させ、詩節形式を持つ『ニーベルンゲンの歌』と二行押韻の詩行形式を持つ『哀歌』の間の違いを、目立たせないようにすることが試みられていたと解釈した。そして写字生にとってこの両叙事詩からなる複合体は、文学的な意味においてではなく書き写す際の「書記上の一つの単位 Schreibeinheit」としての「作品」を構築しており、写字生たちは視覚的な構成を通して、その統一性と同一性が感覚的に把握できるような、筆記された「作品」をつくり上げたと推測している[162]。ブムケはその際にこの「作品」概念を、作者と中心とした作品概念からも、受容史的な作品概念からも区別されるものとして定義し、写本に伝承されている「作品」とは、作者という存在を根拠に正当なものと説明されるもので

---

159) 16世紀に制作された写本d、通称「アンブラス写本」以降『ニーベルンゲンの歌』の伝承は途切れ、1755年にリンダウの医師オーベライトがホーエンエムス伯爵の図書館で写本Cを発見するまで、『ニーベルンゲンの歌』は忘却されていた。
160) Bumke (1996), S. 237-253.
161) Ebd., S. 237.
162) Ebd., S. 237.

はなく、また写本を朗読する者の意向に従うものではないと主張する。たしかに、ブムケのいうように中世の伝承と「作者」の概念を考慮したとき、『ニーベルンゲンの歌』及び『哀歌』は今日的な意味における作者中心的な「作品」として考えるべきではない[163]。しかしそもそも『ニーベルンゲンの歌』と『哀歌』の結合は、写字生たちにより機械的に作られたものとは考え難く、ブムケのいう「書記上の一つの単位」以上の意味合いが、両叙事詩の構築する単位にはあると見るのが妥当であろう。

　この問題に関し、ヘンケルは『ニーベルンゲンの歌』と『哀歌』の共同の伝承の背後から見て取れるのは、「語りの複合体 Erzähleinheit」を形成する意志であると主張する[164]。そして、この「語りの複合体」というカテゴリーに分類される例としてヘンケルはゴットフリートの『トリスタン』及びヴォルフラムの『ヴィレハルム』を挙げる[165]。すなわち、彼のいう「語りの複合体」とは、ある一つの「作品」が成立した後に、別の手によってその作品と同一の舞台に展開する「続編」ないし補完的作品が書かれ、合わせて一つの完結した「物語」を形成している複合体のことである。『ニーベルンゲンの歌』と同じ世界を舞台としてその後日談を語り、また『ニーベルンゲンの歌』における因果関係への注釈的な言説によって補完的な性格をもつ『哀歌』という両叙事詩の関係に鑑みれば、この組み合わせはブムケの言うような単なる書記上の統一体ではなく、より内容上の繋がりを重視した、受容者側の視点がより強く反映されたものであることがうかがわれるため、ヘンケルの示す「語りの複合体」として捉えるほうが適切であるように思われる。

　そして『ニーベルンゲンの歌』と『哀歌』を一つの複合体として写本に収録するのに当たり、一貫する「物語」を形成するという意志があるからこそ問題となるのが、両者の間にある形式上の相違及び断絶である。未完に終わったがゆえに、

---

163) 中世における作者と作品については以下の文献を参照。Müller (1999).
164) Henkel (1999), S. 81.
165) ゴットフリート・フォン・シュトラースブルクによる『トリスタン』と、ヴォルフラム・フォン・エッシェンバハによる『ヴィレハルム』はともに未完の作品であり、後世に他の詩人による続編ないし前史が作られた。『トリスタン』には、未完部分を補足する続編がハインリヒ・フォン・フライブルクおよびウルリヒ・フォン・テュアハイムにより詩作され、また『ヴィレハルム』にはウルリヒ・フォン・テュアリンが自由に創作した前史およびウルリヒ・フォン・テュアハイムによる続編が書かれ、それぞれ複合体としての伝承がなされている。

後世に続編が書かれることとなった『トリスタン』及び『ヴィレハルム』とは異なり、『ニーベルンゲンの歌』は先にも述べたように絶対的な結末を持ち、一つの作品として一度完結する。そうした『ニーベルンゲンの歌』にあえて後日談的『哀歌』が接続されるにあたり、『ニーベルンゲンの歌』と『哀歌』の間の断絶は、詩節形式と二行押韻形式という形式上の違いや、「古の物語」を口承文芸的な態度で語る『ニーベルンゲンの歌』に対し、宮廷叙事詩の語り手と共通する態度から注釈的に語る『哀歌』といった作品の方向性の相違と共に、『ニーベルンゲンの歌』と『哀歌』を決定的に分ける要素であり、こうした内容と形式双方における断絶は、両叙事詩を一つの「語りの複合体」として写本収録する際には当然障害となったことは想像に難くない。はたして、この断絶はどのように認識および処理されていたのか。この疑問の検証は、中世の写本伝承段階における、『ニーベルンゲンの歌』と『哀歌』の間の関係に対する同時代の認識の一端を明らかにするだろう。以下に、『ニーベルンゲンの歌』と『哀歌』の主要写本での筆記方法を分析し、写本伝承における『ニーベルンゲンの歌』と『哀歌』からなる「語りの複合体」のあり方を検証する。

2.2. 写本Bの『ニーベルンゲンの歌』から『哀歌』への移行部

写本Bでは、179raで『ニーベルンゲンの歌』の最終詩行に続いて、改ページおよび改列されることなく、『哀歌』の冒頭が収録されている。ここでの『哀歌』冒頭の彩色された飾り文字「H (ie hebet sich ein mære)」は、『ニーベルンゲンの歌』の冒頭の「E (z wuochs in Burgonden)」よりも小さく、縦五行分の大きさを持つが、これは『ニーベルンゲンの歌』の各歌章の頭の飾り文字と同じ大きさであり、また直前の詩行から一行分空白をとっているのも[166]、『ニーベルンゲンの歌』の歌章の区切り方と共通している。このように『ニーベルンゲンの歌』から『哀歌』への移行部は、『ニーベルンゲンの歌』の新しい歌章への移行部と等しい形で記されることにより、写本Bでの『哀歌』冒頭部は『ニーベルンゲンの歌』での新しい歌章への移行と同様の外見を持つ。そのため、『ニーベルン

---

[166] ここには Diu Chlage (『哀歌』) という書き込みがなされ、『哀歌』の開始が目立つ形になっているが、これは写本成立後に書き込まれたものであり、写本成立当時には存在していなかった。

ゲンの歌』の最終詩節と『哀歌』の冒頭の間にある断絶は、視覚的に相対化されることとなる。ここには、写本制作者の『ニーベルンゲンの歌』と『哀歌』の間の断絶を目立たぬものへと処理するという意志が反映されていると考えてよいだろう。

　さらに写本Bでは、作品の形式に応じた筆記方法を通して、『哀歌』と『ニーベルンゲンの歌』の融合が意図されている。写本Bでの『ニーベルンゲンの歌』は、最初の一ページ目を除いた[167]ほとんどの箇所において、詩節ごとの冒頭に飾り文字を配置した上で改行を施し、詩節をいわば一つの段落として筆記しているため、視覚的に詩節形式を見て取ることが容易となっている。それに対し、『哀歌』は『ニーベルンゲンの歌』とは異なり、二行押韻形式を持つ叙事詩であるにもかかわらず、韻律をわかりやすく示すための短詩行ごとの改行が行われない。そればかりか、写字生は大文字もしくは頭文字を通した段落わけを行う『ニーベルンゲンの歌』の収録形式を『哀歌』冒頭部を筆記する際にそのまま敷衍する。そのため両叙事詩の移行部において、形式の差異を視覚的に読み取ることは困難である。とりわけ179raの『哀歌』冒頭部は、8短詩行ごとに一つの段落にまとめられており、『ニーベルンゲンの歌』の詩節に対応する段落と同様、段落の冒頭ごとに大文字もしくは頭文字が置かれているため[168]、一つの段落が『ニーベルンゲンの歌』の一詩節と全く同じ外見を備えることになり[169]、視覚的に『哀歌』が『ニーベルンゲンの歌』と同化している。ただしその際、『ニーベルンゲンの歌』では長詩行ごとに打たれている詩行点は、『哀歌』においては短詩行ご

---

[167] ただし、このページでも詩節の頭の文字は必ず赤い頭文字によって示され、その前には詩節の切れ目を示す空白が置かれているため、写字生が『ニーベルンゲンの歌』の形式を認識していたことは明らかである。一ページ目で詩節ごとの改行がされていない理由として、ブムケはこの写本Bの原本となった写本で、詩節ごとの改行がされていなかったためと解釈している。Bumke（1996）, S. 156f.

[168] ここでの『ニーベルンゲンの歌』と『哀歌』のフォーマット上の僅かな差異として、前者が大文字と次の大文字の間に二つの頭文字を挟むのに対し、後者では大文字と頭文字が交互に配置されていることがあげられる。

[169] 『ニーベルンゲンの歌』と『哀歌』の詩行を比較すると、『ニーベルンゲンの歌』は長詩行ごとに7つの揚格（詩節の最終詩行は8つ）を持つが、『哀歌』は短詩行に4つの揚格、すなわち二つの短詩行の揚格は合計8で、厳密に言えば『ニーベルンゲンの歌』の長詩行よりも『哀歌』の短詩行二つのほうが若干長い。しかし、178vbおよび179raでは、『ニーベルンゲンの歌』の一詩節も『哀歌』の8短詩行からなる一段落も、共に7行分のスペースの内に書き込まれており、両者の長さの違いは視覚的にほとんどわからない。

とに打たれていることから、写字生が『哀歌』が二行押韻形式の作品であることを把握し、両叙事詩の間の形式の相違を認識していたのは明らかである。そのため写字生が『哀歌』冒頭を書記するのに際し、『ニーベルンゲンの歌』の書式を敷衍したのは、両叙事詩の間の視覚上の統一性を醸し出すための意図的なものであることが推測される。

さらに、この写本での『哀歌』と『カール大帝』の収録形式の比較は、『哀歌』の『ニーベルンゲンの歌』に倣った収録形式が、意図的に選択されたものであることを裏付ける[170]。『哀歌』と『カール大帝』は同じこの写本の第五写字生が筆記しており、共に二行押韻形式の作品であるが、前者が『ニーベルンゲンの歌』と共通する収録形式をとるゆえに短詩行ごとの改行を行っていないのに対し、『カール大帝』の筆記にあたっては、二行押韻が明確にわかるように、短詩行ごとの改行がなされている。すなわち、『ニーベルンゲンの歌』から『哀歌』への移行部分において、『哀歌』の持つ二行押韻の形式は認識されていたものの、それに相応しい収録形式への変更は意図的にあえて行われず、『ニーベルンゲンの歌』と同様の収録形式において筆記することで、両者の視覚的融合が図られたと考えられる。ブムケは、この視覚上の操作から、『ニーベルンゲンの歌』の大半と『哀歌』を筆記した「第五写字生にとっては、『哀歌』は明らかに『ニーベルンゲンの歌』の最後の歌章であった[171]」と解釈している。

ブムケはまた、『哀歌』冒頭における頭文字による段落分けは、写字生が『ニーベルンゲンの歌』の収録形式を継承していることによるものであるのと同時に、写本Bのテクスト自体が8短詩行ごとに一つの構文上のまとまりを持っており、それに『哀歌』冒頭の段落わけが由来していることを指摘している[172]。句またがりを多用しているのが『哀歌』の文体上の特徴だが[173]、冒頭部でもこの句またがりは効果的に使われ、段落分けに決定的な役割を果たす。上記の『ニーベルンゲンの歌』の詩節と同様の形で収録されている冒頭4つの段落は、第3詩行目もしくは第5詩行目において句またがりにより文が切れ、そして第8詩行目に初

---

[170] 『哀歌』を筆記しているのはこの写本の第五写字生だが、彼は『ニーベルンゲンの歌』の結尾部を含む一部と『哀歌』全体、それにシュトリッカーの『カール大帝』及び二つの宗教叙事詩を筆記している。
[171] Bumke (1996), S. 160.
[172] Ebd., S. 248.
[173] Vgl. ebd., S. 365ff.

めて韻律の区切りと文の区切りが一致し、構文上最も大きな区切りが置かれるという構造を持つ。それにより8短詩行ごとに段落を形成しているはじめの4段落（1から32詩行目）がそれぞれ明確に区切られると同時に、全ての段落が等しい構成を持つこととなる。すなわち、写本Bの『哀歌』冒頭部をテクストの構文に従って段落わけすると、全く同じ形の段落が4つでき、しかもそれは半詩行8行を一つの詩節に含む『ニーベルンゲンの歌』の形式と、非常に近しいものとなっているのである。

　しかし、この『ニーベルンゲンの歌』の詩節の収録形式と共通する、頭文字により区分された8短詩行をひとつの段落とする『哀歌』冒頭での段落わけは、179rb において早くもほころびを見せる。179ra において33詩行目から始まる5つ目の段落が、すでに8短詩行で一段落を形成するというそれまでの法則から逸脱し、7短詩行から構成されているのに続き、さらにその次の段落（40から46詩行目）も、7短詩行のみを含む。この二つの7短詩行からなる段落では、含まれている詩行の差は僅か一詩行分に過ぎないため、『ニーベルンゲンの歌』および『哀歌』冒頭の段落分けとの差は視覚的にはほとんどわからないが、47詩行目から始まる段落は10短詩行を含み、さらにその後の段落が含む詩行数は、57から70詩行目までの14詩行、71から80詩行目までの10詩行、81から96詩行目までの16詩行、そして97から115詩行目の18詩行というように、冒頭の4段落の示した『ニーベルンゲンの歌』の詩節形式と共通する段落の収録形式からは乖離し、『ニーベルンゲンの歌』との視覚上の統一は消えてゆく。

　このように、『哀歌』冒頭の8短詩行ごとの段落分けを通した両叙事詩の視覚的統一は、始めの列でしか実現していないが、これは写字生の恣意によるものではなく、ブムケの指摘するようにテクスト自身の持つ構文構成によるものであり、それにしたがって写字生が大文字及び頭文字を使った段落分けという、『ニーベルンゲンの歌』の書式を敷衍した結果、詩節形式を髣髴とさせる形で『哀歌』冒頭が筆記されたと考えるのが妥当であろう。しかし、『哀歌』冒頭の飾り文字が『ニーベルンゲンの歌』の歌章冒頭のそれと同じものとされていることと共に、『哀歌』が二行押韻形式を明らかにしない形で、しかもその冒頭一列分が『ニーベルンゲンの歌』の詩節形式と等しい形で筆記されていることから、両叙事詩間の形式上の差異は視覚上捨象されることとなり、『ニーベルンゲンの歌』の終結部から『哀歌』へのスムーズな移行を可能にしている。こうした収録形式は、こ

の写本を前にした受容者に両叙事詩間の連続性を印象付け、『ニーベルンゲンの歌』と『哀歌』からなる複合体を一つの「物語」、ヘンケルのいうところの「語りの複合体」として認識させたことは十分に考えられる。さらに、この『哀歌』と『ニーベルンゲンの歌』の視覚上の均一化は、写本Bにおいては両叙事詩間の断絶を緩和する効果を発揮している。すなわち、『ニーベルンゲンの歌』の歌章冒頭のものと等しい冒頭の飾り文字と、擬似詩節形式的な段落分けを含む収録形式により、視覚上『哀歌』は『ニーベルンゲンの歌』の内部構造に組み込まれており、「ここに一つの物語が始まりを告げる」として、絶対的開始を告げる『哀歌』の冒頭は、一つの歌章の開始と等しいものへとその役割を矮小化させられているのである。

歌章の冒頭と同等の区切りの箇所で、それまでの物語に一旦区切りをつけ、ある「新しい物語」を語り始めている、という点において想起されるのが、前章で解釈対象とした「新しい噂がラインの向こうからもたらされました Iteniuwe mære/sich huoben über Rîn」という一文に導かれて、物語の一大転機となるプリュンヒルトへの求婚のエピソードが始まる第六歌章冒頭である。ここではあくまでも作品内での場面転換と新しいエピソードへの接続が行われるが、その書式を通して『ニーベルンゲンの歌』の一歌章と等しい内部構造としての位置づけを与えられた『哀歌』も、前章からの話に一つの区切りを付け、物語が新たな展開を迎えているかのような印象のもと、違和感なく『ニーベルンゲンの歌』に内包される形で連結されることとなる。ここで写字生は『哀歌』により新しい別個の物語が始まることを、注意深く隠しており[174]、その結果写本Bの『ニーベルンゲンの歌』は、枠組みを拡大する形で『哀歌』を取り込んでいるという構成を得る。

写本Bの『哀歌』冒頭からは、この写本における『ニーベルンゲンの歌』と『哀歌』の融合が、『ニーベルンゲンの歌』にひきつけられた形でなされているのを読み取ることができる。写本Bの写字生は『哀歌』冒頭を『ニーベルンゲンの歌』の歌章冒頭と同じ構成のもと筆記し、『哀歌』を『ニーベルンゲンの歌』の内部構造として、『ニーベルンゲンの歌』の終結部に直接接続する。そして場面転換をしたうえで物語を続けていくことで、『ニーベルンゲンの歌』の絶対的な終結

---

174) Bumke (1996), S. 243.

を相対化し、それによって『ニーベルンゲンの歌』と『哀歌』の物語としての連続性を確保すること、すなわち両叙事詩の間の聴覚上、韻律上の相違にも関わらず、『ニーベルンゲンの歌』と『哀歌』を「語りの複合体」として受容者に印象づけることを視覚的な面から行うことを意図していたものと考えられる。

2.3. 写本Cの『ニーベルンゲンの歌』から『哀歌』への移行部

　写本Cは主要三写本のうちでは最も成立年代が古いとされている[175]が、この写本に収録されているのは、大幅な改訂が施されたCヴァージョンであり、この改訂が『哀歌』の持つ視点に立脚したものであることは、これまでに度々指摘されている[176]。『ニーベルンゲンの歌』の持つ素材由来の要素の削除、『哀歌』と共通するクリエムヒルト擁護の視点から登場人物が善悪の二極に割り振られ、それに基づく物語構造の明瞭化、『ニーベルンゲンの歌』と『哀歌』の間の差異の緩和がこの改訂の傾向とされるが、そうしたCヴァージョンを収める写本Cにおいては、『ニーベルンゲンの歌』と『哀歌』はどのような形で筆記されているのか。

　『ニーベルンゲンの歌』と『哀歌』を伝承する写本の多くと同じく、写本Cは単独写本だが、写本Bでの収録形式とは異なり、『ニーベルンゲンの歌』も『哀歌』も改行を施さず連続した形で筆記するという、作品の形式を明らかにしない収録方法がとられている。確かに、写本Cでも『ニーベルンゲンの歌』では半詩行ごと、また『哀歌』では短詩行ごとに詩行点が打たれ、また『ニーベルンゲンの歌』では各詩節の冒頭の文字は朱の縦線を入れた大文字Majuskelで記されてはいるため、注意深く見れば詩節形式を確認することは可能だが、これらは視覚的に目立たない形でなされており、また『哀歌』の二行押韻形式も、短詩行ごとの改行などは無いために一見しただけでは判別できず、『ニーベルンゲンの歌』と『哀歌』の間の形式上の差は、視覚的には上記の大文字や、詩行点を注意深く追いながらでないと認識できないようになっている。すなわち、写本Cでは両叙事詩の形式上の特徴および両作品観の差異を常に巧妙に隠すことにより、視覚

---

175) 写本Cは13世紀前半の成立と考えられ、それに対し写本Bは13世紀半ば、写本Aは13世紀後半と推測されている。Vgl. Ebd., S. 143, 150-151, 164.
176) 一例として、以下の文献を参照。Hoffmann (1967).

的統一感が与えられているのである。

　また、『ニーベルンゲンの歌』の詩節の冒頭におかれているものと同じ朱色の縦線の入った大文字が、『哀歌』においてもところどころに配置されていること、そして『ニーベルンゲンの歌』と『哀歌』を問わず、各ページに平均して三つの朱色の頭文字が配されていること[177]も、この写本での『ニーベルンゲンの歌』冒頭から『哀歌』の末尾までの統一感を演出している。ブムケはこの朱色の頭文字の配置について、『ニーベルンゲンの歌』から『哀歌』への移行部分、88v および 89r の箇所を取り上げ、この二つの見開きページでほぼ同じ箇所に朱色の頭文字が置かれてテクストの分割が行われていることを、写字生が『ニーベルンゲンの歌』と『哀歌』の移行部において筆記上の融合を試みていることの証左であると解釈している[178]が、この朱色の頭文字はこの 88v および 89r 以外の箇所でも平均して一ページに三つずつ配置されており、とりわけ『ニーベルンゲンの歌』から『哀歌』への移行部に限られたものではない。このことを考慮に入れると、朱色の頭文字は『ニーベルンゲンの歌』の詩節形式及び『哀歌』の二行押韻形式を目立たせない改行のない収録形式と共に、『ニーベルンゲンの歌』冒頭から『哀歌』末尾までを均一に筆記することにより、両叙事詩に視覚的な統一感を与えるという写本制作上のコンセプトに従い、写字生が施した筆記上の工夫の一つとしてとらえるのが妥当であろう。

　こうした写本Cにおける『ニーベルンゲンの歌』と『哀歌』の関係を考察する上で、とりわけ大きな示唆を与えてくれるのが、『哀歌』冒頭の飾り文字である。この写本での『哀歌』冒頭の飾り文字「H」は縦9行分の大きさを持っており、これは平均5行分の『ニーベルンゲンの歌』の各歌章冒頭の飾り文字よりも大きく、『ニーベルンゲンの歌』冒頭の飾り文字「U」に次ぐ大きさである[179]。しかも『哀歌』冒頭の「H」には『ニーベルンゲンの歌』冒頭の「U」と同じ装飾がほどこされていることから、『哀歌』の冒頭部は『ニーベルンゲンの歌』の歌章冒頭からは区別され、『ニーベルンゲンの歌』冒頭と同じ単位を示すものとして

---

177) 各ページには少なくて2つ、多くても4つの赤い頭文字が書き込まれている。
178) Bumke (1996), S. 242.
179) 『ニーベルンゲンの歌』冒頭の飾り文字「U」のためには縦12行分がとられている。この差は、『哀歌』は『ニーベルンゲンの歌』と並列される一個の単位ではあるが、『ニーベルンゲンの歌』の物語を前提とした続編であることによると考えられる。

企図されているのは明らかである。写本Bでは『哀歌』冒頭が『ニーベルンゲンの歌』の歌章冒頭のそれと同じ飾り文字で記され、『哀歌』の『ニーベルンゲンの歌』の内部構造としての取り込みが試みられていたのに対し、写本Cの『哀歌』冒頭の飾り文字は、『哀歌』を『ニーベルンゲンの歌』と同質の単位として、並列関係のうちに置く。すなわち、写本Cの『哀歌』冒頭の飾り文字は、写本Bのように一つの物語内での場面転換として処理されているのとは異なり、「ここに一つの物語が始まりを告げます」という語り出しに相応しく、『ニーベルンゲンの歌』とは別の新たな物語が始まることを強調しているのである。

さらに写本Cにおける『ニーベルンゲンの歌』と『哀歌』の並列関係を裏付けるのが、『哀歌』に施されている歌章構造である。写本Cが収録している『哀歌』のヴァージョンでは、『ニーベルンゲンの歌』と同様、全編が5つの歌章に分割されている[180]。この『哀歌』内部の歌章分けにより、Cヴァージョンでは『哀歌』という一つのまとまり自体が歌章より上位に位置づけられているが、それに加え写本Cでは、『哀歌』各歌章の冒頭に『ニーベルンゲンの歌』のものと同じ5詩行分の大きさを持つ飾り文字が置かれ、朱色で記された副題が添えられることによって、『ニーベルンゲンの歌』と『哀歌』が共に歌章の集合から構成される、同等の構造を持つものとして視覚的に把握可能となっている。すなわち、『哀歌』は『ニーベルンゲンの歌』の続編を成す一つの文学的作品として、『ニーベルンゲンの歌』に接続されているのである。

その際、両叙事詩冒頭に付けられた副題からは、『ニーベルンゲンの歌』と『哀歌』、そしてそれぞれの持つ歌章の構造関係がより明確になる。『ニーベルンゲンの歌』および『哀歌』のそれぞれの歌章冒頭には、その歌章で語られる内容を短くまとめた副題が記されているが[181]、『ニーベルンゲンの歌』の冒頭および『哀

---

[180] 『哀歌』Cヴァージョンにおける歌章には、『ニーベルンゲンの歌』と同様に副題が付されている。各々の歌章の副題と範囲は以下の通り。第一歌章「嘆きについての物語（Aventure von der klage）：1-602」、第二歌章「いかにしてディエトリーヒの殿が死者たちを外に運び出させたかの物語（Aventure wie her Dietrich schuf, daz man di toten dannen truoch）：603-1532」、第三歌章「いかにしてエッツェルとディエトリーヒが自分たちの親族を嘆いたかの物語（Aventure wie Etzel und Dietriche sine mage klagete）：1533-2394」、第四歌章「いかに王が軍馬と武器を送り返したかの物語（Aventure wie der kunic ros unt gewaeffen wider sande）：2395-2820」、第五歌章「いかにして武具が国許へ送られたかの物語（Aventure wie manz gewaefen heim sande）：2821-4428」。

歌』の冒頭のもののみが、「ニベルンク族についての物語 Aventure von den nibelungen」、および「嘆きについての物語 Aventure von der klage」となっている。この二つの副題は、その歌章で語られる物語の具体的内容ではない。そのため、第一歌章のみの内容ではなく、『ニーベルンゲンの歌』と『哀歌』それぞれの作品全体を指すものと考えられる。すなわち、この副題のあり方からも、写本Cにおいて『ニーベルンゲンの歌』及び『哀歌』は、二つの別個のまとまりとして認識され、並列関係の内に置かれていることが明らかである。

　さらに『ニーベルンゲンの歌』および『哀歌』の終結部は、両叙事詩がどのような単位としてみなされていたかという問いに対する一つの手がかりとなっている。『哀歌』はどのヴァージョンでも「この歌をして哀歌とよぶ ditze liet heizet diu klage」と結ばれているが[182]、写本Bに収録されている、作品の古い形を留めているとされる所謂Bヴァージョンでは、『ニーベルンゲンの歌』の結びは「これこそがニベルンク族の災厄であります daz ist der nibelunge nôt」となっているのに対し、写本Cに収録されているCヴァージョンでは「これこそがニベルンク族の歌であります daz ist der Nibelunge liet」として物語に幕が引かれる。すなわち、写本Cにおいては『ニーベルンゲンの歌』が一つの「歌 liet」という単位として、やはり「歌 liet」と呼ばれる『哀歌』と同等の単位として提示されているのである。口伝の英雄詩として巷間に広まっていた様々なエピソードを語ってきた物語は、「歌」と呼ばれることにより一つの文学的な作品[183]として明示され、『ニーベルンゲンの歌』のより古い形が写本Bのように「ニーベルンク族の災厄」と示されているのとは異なり、写本Cでは二つの文学的作品単位である「歌」が並列されているのである。

　以上の写本Cにおける収録方法の検証からは、この写本における『ニーベルンゲンの歌』と『哀歌』は、二つの異なる単位のもと把握されていると考えるこ

---

181) 例を挙げると、『ニーベルンゲンの歌』第三歌章「いかにしてシーフリトがヴォルムスにやってきたかの物語（Aventure wie Sivrit ze Wormze chome）」、『哀歌』第二歌章「いかにしてディエトリーヒの殿が死者たちを外に運び出させたかの物語（Aventure wie her Dietrich schuf, daz man di toten dannen truoch）」など。
182) 写本Bでは、この文句の後にエッツェルのその後について述べられるが、最後の箇所が恐らく写本製本時に切り落とされてしまい、伝わっていない。このエッツェルについてのエピローグは、写本Cにおいては「この歌をして哀歌とよぶ」という一文の前に組み込まれている。
183) Vgl. Schulze (Hrsg.), S. 791.

とができる。まず視覚的な均一性や共通する歌章構成、そして『哀歌』的視点からの物語の細部の改訂などよる内容上の統一性は、単独写本という写本Ｃの形態とあいまって、『ニーベルンゲンの歌』と『哀歌』を包括する単位、すなわち一個の「語りの複合体」を形成する。だが、同時にその内部にあって、両叙事詩はそれぞれ一つの文学的作品単位である「歌」として厳然と区別されてもいるのである。写本Ｂも写本Ｃも『ニーベルンゲンの歌』と『哀歌』の視覚的統一を図っているという点では共通するが、写本Ｃにおける首尾一貫したページ構成のあり方及び収録形式と、写本Ｂにおける『哀歌』の『ニーベルンゲンの歌』への融合の方法を比較してみると、写本Ｂと写本Ｃの間には、『ニーベルンゲンの歌』と『哀歌』の相互関係に関する理解に相違を読み取ることができる。写本Ｂでは『ニーベルンゲンの歌』の段落分けに基づく収録形式が『哀歌』にも敷衍され、『哀歌』が『ニーベルンゲンの歌』に属する一歌章と同等の地位に置かれる。それを通し『哀歌』が『ニーベルンゲンの歌』に内包させるといった形での融合がなされ、一つの「語りの複合体」の形成が視覚的な側面から意図されている。それに対し、写本Ｃは俯瞰的視点から両叙事詩の収録形式を構造的に統一し、単独写本内部の視覚的均一性を演出して一つの複合体としてまとめ、内容は連続しているものの、それぞれ独立した物語を伝える「歌 liet」を並列するという構成を示しているのである。すなわち、写本Ｂでは両叙事詩の間の作品としての枠が取り払われ、『哀歌』が『ニーベルンゲンの歌』に従属する形での一体化と、それに伴う作品単位の一元化が図られていたが、写本Ｃでは『ニーベルンゲンの歌』と『哀歌』の一つの文学的作品としての枠はそのままに、ヴォルフラムの『ヴィレハルム』やゴットフリートの『トリスタン』と同様の形で、複数の叙事詩が並置される形で連結され、一つの「語りの複合体」を構成していると考えることができる。

2.4. 写本Ａの『ニーベルンゲンの歌』から『哀歌』への移行部

以上写本Ｂ及びＣにおける『ニーベルンゲンの歌』と『哀歌』の収録形式を解釈してきたが、主要三写本のうち残る写本Ａも、写本Ｂ及びＣとはまた違う収録形式を持つ。写本Ａは写本Ｃと同様、『ニーベルンゲンの歌』と『哀歌』のみを伝承する単独写本として制作されたが[184]、その成立年代は写本Ｂ及びＣよ

りやや遅く、13世紀後半もしくは13世紀最後の四半世紀と考えられている[185]。そのため、これまでに検証してきた写本からやや時代が下った時点において、『ニーベルンゲンの歌』と『哀歌』がどのように伝承されていたかを知る上では、写本B及びCとの比較対照の好材料といえるだろう。

　この写本においても、『哀歌』は他の主要写本と同じく、『ニーベルンゲンの歌』の後改行やページないし折丁の分割などをされず、直接『ニーベルンゲンの歌』の最終詩行に続く形で書き込まれている（47v）。その際、『哀歌』冒頭を飾る朱色の飾り文字「H」を、ブムケは写本Bでのそれと同様、『ニーベルンゲンの歌』各歌章冒頭の飾り文字と同等のものと解釈しているが[186]、写本Aの『ニーベルンゲンの歌』での飾り文字は大きさにばらつきがある上に、冒頭の飾り文字も他のものと比べて僅かに大きいのみであり、果たして写本Cのように『哀歌』冒頭のそれが『ニーベルンゲンの歌』冒頭のものと対応しているのか、それとも写本Bのように歌章冒頭のものと対応しているのかを断言するのは難しい。ここではむしろ、写本Aの飾り文字の配置が他の主要二写本と異なっていることに注目したい。写本Aにおいては、飾り文字は『ニーベルンゲンの歌』の箇所では基本的に各歌章の冒頭にのみ配置されており、『ニーベルンゲンの歌』最終部の45vになって初めて歌章冒頭ではない箇所に飾り文字が付けられるが、これは平均して4行分を占める歌章冒頭のものより小さく、2行分の大きさを持つ。そしてこの書式を受け継ぐ形で、『哀歌』の箇所では一ページあたり3ないし4つ、この赤い頭文字が配置されている[187]。そのため、移行部分においては多少の視覚的連続性を認識できるが、写本Cに見られたような『ニーベルンゲンの歌』冒頭から『哀歌』末尾までの統一感は、この写本では感じることができない。また『哀歌』冒頭には、『ニーベルンゲンの歌』の歌章冒頭と同様に副題が付けられているが、これが「これは嘆きの書である Ditze buoch heizet diu chlage」となっており、『ニーベルンゲンの歌』の歌章における、「いかに〜したかについての物語 aventure wie 〜」という副題の定型からは区別されるものである。ここ

184）写本Aは成立当初この二作品のみを収録していたが、余白に14世紀前半に散文『キリスト聖遺骸受領による12の効用』が書き込まれている。Vgl. Bumke (1996), S. 141f.
185）Ebd., S. 143.
186）Ebd., S. 145.
187）『哀歌』の箇所でのこの朱色の頭文字の配置からは、特に法則性は見出されない。Ebd., S. 249.

では写本Ｂのような、『哀歌』を『ニーベルンゲンの歌』の歌章と同じ地位のものとして、『ニーベルンゲンの歌』の内部構造として取り込むなどの操作は行われておらず、この写本を前にした者は、それまでの『ニーベルンゲンの歌』とは異なる物語がここに始まることを、この副題から読み取ったものと思われる。

　さらに、写本Ａにおいては、写本Ｂ及びＣと比較した場合、両者の形式上の差異が視覚的に明らかとなっている。『ニーベルンゲンの歌』の箇所では、詩節の冒頭に大文字を一文字分はみださせる形で置いた上、長詩行ごとに改行が施され、作品の持つ詩節形式が明確な形で示されている。それに対し『哀歌』の箇所に入ると、それぞれの行の頭の文字が『ニーベルンゲンの歌』の各詩節の冒頭で使われたのと同じ大文字により筆記され、また写本Ｂのように擬似的な詩節形式を構成することによる視覚上の統一への試みもなされていないため、詩節形式がそこで途切れることを明らかに見て取ることができる。ただし、『ニーベルンゲンの歌』では一長詩行が改行上の単位だが、『哀歌』では二短詩行が一行として書き込まれるため、一行の長さは近しいものとなっており、これが写本Ａにおける『ニーベルンゲンの歌』と『哀歌』に、視覚上のある程度の統一性を与えているともみなし得る。しかし、『ニーベルンゲンの歌』における詩節形式の明示や『哀歌』冒頭の副題から、写本Ａにおける『ニーベルンゲンの歌』と『哀歌』は、連続した形で収録されてはいるものの、別個の作品として区別されていることは明らかであろう。すなわち、写本Ａにおいて『ニーベルンゲンの歌』と『哀歌』は、単独写本に収められ、また連続した形で筆記されていることで、一つの「語りの複合体」としての外枠は持っているものの、両叙事詩の形式は厳密な形で筆記されており、写本Ｂ及びＣで見られた、両者を視覚的に積極的に融合させようとする試みはされていないと考えられる[188]。

　ただし、写本Ａにおいては『ニーベルンゲンの歌』と『哀歌』の移行部以外で、収録形式上注目すべき箇所が存在する。写本Ａでは、『ニーベルンゲンの歌』の冒頭から第88詩節までの間、一行に一長詩行が書き込まれて改行を施されている

---

[188] ブムケは『ニーベルンゲンの歌』の終盤での大文字による詩節の分割の方法を、写字生が『哀歌』に援用しているとし、それを『ニーベルンゲンの歌』と『哀歌』の視覚上の均一化への努力と解釈する（Ebd., S. 252.）。しかし、後述のように『ニーベルンゲンの歌』があえて『哀歌』と近しい収録方法を89詩節以降放棄し、詩節形式を強調する収録方法を選択していることを考慮に入れると、ブムケの説は説得力に欠ける。

のは他の『ニーベルンゲンの歌』の箇所と共通しているのだが、行の冒頭の文字が全て大文字で記されている。全ての行の冒頭を大文字で強調するというこの書式により詩節形式は認識できず、なによりそれは、『哀歌』の書式と視覚的に等しいものとなっているのである。この書式のもと『ニーベルンゲンの歌』は88詩節目まで筆記されるが、89詩節目からは詩節冒頭の文字を大文字として一文字分外に出し、詩節形式を明確に示す書式に移行する（3vb）。この変更に関して興味深いのが、89詩節目は88詩節目まで筆記してきた第一写字生に代わって第一副写字生が記入しており、90詩節目からはこの89詩節目の書式に倣う形で、再び第一写字生が筆記していることである[189]。

この書式変更の過程から推測されるのは、第一写字生が『ニーベルンゲンの歌』の冒頭を筆記するに当たり、『ニーベルンゲンの歌』の詩節形式を認識していなかった可能性である。その根拠として、Aヴァージョンを伝承している他の写本における収録形式が挙げられる。現在Aヴァージョンを収録している写本としては、写本Aの他に断片L、断片M、そして断片g[190]が確認されているが、写本Aを除く全ての写本において、『ニーベルンゲンの歌』は長詩行ごとに改行され、詩節の冒頭を特別目立たせない形で筆記されているのである[191]。とりわけ断片Lにおいては、89詩節目以降でもこの書式の変更は見られないことから[192]、写本Aの原本の時点で、『ニーベルンゲンの歌』は長詩行ごとの改行が施され、また詩節冒頭の文字を特別強調しない形での筆記がなされていたとの想定が可能であり、それゆえに写本Aの『ニーベルンゲンの歌』88詩節目までと『哀歌』のように、両叙事詩が視覚的に均一な形で収録されていたことがうかがえる[193]。すなわち、写本Aに関しては、その原本において『ニーベルンゲンの歌』と『哀歌』が視覚的統一がはかられていた可能性が推測される。

ただし、写本Aはそのページのふちが手垢に汚れ、黒ずんでいることから非常によく「使われ」た、朗読のために作られた写本ではないかということが指摘されている[194]。このことは、なぜ88詩節目までの、作品の詩節形式が不明瞭な

---

[189] Ebd., S. 144. Anm. 21.
[190] 断片gは断片Lを原本として書き写されたものとされている。Vgl. Klein (2003b), S. 231.
[191] Vgl: Bumke (1996), S. 144. Anm. 22./Klein (2003a), S. 188-204.
[192] 断片Lについては以下の文献を参照。Hinkel (2004), S. 27-118.
[193] Bumke (1996), S. 144.

収録形式から、89詩節以降の、朗読に適する、詩節を視覚的に明瞭に記述する形式への変更がなされたかということへの一つの仮説の根拠となる。すなわち、写本Aの原本の時点で詩節形式が不明瞭な書式のもと筆記されていたのを第一写字生はそのまま筆記したが、朗読に用いるために詩節形式を明瞭な形で筆記する必要性が生じ、これを第一副写字生が第89詩節において示して、それを手本として第一写字生がそれ以降を筆記したという可能性である。また、写本Aの『哀歌』においては、短詩行二行が一行のうちに筆記される際、韻を踏む行末に必ず詩行点が打たれていることも、写本Aが朗読用の写本であったのではないかとの推測を裏付けている。

こうした写本Aの収録形式の特徴からは、原本の時点では写本BおよびCと同様に「語りの複合体」としての連続性を強調するため、『ニーベルンゲンの歌』の詩節形式を明示せず、また『哀歌』では二短詩行ごとに改行を施すという収録形式を通し、両者の視覚的統一性が図られていたことが推測される。その際、写本に筆記される段階では両叙事詩間の形式上の差異は平坦化されていたが、そのテクストが朗読ないし謡われるという実際の受容の場にかけられ、口承の領域へと還元される時に形式上の差異は表面化し、その反映として写本Aでの『ニーベルンゲンの歌』89詩節目における書式の変更および『哀歌』のそれとの差別化がなされていたものと思われる。

2.5. 初期主要三写本の移行部の構成と『ニーベルンゲンの歌』と『哀歌』による複合体

ここまで『ニーベルンゲンの歌』及び『哀歌』を伝承する、初期の主要三写本における両叙事詩の収録形式を検証してきたが、各写本の収録方法の異同からは、『ニーベルンゲンの歌』と『哀歌』の間の関係が同時代の受容者にはどう認識されていたかが浮かびあがってくる。

本章冒頭で述べたように、集成写本である写本Bでは、『ニーベルンゲンの歌』と『哀歌』からなる複合体には、折丁構成を通し、単なる時系列的連続性以上の繋がりとそれによる一体性が想定されていたと思われる。さらに両叙事詩の移行

---

194) Bumke (2002), S. 744./Klein (2003a), S. 190.

部では、冒頭の飾り文字を通して『哀歌』が『ニーベルンゲンの歌』の一つの歌章と同等の地位に置かれることによって、『哀歌』は『ニーベルンゲンの歌』の内部構造としての特徴を具えることとなり、作品としての枠を取り外される形で『ニーベルンゲンの歌』へと吸収される。この形での接続を通し、『ニーベルンゲンの歌』の絶対的結末と『哀歌』の開始が相対化され、物語の連続性に対する障害になる箇所が処理されている。さらに『哀歌』冒頭の『ニーベルンゲンの歌』の詩節と等しい段落分けや両叙事詩の形式上の差を明示しないことによる視覚上の一体化は、写本の受容者に「語りの複合体」としての『ニーベルンゲンの歌』と『哀歌』の連続性を強く印象付ける。すなわち写本Bにおける『ニーベルンゲンの歌』と『哀歌』からなる複合体は、移行部の処理を通し両叙事詩の間の枠を取り払い融合することによって、二つの叙事詩からなる総体を単一の枠を持つものへと接近させ「語りの複合体」としての連続性を獲得したと考えることができる。また、この飾り文字及び『哀歌』冒頭の段落分けによる、『ニーベルンゲンの歌』から『哀歌』への連続性の強調には、写本Bの集成写本という形態がその背景にはあったと考えられる点も指摘しておきたい。前述したように、『ニーベルンゲンの歌』と『哀歌』は13及び14世紀においてはこの写本を除いては単独写本で伝承されているために、両者が一つの複合体を形成していることは自明のことであった。しかし、写本Bはジャンルを超えた多様な作品を集めているため、『ニーベルンゲンの歌』と『哀歌』からなる複合体が、連続し一貫した「物語」を伝える「語りの複合体」であり、単独で一つの「物語」を形成していた他の作品と同等の単位であることをより強調する必要があったため、視覚上の一体化が図られたと推測される。そして、写本Bでも『ニーベルンゲンの歌』と『哀歌』の連続した筆記と折丁を分けない収録は、原本に由来していた可能性も十分に考えられるが、『哀歌』冒頭の段落分けや飾り文字などの書式からは、両叙事詩を有機的に融合させようとする写本収録に際する写本制作者の積極的な意図を読み取ることができる。

　それに対し写本Cでは『ニーベルンゲンの歌』と『哀歌』は冒頭の飾り文字を通して対等の地位を与えられており、写本Bとは違ってそれぞれの作品としての外枠は残されたままである。しかし、写本Cにおける最も大きな特徴が、両叙事詩間の形式及び構成上の差異を非常に巧妙に隠し、『ニーベルンゲンの歌』の冒頭から『哀歌』の最終詩行までが、完全に連続しているかのような印象を写

本受容者に与える、視覚的及び構造的な統一感の演出である。この統一感が、『哀歌』に新たに与えられた『ニーベルンゲンの歌』と共通する歌章構造や、両者を共に「歌 liet」という文学上の作品概念を持ってあらわすこととあいまって、『ニーベルンゲンの歌』と『哀歌』の間の差異を極小まで縮小させ、受容者に両叙事詩の同質性を印象付ける。その結果、『トリスタン』などと同じように、直線的に連続する複数の同質の叙事詩を並列的に収録するものとして、『ニーベルンゲンの歌』と『哀歌』という別々の枠を持つ作品の並列からなる集合を、一つの「語りの複合体」として成立させているのである。

　写本Aにおいても、単独写本という写本制作上のコンセプトと、『ニーベルンゲンの歌』と『哀歌』が他の二写本と同様に連続した形で筆記されることで、両叙事詩の連続性は示される。またある程度の視覚上の統一性も与えられているが、それは写本Aの場合原本に由来する可能性が高く、両叙事詩の形式上の相異は、写本B及びCとは異なりむしろ明らかな形で表されているといえる。すなわち、写本Aでは写本Cと同様、『ニーベルンゲンの歌』と『哀歌』は一つの「語りの複合体」は形成しつつも、それぞれ独立した作品として扱われているのである。そして、この要因としては、『ニーベルンゲンの歌』と『哀歌』の形成する「語りの複合体」としての連続性は認めたうえで、実際に受容の現場からのフィードバックがあり、それが両叙事詩の持つ形式を視覚的にも明確にするという、書式の選択に影響を及ぼしていたことが推測される。

　以上のように、『ニーベルンゲンの歌』と『哀歌』からなる複合体は、時にそれは写本Bでのように『哀歌』が『ニーベルンゲンの歌』に従属するものとして、また時には写本Cでのように並列するものとして、視覚的な融合が図られている。このことは、両叙事詩の形式上の差異や断絶の存在にも関わらず、『ニーベルンゲンの歌』と『哀歌』の「語りの複合体」としての連続性および一体性が、写本伝承段階における受容において、常に重要視されていたことを示している。次章では、この「語りの複合体」が写本伝承されるにあたり、『哀歌』の果たした役割についての考察を行う。

3. 『哀歌』——「記憶」の発生と対象化

　『ニーベルンゲンの歌』の受容および伝承を考察する上で不可欠なのが、『哀歌』の存在意義の検討である。そもそも、『ニーベルンゲンの歌』は写本伝承上やはり「語りの複合体」として続編的作品とともに扱われている『ヴィレハルム』や『トリスタン』とは異なり、一度完結した作品である。後者のように、未完の作品に続編が書かれ、基盤となっている作品と共に一つの首尾一貫した物語として完結することにより、「語りの複合体」として受容・伝承されるというのは非常に納得のいく図式である。しかし『ニーベルンゲンの歌』の場合には、完結した作品のその後を語る続編的要素を持つ作品、『哀歌』が添えられて物語が補完される形でのみ伝承され、単独の作品として『ニーベルンゲンの歌』は読まれ得なかった[195]。『哀歌』の成立は『ニーベルンゲンの歌』のそれとほぼ同時期であると推測されており[196]、また『ニーベルンゲンの歌』ないし『哀歌』の一方のみを収録している写本がほぼ存在せず、写本伝承の初期から末期に至るまで一貫して両叙事詩が共同の写本収録がなされているという伝承状況に鑑みると、『ニーベルンゲンの歌』は単独で伝承されるべき作品としてみなされておらず、成立直後から『ニーベルンゲンの歌』と『哀歌』からなる「語りの複合体」が形成されたことがうかがえる。

　この「語りの複合体」という特殊な伝承形態を『ニーベルンゲンの歌』がとった理由は、『哀歌』の持つ構成およびそれと連動している内容そのものが語っている。『哀歌』は内容上、三つの部分に大きく分けられることがこれまでの研究で指摘されている。この区分は視覚的に明確な形で示されているわけではないが、前章で触れたように、Ｃヴァージョンは『ニーベルンゲンの歌』の持つ歌章構造にあわせて『哀歌』を5つの歌章に分けており、この歌章の区切りと上記の内容

---

195) Knapp (1987), S. 166.
196) 例えば Voorwinden (1981) など。

上の区分は、歌章の区切りの方がより細分化されているものの、第二及び三歌章、第四及び五歌章をそれぞれ一つの区分として捉えると、おおよそ一致している。すなわち、第602詩行（Bでは586詩行）までの第一歌章はプロローグ的な歌章であり、『ニーベルンゲンの歌』で語られた物語の内容がもう一度語りなおされる。続く第二歌章「いかにしてディエトリーヒの殿が死者たちを外に運び出させたかの物語」および第三歌章「いかにしてエッツェルとディエトリーヒが自分たちの親族を嘆いたかの物語」は、フン族の宮廷での死者たちに対する「嘆き」が主題となっており、第四歌章「いかに王が軍馬と武器を送り返したかの物語」、第五歌章「いかにして武具が国許へ送られたかの物語」では、フンの宮廷からの事件のあらましを伝える使者が辺境伯リュエデゲールの領地であるベッヒェラーレンおよびブルグントの宮廷が置かれているヴォルムスへと赴くくだりと、各地の「その後」が語られる。このように、Cヴァージョンでは5つの歌章に分割されているものの、第二歌章と第三歌章および第四歌章と第五歌章は内容上連続しているため、『哀歌』は内容的な区分としては、前述のように大きく三つに分割されることとなる[197]。

　これら三つの区分はそれぞれ異なる主題とそれに応じた「語り」を持ち、そのため『哀歌』は全体として、どのジャンルに属する作品であるかを一義的に決めるのは困難である。ヴェールリは『哀歌』をドイツ中世盛期における数少ない、独自のジャンル的特徴を持つ叙事詩であるとみなしており[198]、さらにこれを推し進める形で、スツクレナールは『哀歌』を「単なる挽歌でも、続編でも、注釈でもない」複合的作品であるとする[199]。『哀歌』の持つこうした多面性についての検証は、『ニーベルンゲンの歌』が単独で伝承され得ず、常に『哀歌』と複合体をなしていた理由を逆に示してくれるだろう。

　先に触れた三つの区分のうち、第一部では語り手による『ニーベルンゲンの歌』

---

[197] Vgl. Curschmann（1979）, S. 99ff./Bumke（1996）, S. 102. 第二歌章のおよび第四歌章の冒頭は、それぞれ場面転換の箇所であり（「館は崩れ落ちた Daz hûs daz lac gefallen（B: 587）／館はすっかり燃え尽きた Daz hûs was verbrunnen gar（C: 603）」、「館は空になった Erlaeret was der palas（B: 2279, C: 2395）」）物語が新たな局面に入ることが明確に示されているため、『哀歌』は内容上三つに分けられるというブムケおよびクルシュマンの見解は、的を得たものであるといえる。

[198] Werli（1972）, S. 104.

[199] Szklenar（1977）, S. 49.

の内容の語りなおしと注釈的視点からの総括が行われる。この箇所の主眼は『ニーベルンゲンの歌』の物語の「続き」を語ることではなく、語り手の視点から『ニーベルンゲンの歌』の物語を振り返ることである。『哀歌』という作品が純粋なる続編として受容者に認識され、それがゆえに必要とされていたのであれば、写本伝承においてこの第一の区分は省かれた可能性も想定しうるが[200]、現存する写本の内で最も短い、大きな省略が施されたJヴァージョン[201]にもこの第一の区分は収録されていることからも、この区分での語りなおしと注釈が、受容者の視点からは不可欠なものであったことは疑いない。『哀歌』にはそこかしこに『ニーベルンゲンの歌』の筋に対する注釈的言説が見受けられるゆえに、注釈的作品としての側面がとりわけ重視されてきたが[202]、この語りなおしと注釈には、『ニーベルンゲンの歌』で語られた「古の物語」、すなわち口承されてきた共同体にとっての記憶およびそれを伝える口伝の英雄詩に対する同時代的見解の反映が期待される。

　第二部に入ると、『哀歌』という作品内で初めて物語内での現在的地点が示され、受容者は『ニーベルンゲンの歌』の「その後」の地点へと誘われる。しかし物語は先に流れず停滞し、死者たちへの嘆きと埋葬の様子を描写するのに終始する。2000詩行にも渡る分量を持つこの区分で順に名を挙げられ「嘆かれ」る死者は、21名におよぶ。ここでは「嘆き」が物語の筋をなし、それ自体が巨大な鎮魂歌となっているが、この死者たちへの「嘆き」の持つ機能の検証は、『哀歌』の存在意義の解明に繋がるものと思われる。

　そして、第三部に至ってようやく物語は新たな局面に入り、登場人物たちは「嘆き」を経て新たな行動を始める。ここで初めて『哀歌』は『ニーベルンゲンの歌』の続編としての姿を見せる。主要な登場人物たちが皆倒れ臥し、語り手も

---

200) 例えば『ニーベルンゲンの歌』と同様に英雄伝説を素材とし、13世紀半ばに書記作品として成立した歴史的ディエトリーヒ叙事詩のひとつ、『ディエトリーヒの逃亡』も、ディエトリーヒを主人公とした本編の前に七世代に渡る彼の祖先の業績を語る系譜的前史を持つという構成を有しているが、この系譜的前史が省かれている写本もある。
201) このJヴァージョンはJ写本およびそれから派生した写本にのみ収録されているが、全部で944詩行しかなく、描写の中心にクリエムヒルト、ブリュンヒルト、そしてリュエデゲール夫人のゴテリントが据えられている。このヴァージョンについてはBumke (1996), S. 282-297 を参照のこと。
202) Vgl. Gillespie (1972).

「これ以上語ることは何もない」とする『ニーベルンゲンの歌』の絶対的結末、いわば「ゼロ地点 Nullpunkt[203]」に達した物語の続きを、『哀歌』が敢えて語っているということからは、近代以降の破滅的結末こそが『ニーベルンゲンの歌』という作品には相応しく、『哀歌』は余計な付け足しであるという見方[204]とは逆に、中世では「この叙事詩を書き写したもので、その結末に満足していたものは誰もいなかった[205]」ことが推測される。すなわち、書記作品化されるにあたり、口承されてきた物語の結末に対して一種の訂正の必要性が生じ、『哀歌』は『ニーベルンゲンの歌』に語られた物語に「よりよい」決着をつけるために組み合わされたものと考えられる。そしてまさに『哀歌』がいかなる結末を用意したかという点に、『ニーベルンゲンの歌』が伝承に際して『哀歌』を必要とした理由の一つが、最も明確な形で表れているであろうことは論を待たない。

以下に『哀歌』全体の構成を追いながら、『哀歌』の各々の区分の持つ機能についての検証を行い、『ニーベルンゲンの歌』とそれが語る「古の物語」に対する中世の受容者の視線と、『哀歌』が『ニーベルンゲンの歌』の伝承に際して「語りの複合体」の構成要素として必要とされた背景を考察してゆく。

3.1. 『ニーベルンゲンの歌』の総括と注釈としての『哀歌』

『哀歌』第一部を読み始めると、形式の差に対応するように、『哀歌』と『ニーベルンゲンの歌』の語りの視点が全く異なったものであることに容易に気がつく。口承文芸における語り手は、自身を大きな伝統の中の一つの構成要素をなす「伝承者 Vermittler」として認識し、聴き手に対して伝える物語に対してあくまでも客観的な立場を保つ。第一章でも検証したように、『ニーベルンゲンの歌』の語り手はこの流儀に従ったものとして演出されている——「装われた口承性」を通して『ニーベルンゲンの歌』は擬口承的な語りの地平に展開されていくが、語り手はごく稀に個人的な感想を述べるものの、物語の因果関係に進んで言及することはない。そのために何ゆえに『ニーベルンゲンの歌』では「喜びが哀しみと」ならねばならなかったのか、という根本的な疑問に代表される様々な問題は、未

---

[203] Müller (2002), S. 156.
[204] Vgl. Bumke (1996), S. 105.
[205] Müller (2002), S. 156.

解決のまま暗がりへと放置されることとなる——前編ではクリエムヒルトに手ひどい裏切りを働いたハゲネは後編で英雄となり、逆に前編では理想的な宮廷の乙女として登場したクリエムヒルトは後編で全てを復讐のために燃やし尽くす鬼女として描かれるのである[206]。そして、物語の因果関係に関して最後まで明確な説明はされることなく、物語はただ最後に累々と屍が横たわる様を描いて幕を閉じてしまう。語り手は、あくまでも「聞いたことを語る」という姿勢に徹し、特定の視点を持ち込むことはしない。いわば、「カーテンの裏」から物語を語るのである。

それに対し『哀歌』の語り手は、一詩行に四揚格を持つ二行押韻という、宮廷叙事詩や俗語による年代記文学と共通する書記的形式のもと物語を紡ぐ。そもそもこの形式を選択した時点で、『ニーベルンゲンの歌』の語り手がそこに属するように演出されていた口承文芸の伝統から逸脱しているのだが、『哀歌』の語り手はさらに登場人物の行為への裁定を特定の視点から下し、物語の因果関係をそれにより規定して、『ニーベルンゲンの歌』の伝える物語に対する自らの見解を披露する。すなわち、『哀歌』の語り手は『ニーベルンゲンの歌』の伝える物語を特定の価値体系の元に読み解き、論理付けしているのである。

この点において、『哀歌』は『ニーベルンゲンの歌』の注釈的作品としての特徴を具えることになるわけだが、語り手は登場人物たちを倫理的に善と悪に分類し、誰が加害者もしくは被害者であるかを議論の対象としており[207]、その発言は、『ニーベルンゲンの歌』の実質的な主人公であり、また物語の進行上常に鍵を握る存在であったクリエムヒルトの擁護と、その逆にクリエムヒルトに害をなしたとされるものたち、とりわけハゲネへの非難という二つの論点がその中心にあることが、『哀歌』の解釈におけるコンセンサスとなっている[208]。こうした注釈的言説は、『ニーベルンゲンの歌』で語られた物語に対する『哀歌』の詩人の見解として読むことができるが、『ニーベルンゲンの歌』のCヴァージョンの改訂と『哀歌』が、「まず疑いなく聖職者の手によるもの[209]」であり、当然聖職者的視点からの解釈が反映されていることから考えると、そこに示されている見解は、

---

206) Müller (2003), S. 171.
207) Müller (2002), S. 158.
208) Bennewitz (2001), S. 29.
209) Knapp (1987), S. 166.

書記文芸の伝統の中心を担う聖職者階級が、『ニーベルンゲンの歌』でその形式を模して書記平面へと導入された口承文芸をいかなるものとして把握していたか、また同時代の受容者に対してそれをどのようなものとして提示しようとしていたかを解明する手がかりとなる。

この解釈を行ううえで注目すべきなのは、『ニーベルンゲンの歌』の結末に至る因果関係の確定と、その責任の所在に関しての『哀歌』の注釈的言説の多くは、登場人物のとった行為の動機付けとそれに対する裁定に凝縮されている点である。『ニーベルンゲンの歌』でもいくつかの箇所では、登場人物のとった行為に対して語り手の見解が示されることもあるが、それは自身の見解を受容者に対して主張するものではない210)。『ニーベルンゲンの歌』の語り手は、口伝の英雄詩の伝統に則り、物語の成り行きに対して主観的見解を表明し、それによって物語の展開を個人の行為に帰して説明することを基本的に避けている。それに対し、『哀歌』の語り手は『ニーベルンゲンの歌』の物語の因果関係について宗教的見地からの解説を行い、それを通して物語を一貫した論理の元に説明する。すなわち、『ニーベルンゲンの歌』が集合的記憶に属するエピソードの内的論理構造はそのまま不問に付したのに対し、『哀歌』はそのエピソードの内的構造を解釈し、定義しなおすことを試みているといえるだろう。

本節では、第一部での語り手による発言の中心をなしている、クリエムヒルトの行為およびクリエムヒルトの復讐の契機となったシーフリトについての注釈的言説を取り上げ、『哀歌』の詩人が『ニーベルンゲンの歌』の物語、ひいてはそこに語られている「古の物語」にどのような態度をとっていたかを解釈の対象とする。

---

210) 代表例としてシーフリトがブリュンヒルトの帯と指環を奪った理由や、クリエムヒルトがグンテルとの和解を反故にしたことに関してのものが挙げられる。『ニーベルンゲンの歌』の語り手は、前者に対しては「それは彼の hôher muot ゆえであるかどうか、わからない」として、行為の原因として「hôher muot」を一応挙げているが、それを断定しないことで、一義的な結論を避けている（なお、この「hôher muot」は騎士の意気軒昂さという肯定的な意味合いと「傲慢」という宗教的悪徳としての意味合いの両面がある）。また、後者に関しては「それは悪魔 vâlant がクリエムヒルトを唆したのだと思います」として、『ニーベルンゲンの歌』の人物間の関連や個人ではなく、「悪魔」に原因を求めることによって、登場人物の行為自体に善悪二元論的な裁定を下すことを避けていると考えられる。

3.1.1. クリエムヒルト擁護——「誠」を巡って

まず、D写本では「これはクリエムヒルトの書である Daz ist das Buoch Chreimhilden」と作品が題されるまでに、作品の中心にある人物として認識されていたクリエムヒルトが、『哀歌』ではどのような人物形象として描かれているかを検証する。

冒頭の前口上に続いて、クリエムヒルトを復讐という行為へと導いた、シーフリトの暗殺について簡潔な言及がなされる[211]。そして、シーフリトを失ったクリエムヒルトの哀しみと、シーフリトを暗殺した自らの親族に対する復讐心——「もし彼女が男の身であれば、己が手によって復讐を為したであろう (B: 128-134, C: 154-159)」[212]——について述べられた後、語り手がその復讐の正当性を述べ、クリエムヒルトを擁護する。

> Des ensol si niemen schelten.
> solt er des engelten,
> der triuwe kunde pflegen,
> der hete schiere sich bewegen,
> daz er mit rehten dingen
> möhte niht volbringen
> deheinen getriulîchen muot.
> triuwe diu ist dar zuo guot:
> diu machet werden mannes lîp
> und êret ouch alsô schoeniu wîp,
> daz ir zuht noch ir muot
> nâch schanden nimmer niht getuot.

---

[211] このシーフリトの暗殺の理由付けについての記述は、BヴァージョンとCヴァージョンで大きく異なる。このことは、後の解釈対象とする。
[212] この記述に対しては、二通りの解釈がある。まず、当時の封建法解釈に従えば、女性はフェーデの権利を認められておらず、クリエムヒルトはハゲネを討つ権利を有していないために、彼女が自ら手を下すのは、法に背く行為であることをこの記述の根拠とする解釈がある一方で (Ehrismann (2002), S. 137.)、ジェンダー論的な観点から言うと、クリエムヒルトが自分の夫の死に対して自ら復讐を行うのを妨げたのは、「女性の能力のなさ Defizienz als Frau」ゆえであるとの見方 (Bennewitz (2001), S. 29.) もある。

> Alsô vroun Kriemhilde geschach,
> der von schulden nie gesprach
> misselîche dehein man,
> swer daz maere merken kan,
> der sagt unschuldic gar ir lîp,
> wan daz diz vil edel wîp
> taete nâch ir triuwe
> ir râch in grôzer riuwe.　　　　　　　　　　(v. 139-158)[213]

　このことに関して、彼女を責めるべきではありません。まことの誠を具えているものが、それゆえに責めを負うとしたら、そのものは正しきことで全く何事も成し遂げることなぞできないと、諦めることとなってしまいましょう。誠とはおのこを高貴にし、麗しい婦人にまた栄誉を与えて、その作法や心持ちにおいて不名誉なことを決して行わないようにすることにかけて、素晴らしいものです。まさに貴婦人クリエムヒルトはそうであり、彼女に関して誹謗中傷を述べるものなど当然誰もなく、物語を正しく判断できるものなら誰でも、彼女を完全に罪無しとするでしょう。なんとなれば、彼女は誠にしたがい、大いなる哀しみのうちで復讐をなしたからです。

　このクリエムヒルト擁護の論理の軸となっているのが、「誠 triuwe」という概念であることは明白である。語り手はまず「誠」の絶対的な価値を主張し、暗殺された自分の夫のためにずっと「哀しみ riuwe」を抱き、夫への「誠」に従って復讐をなしたクリエムヒルトの行動は、責めるべきものではないと断じる。「不名誉なことを決して行わない」ように導く「誠」に従った結果としての「復讐」という行為であるため、彼女の復讐は決して誤ったもの、「不名誉なもの」ではなく、それを非難するのはこの「誠」という美徳の否定につながると『哀歌』の語り手は主張する。そして、「この物語を正しく判断できる」、すなわち『ニーベルンゲンの歌』で語られた物語を正しく読み解くことができるものならば[214]、クリエムヒルトが「無罪 unschuldic」であるとの判断を下すというという言説の背景には、この『哀歌』のとる解釈こそが正しいものであるとの主張がある。こ

---

213)『哀歌』のテクスト引用箇所に関しては、特に表記がない場合はBヴァージョンの詩行数を記す。

の箇所で『哀歌』の語り手は、口承されてきたシーフリトの暗殺およびクリエムヒルトの復讐の物語の「正しい」姿を明かすことを表明しているのである。

ここでクリエムヒルトの正当性の根拠とされている「誠」とはどのような概念であるかをまず確認しておく必要があるだろう。一般的に、中世文学における「誠」とは、宮廷道徳の一つとして広い意味を持つ徳目であり、まず法概念として契約に対する誠実さや封建制度の下での臣下の主君に対する忠誠を意味する[215]。そしてより広義には人と人の間の真摯さや強固な結びつき一般、ひいては人が神に対して抱く愛や神の人に対しての愛を表す概念であり[216]、またこの「誠」の名のもと呼ばれる人間同士の関係は、ある共通の社会的な核を持っているとされる。しかし、この社会的な核は、12世紀から13世紀にかけての文学で、より強く個人的に形作られた関係へと変化してゆく[217]。ミュラーはこうした変化が見られる代表的なジャンルはミンネザング及び宮廷叙事詩であり、英雄伝承ではさほど見られないとしているが、『ニーベルンゲンの歌』にもその萌芽があること、そしてそれが現れているのが正にクリエムヒルトの「誠」においてであることを指摘している。

ミュラーによれば、『ニーベルンゲンの歌』での「誠」という概念においては、「内的な」要素、すなわち個人としての人間によるものと、「社会的な」要素が分ち難く結びついている[218]。一見極めて個人的なものと映る、クリエムヒルトのシーフリトに対する「誠」にも社会的な要素は欠けてはおらず、むしろ当初のシーフリトとの結びつきとそれを成立させている彼女の「誠」は、非常に慣習的な、社会的集団に密着したもので、彼女と彼の結婚も「国家的行為 Staatsakt」

---

[214] ここでの物語を正しい解釈のもと受容すべきであるとの主張は、すでに『哀歌』冒頭にも表れている。「この物語を正しく受け取るものは誰でも、それをひどく嘆き、心に痛みを抱くに相違ありません。swer iz rehte vernimt,/der muoz iz jâmerlîhe klagen/und jâmer in dem herzen tragen. (v. 6-8)」すなわち、『哀歌』は口承されてきたシーフリトの暗殺およびクリエムヒルトの復讐の物語の「正しい」姿を明かすことを表明しているのである。Vgl. Lienert (Kommentar), S. 360f. Stellenkommentar zu 139-158.

[215] Ebd., S. 360f. Stellenkommentar zu 139-158.

[216] Bumke (2002), S. 418. ただしミュラーは、『ニーベルンゲンの歌』では神と人間の間の「誠」は主題化されておらず、あくまでも人間同士の「誠」が描かれているとしている。Vgl. Müller (1998), S. 164.

[217] Müller (1998), S. 164.

[218] Ebd., S. 164.

であった。しかし徐々にそれは個人的なものへと移行してゆき、それに伴い社会的な「誠」と結びついた秩序は、彼女に関しての「誠」からは捨象されてゆく。そして、シーフリトの死とその復讐の機会を得たことによって完全に個人的なものとなったクリエムヒルトの「誠」は、社会的集団に動揺をもたらし、そこに属し他ならぬこの社会的「誠」によって結ばれた一切の者たちを破滅させたとミュラーは解釈している[219]。このミュラーの指摘にあるように、『ニーベルンゲンの歌』では、「誠」は相反する二つの性質を持ったアンビヴァレントなものとして現れる。すなわち、君主と臣下、そして親族など、封建的支配体制を構築する人間同士の関係を保証することにより秩序に貢献する社会的「誠」が肯定的なものとして描かれる一方、個人に対するものとして現われる内的な「誠」は、それに従って復讐を企むクリエムヒルトが「鬼女 vâlandinne」と呼ばれることに象徴されるように否定的なものとして示され[220]、そして最終的な破滅の中で、クリエムヒルトによって個人化された、個人的な「誠」は破棄される。クリエムヒルトが親族を捨て、亡夫への「誠」を選んだことは、まさに「悪魔の囁き（v. 1394）」によるものであったと『ニーベルンゲンの歌』では語られる。

それに対し、『哀歌』は『ニーベルンゲンの歌』で否定的に描かれ、破滅を共同体にもたらしたクリエムヒルトのシーフリトに対する個人的な「誠」を、宗教的な視点から一義的な美徳へと転化して正当化をはかる[221]。上に引用した箇所に見られるように、『哀歌』の語り手は一連の復讐劇の発端となったクリエムヒルトのシーフリトへの「誠」を宗教的に正しいものとすることを通して、彼女の復讐の意志そのものを正当化し、『ニーベルンゲンの歌』が伝える物語の結末に対する責任から、彼女を解放しているのである。アンビヴァレントな二重の意味

---

[219] Vgl. ebd., S. 164ff.
[220] ミュラーは、クリエムヒルトの「誠」がこうしてネガティヴなものに変容していき、また語り手もその見解の元でクリエムヒルトを描いていることの証左を、クリエムヒルトが斬られる場面の描写に求める「その時、貴婦人クリエムヒルトの身はバラバラに切り裂かれた ze stücken was gehouwen dô daz edele wîp. (2377, 2)」。首を斬られるのが貴族の特権を背景としたある種の処刑であり、その際に斬られる者の「誉れ」が問題にならないのに対し、「バラバラに切り裂かれる」というのは、秩序を徹底的に破壊した背信者に下される罰とみなされる (Müller (1998), S. 168)。それに対して、ベネヴィッツはこの「バラバラにされた女性の身体」に殉教者のアナロジーを見ており (Bennewitz (2001))、ベネヴィッツの説をとればこの表現はむしろ彼女を宗教的に正当化することとなる。
[221] Müller (1998), S. 168.

内容を持つ「誠」同士の衝突からブルグントとフンの勇士たちの全滅へと至るのを描く『ニーベルンゲンの歌』と、「誠」を個人的な美徳として一元化してその元にクリエムヒルトという人物を造形し、彼女の行為をその結果から切り離して肯定的評価を与える『哀歌』は、好対照を見せている。

だが、「数多の誉れ高かった者たちは死んで地に倒れ臥した Diu vil michel êre was dâ gelegen tôt (2378, 1)」という結果を招いた彼女の復讐に関しては、いかに『哀歌』でクリエムヒルトの行為の正当化が行われているにしても——もしくは正にそれゆえに彼女の正当化を行うことが必要であったように——、『哀歌』の詩人の想定した受容者の間には否定的な見解が存在したことが、他ならぬ『哀歌』の語り手の言葉には顕れている。

> ez wart den namen beiden,
> heiden und kristen,
> von ir einer listen
> alsô leide getân,
> daz beidiu wîp und man
> gelouben wil der maere,
> daz si der helle swaere
> habe von solhen schulden,
> daz si gein gotes hulden
> geworben habe sô verre,
> daz got unser herre
> ir sêle niht enwolde.
> der daz bewaeren solde,
> der muose zu der helle varn.
> daz hiez aber ich vil wol bewarn,
> daz ich nâch dem maere
> zer helle der bote waere.
> Des buoches meister sprach daz ê:
> „dem getriuwen tuot untriuwe wê".
> sît si durch triuwe tôt gelac,

> in gotes hulden manegen tac
> sol si ze himele noch geleben.
> got hât uns allen daz gegeben:
> swes lîp mit triuwen ende nimt,
> daz der zem himelrîche zimt.　　　　　　　　　(v. 552-576)

　キリスト教徒と異教徒どちらも、彼女一人の策略（list）によってかのような災いが起こったゆえに、彼女が地獄の苦しみをそうした罪（schuld）ゆえにその身に背負い、神の恩寵から遠く引き離されて、我らが主は彼女の魂（sêle）を望まれなかった、という話を、男も女も皆信じようとします。このことを証明したいならば、自分が地獄に行ってみなければなりません。私自身はその話を確かめるために、地獄への使者になるなどということは御免蒙りたいものですが。本の師匠はかつて言っていました。「誠実なる者に不誠実は痛みを与える」と。クリエムヒルトは誠ゆえに死んだのですから、彼女は天国で神の恩寵に包まれ、まだ幾つもの日々を生きるでしょう。誠をもって生を終えたものは誰でも、天国に相応しいのであると、神はわれわれみなに認めてくださっているのです。

　ここで『哀歌』の詩人は、クリエムヒルトの復讐がフンとブルグント両国の主たる者たちの殆どが命を落とすという結果に至ったのはひとえに「彼女一人の策略[222]」のためであり、またそれは「罪 schuld」とみなされるものであって、それゆえにクリエムヒルトは神の恩寵を得られず、「魂 sêle」を救われなかった、という見解に対し、クリエムヒルトの「誠」を根拠に反論している。そもそも『ニーベルンゲンの歌』自体がクリエムヒルトを一面的に「善い」存在としては描いておらず、「『貴婦人 edel wip』と『鬼女 vâlandinne[223]』の緊張関係のうちに彼女をおくことにより、クリエムヒルトの思考と行為を評価することの不可能性を具現化している[224]」事から考えると、まず『ニーベルンゲンの歌』として

---

[222] この「list」の語は、ニュートラルな「知恵」などの意味範囲もカバーする概念だが、ネガティヴなニュアンスを帯びることが多い。この文脈においても多くの者たちの死の直接の原因とされ、クリエムヒルトの「罪 schuld」の根拠として理解されているため、「策略」の訳語を採用した。
[223] ディエトリーヒがクリエムヒルトを非難した際に使ったのが、この「鬼女 vâlandinne」である（1748）。また、クリエムヒルトがグンテルとの和解を反故にしたのも、「悪魔 vâlant」のせいであると語り手は伸べている（1394）。

物語が編まれる前の口伝の英雄詩の段階で、クリエムヒルトに対する両極の反応があったことが推測できる。ゆえに、『哀歌』の詩人が真っ向から否定するこうした解釈もむしろ当然あり得る、自然なものといえるだろう。

しかし『哀歌』の詩人はクリエムヒルトを、個的な美徳としての「誠」をアイデンティティーとする「貴婦人 edel wîp」という、一義的に「善」をその属性とする形象として描き、彼女に対する多様な見解を否定する。彼女がその「誠」を通じ『哀歌』ではポジティヴな姿で造形されていることは、彼女を『ニーベルンゲンの歌』で「鬼女」と呼んだディエトリーヒが、彼女の「誠」を称えてその死を嘆くことから一連の死者たちへの嘆きが始まるように物語の展開が構築されていることからも、明らかである[225]。そうした彼女を表象する特性である「誠」を軸に、『哀歌』の詩人は『ニーベルンゲンの歌』の結末に至る過程に聖職者的視点に基づく因果関係を与え、クリエムヒルトの無罪を証明することを試みている。すなわち、クリエムヒルトの復讐は、それが亡夫への個的な「誠」から発しているという正にその点において正当なものであり[226]、この復讐の動機の一点によって、クリエムヒルトは罪が無いものとみなされるとしているのである。さらにここでは、彼女の復讐への意志とその結果に対する評価が分けられていることに留意しておきたい。『哀歌』は決して『ニーベルンゲンの歌』の物語の行き着いた結末を正当化するのを試みるのではなく、ただその発端となったクリエムヒルトの「誠」と、そしてその持ち主であるクリエムヒルトという個人の正当化をはかっているのである。行為の善悪が行為それ自体に決定されるのではなく、その行為の発端となった意志によるという『哀歌』の見解には、明らかにアベラール的思考が反映されている。

そして、彼女のこの個的な「誠」を正当化するのみならず、さらに『哀歌』の詩人は、復讐をなし、その結果自らも命を落としたクリエムヒルトの「魂 sêle」についても語っている。詩人は死後の魂の救済という宗教的カテゴリーに属する問題を、彼女の「誠」と関連付けることで、彼女の「誠」に宗教的なバックボーンを与え、それを理由に彼女の「魂」が救われることをも保証して、宗教的観点

---

224) Ehrismann (2002), S. 138.
225) 771詩行以降。
226) シーフリトの暗殺自体の是非については、後の節で扱うが、中世の受容者の間でもコンセンサスがとれていない。

から彼女の無罪と行為の正当性を強調する。

　死に際して「魂」が救われるかどうか、という問題は、『ニーベルンゲンの歌』においてもまた確かに重要な主題の一つとして描かれている。しかしその描き方は『哀歌』のクリエムヒルトに関してのものとは大きく異なっている。それと同時に、この問題に対する『ニーベルンゲンの歌』の決着のつけ方との比較からは、『哀歌』によるクリエムヒルトの「魂」を救済へと導くとされる「誠」という概念の位置づけと、ひいてはそれを絶対的に善なるものと描く『哀歌』がどのような視点に拠って『ニーベルンゲンの歌』に語られた物語をとらえているかが明らかとなる。

　『ニーベルンゲンの歌』で「魂」の問題を抱えることになるのが、後編の重要な登場人物の一人であり、また『哀歌』第二部においてもクリエムヒルトに次いで大きな嘆きを受けるベッヒェラーレンの辺境伯リュエデゲールである。彼は、一方で主君であるエッツェルへの封建的義務およびクリエムヒルトへの婦人奉仕、そして他方息女とギーゼルヘルの婚姻を通したブルグントの者たちとの血縁関係、彼らをフンの国へと導いた「道案内」としての義務といった、二重三重の義務の狭間に落ち込んで自らの「魂」の破滅の危機に悩む[227]。その結果として彼は戦いを前にしてハゲネの要請を快く受けて己の盾を贈り、自らはゲールノート——彼の剣はリュエデゲールが己の「徳 tugent」をあらわし贈ったものだった——と相打ちして果てる。彼はできうる限りにおいて、自らの魂が救済される道を模索して死んだ人物として描かれる。しかし『ニーベルンゲンの歌』の詩人は、リュエデゲールの死に際して、彼の「魂」が救われたかどうかについて明確な結末を用意しない。そこでは騎士道の徳目に則り社会的「誠」に従った行為は直接的には宗教的な「魂」の救いに結びつかず、騎士が遵守すべき騎士道というイデオロギーと、キリスト教での個人の生の究極の問題である魂の救済がアンビヴァレントな関係のうちに置かれ、一元的な問題の解決が拒否されているのである。それに対し『哀歌』は、クリエムヒルトの復讐という行為を導いた、彼女の具える

---

[227] リュエデゲールが苦しんでいるのが宗教的領域に属する「魂」の問題であることは、語り手による地の文ではなく、リュエデゲール自身の言葉の内に描かれる。「それに偽りはありません。高貴なる婦人よ、私は貴方に名誉も命もなげうつと誓いました。しかし、魂を棄てるとは誓っておりませぬ。Daz ist âne lougen: ich swor iu, edel wîp,/daz ich durch iuch wâgte êre unde ouch den lîp./daz ich die sêle vliese, des enhân ich niht gesworn. (2150, 1-3)」

3．『哀歌』——「記憶」の発生と対象化

特性である「誠」を直接彼女の魂の救済に結びつけ、死後天国の門をくぐることを保証するものとしている。ここには、『哀歌』第一部での注釈的言説が、『ニーベルンゲンの歌』の持つ多元性を廃し、詩人の是とするキリスト教的価値体系のもとで一元的に『ニーベルンゲンの歌』に語られる物語を把握するという態度のもとなされているのを読み取ることが可能である。

ただし、『哀歌』がクリエムヒルトの復讐の動機が宗教的に正当であることをいかに主張しても、それがほぼ全ての『ニーベルンゲンの歌』の登場人物の死という結末に至ったのは否定しがたいことであり、クリエムヒルトがそれゆえに有罪であり、地獄に落ちるとの見解を取る者は、おそらく正にその点を問題視していたと考えられる。そして、クリエムヒルトに対する批判の根拠をなしているのは、復讐がクリエムヒルトの「策略」ゆえに「災い leit」となったという認識であると『哀歌』は述べているが、彼女に罪が無いという主張を説得力あるものとするには、『哀歌』の想定する受容者の間に少なからず存在したと考えられるそうした認識を否定し、復讐を「災い」へと発展せしめた「真」の要因を明らかにする必要が生じる。すなわち、『哀歌』の詩人が意図する、クリエムヒルトの復讐が正当なものであり、非難の対象とするべきものでないことを受容者に対して示すためには、復讐の動機である「誠」の正当性を示すとともに、復讐が結果として「災い」に発展した別の理由を挙げる必要があったと考えられる。そして『哀歌』は、クリエムヒルトの復讐が「災い」に終わったことについて、その理由を四点にわたって挙げ、それを「災い」を招いた原因として論理付けることで、クリエムヒルト個人には責任が無いことを示そうとしている。以下にそれぞれの説明を検証し、『哀歌』が示す『ニーベルンゲンの歌』の物語に対しての「解釈」を検証する。

まず一つ目として、『哀歌』の詩人は、ブルグントの者たちの「思い上がり übermuot[228]」を指摘する。このブルグントの者たちの「思い上がり」とは、具体的にはクリエムヒルトの復讐心が自分達に向けられていることを知り、戦いを予測しつつも自らの力を恃み、エッツェルに事情を隠しておいた事を指しており、それが彼らの死の回避を不可能にしてしまったことを、語り手の言葉およびエッ

---

[228]「übermuot」は「思い上がり」というネガティヴなものと、「意気軒昂たる」というポジティヴな意味との二つの意味がある。この二義性については、この後で考察対象とするが、この箇所では「ありえた」平和的解決を妨げた原因として、明らかに否定的な意味で用いられている。

ツェルの台詞を通して『哀歌』の詩人は指摘する[229]。

> der Etzeln hete kunt getân
> von êrste diu rehten maere,
> sô het er die starken swaere
> harte lîhteclîch erwant.
> die von Burgonden lant
> liezenz durch ir übermuot.　　　　　　　　　(v. 284-289)

初めからエッツェルに本当のなりゆきを伝えていれば、凄まじい苦難は簡単に避けることができたでしょう。ブルグントの国の者たちは、自分達の思い上がりによって、それを放っておいたのです。

> daz si daz verdagten mich,
> daz kom von ir übermuot.
> ich hete daz vil wol behuot,
> daz hie iht geschehen waere.　　　　　　　　(v. 912-915)

彼らがわし（エッツェル）にそのことを黙っていたのは、彼らの思い上がりによるものだ。ここで何も起こらないよう、わしは防ぎ立てすることもできたのに。

---

[229] 「思いあがり」が戦いを不可避にしたとの認識は、『哀歌』独自のものではない。『ニーベルンゲンの歌』ですでに「思い上がり」ゆえにエッツェルに真相が告げられず、もしそうでなければ後の戦いは防ぐことができたという見解が語り手により述べられている（「いかにひどく、また激しくクリエムヒルトがハゲネに敵対していたとしても、誰かエッツェルに事の真相を告げていたならば、彼はこののちに起こってしまったことをよく処置できたでしょうに。彼らのひどく凄まじい思い上がりゆえに、彼らのうちだれもエッツェルにそのことを言わなかったのです。Swie grimme und swie starke si in vient waere,/het iemen gesaget Etzeln diu rehten maere,/er het' wol understanden daz doch sît dâ geschach,/durch ir vil starken übermuot ir deheiner ims verjach. (1865)」。しかし、この『ニーベルンゲンの歌』での「思い上がり」はハゲネのみでなくクリエムヒルトのものでもあるが、『哀歌』はブルグントの者たちおよびハゲネにのみに「思い上がり」の悪徳を関連付けている。Vgl. Lienert (Kommentar), S. 368f. Stellenkommentar zu 284-294.

3. 『哀歌』――「記憶」の発生と対象化

『ニーベルンゲンの歌』で描かれた結末は、エッツェルが事情を知っていれば回避可能であったであろうとの見解は、他の箇所でも幾度となく述べられる[230]。これを通し、受容者にはクリエムヒルトによる復讐の顛末が異なったものであり得た可能性を印象付け、詩節四行目の「予言」などを通して、すでに成り行きが決定している回避不可能な宿命という、『ニーベルンゲンの歌』の物語に対する印象を『哀歌』の詩人は拭い去る[231]。その上で、その可能性を閉ざしてしまったのが、エッツェルに事情を告げなかったブルグントの者たちの「思い上がり」であると指摘する。ブルグントの者たちの死が、自らの「思い上がり」の結果であるとしてその責任を彼ら自身に帰すことにより、クリエムヒルトに関しては復讐の結果への免責がなされているのである。

また、ブルグントの者たちのうちでも、とりわけ他ならぬシーフリト暗殺の下手人であるハゲネに関しては、この「思い上がり」が枕詞のように付けられる。そして、彼の「思い上がり」こそが、クリエムヒルトが復讐を企てざるを得ないまでに追い込んだとの解釈を、『哀歌』の詩人は披露する。

> ez het wider ir hulden
> geworben alsô sêre
> Hagen der übermüete hêre,
> daz siz lâzen niht enkunde,
> sine müeste bî der stunde
> rechen allez, daz ir getân was.　　　　　　　　(v. 228-233)

> 思い上がったハゲネ殿は、余りに彼女の好意を蔑ろにしたために、彼女は自分になされたこと全てに、あの時復讐せずにはいられなかったのです。

彼女は自らのシーフリトへの「誠」ゆえに復讐をなしたのであるが、それをのっぴきならぬものとしたのが他ならぬ「思い上が」ったハゲネであった、と詩人

---

[230] 例えば「ああ、彼らの妹であるクリエムヒルトが、そこまでの敵意を持っていた、と誰もわしに本当のところを話してくれなかったとは！ (v. 944-947)」、「わしにそのことが事前にわかっていれば、彼らは皆生きながらえていたのに！ (v. 1214-1215)」など。

[231] Werli (1972), S. 97/Müller (1998), S. 158-159. ここには、『ニーベルンゲンの歌』と『哀歌』の物語の素材に対する根本的な姿勢の相違が認められる。

は語る。すなわち、このハゲネを初めとするブルグントの者たちの「思い上がり」は、クリエムヒルトの復讐心の発端であり、そして同時にその復讐を大規模な戦いとそれに巻き込まれたもの皆の死へと発展させた原因でもあるとされているのである。

　二つ目の理由として示されているのは、ブルグントの者たちの間の結束である。この理由について述べるに当たり、『哀歌』はまずクリエムヒルトの復讐における「本当の意図」を示し、そしてそれが実現せず、「災い」へと発展してしまった顛末を説明している。

> Diu enhetes niht alsô gedâht.
> si het ez gerne dar zu brâht,
> dô siz prüeven began,
> daz niwan der eine man
> den lîp hete verlorn.
> sô waere ir swaere und ir zorn
> dâ mit gar verswunden.
> sône waere ouch zu den stunden
> dâ niemen arges niht getân.
> dône wolden in slahen lân
> sîne herren, mit den er dar was komen.
> des wart in allen samt benomen
> daz leben (…).　　　　　　　　　　(B: 259-271, C: 585-597)

クリエムヒルトはそうしたつもりではありませんでした。この計画を始めたときには、ただ一人の男（ハゲネ）が命を落とすようにするつもりだったのです。そうすれば、彼女の苦しみと怒りは全て消え去ったはずですし、あの時誰にも悪いことは起こらなかったはずでした。しかしハゲネと共に来た彼の主君たちは、ハゲネを死なせようとはせず、それゆえにみな命を失うこととなったのです（以下略）。

　シーフリトに対するクリエムヒルトの「誠」から発した復讐は、対象をハゲネ一人に絞ったものであり、それが結果としてブルグントとフン双方のほとんどの

者たちを死に至らしめたのは、彼女の本意ではなかったとして、語り手はクリエムヒルトを擁護する[232]。事は彼女の思うようには進まず、ブルグントの者たちはハゲネを見捨てずに護ろうとし、そうしたブルグントの者たち同士の結束が原因で、クリエムヒルトの意に反し、「みな命を失うことになった」結末に至ったという形で、『哀歌』の詩人はクリエムヒルトの復讐の顛末を論理付ける。ここで言及されているブルグントの者たちの結束とは、前述したようにクリエムヒルトのシーフリトに対する個的なそれと表裏をなす形で「誠」という概念を形作っている、封建君臣間の人間同士の関係を保証する社会的「誠」を背景としたものであり、それは封建的社会秩序の根幹を成すものに他ならない。すなわち、ハゲネというただ一人シーフリトの暗殺に関して咎のある「罪人」を巡って、個人的なものと社会的なものという二つの「誠」が相対した結果として、クリエムヒルトの復讐は「災い」に至ったとの解釈を、『哀歌』は示しているのである。

　この箇所に見える二つの「誠」の対比からは、『ニーベルンゲンの歌』と『哀歌』の物語を把握する上での根本的な視点の差が見えてくる。『ニーベルンゲンの歌』の中心はあくまでも共同体――それは封建的国家的なものから、血縁的なものまで及ぶ――であり、その秩序に対して有益であるか害をなすかという判断において、社会的「誠」と個的な「誠」は対照的に描かれている。そこでは、主に主従関係への忠実さという形で表現される社会的「誠」を遵守するハゲネはむしろ肯定的に描かれてゆくようになり、それに対してクリエムヒルトの「誠」は、社会的なものから亡夫シーフリトのみに対する個的なものに移行すると、ブルグントの社会秩序を脅かすものへ変容する。その結果としてグンテルやハゲネに対する敵意を持ったクリエムヒルトの復讐心は、彼女をディエトリーヒが「鬼女」と呼んだように、否定的なニュアンスを持つものへと傾いていった。そうしたクリエムヒルトに対するネガティヴなイメージが一般に広まっていたことは、例えば『ヴォルムスの薔薇園』などの叙事詩に描かれたクリエムヒルト像などにも確認することが出来る[233]。

　それに対し『哀歌』は、善悪の判断の根拠を社会的なものではなく個人に置き、クリエムヒルトの亡夫への個人的な「誠」を魂の救済に結びつく宗教的な美徳と

---

[232] Cヴァージョンでは、「彼女はそうするつもりはありませんでした」と述べる直前に、「今こそ、本当のところを知ってください nu wizzet vür die wârheit（C: 584）」との一文が加えられており、こうした『哀歌』の傾向がより強められている。

してとらえ[234]、完全に肯定されるべきものとする一方で、ブルグントの者たちの間をつなぐ社会的な「誠」を、逆に事態を悪化させた理由とする。個人的な「誠」概念を神の恩寵に結び付けて社会的な「誠」概念に優越させた点には、宗教的概念としての個人的な「誠」を、世俗的概念としての「誠」に対して上位のものとしてとらえる『哀歌』の詩人の認識が反映されている。このことは、第一章でも言及したように俗語文学および口承文芸の中心である宮廷と、ラテン語による書記文芸の中心である教会・修道院の間の論理の差が表面化しているのと同時に、世俗の「誤った」解釈に対して修正を施すという意志の表れでもあると思われる。

そして三点目の理由として、『哀歌』の語り手はブルグントの者たちが命を落としたのは「罪 sünde/schuld」の報いを受けた結果に過ぎないとする。

    daz Kriemhilde golt rôt
    haten si ze Rîne lâzen.
    diu wîle sî verwâzen,
    daz sis ie gewunnen künde.
    ich waene, si ir alten sünde
    engulten und niht mêre.   (v. 192-197)

クリエムヒルトの煌めく黄金を、彼らはラインのもとにおいてきました。彼らがそれを我が物とした日こそ、呪われてあれ！私が思うに、彼らは昔日の罪の報いを受けたにすぎないのです。

    Swie gerne in gedienet haete,

---

233)『ヴォルムスの薔薇園 Rosengarten zu Worms』は13世紀前半に成立したと推測されている、ディエトリーヒ叙事詩群に属する作品である。『ニーベルンゲンの歌』と素材の伝統において強いつながりを持つこの作品は、クリエムヒルトの婚約者であるシーフリトを含んだブルグントの勇士たちと、ディエトリーヒ配下の勇士たちの戦いがその中心をなしているが、ここではまさに「思い上がった」、そしてそれゆえに制裁を受けるクリエムヒルト像が描かれている。Vgl. Heinzle (1978), S. 250ff.
234) 婚姻関係を宗教的に神聖なものと見て、血縁や社会的関係に優先させるという価値判断は、元々は自分の兄弟の仇を再婚した夫に討つという物語であったのが、夫の仇を自分の兄弟に討つという変化を見せた『ニーベルンゲンの歌』の素材自体の姿と重なり、この変更が宗教的立場からなされたものであることを裏付けているともいえるだろう。

und ez vil gerne taete,
Etzel der künec rîche,
dem ouch si billîche
dienest solden bringen,
dô muos in misselingen
von einen alten schulden. (v. 221-227)

偉大なる王エッツェルが、彼ら（ブルグントの者達）をいかによくもてなし、親しげに迎えようとも——彼らもそれに相応に答えるべきだったのですが——昔日の罪ゆえに災いが起こったのです。

　ブムケの指摘している通り、『哀歌』の語り手のいうブルグントの者たちの背負った「昔日の罪」とは、シーフリトの持つ財産欲しさに、彼を暗殺したことである[235]。このシーフリト暗殺の動機に対する『哀歌』の解釈は、『ニーベルンゲンの歌』第870詩節目の記述に対応するものとなっている[236]。この宝への欲求は、聖職者の視点から『ニーベルンゲンの歌』への注釈的言説を述べる『哀歌』の詩人にとっては、七つの大罪の一つ、「強欲 avaritia」として解釈されうるものであることは明白である。それゆえに詩人はクリエムヒルトによる復讐とは異なり、「強欲」に導かれて行われたシーフリト暗殺に一片の正当性も認めず、「強欲」ゆえにシーフリト暗殺は「罪」となり、ブルグントの者たちを破滅へと導いたとして『ニーベルンゲンの歌』の結末を説明しているのである。この『哀歌』の詩人

---

[235] Bumke (1996), S. 382. auch Anm. 345.
[236] 「このことをさらに追及するものはだれもいませんでしたが、ただ一人ハゲネは勇士グンテルに対し、シーフリトが亡きものとなれば、多くの国が彼の支配下に入ることを始終進言したのです。勇士はそのために憂鬱な気分になってきました Sin gevolgete niemen, niwan daz Hagene/geriet in allen zîten Gunteher dem degene,/ob Sîfrit niht enlebte, sô wurde im undertân/vil der künege lande. der helt des trûren began.」。シーフリト暗殺のモチーフとしての権力及び財産への欲求は、ここで初めて登場する。これはブリュンヒルトへの侮辱と共に、『ニーベルンゲンの歌』でのシーフリト暗殺の二大動機と考えられている。宝への欲求というモチーフは歌謡エッダやヴェルスンガ・サガにその形を留めている古い段階では重きを占めたものであった。『ニーベルンゲンの歌』では副次的なものにされているものの、詩人はこのモチーフ自体を作品世界から消し去ることには成功していない。Vgl. Grosse (Kommentar), S. 819.; de Boor/Wisniewski (Hrsg.), S. 146.

の示す論理からは、ブルグントの者たちの破滅は「神の一撃 gotes slac[237]」による、宗教的懲罰の色彩が強いものとして言及されていることも指摘しておく。

　ただし、『ニーベルンゲンの歌』ですでに明確に述べられているように、宝への欲求を持ってシーフリト暗殺を実行に移したのは、グンテルとハゲネのみである。しかし『ニーベルンゲンの歌』の結末では、ブルグントのもう二人の王、ゲールノートとギーゼルヘルも命を失うこととなった。『哀歌』は、彼ら——とりわけ全編を通してクリエムヒルトと友好関係にあったギーゼルヘル——は、シーフリト暗殺に関しては「罪」が無いことを明言する。

> daz was nôt über nôt,
> daz den Gîselhêres tôt
> niemen kunde erwenden,
> der mit râte noch mit henden
> nie dehein schult gewan
> an Sîfrît Kriemhilden man.　　　　　　　　　　(v. 477-482)

何者もギーゼルヘルの死を避けることができなかったのは、この上ない災いでした。彼は言葉においても行為においても、クリエムヒルトの夫シーフリトのことに関して、いかなる罪も犯してはいなかったのです。

> man klagt ouch Gêrnôten,
> den si dâ sâhen tôten
> von der Rüedegêres hant.
> der helt ûz Burgonden lant
> dâ vil jâmerlîche lac,
> der mit êren manegen tac
> het gelebt unz an die stunde.
> got im niht engunde
> belîben in der schulde.　　　　　　　　　　　(v. 483-491)

---

[237] ヒルデブラントの言葉。「彼らは思い上がり故に、神の一撃を受けねばならなかったのだ。dô muosen si den gotes slac/lîden durch ir übermuot. (v. 1276f.)」

3. 『哀歌』——「記憶」の発生と対象化

人はまた、ゲールノートがリュエデゲールの手にかかり死んでいるのを目にして、嘆き哀しみました。そこに痛ましく横たわるブルグントの勇士は、幾日もの誉れに満ちた日々を、あの時に至るまで生きていたのです。神は彼が罪にまみれたままに生きることを望まれませんでした。

ギーゼルヘルはシーフリトの暗殺に関して完全に「無罪」であるとされ、またゲールノートに関しても同様に「神は彼が罪にまみれたままに生きることを望まれませんでした」と、やはり罪のないことが確認されている[238]。これらの発言は『哀歌』の詩人の見解を直接的に反映するものであり、彼ら二人の死に関してはブルグントの者たちの「昔日の罪」がその理由たりえないとの見解が示されているため、ブルグントの者たちの「昔日の罪」が彼らを死に導いたという論理はゲールノートとギーゼルヘルには当てはまらず、その限りでは彼らが命を落としたことに対してクリエムヒルトは責任を免れ得ない。この点を『哀歌』Cヴァージョンの編者はやはり問題と見たのか、再び彼らの死の原因をブルグントの者たちの間の絆と関連付けている。

> des enkunder niht geniezen,
> wande si ein ander niht enliezen.
> des muosen si ersterben
> und in der schult verderben.　　　　　　　　　　(C: 457-460)

それ[239]は何の役にも立ちませんでした。というのも、彼らブルグントの者たちは、お互いを見放さなかったからです。そのために彼らは死に、罪にまみれて破滅することとなったのです。

『哀歌』Cヴァージョンは、グンテルおよびハゲネの負う「昔日の罪」が、社会的「誠」を通して構築される封建的秩序とそれによる君臣間の絆ゆえに、「罪

---

[238] 彼ら二人への好意的な描写に続くのは、グンテルに対する批判的な、彼がシーフリトの暗殺に関与していたことを示す描写であり(「グンテルは自分の妹の好意を得ることはできませんでした。そうです、彼は妹の初めの夫シーフリトが死ぬべきだとしたのですから。sîner swester hulde/kunde Gunthêr niht erwerben. jâ riet er, daz ersterben/Sivrît muose, ir êrster man. (v. 492-495)」)、同じ「ブルグントの者」ではあっても、ギーゼルヘル・ゲールノートとグンテルの間には、シーフリト暗殺の「罪」に関しては一線が引かれているのは明らかである。
[239] ギーゼルヘルがシーフリトの暗殺に関して罪を負っていないこと。

の無い」ギーゼルヘルおよびゲールノートをも巻き込み、その結果としてこの二人も「罪にまみれて in der schult」破滅せねばならなかったとの説明を行っているのである——すなわち本来ならばハゲネ及びグンテルのみが背負うべき「昔日の罪」が、いわば連帯責任としてブルグントの者たち皆を破滅へと導いたという視点を『哀歌』Cヴァージョンは提供している。そこでは、ギーゼルヘルとゲールノートは個人としては罪を免れており、その観点から言えば命を落とす必然性はないのだが、社会的存在として「昔日の罪」の報いの対象となったとの解釈がなされているのである。

　これまでの検証から、クリエムヒルトの復讐が「災い」へと至ることになってしまった根本的な原因として挙げられている、復讐の対象であるハゲネを他のブルグントの者たちから引き離すことができなかった理由について、ブルグントの者たちの封建的「誠」に基づく君臣間の結束に加え、『哀歌』はもう一つ、四つ目の興味深い理由を挙げている。以下の箇所はゲールノートの死を嘆くエッツェルの台詞であるが、そこではクリエムヒルトが「女性」であり、それゆえの愚かさ、能力の不足のために、彼女の復讐が罪の無いゲールノートやギーゼルヘルをも巻き込んでしまった、という見解が示されている。

> ez het wol gescheiden
> Kriemhilt Hagenen von in drîn,
> niwan daz lützel wîbes sin
> die lenge vür die spannen gât.
> an ir tumben herzen rât
> sô hânt si sinne mêre
> danne iemen, der ûf êre
> sinne hurten kunde.
> daz ist an dirre stunde
> an mîner triutinne schîn,
> daz si sô wîse wolde sîn,
> daz mit sinne ein lîhter man
> het ein bezzerz getân.
> 　　　　　　　　　　　　　(v. 1908-1920)

3．『哀歌』――「記憶」の発生と対象化

クリエムヒルトはハゲネを他の三人から、容易く引き離すことができただろうに、ただ女性の分別というものが一指尺ほどのものに過ぎなかっただけなのだ。その愚かな心に唆されて、女性たちは自分たちが誉れへと分別を向ける男よりもさらに分別を持っていると思っている。わしの妻において今このとき明らかとなったのは、妻は賢くあろうとしたが、分別を持ったとるに足らない男の方が、ましなことをしたであろうということだ。

ハゲネを他のブルグントの者たちから離しておくことが出来なかった理由を、女性の分別の足りなさに求めるエッツェルの言葉を、ベネヴィッツ、ブムケおよびリーネルトは、クリエムヒルトに対する批判ととらえているが[240]、ここでの批判の直接の対象となっているのはクリエムヒルトその人ではない。クリエムヒルトという個人において「今このとき明らかとなった」のは、女性という存在一般の持つとされる愚かしさであり、ここでクリエムヒルトは個的な存在ではなく、女性一般の中へと解消されている。それゆえに、女性という存在が原罪的に持つ「愚かしさ」をクリエムヒルトという個人の行為の原因とすることで、『哀歌』の詩人はむしろ――これまでのクリエムヒルト擁護の姿勢からは当然のことだが――彼女の免罪を試みていると考えることができるだろう。詩人の構想する、クリエムヒルトの意志とそれに反する結果、そしてそれを導いたのが「女性」一般の愚かさ、という図式が象徴的に顕れているのが、以下の箇所である。

> swie gerne in gescheiden het her dan
> Kriemhilt diu künegîn,
> des enkunde et niht gesîn.
> Dô lie siz gên, als ez mohte,
> wan ir niht anderes tohte.
> daz kom von krankem sinne.　　　　　　　　　　(v. 237-242)

---

[240] Bennewitz (2003), S. 29f.; Bumke (1996), S. 377f.; Lienert (Kommentar), S. 417, Stellenkommentar zu 1908-1920. ここでリーネルトは、エッツェルの見解が「妻への愛にも関わらず」、ハゲネを隔離することができなかった「罪」をブルグントの者たちに着せるという『哀歌』の語り手の示す傾向とは逆行しているのを注目すべきこととして言及しているが、このエッツェルの台詞に表れているのはまさに聖職者的価値観に則った女性とは本質的に愚かな存在であるという認識である。エッツェルのクリエムヒルトに対する「愛」をこのエッツェルの台詞に関する考察の根拠とするのは、あまりに現代的倫理観に則ったものであり、適切ではないと思われる。

いかに王妃クリエムヒルトが彼(ハゲネ)を他のものから離しておきたかったにしろ、それは不可能でした。そこで彼女は事をなるがままにまかせたのです——彼女には他にはなす術がありませんでした。これも、分別の弱さゆえでした。

　以上、クリエムヒルトの復讐が結果としてブルグントの者たちに留まらず、エッツェルの親族であるフンの王弟ブレーデル、辺境伯リュエデゲールを初めとする家臣たち、フンの宮廷に亡命中のディエトリーヒ・フォン・ベルンの臣下といった多くの勇士達をすべて巻き込み、復讐の契機となった前夫シーフリトの暗殺とは無関係の多くのものたちが命を失うこととなったことをクリエムヒルトの「罪」とみる、『哀歌』の想定した受容者の間で少なからず支持されていたと思われる見解に対し、どのように『哀歌』の詩人がクリエムヒルトの免罪を試み、「災い」の原因を彼女以外の要因に求めてきたかを、四つの点を中心に検証してきた。
　『哀歌』の詩人は、クリエムヒルトのシーフリトへの個的な「誠」は魂の救済に結びつく価値を持つ美徳であり、それに基づく彼女の復讐は正当なものであるとの認識を大前提として、敵意を知りながらそれをエッツェルに知らせるのを怠ったブルグントの者たちの「思い上がり」や、「強欲」に導かれてシーフリトを暗殺したというブルグントの者たちを覆う「昔日の罪」、そしてただ一人クリエムヒルトが復讐の対象としたハゲネを見捨てず、結果的に事態が拡大および悪化する原因となった封建的主従間の「誠」、そしてクリエムヒルトのやり方の拙さ自体は批判しつつも[241]、その原因を彼女という個人にではなく女性一般の「愚かさ」に解消するなど、クリエムヒルトとその復讐を「誠」を根拠として絶対的に正当化するのと同時に相対的に免罪し、『ニーベルンゲンの歌』の物語の経緯をある一貫した視線のもと再構成する。その際に、これらのクリエムヒルト擁護のための理由として挙げられている要因は、そのまま何ゆえにクリエムヒルトの復讐がこのような結果に至ったかという疑問に対する、『哀歌』の詩人の視点からの論理的な説明ともなっているのである。クリエムヒルトと対立するものたちの側にある問題点を指摘することで、『哀歌』はクリエムヒルトの「策略」ゆえ

---

[241] 『哀歌』では、クリエムヒルトに唆されたブレーデルが拙いやり方で戦いを始めたことが言及されている「彼(ブレーデル)はある婦人の指示のままに、拙いやり方で事を始めてしまいました。er vienc ez bôslîchen an/durch eines wîbes lêre (v. 334-335)」。

に復讐はほぼ全ての登場人物たちの死を招いたという見解を否定し、クリエムヒルトの復讐自体の正当化を試みていると考えられる。

『哀歌』は、クリエムヒルトと彼女の復讐を擁護するという首尾一貫した姿勢のもと、『ニーベルンゲンの歌』で語られた物語の展開の過程を論理的に受容者に提示する。その新たな軸にそって語りなおされた物語でのクリエムヒルトは、もはや「貴婦人」と「鬼女」という両面性を持つ存在ではなく、一貫して理想化された「誠実な貴婦人」であり、また彼女の復讐の対象たるハゲネは、「思い上がった悪魔」という、絶対悪を象徴する存在として描かれる。登場人物を一定の価値基準に従って善悪の二極間に振り分ける『哀歌』の語りの視点は、特定の視点からの個的な注釈を行わず、語られたことを聞いたままに語るという、『ニーベルンゲンの歌』が継承し、語り手を通して演出している口承文芸の姿勢の対極にあるものである。『哀歌』は、「古の物語」として口承されてきた共同体の記憶を、現在的な視点からある特定の意図を持って解釈し、『ニーベルンゲンの歌』の結末の原因をクリエムヒルトの復讐の必然的な結果ではないことを示すとともに、ブルグントの者たちが命を落としたことを宗教的な罪に基づく神罰の結果として示し、キリスト教的な論理のもと、「古の物語」の持つ意味を再構成しているのである。

このように、聖職者的な価値観を骨子として、曖昧さを排除した単純な善悪二元論的な地平に「古の物語」を展開させてみせた『哀歌』だが、そのなかにあって唯一の例外として注目されるのが、クリエムヒルトが「誠」を示す対象である、シーフリトその人である。クリエムヒルトの彼に対する「誠」が、一義的に肯定的なものとして描かれる一方で、シーフリトの描き方は『哀歌』の異ヴァージョンの間で大きな違いを見せている。

3.1.2. シーフリトの「übermuot」――BヴァージョンとCヴァージョンの差異にみる「古の物語」への視線

19世紀以降の見解に反し、ブムケは『哀歌』BヴァージョンとCヴァージョンが、テキストクリティックの観点からどちらが他方に拠っている、という関係ではなく、同等の価値を持つ、平行関係にあるヴァージョン同士であるとの見解を示している[242]。この見解に従えば、『哀歌』BヴァージョンとCヴァージョン

の違いには、『ニーベルンゲンの歌』の伝える「古の物語」に関し、どのような点を同時代の受容者が問題と見て議論の対象としたか、またその論点に対してどのような見方があったかが示されているといって良いだろう。そうした両ヴァージョンの間で、『ニーベルンゲンの歌』の物語や人物像に対する見解に関してほとんど唯一の、そして決定的な違いを見せるのが、クリエムヒルトの復讐を喚起したシーフリトの暗殺の原因についての記述である。このことは、シーフリトの暗殺に関する見解が一定のコンセンサスを形成しておらず、解釈上の揺れが存在していたことを示唆している。

『哀歌』では冒頭のブルグントの王族の紹介に続いてシーフリトの暗殺についての言及がなされるが、BヴァージョンとCヴァージョンでは、シーフリト暗殺の原因について、正反対の見解が示されている。Bヴァージョンでは「彼自身、己の übermuot によって死ぬこととなったのです und daz er selbe den tôt/gewan von sîner übermuot (B: 38-39)」として、シーフリトは自身の内に暗殺される理由を持っていたとされる。それに対し、Cヴァージョンでは「彼自身、他の者たちの übermuot によって死ぬこととなったのです und daz er selbe daz tôt / gewan von ander liute übermuot (C: 48-49)」として、彼の死の原因を他者——これはハゲネおよびグンテルを指す——に帰している。二つの異なるシーフリトの死に関する見解を検証する上で、鍵になるのがこの「übermuot」という概念であることに関しては論を待たない。これまでに確認したように、übermuot とは『哀歌』においてはクリエムヒルトの擁護とハゲネの断罪という文脈でしばしば言及される「思い上がり」というネガティブな概念だが、まさにシーフリトの死の原因としてクリエムヒルトの復讐の意志を直接的に導き、未曽有の惨劇をもたらした「思い上がり」が、Cヴァージョンではクリエムヒルトの「誠」の対象であるシーフリトに言われていることは、どう解釈するべきか。今一度『哀歌』の詩人が「übermuot」という概念をいかに理解し、作品のキーワードとしているのかを確認したい。以下に、ミュラーによる論を手がかりに、この箇所で言及され、『哀歌』BヴァージョンとCヴァージョンの見解を分かつ「übermuot」という概念を概観する。

中高ドイツ語における「übermuot」は、しばしば七つの大罪の一つであるラ

---

242) Bumke (1996), S. 354.

テン語の神学的概念、「傲慢 superbia」の翻訳語とみなされる。そのため、「übermuot」の意味するところは神学的なものに傾き、ルシファーの原罪と同一視される——すなわち一義的にネガティヴなものとして理解されるという結果になっている。しかし、中世初期のラテン語による年代記文学においてさえ、superbia という概念によって厳然と区別されているはずの肯定的な行為と否定的な行為の境界は曖昧であり、そこで示される「superbia/übermuot」の持つ意味論的な多重性において、教会的な評価体系と封建的な評価体系の差異が露になっているとミュラーは指摘する[243]。その際に、聖職者が罪深い「思い上がり」として糾弾する行為が、貴族階級にとって事情によっては為政者としての能力の証明としてポジティヴなものとして受け止められている例を挙げ、「übermuot」がネガティヴな意味をもつ「思い上がり」であるかどうかは、どの視点からこの概念を判断するかに依存する、相対的な問題であるとしている。

さらにミュラーは、この「superbia/übermuot」が俗語へと移行する際に、多くの場合は宗教的意味の影響下にあるために否定的な色彩を帯びるものの、神学的な背景が薄まり、「道徳上中立的な、生命力と生の力に関する熱狂的な感情」という意味合いを持つようになること、そしてこうした感情は、己の強さを認識し、他者の力量は気に留める必要はないと信じる「自尊心 Selbstgefühl」として英雄的存在の本質をなすものであり、また自尊心を「übermuot」として規定するのは当人ではなく、その自尊心によって威嚇される、潜在的な敵対者からの見方であることを指摘する[244]。この「übermuot」の持つニュアンスの二義性を考慮に入れて、以下に『哀歌』B ヴァージョンと C ヴァージョンのシーフリトの死に関わる「übermuot」の検証と、それをもとに両ヴァージョンでのシーフリトに対する評価の相違に関する考察を行う。

この問題を扱うにあたり、まずシーフリトの死を他者の「übermuot」に帰する、『哀歌』C ヴァージョンでのシーフリト描写に注目したい。このヴァージョンでは、先の「シーフリトは他の者たちの übermuot によって命を落としたのです」との言葉に続き、シーフリトは宮廷騎士として極めて理想的な人物であったことが述べられ、間接的にシーフリト自身には暗殺される理由のないことが改めて言明さ

---

243) Müller (1998), S. 237.
244) Ebd., S. 238.

れている。なお、この箇所が B ヴァージョンには存在しないことは、B ヴァージョンと C ヴァージョンでのシーフリト像を検証する上で、大きな意味を持つ。

> alsô noch vil maniger tuot,
> der guoten liuten traget haz,
> ern weiz selbe umbe waz.
> Des entet Sîvrît iedoch niht.
> diz maere im grôzer tugende giht,
> daz er diemüetec waere
> und alles valsches laere.
> man het in liep, daz was reht.
> (……)
> er was ouch ein vil starke man,
> küene und vil wolgetân.
> er hete grôzer tugende hort.　　　　　　　　(C: 50-57, 61-63)

　何故かわからぬまま、善良な人を嫌うということを多くの者たちは未だに行います。しかし、シーフリトにはこのことは当てはまりません。彼は大いなる徳を持つと伝えられ、また謙虚であり、一つも欠点を持ちませんでした。人々は彼に好意を持ったし、またそれは相応しいことでありました。(中略) 彼はまた非常に強く、見目麗しく、大いなる徳という宝を持っていました。

　ここでシーフリトについて言われる「徳 tugent」や「謙虚さ diemüete」、「見目麗しさ wolgetân」は、宮廷社会において理想的騎士の具えるべき最重要かつそうした存在には典型的な特性であり[245]、また『哀歌』ではシーフリトに関する描写は多くなく、ここがほとんど唯一の彼の人物像を述べる箇所となっているために、C ヴァージョンの改訂者がシーフリトをどのような形象として理解し、また造形しているかがこの描写には端的に表出していると考えてよいだろう。すなわち『哀歌』C ヴァージョンにおいては、『ニーベルンゲンの歌』では宮廷的徳目に律せられるものとしてではあってもシーフリトの内部に存在した英雄とし

---

[245] Vgl. Bumke (2002), S. 416ff.

ての特性には全く言及されることなく、彼は宮廷社会での理想を体現する人物へと換骨奪胎され、それゆえに徹頭徹尾肯定的な存在として描かれているのである。とりわけ、騎士の宗教的徳目として最高のものとされる「謙虚さ」は、まさに「思い上がり」というネガティヴな「übermuot」と対をなす概念であり、そのため彼を殺した者たちは、理想的な存在に害をなしたものとして、否定的に記述される。この箇所で、シーフリトを宮廷的徳目をみな具えた理想的騎士として描くことは、ブルグントの者たちによるシーフリト暗殺が不条理であることを受容者に強く印象付けるものであり、彼らに対するクリエムヒルトの復讐の正当性を保証するとともに、Cヴァージョンの「他の者たち」の「übermuot」が、単純に否定的な、神学上の罪として解される「思い上がり」の意味で使われていることの証左ともなっている。

このように理想的な宮廷騎士としてシーフリトを描くCヴァージョンに対し、Bヴァージョンにはシーフリトに関する描写はほとんどない。クリエムヒルトの初めの夫となったこと、そしてその結婚が原因となって後に多くの勇士たちが命を落としたことが述べられているのみであり、その箇所では「シーフリト Sivrit」の名前すら出てこない[246]。そして彼が暗殺された原因は彼自身の「übermuot」にあるとして、シーフリトの死の原因を彼自身の内にある要素としての「übermuot」に求めている。これはBヴァージョンがクリエムヒルトの復讐の正当性の根拠をなしている、彼女の「誠」の対象であるシーフリトを否定的に描いているということであり、それは『哀歌』の基本的な傾向である、クリエムヒルト擁護とハゲネへの批判という方向性からするといかにも不適切であるように思われるため、ここで言及されているシーフリトの「übermuot」は、Cヴァージョンでハゲネやブルグントの者たちに対して使われている、神学的な意味背景を持った「思い上がり」とは異なる意味で使われているとブムケは解釈している[247]。

しかし、BヴァージョンとCヴァージョンで「übermuot」概念の指示内容が異なるという事があり得るのか、そしてもしブムケの見方を採るのであれば、Bヴァージョンでシーフリトが命を落とした原因とされる「übermuot」にはいか

---

[246] Bヴァージョン35-39詩行。Bヴァージョンでは101詩行目で初めてシーフリトの名が出てくる。
[247] Bumke (1996), S. 385.

なる意味が想定され、そこにはBヴァージョンでのシーフリト及び彼の暗殺に対する、どのような視点が反映されているのか。このことを考察するに当たり、まず『ニーベルンゲンの歌』でシーフリトの「übermuot」が描かれている場面を検証する。

『ニーベルンゲンの歌』でシーフリトの「übermuot」について言及されるのは、ヴォルムスの宮廷にシーフリトが到着し、国や城を力でもって奪い取ると宣言してメッツのオルトウィーンに非難される箇所、そしてクリエムヒルトがハゲネを前に彼の身を案じる場面の二箇所のみである[248]。この二箇所でのシーフリトの「übermuot」の記述に関して留意すべきなのは、『哀歌』ではシーフリト暗殺の原因となったのが、シーフリト自身のものであれ「その他の者たち」、すなわちブルグントの者たちのものでもあれ、語り手自身がそれを「übermuot」として規定しているのに対し、『ニーベルンゲンの歌』の上記の箇所では、詩人はシーフリトの「übermuot」として示される要素を、作中の登場人物の口を借りる形で示している点である。これは、『ニーベルンゲンの歌』の詩人がこうしたシーフリトの特性である「übermuot」を、特定の意味内容に固定することを回避していることを示していると考えてよいだろう。それでは、オルトウィーン及びクリエムヒルトによって「übermuot」と表現されるものは、『哀歌』Bヴァージョンでシーフリトが命を落とす原因として挙げられる「übermuot」とは、いかな

---

248) これに準ずる表現として、『ニーベルンゲンの歌』の物語の中で最も重要な場面である、シーフリトによるプリュンヒルトの指環と帯の強奪の際の描写が挙げられる。ここでは、シーフリトの行為に関して、「彼がそうしたのは、彼のhôher muotによるのかどうか、私には分かりません ine weiz, ob er ez taete/durch sînen hôhen muot. (680, 2)」と述べられる。この「hôher muot」はやはり「übermuot」と同じく文脈によりその意味を変える概念である。それが宗教的領域で言われる場合には、「übermuot」と同様に「思い上がり」と同義の意味を持つが、宮廷的文脈では騎士の高潔さおよび社交の場での高揚した感情をあらわす（Bumke (2002), S. 427.）。『ニーベルンゲンの歌』の文脈では、デ・ボーアも指摘しているように「思い上がり」の意味で言われていると解釈するのが妥当であろう。ただし、この箇所で留意しなければならないのが、詩人は決してシーフリトがこの「思い上がり」からプリュンヒルトの指環と帯を奪ったと言明しているのではなく、あくまでも「そうかどうかはわからない」と述べるにとどめていることである。これは、まずシーフリトが「思い上がり」ゆえに指環と帯を奪ったという見解が、受容者の間に存在していたことを示唆する。それとともに、『ニーベルンゲンの歌』の詩人はその見解に言及しつつも、自らは中立的な立場を保つことにより、おそらくは伝説として広まっていたと考えられるこのモチーフに一義的な意味を与えるのを回避しているのである。註210も参照のこと。

る関係のうちにあるのか。

　一例目では、ブルグントにやってきたシーフリトがブルグントの王たちに戦いを挑み、その勝負に国と民を賭けると宣言したことに対して、ブルグントの臣の一人である内膳頭オルトウィーンが怒り、シーフリトの態度を「übermuot」として非難する。

> Ob ir und iuwer bruoder　　　　hetet niht die wer,
> und ob er danne fuorte　　　　ein ganzez küneges her,
> ich trûte wol erstrîten,　　　　daz der küene man
> diz starkez übermüeten　　　　von wâren schulden müese lân.　　（117）

> もし殿やご兄弟に防衛の備えがなかろうと、またシーフリトが一国分の軍勢を引き連れてやってこようとも、私は敢えて戦いを挑み、あの勇敢なる男がその凄まじい übermüete を当然捨て去らねばならぬようにしてやります。

　オルトウィーンの視点からすれば、シーフリトの申し出は確かに「思い上がり」という範疇に入ると見るのが自然であると考えられるが、今一度シーフリトが戦いを申し出た意図と、このオルトウィーンの非難に対するシーフリトの反応を検証すると、ここでの「übermuot」の指示内容の本質が見えてくる。

　ブルグント来訪の理由を尋ねられ、シーフリトはまずブルグントには「かつて王たるものが得たことのないような、比肩するもののない勇敢なる勇士たちが集っている」と聞き（107）、それゆえにやってきたと述べる[249]。それに続くシーフリトの言葉は、彼がそうした一見暴挙とも思える要求に出た理由について重要な示唆を与えてくれる。

> Ich bin ouch ein recke　　　　und solde krône tragen.
> ich wil daz gerne füegen,　　　daz sie von mir sagen,
> daz ich habe von rehte　　　　liute unde lant.
> dar umbe sol mîn êre　　　　und ouch mîn houbet wesen pfant.　　（109）

---

[249] ここでシーフリトの述べる来訪理由は、第21詩節での彼の青年期の記述にみられる「彼は己の膂力を試すために、数多の国へと馬を進めました durch sînes lîbes sterke/er reit in manegiu lant. (21, 3)」と合致する。ゆえに、このシーフリトの態度は、彼の青年期に象徴的に示されている彼の英雄性が発露したものとして解釈可能である。

私もまた一人の勇士であり、また王冠を戴くべきものです。そして、民と国と
　　　を統べるのも当然と人々に言われるようになりたいのです。そのために、私は
　　　栄誉と命をも賭けるつもりです。

　シーフリトがブルグントの者たちに戦いを望んだのは、自らの王としての資質を証明するのと同時に、己を「勇士 recke」として示すためであったことが、ここには示されている。「勇士」とはいう言葉はその背後に英雄伝説――「古の物語」における英雄という意味の広がりを持つ。さらにこの王と王という個人的同士の戦いの帰趨に国を委ねるというシーフリトの行為には、個的表象の背後に匿名の民衆があり、様々な出来事の連鎖が個人における状況及び個人間の抗争へと凝縮され、そこでの英雄的行為は個人的な欲求により促されるという、英雄伝説の流儀[250]が現れている。またオルトウィーンが彼に戦いを挑もうとした事に対し、シーフリトは怒りを発して「私は王であり、お前は王の臣下ではないか (118, 3)」と退けているところにも、一臣下に過ぎないオルトウィーンは戦いにおいて国を代表しえず、それゆえにシーフリトの戦いの相手たり得ないという、英雄伝説の流儀に基づく構図を読み取ることが可能である[251]。

　このシーフリトのブルグントの王に対する挑戦を動機付けているのは、まさにミュラーが英雄の本質を為すものとして解釈している、「己の強さを自負するが、他者の力量など気にする必要はないと信じる自尊心[252]」であり、こうした自尊心のもと国を賭けた戦いを挑むシーフリトは、オルトウィーンにとっては自分の属しているブルグントという国を脅かす存在に他ならない。すなわち、ここでのオルトウィーンは、宗教的視点からシーフリトの「思い上がり」を非難しているのではなく、シーフリト本人にとっては自らを英雄たらしめる「übermuot」が、オルトウィーンをはじめとするブルグントのものたちへ威嚇的に発露したために、それを自らの危機感から非難したものとして描かれていると考えることができる。

---

250) 英雄伝説の特性については、Müller (2002), S. 22f. 参照。ここでシーフリトの「英雄 Heros」としての国を賭けた戦いへと駆り立てているのは、クリエムヒルトへの求婚という個人的な、しかし同時に国家的行為としての性格をも持つ欲求である（第44-59詩節を参照のこと）。
251) このオルトウィーンに対するシーフリトの怒りにも、デ・ボーアは「英雄的なものと地位的なもの両方の優越的な感情が示されている」と指摘している。
252) Müller (1998), S. 120.

3. 『哀歌』——「記憶」の発生と対象化

こうしたシーフリトに対するオルトウィーンの発言の文脈からは、この箇所でシーフリトに関して言われている「übermuot」とは、『哀歌』Cヴァージョンでブルグントの者たちに関していわれている、宗教的悪徳としての「傲慢 superbia」という絶対的な意味を持つ概念ではなく、それを持つものにとっては英雄としての自己存在の根拠たる自尊心であり、敵対的な他者には威嚇として映る、ミュラーいうところの、「ほとんどの場合自身について述べるのではなく、外部からの評価であり、そこで意味されているものとは、潜在的な敵対者にとって威嚇的な自尊心[253]」が発露した、道徳上中立な、相対的な概念としての「übermuot」がその指示内容として意図されていることがうかがえる。このことを考慮に入れると、『ニーベルンゲンの歌』の詩人は、シーフリトのこうした行為が何ゆえになされたか、その因果関係を一義的には特定し得ない形で提示しているといえる。

またこの英雄性を基本にしたシーフリト像の造形に関連して、『哀歌』Cヴァージョンには無くBヴァージョンには存在する、彼を殺したのはグンテル、ハゲネおよびプリュンヒルトである（v. 102-105)[254]との言葉に続くシーフリトの死に関する記述が注目される。

> dem helde sterben niht gezam
> von deheines recken hant,
> wand er het wol elliu lant
> mit sîner hant verkêret.　　　　　　　　　　　(B: 106-109)

> シーフリトはいかなる勇士にも打ち負かされるはずはなかったのです——なぜなら彼は自らの手でもって、国々をすべからく征服してしまったのですから[255]。

ここでは、シーフリトの「勇士 recke」としての強さが示され、そしてその強さをもって彼が国々を征服したことが述べられている。この「勇士」とは先に述べたように英雄詩的な語彙であり——第一章で言及した「勇士のやり方で in recken wîse」などにその性質は顕著に現れている——、上に挙げたようにシー

---

[253] Ebd., S. 120.
[254] この箇所は文法的にやや混乱が見られ、97詩行目から述べられるクリエムヒルトの復讐の対象と、シーフリトを殺した者たちが一緒くたになっている。

フリトを徹頭徹尾理想的な宮廷的存在として造形する C ヴァージョンでは、この「強さ」に関する記述がなされていないことを考慮に入れると、B ヴァージョンで示されているこの「強さ」は、英雄的な意味での「強さ」、すなわち個人としての身体的強さおよび戦士としての卓越した能力であることが推測される。そして、B ヴァージョンでシーフリトが殺された理由として挙げられているシーフリトの「übermuot」とされる行為は、まさに彼を英雄たらしめている要素である。そのため、『哀歌』B ヴァージョンは『ニーベルンゲンの歌』に現れている二つの特性のうち、英雄的特性に重点を置いてシーフリト像を把握し、その上でそれが暗殺の直接的な契機となったと解釈していると考えることができる。すなわち、第一章で検証したように、『ニーベルンゲンの歌』ではシーフリトの人物像を造形する要素として、宮廷的特性が英雄的特性を内包するかたちで重層的に扱われていたが、『哀歌』B ヴァージョンは英雄的特性を、C ヴァージョンは宮廷的特性をシーフリトの根本的特性として把握して、その理解の下に彼の暗殺の因果関係を解釈しているのである[256]。

　以上のように、『ニーベルンゲンの歌』では宗教的悪徳としてではなく、道徳的に中立な、英雄詩的な概念として描かれていると考えられるシーフリトの「übermuot」だが、これがシーフリトの命を脅かす要素であり得ることが仄めかしされているのが、『ニーベルンゲンの歌』で彼の「übermuot」について言及されるもう一つの箇所である、クリエムヒルトの発言である。リウデゲールとリウデガストが再びブルグントに攻め入ってくるとの虚偽の情報により、戦に赴こうとするシーフリトの身を気遣い、クリエムヒルトはハゲネに懸念を打ち明ける。

　　　《Ich wære ân' alle sorge》,　　　　　sprach daz edel wîp.

---

[255] 108-109 詩行は C ヴァージョンと共通するが、C ヴァージョンではその直前の二行が「クリエムヒルトがその勇士を失ったとき、大きな苦しみが彼女に復讐を強いたのです der râche twanc si grôziu nôt,/dô si verlôs der wigant」となっている。この二行に続いて、「なぜなら彼は自らの手でもって、国々をすべからく征服してしまったのですから」と述べられるが、この「なぜなら wand」の因果関係付けはいささか無理があり、恐らく C ヴァージョンの編者が元々あった B ヴァージョンの 108-109 詩行を削除したものと思われる。

[256] このことは、『哀歌』は『ニーベルンゲンの歌』とは異なり首尾一貫した人物形象のもと、物語の因果関係の解明を行っていることを示しており、『ニーベルンゲンの歌』の詩人の試みた、異なる人物特性の並列といったやり方に対する受容者側の戸惑いと拒否をそこには推測することができる。

《daz im iemen næme　　　in sturme sînen lîp,
　ob er niht wolde volgen　　sîner übermuot;
　sô wære immer sicher　　　der degen küene unde guot.》　　(896)

貴婦人クリエムヒルトはいいました。「あの方が誰かに戦いの最中に命をとられることなど、全く心配しておりません――あの方が自分の übermuot に身を委ねることさえなければ。そうであれば、あの勇敢で立派な勇士は、常に安全でしょう。」

　ここでのクリエムヒルトの言葉からは、彼女がこの「übermuot」をシーフリトの持つ特性であり、なおかつそれが彼の身に危険を招く可能性があると認識しているのを読み取ることができる。「übermuot」自体は英雄としての本質をなす自尊心の発露であり、『ニーベルンゲンの歌』では宗教的な意味合いよりもむしろ英雄性とより強く結び付けられるもので、道徳的には中立的な概念として描かれていることはこれまでの検証から明らかだが、このシーフリトを英雄たらしめている彼の内なる性質はそれ自体の善悪とは関係なく、シーフリトの暗殺の原因となり得ることは、この箇所でのクリエムヒルトの憂慮が端的に示す[257]。『哀歌』Ｂヴァージョンの、シーフリトは自らの「übermuot」のために命を落としたとする見解は、ここにその根拠を見ることができるだろう。

　ただし、『ニーベルンゲンの歌』でシーフリトの持つ「übermuot」は多義性を残し[258]、宗教的悪徳である「傲慢 superbia」に一義的には結び付けられていないことは、そのまま『哀歌』Ｂヴァージョンも同様の意味において「übermuot」の語を使用していることの根拠にはならない。むしろ、『哀歌』の大きな特徴である、聖職者の視点から『ニーベルンゲンの歌』の物語の因果関係に首尾一貫した論理的構造を与えるという態度からすると、『哀歌』Ｂヴァージョンのシーフリトの暗殺の原因として言及される彼の「übermuot」が、『哀歌』のほかの箇所の、宗教的悪徳としての「übermuot」とは異なる使われ方をしているという、先に触れたブムケの説には疑問が残る。『哀歌』Ｂヴァージョンで、他にこの「übermuot」という言葉が使われているのは、Ｃヴァージョンと共通する四箇

---

[257] Bumke (1996), S. 385.
[258] 『ニーベルンゲンの歌』での übermuot の持つ多義性については Müller (1998), S. 238ff. 参照のこと。

所259)以外には、ブルグントの者たちは「übcrmuot」のためにエッツェルに情報を与えなかった（v. 288f.）という箇所、そしてヒルデブラントによる、ブルグントの者たちは「übermuot」のために、神の罰を受けたのだという見解（v. 1276f.）の箇所であるが、これらはすべてブルグントの者たちの「übermuot」に関してのものであり、そしてそれらはクリエムヒルトの復讐を破滅的結末に至らしめ、ブルグントの者たちが「神の罰」を受けて命をおとした原因とされる。復讐それ自体は宗教的にも正しいものであり、『ニーベルンゲンの歌』で描かれた「誉れある者たちは皆斃れ伏した」という結末を導くことが罪であるという『哀歌』の視点からすると、『哀歌』Bヴァージョンでも「übermuot」という概念は一義的に否定的な指示内容を持ち、ヒルデブラントの言葉にしたがえば、「神罰」にも値するものである。それゆえに、『ニーベルンゲンの歌』の場合とは異なり、シーフリト暗殺の原因を彼自身の「übermuot」に帰す『哀歌』Bヴァージョンでも、「übermuot」という概念はネガティヴなものとして扱われており、シーフリトに関する箇所のみ異なる意味を与えられていたとは考えにくい。

さらに、このBヴァージョンで「übermuot」とされ非難の対象となっている、クリエムヒルトの復讐の意志とそれによって自らに迫る危機をエッツェルに知らせず、自分たちから危機の中へ飛び込んでゆくというブルグントの者たちの行為自体が、「英雄的アイデンティティーの自己確認260)」としてシーフリトにいわれている「übermuot」と同様に、まさに英雄的存在の根本をなすものとして描かれている事からすれば、シーフリトとブルグントの者たちに関して言われる「übermuot」は同質のものと考えるのが妥当であろう。すなわち、『哀歌』Bヴァージョンでは、龍殺しにして秘宝の所有者という、「古の物語」における英雄的形象の典型であるシーフリトの英雄性の本質をなす「übermuot」を宗教的な視点から否定的に描く『哀歌』Bヴァージョンは、宗教的悪徳としての「übermuot」の中に英雄の特性としての「übermuot」をそっくり内包させ、英雄性に

---

259) 四箇所のうち二つがハゲネの、二つがブルグントの者たちの「übermuot」について述べている。前者はハゲネの「übermuot」が全てにおいて罪であるとのルーモルトによる言葉（B: 4030, C: 4092）、バイエルンでの人々のハゲネに対する非難（B: 3525-3526, C: 3599-3600）であり、後者はエッツェルに迫り来る危機のことを隠していたこと（B: 912, C: 930）、そしてブルグントの者たちは「übermuot」ゆえに命を落としたとするピルグリムの見解（B: 3434ff., C: 3530ff.）。

260) Müller (2002), S. 110.

3.『哀歌』——「記憶」の発生と対象化　153

理解を示さないばかりか、それに宗教的な悪としての意味を与え、否定しているのである。

　『哀歌』Cヴァージョンがシーフリト像から英雄的な特性を取り除き、理想的な宮廷騎士として彼を肯定的に造形しなおしているのに対し、『哀歌』Bヴァージョンはシーフリトの英雄的特性と宗教的悪徳である「傲慢」を、「übermuot」という概念の内に一元化し、彼に代表される英雄的要素自体を否定的に描く。この二つの異なるヴァージョンでの、一見正反対のものと映るシーフリトの造形は、Bヴァージョンで聖職者的視点からの否定、そしてCヴァージョンでは宮廷化による脱色というように、共に『ニーベルンゲンの歌』の素材である口伝の英雄詩とその舞台である英雄的世界を構築する原理であった英雄性を否定し、作品世界から消去するという方向では一致する。「古の物語」の世界を構築し、『ニーベルンゲンの歌』にも強くその名残を留め、物語を推進させる力ともなっていた英雄的原理は、聖職者的視点から世界を見る『哀歌』の詩人にとっては異端のものであったのと同時に、受容者にとってもすでに異質なものであったことは、何よりも『ニーベルンゲンの歌』と、近代以降の研究史において『ニーベルンゲンの歌』の英雄性への無理解から非難を受けてきた『哀歌』[261]が「語りの複合体」として伝承されており、またそれゆえに中世の受容者は『哀歌』の視点から『ニーベルンゲンの歌』を受容してきたと想定されること[262]からもうかがい知ることができる。それゆえに『ニーベルンゲンの歌』の後編を今一度語りなおす『哀歌』は、『ニーベルンゲンの歌』の物語の因果関係を新たな宗教的見地から一元的に整理しなおし、自らの属しているキリスト教世界にも適応することのできるものとしたのである。そこで行われたのは、『ニーベルンゲンの歌』に伝えられている物語、すなわちただ「聞いたままを語り」、伝承されるべきものであった共同体にとっての過去の記憶を解釈の対象とし、新たな視点からとらえなおすことであった。すなわち『ニーベルンゲンの歌』が口承文芸に軸足を置いた形での書記文芸の領域への進入の試みであったとするならば、『哀歌』は書記文芸の側から

---

[261] Lienert (2001b), S. 127f.
[262] 『ニーベルンゲンの歌』と『哀歌』を伝える写本では、Bヴァージョンを収録しているものよりも『哀歌』と同様に罪と罰の問題を白黒はっきりした形でクリエムヒルトとハゲネという二項対立を打ち出しているCヴァージョンを収録しているものの方が数が多く、より人口に膾炙していたことからも、『哀歌』の視点から『ニーベルンゲンの歌』を受容するのが中世の主流をなしていた姿勢であったことがうかがえる。

の口承文芸的世界の消化と吸収・同化への試みであることが、シーフリトおよびクリエムヒルトの造形、そしてクリエムヒルトの復讐が不可避的に破滅的結末に至るのに決定的な役割を果たした「übermuot」という概念の扱い方からは見えてくるのである。

3.2.「嘆き」──死者との決別と記憶の発生

『哀歌』第一部では、『ニーベルンゲンの歌』の物語の総括と、それに伴いクリエムヒルトの擁護が行われたが、『哀歌』で登場人物たちが動き出し、『ニーベルンゲンの歌』の続編としての新たな物語が紡がれ始めるのは、Bヴァージョンでは587詩行目、Cヴァージョンでは603詩行目で、勇士たちの戦いの場となった宮殿が焼け落ちている描写がなされて以降である。そこに至るまでは語り手が回想的に物語り、具体的な情景描写や登場人物の発言の叙述はなされなかったが、この箇所で初めて『哀歌』という作品の中に、物語内の「現在」地点が出現する。これまでは語り手の視点のみから語られ、振り返られた『ニーベルンゲンの歌』の物語だが、ここからはそれを振り返る主体は作品内の存在となり、この変化を通して『哀歌』における『ニーベルンゲンの歌』の物語に対する視線は複数化する。

『哀歌』での物語の時間軸の開始地点は『ニーベルンゲンの歌』の物語がたどり着いた末である「ゼロ地点」と重ねあわされるのだが、そこでは勇士と呼ばれ、『ニーベルンゲンの歌』の物語の中心となっていた者たちは、ディエトリーヒとヒルデブラント、そしてエッツェルという僅かな例外を除き、「多くの誉れある者たちがそこには斃れ伏していた Diu vil michel êre was dâ gelegen tôt（2378,1）」。『ニーベルンゲンの歌』の舞台となっている世界は、いわば絶対的に没落したものとして提示されているのである。荒れ果てた世界で残された生者がなしえたのは、かつてその膂力にまかせ剣を振るって英雄的な輝きを放ち、しかし今は無残な有様で横たわる死者たちを前にただ「嘆く」ことであり、「この第二区部全体が、大きな一つの「嘆き」となっている[263]」。

この「嘆き」においては、戦いで命を落としたものたち21名について[264]、生

---

263) Bumke (1996), S. 94.

3.『哀歌』——「記憶」の発生と対象化　155

前の行為および最期の様子が、時には語り手の口から、時には生者の言葉を通して語られ、彼らの行為を今一度確認するかのように描き出される。その内容は語る者、すなわち生者の主観的視点を反映したものであり、この「嘆き」は死者の行為を生者が評価し、それによって死者の位置づけを定める、すなわち死者たちがいかなる者であったかを確認し、生者たちの記憶の中に固定化するという性質を持つものとして演出されている。「嘆かれる」ことによって死者たちの生は完結し、それによって群像的な相互関係の中で相対的に語られるものではなく、初めと終わりを持つ固定された絶対的なものとして、生者の記憶の対象となるのである。つまりここでの「嘆き」はその行為を通して死を生者が克服し、死者たちが終えた生を、「嘆き」を共有する共同体の記憶へ導入するといった儀式的性格を帯びることになる。

『哀歌』第二区分で「嘆き」の対象となる死者たちは、三つのグループに分類することができる。まず『ニーベルンゲンの歌』の物語で中心的役割を果たしたクリエムヒルトとハゲネという第一区分で『哀歌』が対極の評価を与えた二人、そしてクリエムヒルトの復讐を結果的に多くの者の死へと導いたという「罪」を帰せられたブルグントの者たち、もう一つがその復讐に巻き込まれる形で戦い、命を落とした者たちである。そしてこの「嘆き」はCヴァージョンでの歌章分けに従えば第二歌章（C: 603-1532）と第三歌章（C: 1533-2394）の1800詩行、作品全体の5分の2にも及ぶ規模をもつことから、『哀歌』という作品が作られ、『ニーベルンゲンの歌』と組み合わされて写本伝承された大きな要因の一つが、この「嘆き」の場面の機能にあることは論を待たない。本節では、『哀歌』という作品の中心をなす、生者による死者たちへの「嘆き」を死者のグループごとに検証し、それが果たした役割について考察する。

---

264) 登場する順番にその名を列挙すると、以下のようになる。1. クリエムヒルト　2. オルトリエプ　3. ブレーデル　4. イーリンク　5. グンテル　6. ハゲネ（ただし彼は嘆きではなく非難の対象である）　7. フォルケール　8. ヘルプフリーヒ（Cヴァージョンではゲルプフラート）　9. ダンクワルト　10. ヴォルフブラント　11. ジゲスタップ　12. ヴォルフウィーン　13. ニテゲーレ　14. ゲールバルト　15. ヴィークナント　16. ジゲヘール　17. ヴィークハルト　18. ヴォルフハルト　19. ギーゼルヘル　20. ゲールノート　21. リュエデゲール　このうち、1-9までが宮殿の外、10-21が宮殿の中で遺体が見つかる。

3.2.1. 「嘆かれ」るクリエムヒルトと呪われるハゲネ——生者による証言

これまで検証してきたように、『哀歌』第一区分でクリエムヒルトは『ニーベルンゲンの歌』の結末を導いた「罪」からは徹底的に免罪が試みられ、神の恩寵を受けるべきものとして描かれている。その一方でハゲネは彼女を復讐に追い込んだものとして、また復讐の原因となっているシーフリト暗殺の下手人として描かれているが、クリエムヒルトの遺骸を前にした生者たちは、彼女の生をどのようなものとして認識し、「嘆く」ことによって記憶の対象とするのか。また、事の顛末の罪を背負わされたハゲネに対して、彼らはどのような反応を見せるのか。

まず広間の外で、クリエムヒルトの遺体が見つかり、激しい嘆きの声が上がる。そうした人々の声に和するように、語り手はまずクリエムヒルトが死ぬことになった理由を述べ、またそれを不当であると主張する。

> daz was diu küneginne,
> die mit unsinne
> het erslagen Hildebrant,
> wand si von Burgonden lant
> Hagen ê ze tôde sluoc.　　　　　　　　　　　　　　(v. 731-735)

> それは王妃でした。彼女がブルグントのハゲネを討ったので、ヒルデブラントが分別なくも斬り殺したのです。

クリエムヒルトが女性の身でありながらハゲネを討ったために、それに対してヒルデブラントが怒り、彼女を斬り殺したこと[265]を、語り手は「分別のないこと」として非難し、それをクリエムヒルトが死なねばならぬ正当な理由として認めない[266]。そうした彼女のことを、人々は大いに嘆き、ディエトリーヒはその

---

[265] このヒルデブラントの行為は、『ニーベルンゲンの歌』では決して否定的に描かれているわけではない。
[266] Bヴァージョンではさらに、「そのため（ハゲネを自らの手で討ったこと）に彼女もまた不当に（âne nôt）ヒルデブラントにより命を失うこととなりました（v. 750-751）」として、クリエムヒルトを殺したヒルデブラントの行為を非難している。

3.『哀歌』——「記憶」の発生と対象化　157

嘆きを静めようとするがあたわず、自らも彼女に対する「嘆き」の声を上げる。
　『ニーベルンゲンの歌』でクリエムヒルトを「鬼女 vâlandinne」と呼んで批判していたのみならず[267]）、口伝の英雄詩においても、クリエムヒルトとディエトリーヒは常に敵対関係のうちに置かれる者同士である[268]）。そのディエトリーヒが彼女の死を悼む「嘆き」の声を上げていることは、『哀歌』のクリエムヒルトに関しての見解を象徴するものとなっているといえるだろう。この「嘆き」はまず、彼が彼女の復讐ゆえに自らが蒙った損害に関して彼女を赦していることを意味する。のみならず、そうした敵対関係のうちに描かれていたディエトリーヒに追悼の言葉を述べさせ、クリエムヒルトの姿を理想的な宮廷婦人の像として結晶させることで、『哀歌』はクリエムヒルトへの擁護をさらに多角化させている。また、このディエトリーヒによるクリエムヒルトに対する嘆きの言葉は、『哀歌』全体の中でも物語の登場人物が発した第一声であるという点でも大きな意味を持つ[269]）。

   „jâ hân ich vürsten mâge[270]) rîch
   vil gesehen bî mînen tagen.
   ich gehôrte nie gesagen
   von schoenerm wîbe.
   Ôwê, daz dînem lîbe
   der tôt sô schiere solde komen!
   swie mir dîn rât hât benomen
   mîn aller bestez künne,
   ich muoz mit unwünne

---

267)『ニーベルンゲンの歌』第1748詩節。
268) ディエトリーヒとクリエムヒルトの敵対関係は例えば『ヴォルムスの薔薇園』など、他の英雄素材を扱う中世の叙事詩にも見られるように間テクスト的な広がりを見せており、当時の聴衆も彼らの敵対関係を念頭においていたと考えられる。しかし『哀歌』ではこの箇所でのディエトリーヒの「嘆き」により、その関係は解消されている。ディエトリーヒとクリエムヒルトの関係については以下の文献を参照。Curschmann (1989)
269) このことは、『哀歌』の中心にクリエムヒルトが存在しているのと共に、この死者への「嘆き」という儀式を取り仕切る司祭としての役割を、彼女の夫でフン族の王たるエッツェルではなくディエトリーヒが担っていることを示している。
270) Cヴァージョンでは「娘 tohter」となっている。

> klagen dich unde mich.
> deiswâr, daz tuon ich
> mit alsô grôzer riuwe,
> daz ich dich dîner triuwe
> niht sol lân engelten.　　　　　　　　　　(v. 772-785)

　私はこれまでの日々に多くの王族や娘たちを見てきましたが、貴女ほど見目麗しいもののことを耳にしたことはありませんでした。ああ、貴女にこんなに早く死が訪れようとは！貴女の企てで私は最良の親族たちを失ってしまいましたが、悲しみをもって貴女と私のことを嘆かずにはおれません。私は大いなる悔いをもって嘆き、貴女がその誠ゆえに不利を被ったままにはしておかないでしょう。

　ここでもディエトリーヒはクリエムヒルトの「見目麗しさ」及び「誠」という宮廷的美徳[271]に言及し、続けて生前クリエムヒルトが自分の求めることに常に応えていたことを思い、今度は自分が彼女に対して奉仕をする番であること（v. 786-791）を誓う。このディエトリーヒの言葉に、詩人は彼女が生前示した「誠」――前節で検証したように『哀歌』は「誠」をクリエムヒルトという人物の機軸をなす特性として描く――は死後もなお生きているという認識を託している。クリエムヒルトの「誠」を、それを身に具える者の生死を超越したものとして描くことにより、『哀歌』はクリエムヒルトに関する「記憶」が発生する場において、生者たちに「誠」という概念を通して彼女のことを想起させているのである。

　ディエトリーヒは、クリエムヒルトの遺体を棺に安置し、彼女の打ち落とされた首を身体のもとへと運ばせる[272]。ここで初めてエッツェルが姿を見せ、クリエムヒルトの遺体に縋って、その手に接吻をし、嘆きの声を上げるが、エッツェルの「嘆き」もまた、クリエムヒルトが「誠」を特性として具えていたことを強調するものである。

> het ich die ganzen triuwe
> an ir vil werdem lîbe erkant,

---

[271] 宮廷的美徳に関してはBumke（2002）を参照のこと。
[272] この箇所で、BヴァージョンではBヴァージョンでは彼女を斬った当人であるヒルデブラントにさえ嘆きの声を挙げさせており（B: 798-799）、生者のクリエムヒルトに対する肯定的な評価をより強く受容者に印象づけるものとなっている。

3. 『哀歌』――「記憶」の発生と対象化　159

  ich het mit ir elliu lant

  gerûmet, ê ich si het verlorn.

  getriuwer wîp wart nie geborn

  von deheiner muoter mêre.　　　　　　　　　　　(v. 830-835)

妃の高貴なる身に宿る誠の全貌に気づいておれば、妃を失うことになる前に、わしはともに国を後にしたことであろうに！これほど誠実なる婦人はかつてどんな母からも産まれたことはあるまい。

　彼女の企てた復讐により、全ての親族や配下の勇士たちを失いつつも、エッツェルはシーフリトに対するクリエムヒルトの「誠」――しかもこの「誠」は、現在の夫である自分に対するものではなく、亡夫シーフリトに対するものである！――を賞賛して止むことがない。フンの宮廷での戦いにおいて、最も大きな損害を蒙った当人であるディエトリーヒとエッツェルが、失った親族郎党のことを嘆きつつも、その原因となったクリエムヒルトの「誠」に肯定的な評価を与え彼女の死を「嘆き」、彼女とその「誠」、そして「誠」に従った行為を是とするのである。そして、エッツェルとディエトリーヒは残された生者のうち、最も身分の高い、宮廷を構成する王であり、その裁定はオーソリティを持つものである。すなわち、エッツェルとディエトリーヒという二人の封建制の最上位に位置する人物により「誠」を嘆かれることにより、クリエムヒルトはその生を、「誠」という要素を通し、善なるものとして人々に記憶される人物として描かれているのである。

　これと対照をなすのが、ハゲネに対しての評価である。彼の遺骸をみつけたヒルデブラントは、エッツェル及びディエトリーヒに向かっていう。

  „nû seht, wâ der vâlant

  lît, der ez allez riet.

  daz manz mit güete niene schiet,

  daz ist von Hagenen schulden.　　　　　　　　　　(v. 1250-1253)

御覧なさい、全てを企てた悪魔が横たわっているところを。事を上手く収める

ことができなかったのは、ハゲネの罪のせいなのです。

　ヒルデブラントはハゲネを「悪魔 vâlant」と呼び、事態の収拾と惨事の回避が不可能であったのが、ハゲネ一人の罪であるとして、ハゲネを断罪する。言うまでもなくこの「悪魔」との呼称は、対象を絶対悪として規定するものであり、『哀歌』はハゲネをこの名で呼ぶことを通し、天国及び魂の救済と結び付けられるクリエムヒルトとは対照的な、全ての悪の元凶として生者により認識される存在として描きだしている。Cヴァージョンはハゲネに対する非難をさらに強め、彼は「ただ嫌悪と嫉妬から niwan durch haz und durch nît」シーフリトを殺し、そのニベルンクの財宝を奪い、また他の勇士たちは彼の罪ゆえに死ぬこととなった（C: 1318-1319）として、シーフリトの暗殺に関しても、またその結果に関しても、ハゲネ一人が責任を負っているとの認識をヒルデブラントの口から語らせている。そして『哀歌』の詩人は、ヒルデブラントという個人のみならず、人々がハゲネに呪いの言葉を吐く様子を叙述することで、この認識を惨事を生き延びた生者たち共通の見解へと拡大する。

> Dô die liute Hagenen sâhen,
> si begunden zu zim gâhen.
> im wart gevluochet sêre.
> ir vreude und ouch ir êre,
> der was vil von im verlorn.　　　　　　　　　　(v. 1295-1299)

> ハゲネの姿を認めると、人々は彼の方へと向かっていきました。彼らはハゲネを大いに呪ったのです。彼らの喜びとまた誉れは、ハゲネのためにその多くが失われてしまったのです。

　絶対悪の表象にふさわしく、この第二区分で名が呼ばれる死者21名のうち、シーフリト暗殺に関わったとされるグンテルに関してさえ嘆きの声をあげるものがいるにも関わらず、唯一ハゲネのみが「嘆き」の対象とはならない。これは、『哀歌』が死者に対する「記憶」の発生する時点において、ハゲネを一義的に批判的に描いていることを端的にあらわしているが、ここでの評価が『ニーベルンゲンの歌』の末尾でのエッツェルおよびヒルデブラントによる彼への評価とは相

3. 『哀歌』──「記憶」の発生と対象化

容れない、すなわち『哀歌』でのハゲネに対する評価と『ニーベルンゲンの歌』末尾でのハゲネの描かれ方が食い違っているという点は、注目に値する。

『ニーベルンゲンの歌』は、クリエムヒルトによるハゲネ殺害を肯定的には描かない。そればかりか、エッツェルにハゲネのことを「かつて戦いに身を投じたもののうち、もしくは盾を取ったもののうち最高の勇士 der aller beste degen/ der ie kom ze sturme oder ie schilt getruoc (2374, 2-3)」と評価させる。彼の死は、「いかにわしが彼と敵対していようと、このこと（ハゲネがクリエムヒルトに殺されたこと）は酷く辛い wie vîent ich im waere, ez ist mir leide genuoc (2374, 4)」とエッツェルに述懐させるほどの、「嘆く」べきことなのである。また『哀歌』では前述のようにハゲネを「悪魔」と呼ぶヒルデブラントも、「いかにハゲネ自身がわしを危険な目に遭わせたといえど、わしはあの勇敢なるトロネゲの勇士の死に復讐するのだ swie er mich selben braehte in angestlîche nôt,/ idoch sô wil ich rechen des küenen Tronegaeres tôt (2375, 3-4)」と、クリエムヒルトによるハゲネ殺害を復讐するべきこととしてとらえ、彼女を斬り殺す。『ニーベルンゲンの歌』では、生き残った者たちにとっては、いかに自分の敵であっても、また自分がどれだけ大きな損害を彼から蒙ったとしても、ハゲネは勇士として賞賛に値する存在として描かれている。

しかし、ヒルデブラントがクリエムヒルトを斬り殺した後を描く『哀歌』では、ハゲネはもはや誰にも悼まれることはない。『哀歌』の詩人は、ハゲネをクリエムヒルトとの極めて単純な二元的対照のうちに置き、「悪魔」として一義的にネガティヴな人物として描く。『ニーベルンゲンの歌』と『哀歌』の間のハゲネに対する評価の分岐点となっているのは、勇士という存在に価値を認めるか否かという点である。『ニーベルンゲンの歌』でハゲネの死に報いるため、クリエムヒルトを斬り殺したヒルデブラントは、『哀歌』ではもはや彼のことを嘆くことはない──何より、ヒルデブラントの行為は、『哀歌』の世界では「分別のないこと」とされているのであり、ヒルデブラントのハゲネへの評価の変容からは、前述のシーフリトの英雄的「übermuot」が宗教的悪徳と同化されている事にも示されているように、『哀歌』ではもはやハゲネを肯定的に評価する理由が存在しないのを見て取ることができる。『哀歌』でのハゲネへの否定的視点には、英雄的形象のアイデンティティをなす概念であった英雄性そのものを否定するという要素も含まれているのである。

『哀歌』第二部で、詩人は作中の生者たちにクリエムヒルトとハゲネに対し、対極の裁定を下させる。そして「誠実」なるクリエムヒルトと「悪魔」ハゲネという彼らに対する評価は、『哀歌』第一部で語り手が『ニーベルンゲンの歌』の物語を再構成する上で彼らに与えた特性と一致するものである。この一致を通して、あくまでも語り手の解釈としてのべられた第一部での二人に対する見解は、まさに「古の物語」が語りの対象となった地点における、その物語に直接関与していたものたちの直接的な証言と重ね合わせられ、これに合致した語り手の解釈は、「まことのこと wârheit」として受容者に印象づけられることとなる。『哀歌』は、第一部で独自の視点から『ニーベルンゲンの歌』の物語に対する解釈を打ち出した上で、第二部という生者による死者たちへの「記憶」の発生の場で、それと合致する死者たちへの理解を生者に語らせて、第一部での解釈に正当性を付与しているのである。

3.2.2. 生者による追悼——人物像を巡る議論

　『ニーベルンゲンの歌』のフンの宮廷での戦いの勃発する経緯において、クリエムヒルトとハゲネが決定的な役割を果たしているのは明らかであるが、彼らのほかにも小さからぬ役割を果たした者たちがいる。自らの手は汚さないもののハゲネによるシーフリト暗殺を容認したグンテルや、常にハゲネと行動を共にし、クリエムヒルトに敵対的な態度をとったフォルケール、そして彼をを返り討ちにして変事をハゲネに伝え、戦いが全面的なものとなる直接的な契機を与えたダンクワルトといった、『哀歌』第一部で語り手に「罪」あるものとされた、ブルグントの者たちおよび、クリエムヒルトの言葉にのり戦いの口火を切ったブレーデルである。クリエムヒルトの復讐の根本にある彼女の「誠」を肯定し、その復讐が未曽有の「災い」となってしまった責任を彼女に求めず、ハゲネ一人の「罪」とブルグントの者たちの「übermuot」にその原因を帰するというこれまでの『哀歌』の基本的な姿勢からすると、クリエムヒルトやハゲネに対する生者たちの肯定ないし否定という二者択一的な評価には、『哀歌』の基本姿勢が明快なかたちで反映されているといってよいだろう。それに対し、他のブルグントの三人の死に対しての生者たち、エッツェルとディエトリーヒ、そしてヒルデブラントの反応を、『哀歌』は一定のものとしては描かない——エッツェルはグンテル及びフ

3.『哀歌』——「記憶」の発生と対象化　163

ォルケールの死に遺憾の意を表し、嘆く。それに対し、ディエトリーヒはグンテルのことは非難するが、フォルケール及びダンクワルトの死を嘆く。ヒルデブラントはグンテルには言及しないが、フォルケール及びダンクワルトに関しては、その死を悼む主君ディエトリーヒに反発するのである。こうした三人の死に対する反応の相違は、作品成立当時、受容者の間で彼らに関する評価が割れていたことをうかがわせる。彼らを作中の生者がいかなる視点から「嘆き」、その生と評価を確定しているかを、「嘆かれ」る順序に沿って以下に検証する。

　まず、グンテルは首を切り落とされた状態で見つかる。ブルグント王の無残な姿を見て、エッツェルは嘆きの声をあげる[273]。

> als in Etzel der künec sach,
> der vürste senlîche sprach:
> „Ôwê, lieber swâger mîn,
> sold ich dich wieder an den Rîn
> wol gesunden senden!
> daz ich mit mînen henden
> hete daz ervohten,
> dô si selbe niene mohten,
> des wold ich immer wesen vrô." 　　　　　(v. 1139-1147)

彼（グンテル）を目にすると、エッツェル王は心から嘆いていいました。「ああ、親愛なる我が義兄よ、再びラインの畔へ恙無く送り出すことさえできたなら！あなた方が自らなすのは困難であったことを、わしがこの手で戦いとることが出来たなら、いついつまでもわしは喜ばしくあったのだが。」

　この場面に先立ち、エッツェルは自分は何もグンテルと彼の臣下の害になるこ

---

[273] このエッツェルの嘆きに先立って、B ヴァージョンには「その時人々は彼のことを嘆き悲しみました den begunden si dô klagen. (B: 1138)」との詩行があり、エッツェルと共に残された他の生者たちもグンテルの死を悼んでいることが描かれているが、C ヴァージョンにはこの記述はなく、代わりに「ヒルデブラント師が彼のことを示したので、皆すぐに彼とわかりました in zeigte meister Hildebrant,/schiere heten si in bekant. (C: 1169-1170)」と述べられており、グンテルの死に対しての態度に B ヴァージョンと C ヴァージョンの間で差異があることが見て取れる。

とはしていないにも関わらず、彼らによって自分の勇士たちがみな奪われてしまったと、自分の蒙った損害を嘆いているが[274]、グンテルの遺骸が発見されると、無事に再びヴォルムスへ帰したかった、と彼の死を嘆く。このグンテルの死を悼む言葉に見えるように、エッツェルは臣下のみでなく自分の妻と子、そして弟さえも失うことになったのにも関わらず、ブルグントの者たちに対して好意的な態度を示しているのである。さらに特筆されるのが、『哀歌』が絶対的な悪として描きだすハゲネに対しての敵意を、エッツェルは災厄を生き延びた者たちのうちで唯一拒否することである。ここでエッツェルの示す見解は、『哀歌』の示す『ニーベルンゲンの歌』の解釈からおそらく意図的にずらされていると思われる。それではエッツェルのそうした認識の背後に描き出されるのはどのような事態把握なのか。

弟ブレーデルの遺骸が見つかりその死を嘆く場面でのエッツェルは、第一区分で語り手が言及したように、ブルグントの者たちが「『übermuot』ゆえに自分に事情を秘匿していた」と慨嘆するが、それと同時にクリエムヒルトの復讐に加担したブレーデルの軽率を嘆く。

> dune soldest êre unde lîp
> dar umbe niht gewâget hân.
> daz ir Hagen het getân,
> des west ich wol diu maere.
> swie liep si mir waere,
> ich het in nimmer doch erslagen.
> ob er vor mir zu tûsent tagen
> solde hân geslâfen,
> sône het ich mîn wâfen
> nimmer über in erzogen.
> bruoder, nû hât dich betrogen
> dîn vil tumplîcher muot. (v. 920-931)

お前は名誉と命をそのために賭けるべきではなかったのだ。ハゲネが妃に何を

---

[274] Bヴァージョン1114-1126.

したかについてはわしもよく知っておる。しかし妃がいかに愛しかろうとも、わしは決してハゲネを手にかけなどしなかったであろうし、もし彼の者がわしの前で千日もの間眠っていたとしても、わしは自分の剣を彼の頭上に抜くことは決してしなかったであろう。弟よ、お前の余りにも未熟な心栄えがお前のことを欺いてしまったのだ。

　このエッツェルの言葉は、ブルグントの者たちが「übermuot」によって状況を自分に隠していたことに皆の死が起因していることを認めつつも、それは死をもって贖わなければならないものではなく、むしろ戦いの開始の原因をクリエムヒルトの誘いに乗ってダンクワルトを襲撃したブレーデルの「未熟さ tumpheit」に帰し、またハゲネに関しても彼がクリエムヒルトに与えた損害ゆえに殺されるべきではないとの見解を示している。すなわち、『哀歌』は「übermuot」を宗教的観点から見た悪徳として一元化する一方、物語の主要登場人物の一人であるエッツェルが、ブルグントの者たちの「übermuot」にあたる行為をむしろやや肯定的に理解しているように描いているのである。これはブルグントの者たちがなし得なかったこと、すなわち戦いを勝ち抜くことを自分が実現出来たなら、とのエッツェルの発言によっても裏付けられる。

　しかし『哀歌』の詩人はこうしたエッツェルの視点を生者たちの共通理解とはしない[275]。というのも、エッツェルの望む、ブルグントの者たちの代わりに戦い彼らを帰国させるという行為は、必然的に彼らと敵対した者たちに刃を向けることを意味する。そしてグンテルを捕らえ、彼らのヴォルムスへの帰還を妨げたのは、他ならぬディエトリーヒである。それゆえディエトリーヒは、自分がグンテルと戦って彼を捕らえたのは、何よりもエッツェルのためであることを主張し、前述のエッツェルのグンテルのための嘆きを拒否する。

> Her Dietrîch, der sprach dô:
> „her künec, von sînen schulden
> nâch iuwern grôzen hulden
> ranc ich alsô sêre,

---

[275] このことを象徴的に示しているのが、他ならぬハゲネに対する評価である。エッツェルは彼のことを嘆きこそしなかったが、彼に対して殺意が自分にはないことを表明した。しかし、彼以外の者たちは皆ハゲネに呪いの言葉を投げかけたのである。

daz ich den helt niht mêre
wol gesparn mohte,
wand ez mir niht tohte.   (v. 1148-1154)

そこでディエトリーヒの殿が口を開きました。「王よ、それは彼自らの罪ゆえなのです。あなたの大いなる好意を求め私は大層戦ってきたがゆえ、この勇士をそれ以上見過ごすことが出来なかったのです。」

　エッツェルと共に破滅を生き延びた生者の一人であるディエトリーヒが、グンテルとハゲネと戦い彼らを捕えたこと、そして彼らブルグントの者たちとの戦いで、ヒルデブラントを除いた自分の股肱の者たちを皆討たれてしまったことをエッツェルが認識していれば、先のグンテルへの嘆きのなかでの「彼らが出来なかったことを戦い取ることが出来れば嬉しいのだが」との、ディエトリーヒのエッツェルに対する奉仕を否定するような見解を示すことはあり得ない。度々エッツェル自身が「私が本当の所を知っていればこのような悲劇は回避できた」との惨劇の回避可能性へ言及しているのと同様、この箇所でのエッツェルの嘆きとそれに対するディエトリーヒの反応は、エッツェルがグンテル及びハゲネの最期の様子を見ていない、すなわち「知らない」ことを前提としている[276]。
　それに対し、ディエトリーヒはグンテルがどのようにして命を落とすに至ったかを、「目撃者 Augenzeuge[277]」としての立場から詳細に語る[278]。そして、自分はグンテルと和解を望んだこと、また自分も彼らを無事ラインへと返したかったとしつつも、和解への申し出をグンテルは拒み、また彼が命を落としたのは彼自身に咎があることを改めて述べ、ハゲネをはじめとするブルグントの者たちへの同情を否定する[279]。ここでのディエトリーヒの台詞は、「目撃者」のトポスのもと発せられており、それは口承の領域では「まことのこと wârheit」を伝える最も信頼度の高いものである。またディエトリーヒによる見解は、第一区分で語

---

276) 実際、『ニーベルンゲンの歌』でもグンテル及びハゲネとディエトリーヒが戦う場面を目撃しているのは戦っているディエトリーヒと彼と共に広間にやってきたヒルデブラントのみである（『ニーベルンゲンの歌』2324-2361詩節）。
277)「見ること」と「知ること」はほとんど同義である。
278) グンテルの死に関してのディエトリーヒによる詳細な報告は、Bヴァージョンでは1155-1210、Cヴァージョンでは1187-1234に述べられている。

り手により示されたそれと一致するが、それを聞いても、エッツェルは再びグンテルらのことを嘆く――「わしはやはりわしの敵たちのことを嘆かずにはいられない nune mac ich ungeklaget lân / niht den mînen viant (B: 1226-1227)」。死者に関しての「記憶」は、その発生の場においては一元化されずにあることを、ここでのエッツェルとディエトリーヒの間の見解の相違は示唆している。

しかしこのグンテルに対する生者たちの評価からは、「目撃者」の視点こそが「嘆き」を通し死者の像を確定する上で決定的な意味を持つことが明らかとなる。グンテルの死を嘆く際、戦いに至る経緯と彼の最期の様子を自身の目では「見ていない」エッツェルは、戦いが回避不可能になるまでに入り組んでしまった事情を精確にとらえるものとしては描写されず、その「嘆き」の論理は、ディエトリーヒおよびヒルデブラントによって「目撃者」の視点から否定される。エッツェルの「嘆き」は、単に自分の蒙った損失および死者が生前持っていた特性への、客人を迎えた主人としての義務感からの「嘆き」としての性質を帯びる。そして惨劇の回避可能性への言及はあっても、それはグンテルの死の具体的な顛末を明らかにすることはない。すなわち、エッツェルの「嘆き」はグンテルに関しての「記憶」に直結し得るものではないのである。それに対して、ディエトリーヒはグンテルの最後の戦いの相手であり、彼の最期をその目で見たものとして、その様子を詳細に報告した上で、エッツェルの嘆きを否定する。生者のうち、唯一ブルグントの者たちに同情的な立場をとるエッツェルのグンテルに対する肯定的な嘆きを、『哀歌』はディエトリーヒという「目撃者」の証言によって否定することによって、逆にグンテルの生にネガティヴな装いを与える。ただし、どちらが生者にとっての「記憶」となるかはそこで即決されずに後へと持ちこされ、エッツェルの視点からの評価も、その信憑性という点においては「目撃者」のそれに劣るものの、「記憶」される可能性のあるものとして確保されている。ここでのグンテルへの見解に見える図式は、フォルケールとダンクワルトに対しての「嘆き」にも共通し、繰り返される。

ハゲネの遺骸が彼の主であるグンテルのもとに運ばれてから、エッツェル、ディエトリーヒそしてヒルデブラントは、嘆きの声を上げながら、ディエトリーヒ

---

279) ディエトリーヒが彼らに攻撃を加えざるを得なかったこと、またこうした和解の提案が上手くいかなかったことの要因として、ディエトリーヒはハゲネの名を「übermuot」の言葉とともに挙げており (Hagen der übermüete; v. 1158)、やはり罪をハゲネに結び付けている。

の臣下の者たちがブルグントの者たちと戦い、両者の多くが斃れている場所へと向かう。そこで朱に染まって横たわる一人の遺体——フォルケールを見つけたディエトリーヒは、ヒルデブラントに「ヒルデブラント、これは誰だ？Hildebrant, wer ist daz?（v. 1329)」と、それが誰であるかを問う。ここでディエトリーヒが遺骸が誰であるかを認識できないのは、彼が自分の臣下たちとブルグントの者たちの戦いには参加していない、すなわちフォルケールの最期の様子を「見ていない」ためである[280]。

このディエトリーヒの問いに答えたのは、やはりフォルケールを討った本人であり、ゆえに「目撃者」であるヒルデブラントであった。フォルケールは「ヘルプフリーヒ（Cヴァージョンではゲルプフラート）が助けてくれなかったら、自分の方が討たれていた（v. 1346-1348）」ほどまで、ヒルデブラントも苦戦した相手であり、ヒルデブラントの彼への視線は批判的なものであった。

> der uns diu grôzesten sêr
> hât mit sînen handen
> gevrumt in disen landen.
> Er hât gedienet sô den solt,
> daz ich der sêle nimmer holt
> wol werden nemac. （v. 1332-1337)

彼奴は自らの手で、この国において我々に最も大きな損害を与えました。わしがその魂に決して好意を持つことが出来ないほど、彼奴は酷い働きをしめしたのです。

さらにヒルデブラントは、「彼奴はわしの鎧に憎しみに満ちた一撃 nîtslac を食らわしたのです（v. 1338f.）」と、ハゲネに対してと同様フォルケールを悼む姿勢は見せない。ここで彼のいう、「憎しみに満ちた一撃」という言葉は、フォルケールの攻撃の凄まじさを表すと同時に、それを受けたヒルデブラント自身のフォルケールに対する憤りをも反映している。しかしハゲネを責めず、グンテルを

---

280) この後の箇所でも、ヒルデブラントはエッツェルがフォルケールの素性を尋ねたのに対し、彼がアルツァイの出身である旨を紹介している（v. 1358-1363）。

嘆いた時と同様、エッツェルはフォルケールの死をも嘆き始める。

>„Owê", sprach der künec rîch,
>„sîn zuht diu was lobelîch,
>dar zu vil manlîch gemuot,
>daz ez mir immer wê tuot,
>daz er noch solde ersterben,
>sô gâhes verderben". (v. 1349-1354)

「ああ、何たること」と豊かなる王は言いました、「彼の嗜み、それに加えまこと雄々しい心持ちは誉むべきものだった。彼もまた死なねばならず、このような急な破滅は、わしにとっていついつまでも辛いことだ。」

　エッツェルは再び、フォルケールから受けた損害とは関係なく、フォルケールを「嗜み」及び「雄々しい心持ち」ゆえに賞賛して、彼の死を嘆く[281]。それに和するように、ディエトリーヒも「彼の誠実なる心持ちゆえに durch sînen getriuwelîchen muot」、フォルケールの死を嘆き、涙を流す（v. 1365-1366）。上記のエッツェルの場合と同様に、フォルケールの最期の働き——それはディエトリーヒやエッツェルにとっては、「ひどい」働きであったのだが——と死を「見ていない」ディエトリーヒは、フォルケールの持つ特性を惜しんで嘆いているのである。

　こうした二人の嘆きとそれを通したフォルケールへの肯定的な評価に対し、やはりヒルデブラントは目撃者としての立場から、異議を申し立てる。ヒルデブラントは、フォルケールはディエトリーヒの臣下のもの12名以上を討ち取ったため、彼によって蒙った損害は決して取り返せないほどのものであることを嘆き、彼がもはや生きてはいないことを神に感謝する[282]。その際、ヒルデブラントがフォルケールに認めた特性は、エッツェルやディエトリーヒが賞賛したのとは異なる

---

[281] 「嗜み zuht」は宮廷的道徳体系のなかで尊重される特性であり（Vgl. Bumke (2002))、これは楽人でもあるフォルケールの宮廷的洗練を指していると考えられる。
[282] その際に、ヒルデブラントはある一点にのみおいて、フォルケールに同情的な態度をとる。それは、彼が異郷に死したことであり、ヒルデブラントはやはり国を失い亡命中である自らの身と重ね合わせて、フォルケールの死にため息をつく（v. 1382-1385）。

ものだった。

> der sîn vil hôchvertiger sin,
> der schadet uns immer mêre. (v. 1386f.)

> 彼の大いに傲慢な心根が我々に損害を与えることは、もはやないのです。

ここでヒルデブラントがフォルケールの具える特性として認識する「傲慢さhôchvart」は、先の節で検証した「übermuot」の類型でありながら、一義的にネガティヴなものであり、とりわけ宮廷叙事詩においてはより宗教的罪としての「傲慢superbia」に近しいものとして認識されるものである[283]。ヒルデブラントにより下されるフォルケールに対する評価は、「嗜み」や「誠実なる心持ち」といった、宮廷的道徳規範で肯定的に評価されるものとは対極に位置する。この二極に分裂したフォルケールへの評価は、その剣捌きをフィドルの弓捌きにも例えられる、勇士でありながら楽人であるというフォルケールという人物像のもつ特異な二重性にも由来していると考えられるが、『哀歌』がフォルケールをどのような形象として描こうと試みたかは、「目撃者」たるヒルデブラントに批判的に語らせていることから明らかである。ハゲネを徹底的に否定的に描く『哀歌』は、彼の最も近しい戦友であり、クリエムヒルトにも敵対していたフォルケールに関し、一定の譲歩をしながらも、ヒルデブラントの持つ「目撃者」のトポスに拠って、そうした否定的見解を正当なものとすることを試みているのである。

フォルケールの遺骸が他のブルグントの者たちの許へと運ばれてから、ディエトリーヒが血の海の中でハゲネの弟ダンクワルトの遺骸を見つける。ディエトリーヒは「彼の心持ちはまこと徳高いものであった sîn muot der was sô tugentlîch (v. 1424)」とやはり宮廷的道徳規範にのっとる形で賞賛するが、ヒルデブラントはフォルケールの時と同様、ディエトリーヒのダンクワルトへの「嘆き」を「目撃者」の立場から制止する。

> „Ir müget in ungelobt lân
> vil wol", sprach dô Hildebrant.
> „gesaehet ir, wie in sîn hant

---

[283] Müller (1998), S. 240f.

> hât gedienet in sînen lesten tagen,
> sô muoz iu deste wirs behagen,
> daz er ellen ie gewan;
> wand ich des wizzen niene kan,
> ob ir deheiner mêre
> uns habe geschadet sô sêre. (v. 1428-1436)

「貴方はそう彼のことを誉める理由はないのですよ」とヒルデブラントはいいました。「彼が今わの際に自らの手でどのような働きをしたのかご覧になったとしたら、彼が勇猛であったことが、よりいっそう好ましくないものと思われるでしょうよ。ここまでわし達に害をなした者は、彼のほかには思い当たらないのです。」

　この箇所で『哀歌』の詩人は、ディエトリーヒとヒルデブラントのダンクワルトに対する評価の差に、「見ている」ことと「見ていない」ことの対比を再び明確に描き出す。それとともに、このディエトリーヒによる「嘆き」に先立つ語り手の叙述が、ヒルデブラントの言葉と整合していることにも、「見ている」ことが真実の証であることが端的に示されている。

> Der êrste, den er dô vant,
> daz was von Burgonden lant
> Hagen bruoder Dancwart,
> der vil manegen rinc schart
> gemachet het dar inne.
> man sagte, daz vil grimme
> von Tronege Hagen waere über al.
> dô sluoc ir in dem sal
> Dancwart der degen ziere
> mêr danne Hagen viere. (v. 1413-1422)

　ディエトリーヒがそこでまず見つけたのが、ハゲネの弟であるブルグント出身のダンクワルトでした。多くの優れた勇士たちに見られたように、彼によって

多くの鎧がその中まで切り裂かれたのです。トロネゲのハゲネこそこの上なく獰猛であると人々は言いましたが、堂々たる勇士ダンクワルトは、広間の中でハゲネ四人分よりも多くの者を討ちとったのです。

ダンクワルトが「獰猛な」ハゲネとともに言及され、しかも広間の中で彼の四倍の数を討ち取り、エッツェル及びディエトリーヒの勇士たちにこれ以上ない損害を与えたことは、「目撃者」ヒルデブラントの証言に先んじて、「人 man」の話として語り手が述べており[284]、それは物語内の一般的な認識として、またそれゆえに特定の視点に拠らない、「客観的」な評価としての意味を持つ。これと「目撃者」たるヒルデブラントの認識は重ねられて、物語内での共通認識となり、またそれは『哀歌』という作品内での「まことのこと wârheit」となっているのである。そして『哀歌』の詩人は、このダンクワルトに対しての評価を、彼の遺骸が他の死者たちの元へ運ばれたときの人々の反応を通し決定的なものとする。遺骸が運ばれてくるのを見た人々は「男も女も man und wîp」また新たに嘆き、叫び声を上げるが、それはダンクワルトの死ゆえのものではなかった。

> dô sprach man und wîp:
> „der nam Bloedelîn den lîp".
> Den scahl der künec hôrte.
> sîn trüebez herze im stôrte
> diz wuofen und klagen.　　　　　　　　　　　　(v. 1446-1449)

その時男も女も言いました「彼奴がブレーデルを殺したのだ。」。騒ぎを国王（エッツェル）は耳にしましたが、この悲しみと嘆きの声は、彼の沈んだ心にこたえました。

人々が嘆いたのは、決してダンクワルトのためではなく、彼によって討たれた王弟ブレーデルのためであった。「目撃者」たるヒルデブラントと同様に、人々はダンクワルトの遺骸に彼の具えていた徳性の死を見てそれを惜しむのではなく、

---

284) こうした「人 man」の視点は、「すべての人間に対して開かれており、それゆえに人々が皆己の眼差しをある共通の焦点へと集合させるような認識をもたらし（Wenzel (2001), S. 223.)」、その視点のもと語られる事柄を物語世界における「まことのこと wârheit」とする。

3.『哀歌』――「記憶」の発生と対象化　173

彼の殺害した自分たちの王弟を思い出し、嘆く。このブレーデルの死に対する嘆きは、彼を殺したダンクワルトに対する批判的見解を前提としていることは言うまでもなく、ダンクワルトはヒルデブラントによる裁定どおり、彼のもたらした損害ゆえに、ハゲネと同じく、生者たちには否定的な姿で認識され、「記憶」される対象として描かれる。

　以上グンテル、フォルケール、そしてダンクワルト各々の遺骸の発見とそれに対する生者の反応、そして死者たちに対する認識を検証してきたが、この三人に対してはそれぞれ二つの対極の評価が生者により示される。一方は死者が生前その身に担っていた徳目に対する賞賛であり、またもう一方は彼らが戦いのなかで生者たちに与えた損害を理由とした賞賛の拒否である。このいわば生者による死者の人物像に関しての議論は、彼らの生に対しての複数の記憶が発生する可能性を示唆する。その際に、死者に対する肯定的な評価が、目撃者ではない者によるものであり、死者たちが生前その身に担っていた宮廷的徳目をその根拠としているのに対し、否定的な評価を成立させ、なおかつ先に述べられた肯定的評価を覆す力が否定的評価に与えられているのは、それが常に死者たちの最期の様子を「見た」、目撃者の視点から行われていることによるものである。

　ただし留意すべきなのは、目撃者の視点から行われる死者に対する肯定的評価の否定は、死者たちが宮廷的徳目を担っていたこと自体の否定ではなく、「目撃者」にしか知りえない戦いの場において暴力性として具現化した死者たちの英雄性と、それが引き起こした損害に対してのものであるという点である。彼らの最期を「見た」ものたちにとっては、彼らが自分たちに与えた損害と悲しみは余りに大きく、それは彼らの生前持ちえた徳性以上に生者たちの記憶に残るものであった。そして「目撃者」の証言に基づく否定的な見解の肯定的な見解に対する優位を裏付けるように、否定的な見解が述べられた後には、その死者に対する嘆きは描かれない[285]。『哀歌』の詩人はこの生者たちの「記憶」が発生する場面を描くに当たり、「目撃者」のトポスを用いることによって、称賛に値する宮廷的徳目――本来ならばその理解の元に「記憶」の対象とされ得た――を具えていた人物をも破滅へ追いやり、否定的な評価のもと「記憶」され得る対象となることを

---

[285] 死者に関しての「記憶」が一元化されたものとして最終的に確定されるのは、書記機関によって彼らの死に関する因果関係の解釈が行われ、それが歴史化される時点であることを『哀歌』の詩人は第三区分において描き出す。詳細は本書3.3.を参照のこと。

明らかにし、その原因をなしている英雄的暴力性への批判を行っていると考えることができるだろう。

3.2.3. 英雄たちの葬送

　これまで、『哀歌』の詩人が『ニーベルンゲンの歌』で描かれた結末に主体的に関わった人物たちに対する「嘆き」とそれを通した評価、そして彼らに対する評価の確定をどのように描き出しているかを見てきたが、ここからは自分たちには咎がないにもかかわらず、争いに巻き込まれ、戦い死んで行った第三のグループに属する者たちへの「嘆き」を検証する。

　ダンクワルトの遺骸をフォルケールおよびハゲネの元へと運ばせた後、エッツェルらはブルグントの者たちとディエトリーヒ配下の勇士たちが激しく戦った館の中へと足を踏み入れる。この先に見つかる死者たちは、事態が破滅的な結末に至ることに直接関与したものではなく、それゆえに「災い」を招いた「罪」とは無縁であったにも関わらず、あたかも全てを飲み込みつつその争いの連鎖を膨張させていったかのようなクリエムヒルトの復讐に巻き込まれ、死した者たちである。彼らの死は生者に何をもたらし、また死者たちはいかにしてその終えた生を認識され、彼らの「記憶」となったのか。

　この箇所は C ヴァージョンでは第三歌章の冒頭と一致し、B ヴァージョンでもまた、「ここで類稀なるお話をお聞かせいたしましょう hie muget ir wunder hoeren sagen（v. 1450）」との語り手による一詩行が挿入されることで、叙述の流れに一つの区切りがつけられており、ここから述べられる死者に対する「嘆き」が、ダンクワルトにいたるブルグントの者たちに対するものとこれ以降とで区別されていることは明らかである。フンの王族およびグンテル、ハゲネ、フォルケールとダンクワルトの遺骸が見つかったのは宮殿の外であったが、舞台はここで宮殿の中へと移る。

　まずダンクワルトに兜を割られ、息絶えているヴォルフブラントが見つかる。ディエトリーヒはその遺体を見て、「自分の苦悩の全てを思い起こした aller sîner swaere/der gehüget er dâ bî（v. 1464-1465）」。ヴォルフブラントに関しては、ダンクワルトによって断たれた兜と彼自身の遺体が、生者に死者の生前のことを思い起こさせ、彼に関しての「記憶」が発生するきっかけとされている。そ

3. 『哀歌』──「記憶」の発生と対象化　175

れと同様に、ディエトリーヒの臣下の者たちの多くは、身につけた遺品を通してディエトリーヒらの生者に認識される。彼らの遺体の確認とその死を嘆く過程には、死者の遺した物品を媒介として、死者たちの生が生者にとっての「記憶」として確定されるプロセスが、具体的に描写されている[286]。

　ヴォルフブラントの傍らに見つかるベルン公ジゲシュタープは、彼の衣を通して身にまとっていた宝石が星のように光を放っていたことが描写され、これがジゲシュタープを外的に表象する手がかりとして示される。こうした遺品を目にした後、ディエトリーヒはジゲシュタープが自分の従兄弟であることを語り、見事な勇士であった死者の在りし日のことを思い起こし、悼む。そして、誰によって殺されたのかとのディエトリーヒの問いには、その最期の様子を見ていた「目撃者」ヒルデブラントが、フォルケールが彼を討ち、それゆえに自分はフォルケールを討ったことを報告する（v. 1500-1505）。この報告を聞いたディエトリーヒは、さらにジゲシュタープが未だその手にしていた盾を持ってくるように命じる（v. 1513-1514）。続いて発見されたヒルデブラントの甥で勇士ネーレの息子であり、ディエトリーヒに仕える城伯であったヴォルフウィーンの遺骸も、ジゲシュタープと同じく、その兜の輝きによって彼のものと同定される。そしてヒルデブラントは彼の身に穿たれた深い傷を指して、勇敢さの証とする。

> Nû seht, wie den vluz gît
> daz bluot von sînen wunden!
> der recke wart nie vunden
> an deheiner zageheit.
> in disem sturm er hie streit
> wol einem degene gelîch.　　　　　　　　　　（v. 1534-1539）

「御覧なさい、彼の傷口から血が河のように流れ出すのを！勇士には臆病さのかけらもありませんでした。この戦いで、彼はまこと英雄に相応しく戦ったのです。」

---

[286] 遺品を通して死者に関する記憶が喚起され、固定化されるという図式は、第三区分に入って後に各地の宮廷へと死者の遺した武具を届けるべきとのディエトリーヒの提言（v. 2546-2560）の背景となっている。

この「英雄に相応しく戦う einem degene gelîch strîten」という言い回しは、『ニーベルンゲンの歌』にも見られ、正邪を容易に決しがたい複雑な価値体系を内包する『ニーベルンゲンの歌』の作品世界において、一貫して肯定的なものとして描かれていると考えられる「英雄になること Held werden」を保証する行為を描くものである[287]。しかし、そうして戦った結果勇士の身体には致命傷が刻まれ、命を失った屍体として血の海の中に横たわることとなった。ここでヴォルフウィーンの身体を通して示唆されているのは、「英雄に相応しく」戦うことが、結局はそのものが命を落とし、酷く痛ましい姿を晒すことに直結し、後に残されたものの嘆きの対象となるということであり、『哀歌』が英雄的原理にのっとった行為およびその暴力性を批判的視点から見ていることを裏付ける。

　ヴォルフウィーンの遺骸において『哀歌』が象徴的に描き出すのは、「英雄に相応しく」戦うこととその結果としての死は、決して肯定的なものではないということである。「英雄に相応しく戦」ったヴォルフウィーンに関してはまた、「一片の臆病さも見出せない der recke wart nie funden/an deheiner zageheit（v. 1536f.）」ことが述べられる——しかしヒルデブラントは、ヴォルフウィーンのことを「これほどまでに輝きを奪われた勇士を私は生涯で一度も見たことがない nie helt sô gar unhêren/ich gesach in mîner zît.（v. 1532f.）」として嘆くのであり、英雄的行為が生者にとっての肯定的な記憶には結びつかないということが示さる。そして彼らの遺骸は、「もはや美しくはない屍体[288]」として、生者の目に映る。次々と見つかったディエトリーヒ臣下の勇士たちは、女性達の手によって鎧を脱がされて、英雄としての装いをすべて取り除かれることで[289]、ただ石などの無機物と同等の[290]、ミュラーいうところの「腐肉 Kadaver[291]」としてその存在を生者の目にさらすことになる。そうした英雄たちの生き様を伝えるのは今や兜や

---

[287] 『ニーベルンゲンの歌』における「英雄になること」については、以下の文献を参照のこと。Müller（2002），S. 109–113.

[288] Lienert（2001b），S. 129.

[289] 人物の個性と表層 Persönlichkeit und Oberfläche については、Müller（1998），S. 243–248を参照のこと。

[290] 死者たちと石の比喩。「そう、彼（ディエトリーヒ）は自分の周りに多くの者たちが石のように横たわっているのを見ました。jâ sah er ligen umbe sich/der liute sam der steine.（v. 1632–1633）」

[291] Müller（1998），S. 248.

鎧、装飾品のみであり、彼らの肉体は生者にとって単なる重荷へと変容し、その処理はリーネルトの言葉を借りると「廃棄物処理 Müllabfuhr[292]」にも等しいものとなる。彼らが生前示した勇敢さは、生者にただ悲哀と血に染まった遺骸を残すのみである。

　生前の勇士としての存在と、命を失った後の骸となった身体の対比は、ディエトリーヒの家臣たちの遺骸の処理が終わった後に見つかる、四人の英雄達への「嘆き」の場面を解釈する上で、重要な視点を提供する。四人の英雄達とは、ディエトリーヒ配下で無二の勇士ヴォルフハルト、ブルグントのゲールノート・ギーゼルヘルの兄弟王、そしてフンの辺境伯であるリュエデゲールである。彼らが『哀歌』において特別な存在として描かれていることは、前述のディエトリーヒのほとんどの臣下の者たちが発見されてから彼ら四人の描写に入る前に、死者たちから婦人の手によって鎧が脱がされたこと[293]、800人以上の犠牲者が外へと運び出されたことなどの挿話を経て、「その時、凄まじい新たな嘆きが起こった dô huop sich sunder niuwez klagen（v. 1650）」と物語及び「嘆き」が新たな局面に入ることが示されて後、叙述の対象となっていることからも明らかである。

　その四人のうち、まずヴォルフハルトの凄惨な死に様に関しての描写が目を引く。ヒルデブラントの甥で、「軍きっての勇士 volcsdegen[294]」と呼ばれるディエトリーヒ配下の「若い tump」勇士であるヴォルフハルトは、「血気盛んな、思慮が足りずただ誉れのみを追い求める、挑発に簡単に乗る向こう見ずな人殺し[295]」であり、また「その制御されず、同時に制御不可能な暴力への抵抗のなさと、傍若無人な誉れへの固執という点において、英雄の典型であり、また極端な姿を体現している[296]」として、口伝の英雄詩およびそれを素材とする叙事詩に登場する。こうした人物像は、まさに『哀歌』Bヴァージョンが「シーフリトは己の『übermuot』ゆえに死んだ」と語った際に、シーフリトに想定されていた本質、

---

292) Lienert (2001b), S. 130.
293) この「鎧を脱がされる」ことにより、英雄としての表面／装いが取り除かれ、そこにあるのはもはや英雄ではなく、ただの死体であることをミュラーは指摘する。Müller (1998), S. 243ff.
294) このヴォルフハルトの呼び名は、Bヴァージョン1661行、Cヴァージョン1741行に登場する。「あらゆる戦士を凌ぐ、人々皆に知られている勇士（Lexer. Bd. 3. Sep. 437.）」。
295) Lienert (2001b), S. 134.
296) Müller (1998), S. 204.

ひいては『ニーベルンゲンの歌』においては宮廷的徳目に律せられてジーフリトの深層へと沈滞した英雄性[297]と特徴を共有するものといえるだろう。そしてこのヴォルフハルトという荒々しい古来の英雄像を体現する勇士の死の描写からは、そうした英雄および彼の従う英雄的原理に対する『哀歌』の視線が明らかになる。

　彼の死は、三つの身体的特徴により浮き彫りにされている。彼を発見するのは叔父のヒルデブラントであるが、血の海の中に倒れ臥すヴォルフハルトの「朱に染まった顎鬚」[298]は、それを目にしたディエトリーヒに自分の蒙った苦悩を思い起こさせる（v. 1669-1673）。また、ヴォルフハルトはその手に剣を固く握り締めたまま死んでいた。ディエトリーヒとヒルデブラントは、彼の手からその剣を離させようとしたが適わず、終いに「やっとこ」を用いて、ようやく剣を手から離すことが出来たのである。

> Wolfhart der wîgant
> het verklummen in der hant
> daz swert in sturmherter nôt,
> swie der helt waere tôt,
> daz Dietrîch und Hildebrant
> im daz swert ûz der hant
> kunden niht gebrechen,
> dem zornmuotes vrechen,
> unz daz siz mit zangen
> ûz sînen vingern langen
> muosen kloezen dem man.　　　　　　　　　(v. 1681-1691)

　勇士ヴォルフハルトは、激しい戦いの苦難の中にあって、その手に剣を固く握り締めていて、勇士は死んでいるのにも関わらず、ディエトリーヒとヒルデブラントは猛る心を持った勇士の手から剣をもぎ取ることが出来ませんでした。

---

[297] 『ニーベルンゲンの歌』におけるジーフリトの英雄性については、本書1.2.および1.3.を参照のこと。
[298] このヴォルフハルトの「roetelohter bart」とは、「赤毛の顎鬚」ではなく、「血に染まった」の意。Lienert (Kommentar), S. 412 Stellenkommentar zu v. 1670

やっとこを使ってようやく、彼の長い指から剣を離すことが出来たのです。

また、彼の歯は噛み千切るような様に食いしばられていた。

> Wolfhart vor den wîganden
> mit durchbizzen zanden
> noch lac in dem bluote.　　　　　　　　　　（v. 1703-1705）

ヴォルフハルトは勇士たちの前で、噛み千切るように歯を食いしばったまま、血の中に横たわっていました。

ヴォルフハルトより先に遺骸が見つかったディエトリーヒの臣下の者たちは、時には刻まれた傷という外部から与えられた印を通して、時には身につけていた宝石や兜という外面を装うものを通してその英雄性を生者に認識され、そして「嘆き」の対象となっていた。そうした勇士たちは死んで横たわり、婦人たちによって武装が解かれた今は、もはや英雄ではなく、『哀歌』はそれを石やライオンに食い散らかされた家畜の死肉、市場の商品と同列に置いて叙述する[299]。リーネルトが指摘するように、「鎧と共に英雄的な表層は剥ぎ取られ、その下に現れるのはもはや英雄ではない。力ない遺骸の身体性は、生きている英雄のそれとは根本から異なっている[300]」。すなわち、死した英雄たちの身体は、自ら能動的に自己を英雄として示すことはもはやないのである。

しかし、そうした「英雄の抜け殻」とでも言うべき屍体に囲まれながらも、なお例外的に英雄としての特徴を明らかな形で顕すのがヴォルフハルトの遺骸である。それは、「朱に染まった顎鬚」、「剣を固く握った指」、そして「噛み千切るように食いしばられた歯」という、鎧の下の自らの身体を通して命を落としたときの様を留めており、英雄としての自己を文字通り体現している。とりわけ、勇士の象徴とでも言うべき剣が、ディエトリーヒとヒルデブラントという二人の勇士の力をもってしても彼の手から離れなかったという記述は、外部から受動的に受

---

[299]「彼らはあたかも獅子が食い散らかした家畜のように横たわっていました si ligent rehte ein vihe,/daz erbizzen hânt die lewen（v. 2070-2071）」。また、死者と商品の比喩については、以下の文献を参照のこと。Lienert (2001b), S. 132.
[300] Ebd., S. 129.

けた傷などとは異なり、ヴォルフハルトの身体が、死してなお自ら能動的に「盾持つもの schildes ambet[301]」ならぬ「剣持つもの swertes ambet」である英雄としての自己を主張していることを明らかにしている。

このように、その身体を通して死してなお英雄的存在であることを示し続けるヴォルフハルトについてディエトリーヒは、彼が生前常に自分の傍らで戦い誉れを勝ち取ってきたこと、エッツェルも彼によって幾度となく勝利を得たことを回顧し彼のことを嘆くが、ここに現れるディエトリーヒとヴォルフハルトの関係は、ハゲネを決して見放そうとしなかった君臣間の関係と同質のものであることが読み取れる。ディエトリーヒは、ヴォルフハルトの為の「復讐」の意志を示すのである。

> wist ich an diesen stunden,
> an wem ichz rechen solde,
> wie gerne ich dir nû wolde
> dienen, tugenthafter man,
> als du mir dicke hâst getân!
> des enmac et leider niht gesîn.　　　　　　　　(v. 1734-1739)

> もし今誰に仇を討てばいいのかわかれば、お前がよく私にしてくれたように、どれほど喜んで私はお前のために力を尽くしたであろう、徳高きおのこよ！しかしそれはもはや不可能なのだ。

君臣間の「誠」に相応しく、ディエトリーヒは自分にヴォルフハルトが生前奉仕してきたことを思い、それに報いようとする。ヴォルフハルトが死した今、彼のために報いるとはすなわち彼の仇を討つことなのであるが、しかしそれはディエトリーヒも言っているように、不可能なことなのだ――ヴォルフハルトは自分を討ったギーゼルヘルと相討ちになっており、ディエトリーヒがヴォルフハルトの仇を討つべき対象は、もはやこの世にいないのである。

間断なき復讐の連鎖によって、シーフリトの死が破滅的結末へと至ったことはこれまで述べてきたとおりであるが、ヴォルフハルトの死とそれに対する復讐が

---

[301] 中世騎士文学での、騎士の謂い。

不可能であるというここで述べられる論理はまた、彼の死を最後とした連鎖の収束を意味する。『ニーベルンゲンの歌』での自らの言葉どおり、「己の手で優に百人は斬り倒し vor mîn eines handen ligent wol hundert erslagen（2303, 3）」、そしてギーゼルヘルという「王たるものの手にかかって、立派な死を死ぬ vor eines küneges handen lige ich hie herlîchen tôt（2302, 4）」ことを誇るヴォルフハルトは、「敵の身体に破壊的に刻み込んだ、卓越した身体的な暴力を通して自己規定する[302]」という、もっとも原始的な英雄像を体現しているが、彼の死の後には英雄的原理に則った戦いの必然性は失われ、世界からは英雄的なるものはもはや消え去っており、最後に残るのは生々しく戦いの壮絶さを伝える彼の亡骸のみであった。『哀歌』は、ヴォルフハルトの死に『ニーベルンゲンの歌』が素材とした「古の物語」の根幹をなしていた、英雄的なるものの終焉を象徴させているのである。

　このように、英雄としての生を生きて英雄として死に、また亡骸となってなお英雄性をその身に顕すヴォルフハルトに対し、その英雄的戦いの最後の相手となったギーゼルヘルへの「嘆き」は、ヴォルフハルトに対するものといささか趣を異にするものとして描かれる。ヴォルフハルトと相討ちとなったギーゼルヘルの遺骸が見つかると、「その傍らには彼が討った多くの者たちが横たわっていた bî im lac ir noch genuoc,/die er ouch het erslagen（v. 1788-1789）」、すなわちディエトリーヒの配下の者たちが彼に討たれて死しているのを目にしているのにも関わらず、ディエトリーヒとヒルデブラントは、彼らの「敵 vient（B: 1790）」であるギーゼルヘルのことを、嘆き始める。ここでのギーゼルヘルに対する両者の嘆きは、先に検証したグンテルやフォルケール、そしてダンクワルトに対するものとは区別されていることは、ここでギーゼルヘルがディエトリーヒおよびヒルデブラントにとっての「敵」であることが示され、また彼らが彼から蒙った痛手——ヒルデブラントは自分自身の甥であるヴォルフハルトを彼に討たれているのである——を「目撃者」として認識しているのにも関わらず、「嘆き」の対象としていることから明らかである[303]。そしてこのギーゼルヘルに対する肯定的な見解は、先に述べた『哀歌』第一区分での語り手によるそれと呼応していること

---

[302] Lienert (2001b), S. 128.
[303] とりわけ、フン側に対して敵として戦った者たちの内、彼らと刃を交えたヒルデブラントがその死を悼むのはギーゼルヘルのみである。

は言うまでもないだろう。それでは、ギーゼルヘルは何ゆえに「嘆かれ」るのか。

>   Si sprâchen: „Ôwê, daz dîn lant
>   von dir nû erblôsez lît!
>   Ôwê, daz dîn golt gît
>   nû niemen, sam du taete!
>   du waere sô êren staete,
>   daz dich des nie gedûhte vil,
>   swaz du ze vreuden und ze spil
>   der werlde kundest machen.
>   du bist von hôhen sachen
>   kumen unz an dîn ende.   (v. 1792-1801)

　ディエトリーヒとヒルデブラントはいいました。「ああ、君の国に誰も君の跡継ぎがいないことになるとは！ああ、いまや君がしたように君の黄金を分かち与えるものがいないとは！君はとても誉れ高く、君がこの世の喜びや楽しみのためになすことのできることは何であれ、決して多いとは思わなかったのだ。君は生の終わりに至るまで、大きな名声を得ていた。」

　ディエトリーヒとヒルデブラントのギーゼルヘルを悼む「嘆き」から想起されるのは、英雄的な人物ではない。ギーゼルヘルはまずブルグントの王の一人として、後継を残さなかったこと[304]を嘆かれ、また「気前のよさ」を惜しまれる。この「気前のよさ」とは宮廷的徳目の中で、王たるものにとって最重要なものの一つであり[305]、ここでギーゼルヘルは理想的な宮廷君主としての資質が彼とともに失われてしまったことを嘆かれているのである。そして、敵味方の二元論を超えて嘆かれる彼の持つ特性は、対立関係にあるディエトリーヒにも嘆き悼まれるクリエムヒエルトの「誠」と同様、絶対的な価値を持つものとして、ギーゼルヘルに理想的な宮廷君主の姿を与えている[306]。このギーゼルヘルに関しての一貫した肯定的評価は、彼がシーフリト暗殺に関して罪を負っていないことを前提

---

304) 王の身分にあるものが跡継ぎを残さないということは、王権の連続性を脅かす第一の要因として、その宮廷社会最大の危機になりうる。
305) Bumke (2002), S. 385.

としており、ここでも物語内の登場人物による見解と、『哀歌』のそれの一致が図られている。

しかしヴォルフハルトと同様に、ギーゼルヘルが宮廷君主/騎士に相応しいというよりむしろ暴力として具現化する英雄的な働きおよび振る舞いを示したことは、『ニーベルンゲンの歌』と『哀歌』双方に見て取ることができる。『ニーベルンゲンの歌』では、フンの宮廷での初めの戦いがひと段落したときに、戦いの場となった広間から死体を外へと投げ出し、フンの者たちに痛手を与えようとの提案をしたのは他ならぬギーゼルヘルであり、その言葉をハゲネは「そのような提案は正に『勇士 degen』に相応しい der rât enzæme niemen wan einem degene (2012, 2)」と讃えている。ミュラーの指摘を待つまでもなく、ここでのギーゼルヘルは王であるのみならず、ヴォルフハルトと同質の存在である[307]。また、『哀歌』でもギーゼルヘルは「復讐」の名のもとの戦いを戦ったことが述べられており、ヴォルフハルトと彼の相討ちにおいて象徴的に終焉を迎えた復讐の連鎖の中に組み込まれていることは明らかである。

  uns habent dîne hende
  der leide hie sô vil getân,
  daz nie tumber helt began
  sich rechen alsô sêre.   （v. 1802-1805）

  われわれには君の手によってひどく損害を蒙ったが、若い勇士がこれほどまでに激しく復讐をなしたことは、かつてなかった。

ギーゼルヘルは理想的宮廷君主としての特性をその身に持ちながら、復讐の連鎖の中で一個の英雄として戦い、果てた存在として描かれているのである。ギーゼルヘルに続いて遺骸が発見される、やはり相討ちして果てたゲールノートおよびリュエデゲールもまた、勇士としての戦い[308]で命を落としたのであるが、ヴォルフハルトおよびギーゼルヘルも含めて彼らの死に関する描写からは、先の「目撃者」のトポスにおいて明らかになったのと同様の、宮廷性と英雄性に対す

---

306) 詩人が彼の徳性を絶対的なものとして規定していることは、彼の死が「キリスト教徒にも異教徒にも心痛を与えた（v. 1846-1849）」という描写に端的な形での反映を見ることができる。
307) Müller (2002), S. 110.

る『哀歌』の見解を読み取ることができる。

　ゲールノートの遺骸が発見されると、彼に対してもエッツェルは嘆きの声をあげ、その中でゲールノートは自分の息子の手本たり得た（v. 1891-1897）とその死を惜しみ、またクリエムヒルトが「女性の分別のなさ」ゆえにハゲネをブルグントの者たちから隔離できなかったことを悔やむ。生前クリエムヒルトとの関係の深かったギーゼルヘルや、最後の死者として発見され、この上ない嘆きの声を喚起することになるリュエデゲールと比較すると、ゲールノートに関する描写はやや少ないが、エッツェルの嘆きの中では、彼はやはり肯定的にとらえられている。しかし、彼の死に関する描写は、次に遺骸を発見されるリュエデゲールの肯定的側面を演出しているという点で、また重要である。ゲールノートの遺骸は剣を手にしており、それは「刃毀れも曇りもない」ままであるのをヒルデブラントが見出す。この剣は、リュエデゲールがかつてブルグントの者たちを居城で歓待した折にゲールノートに贈ったものであり、その所有者も贈り主も死した後にも失われない輝きは、リュエデゲールがこの剣を贈るという行為を通して明らかにした彼の徳性が[309]、未だ光を放っていることを象徴的に示している。

　そして、『ニーベルンゲンの歌』においてもすでに「全ての徳の父 vater aller tugende[310]」として、理想的な宮廷騎士の姿で描かれる辺境伯リュエデゲールその人の遺骸が見つかると、ディエトリーヒおよびエッツェルによる嘆きを通して、ありとあらゆる徳性を具えた人物であることが述べられる。彼は「気前がよく milt」、決して「間違った助言はせず sô misseriet er mir nie（v. 2053）」、窮地にあったディエトリーヒに救いの手を差し伸べて庇護し[311]、また「勇敢 küene」な人物であったことを、『哀歌』は生者に語らせる。しかし、そうしたリュエデゲールの徳性の中心に彼らが見ていたのは、「誠」であった。彼の「誠」について、ディエトリーヒとエッツェルは以下のように語る。

　　　　ez wart nie getriuwer degen,

---

308)　『ニーベルンゲンの歌』での最後の戦いが、勇士としての戦いであったことは『ニーベルンゲンの歌』の描写に明らかである。Vgl. Müller (2002), S. 110.
309)　ここであらわれているのは、ギーゼルヘルの箇所と同様の「気前のよさ」と考えられる。
310)　『ニーベルンゲンの歌』第2202詩節参照。
311)　弱者への同情および救済は、騎士の最重要の徳目である「謙虚さ diemüete」に由来するものである。Vgl. Bumke (2002), S. 417f.

3. 『哀歌』——「記憶」の発生と対象化　185

> und, waen, ouch ûf der erde
> mêr deheiner werde.　　　　　　　　　　　　　（v. 1982-1984）

これほど誠実なる勇士は絶えてなく、またこれほど高貴なものもこの世にはあり得ない。

> sîn triuwe hât mich enbor getragen,
> alsam die vedere tuot der wint.
> ez enwart nie muoter kint
> sô rehte gar untriuwelôs.　　　　　　　　　　　（v. 2046-2049）

彼の誠は風が羽毛を吹くように、私を高みへと導いた。母から生まれた子で、かほどに誠に欠けることがない者は決してあるまい。

　特にエッツェルの「彼の誠は風が羽毛を吹くように、私を高みへと導いた」との言葉は、第一部での語り手の「誠」という概念に対する賞賛（B: 146-150）と重なるものであり、そうした「誠」を第一の特性とするリュエデゲールは、クリエムヒルトと等しい特性を基軸に造形された存在であった。このことは、リュエデゲールが神の恩寵に値する存在であり、また絶対的に肯定されるべき人物として描かれていることを意味する[312]。すなわち、この「誠」を中心とした造形により、クリエムヒルトと同様、リュエデゲールは宮廷的存在として最高のものとして描かれているのである。『哀歌』はクリエムヒルトの「誠」を敵味方そして自らの死をも超えてゆくものとして描いたが、リュエデゲールの「誠」についてもまた、主を失っても未だ輝きを失わない剣に託す形でその痕跡の存在と、永遠

---

[312]　『ニーベルンゲンの歌』でリュエデゲールはブルグントとフンの狭間に立ち、「魂」の危機に瀕しており、そこからの救済を求めるために自分の死に直結する行為を選択した。しかし、『ニーベルンゲンの歌』の詩人はリュエデゲールの「魂」の問題に明確な決着をつけることはしない。それに対し、『哀歌』の詩人はリュエデゲールをクリエムヒルトと並んで「誠」を第一の特性とした人物として造形しており、クリエムヒルトに関する描写において「誠」こそが天国へ至ることを保証するものとして定義しているため、ここでの描写からは『哀歌』の詩人はこの問題に対して肯定的な解決を与えていると考えることができる。そして、『ニーベルンゲンの歌』ではその成否が明らかにされていなかったリュエデゲールの「魂」の救済に関してこうした解決を示すことを通し、『哀歌』はリュエデゲールの体現していた騎士としての在り様を肯定しているのである。

性を描き出している。

　このリュエデゲールの死に関する記述は、ヴォルフハルトのそれと興味深い対比を見せている。ヴォルフハルトの遺骸についての描写の最後に、語り手は英雄としての死を総括して以下のように述べる。

>　an im lac verdorben
>　vil maneger swinder swertes swanc.
>　klagte man tûsent jâre lanc,
>　sô müese mans doch vergezzen.　　　　　　　　　　　（v. 1776-1779）

　彼とともに多くの鋭い剣撃が失われてしまいました。千年もの間嘆いたとしても、結局最後には忘れ去ることとなるのです。

　ヴォルフハルトの英雄としての死は、人々にひどく嘆かれるものではあるのだが、ここでの語り手の言葉は、それがしかし有限のものであることを示している。とりわけ、『哀歌』はヴォルフハルトへの「嘆き」に関し、「嘆くのを止める verklagen」ではなく「忘れ去る vergezzen」という言葉を選択していることから、英雄に関する物語がとりわけ訴求する、「記憶に留まること Memoria zu sein」を否認しているとの見解をリーネルトは示している[313]。これと好対照をなしているのが、リュエデゲールの死への「嘆き」に対する語り手の言葉である。

>　ouch het er Rüedegêre erslagen,
>　den man nimmer verklagen　　　　　…
>　ze dirre werlde kunde　　　　　　　（ze dirre werlde enkunde.
>　unz an die lesten stunde.　　　　　　unz an die lesten stunde,
>　　　　　　　　　　　　　　　　　　sô diu werlt ein ende hât,
>　（B: 1867-1870）　　　　　　　　　muoz man gedenken sîner tât.)
>
>　　　　　　　　　　　　　　　　　　　（C: 1959-1966）

　またゲールノートはリュエデゲールを討ちましたが、彼のことは決してこの世

---

313) Linert (Kommentar), S. 414, Stellenkommentar zu v. 1772-1779.

3.『哀歌』——「記憶」の発生と対象化　187

の最後の日まで、嘆きを止めることなど出来ないのです。(C:そしてその日まで、彼の行いに思いをはせなければなりません。)

　ヴォルフハルトという英雄的原理を体現した人物の死はいつか忘れ去られるものであるが、リュエデゲールという宮廷騎士の理想を体現した人物の死は決して忘れ去られないし、また忘れ去ってはならない——「彼の行いに思いをはせねばならない」ものとして、リュエデゲールへの嘆きが永続的なものであるべきことを、『哀歌』の詩人は主張する。同じ戦いに巻き込まれ、その中で死した両者への「嘆き」を、このように根本的に区別し、対比させている要因は何なのか——それは、彼らの死とともに失われたものの差である。

　前述の箇所で、『哀歌』はヴォルフハルトとともに失われたのは「鋭い数多の剣撃」であり、ヴォルフハルトの死とは、英雄的行為をなしうるある一人の勇士の死であることを示している。それに対し、リュエデゲールの遺骸が見つかるのに際し、語り手は次のように述べる。

> an dem was mit wârheit
> verlorn der werlde wünne,
> daz ûz einem künne
> sô vil êren nie verdarp,
> als dô der marcgrâve erstarp. 　　　　　(v. 1962-1966)

リュエデゲールとともに、本当に世界からは喜びが失われてしまいました。この辺境伯が死んだ時ほど、ある一族からこれほどまでに多くの誉れが失われたことはありません。

　『哀歌』は、リュエデゲールとともに失われたのは、「世の喜び der werlde wünne」であり、「誉れ êre」であるとする。これらはまさしく中世の宮廷的道徳体系の基盤をなす概念であり、リュエデゲールの死が嘆かれるべきと『哀歌』が主張する根拠は、彼とともに宮廷における理想が失われてしまったからに他ならない。そして、「この世の最後の日まで思いをはせねばならない」対象は、リュエデゲールがなした「行い」であり、クリエムヒルトと同様の「誠」を人物造形の中心に据えられているリュエデゲールの「行い」とは、宮廷的道徳体系を構

築する徳目に則ったものである。すなわち、リュエデゲールとヴォルフハルトの死とそれに対する「嘆き」の対比からは、有限の価値である英雄的なるものと、永続的なものとしての宮廷的徳目という二項対立の図式が浮かび上がり、それとともに英雄的なるものに対して宮廷的なものを優位に置くという『哀歌』の姿勢が明確に示されているのである。

　ヴォルフハルトとは異なり、ギーゼルヘル、ゲールノート、そしてリュエデゲールは、生者による「嘆き」において、宮廷騎士ないし宮廷君主としての徳性を讃えられ、死を嘆かれた。しかし、生前そのような徳性を担っていた三人は、復讐の連鎖に巻き込まれ、その中で勇士としての死を遂げている。このことは、彼らが生前具えていた宮廷的美徳にも関わらず、彼らの死に暗い影を投げかけていることを、最後に指摘しておきたい。それが明らかになるのは、広間から彼らの遺骸が運び出される場面である。

　ギーゼルヘルの遺骸を人々は持ち上げようとするが、それは「余りに重く ein teil ze swaere（B: 1834, C: 1926）」、人々の手から地面へと落ちる。また、リュエデゲールの遺骸をヒルデブラントが背負い、外へ運び出そうとするが、やはり「余りに重く」、ヒルデブラントはリュエデゲールの遺骸へと倒れ伏し、意識を失ってしまう。そして、これらの変化がどのような意図のもと描かれているのかを示しているのが、ゲールノートの遺骸に関する描写である。

> wol gewahsen was der man
> an groeze und an lenge.
> diu tür wart in ze enge,
> dâ man die tôten ûz truoc.
> ê dô was er snel genuoc,
> der edel und der maere,
> swie swaere ab er nû waere. 　　　　　　　　（v. 1928-1934）

> 身丈も幅も非常に大きかったため、遺骸を外に運び出すところの扉が余りに狭くなってしまいました。かつて俊敏であった高貴で勇敢なる勇士は、今やなんと重いのでしょうか。

　ゲールノートの遺骸に対する描写には、「以前 ê」と「今 nû」の対比が鮮やかに

描き出されている。かつてその身に多くの徳を具えていたものたちは、死を境に変質し、今や生者にとって文字通り「耐え難い/運ぶことの出来ない un-tragbar[314]」ものとなっていることを、『哀歌』は三人の遺骸の在り様を介してドラスティックに描き出す。また、先に述べたヴォルフハルトの遺骸に関する描写の中で、彼が死してなお剣を固くその手に握りしめていたとの描写は、ヴォルフハルトの英雄性を表わすと同時に、その剣は「やっとこ」を使ってようやく手から離すことが出来たとの記述は、そこで顕されている英雄性に滑稽味を与えているのみならず、それがもはや肯定的に評価されるものではなく、厄介なものとして生者にとっての障害となっていることを示す。ここでの三人の遺骸は、生者たちに超人間的巨人的な大きさ・重さとして立ちはだかる。生前、宮廷の者たちに「気前のよさ」を示し、また「喜び」を与えた、しかし、復讐の連鎖のなかで「英雄になり」、英雄的な死を遂げた「英雄的」な死者たちのそうした有様には、やはり宮廷的特性をすら葬り去ってしまうような、英雄的なるものへの『哀歌』の批判的な視線が込められていると解釈することができる。

3.3. 過去の克服──『哀歌』の語る「その後何が起こったか」

これまで検証してきたように、『哀歌』第二区分では『ニーベルンゲンの歌』の戦いで死した者たちの亡骸が次々と発見され、四人の最も偉大な勇士達に対するものを最高潮とした「嘆き」の様が述べられた。「嘆き」を通して生者に「記憶」されることで死者の生は完結して固定化し、死した者たちはそこで初めて彼岸の存在となる。そうした「嘆き」の後、エッツェルの宮廷からはあらゆる喜びが消えうせ[315]、かつて栄華と威容を誇ったエッツェルの宮廷は、最も低い位置にまで落ち込んでしまった状態にあることが述べられる。戦場となった宮殿の表や広間の中を自分の親族を探して人々が彷徨う様は、店の間を抜けて市場へ買い物へと向かうことに喩えられることにより[316]、死の情景が常態化し、日常となって

---

[314] Lienert (2001b), S. 132.
[315] B ヴァージョン 2246f.。「それゆえにエッツェルの国からはすべての喜びがなくなりました des wart daz Etzeln lant/allez vreuden laere.」。宮廷から「喜び vreude/wunne」が失われることは、その宮廷の死に等しい。すなわち、この時点でフンの宮廷は機能を停止した状態になっていることが示されている。

しまっていることが描かれる。乙女や貴婦人が嘆きの余りに自らの装いを引き千切り、また切り裂かれた遺骸に多くのものが口付けをし、抱擁していた[317]。このように死者の国とも見まがうような状態に陥った世界はしかし、「死者で満ち溢れていた館の中が空になった Erlaeret was der palas,/der ê sô vol der veigen was（v. 2279-2280）」後、新たな段階に入る。そしてここに物語上の区切りが置かれていることは、Cヴァージョンがこの箇所に新たな歌章の冒頭を置いていること[318]にも反映されている。本節では、『哀歌』第三区分の持つ『ニーベルンゲンの歌』の続編としての機能に着目し、大いなる「嘆き」の後に、極限まで没落した世界を『哀歌』はどこへ導き、物語にいかなる新たな決着をつけているかを検証する。

3.3.1. 埋葬と慰め——世界の変容

　Cヴァージョンでの第四歌章の開始に先立って、クリエムヒルトの前の王妃であったヘルヒェが養育していた86人の乙女達が死者を嘆く様が描かれているが[319]、その中にディエトリーヒの恋人であるヘルラートがいた。死者たちを館の外へと運び出したディエトリーヒの耳に彼女の嘆きが届いた時、ディエトリーヒの心境にある変化が起きるが、この変化は物語のこの後の展開にとって非常に重要な要素を含んでいる。

> dô het her Dietrîch vernomen
> der schoenen Herrâten munt.
> swie vil im leides waere kunt,
> iedoch erbarmte im ir leit. 　　　　　　　　（v. 2288-2291）

　ディエトリーヒの殿は麗しいヘルラートの声を耳にすると、いかに多くの辛い

---

[316] v. 2251-2257。ここでの「市場」の喩えから、Lienert は遺骸が「商品」という無機的な存在と化していることを指摘している。Lienert (2001b), S. 132.
[317] v. 2274-2278。
[318] Bヴァージョンでは2279詩行目が、Cヴァージョン第四歌章、「いかにして王が軍馬と武器を再び送り返したかの物語」の冒頭に当たる。
[319] 乙女達の登場はBヴァージョンでは第2175詩行目から。

ことを彼がこれまで知ったにしろ、彼女の嘆きは彼に憐憫の情を催させたのです。

　これまではただ死者に対する「嘆き」がなされ、登場人物たちの視点は死者たちのみに向けられていたが、ここでディエトリーヒがヘルラートに気持ちを向けたことで初めて、生者の間に視線が交わされることになる。そして、恋人ヘルラートへと向けられたディエトリーヒの視線が彼にもたらしたのは「憐憫 erbermde」であった。「憐憫」とは宮廷騎士に求められる宗教的徳目の筆頭に挙げられる「謙虚さ diemüete」の、苦しんでいる他者、弱者に対しての発露である[320]。加えてディエトリーヒは、他の悲嘆に暮れる乙女達に、死者に満ちているその場から離れるようにと指示し、その結果「彼女たちを幾許か苦しみから遠ざけ ein teil schiet er si von der nôt（v. 2294）」る。未曾有の「嘆き」の末に、ディエトリーヒは英雄としてではなく宮廷騎士として自らの本質を明らかにすると同時に、他者に哀しみからの解放をもたらす存在として描かれる。この一連の乙女達に対する慰めと指示を行うディエトリーヒは、極限まで没落した世界を救済し、「哀しみが喜びへと」再び転化することへの予感と期待を微かながら抱かせる役割を与えられている。そして、その新たな出発の場においてディエトリーヒがまず初めにその身に顕わし、宮廷をその死から立ち直らせるきっかけとなるのは、死した者たちが体現していたものとして「嘆き」の場面で描きだされていた英雄的特性ではなく、宮廷的徳目なのである。

　続く埋葬の場面では（v. 2296ff.）、ディエトリーヒの主導のもとブルグントの三人の王が他の者からは分けて収棺される。またクリエムヒルトとオルトリエプは豪華な衣装を着せられて一つの棺に納められ、「王者の誉れに相応しく nâch küneclîchen êren」埋葬される。王弟ブレーデルも彼らと同様に、王族として丁重に葬られたことが語られる。埋葬に際して、身分的序列及び血縁に則ること[321]が重要であり、それをディエトリーヒが正しく行っていることは、語り手

---

[320] Bumke (2002), S. 417f. ブムケはこの「謙虚さ」が苦しんでいるものに対して同情、憐憫の形で発露している例として、ハルトマン・フォン・アウエ『エーレク』で、エーレクがブランディガーン城で80人の寡婦を前に示すそれを挙げている。

[321] 第一章でもシーフリトの身分詐称と絡めて論じたように、宮廷社会にとって身分の序列は最重要の要素であった。死者の埋葬に際してディエトリーヒがその序列を正しく示しているというここでの描写は、いわば瀕死の状態にあった宮廷にディエトリーヒが改めてその骨格を与え、再生を主導していることを意味する。

の彼への賞賛にも見てとることができる。

   got lône Dietrîche
   daz er die triuwe ie gewan
   daz man si sunderte dan,
   die edeln und die rîchen!
   daz tet man billîchen.   (v. 2300-2304)

 神よ、高貴なる者たちとまた権勢高き者たちを、他のものから区別する誠を身につけたディエトリーヒを嘉し給え。そうするのは正当なことであったのです。

 埋葬が「正しく」行われた根拠を、語り手はディエトリーヒの「誠」に帰する。語り手がこのディエトリーヒの行為に認める「誠」とは、第一の区分ではクリエムヒルトにおいて神の恩寵につながる美徳として示されたものであり、また「全ての徳の父」リュエデゲールの人物像の中心をなすものとして描かれてきた概念である。彼らの「誠」は持ち主の生死を越えたものであり、その「誠」をいまやディエトリーヒが受け継いだかのような印象を、この叙述は受容者に与える。前述のように「謙虚さ」を具え、また「誠」を発揮しつつある人物、すなわち最も重要な宮廷的徳目を具えるものとして、ディエトリーヒは「多くの誉れ高き者たち」が死した後の荒れ果てた世界に指針を与える、太陽のごとき存在として描き出されているのである。

 死者たちがそれぞれの身分に相応しい形で弔われて埋葬され、それを通して完全に崩壊していた世界には再び社会的秩序がもたらされていくが、その原動力として、『哀歌』はディエトリーヒの「誠」を描く。そして大いなる苦しみと嘆きの後ですら、「誠」という美徳は世界を、そして自らを律する道標となりうることが、ヒルデブラントのディエトリーヒに向けての言葉を通して強調される。

   wir suln durch unser leide
   der triuwe niht vergezzen.
   swie nider sî gesezzen
   iuwer vreude und diu mîn,
   doch suln wir immer die sîn,   …

die staeter triuwe künnen pflegen.　　die triuwe walden und unser ê.
　　　　　　　　　　　　　　　　　　　wie ez nû dâ heime stê,
　　(B: 2508-1513)　　　　　　　　　　daz müezen wir nû selbe ervarn.

　　　　　　　　　　　　　　　　　　　　　(C: 2604-2611)

　　我々は悲しみのために誠を忘れてはならないのです。殿とわしの喜びがいかに低いところにあったとしても、我々はいつでも確固たる誠を担うことができる者であらねばならぬのです（C: われわれはいつでも誠と信仰を保たねばならぬのです。故郷がいかなる様になっているのか、今こそこの目で確かめねばなりません）。

　これに続くディエトリーヒの行動は、こうした徳目を具えた人物に相応しく、荒れ果ててしまった世界に区切りをつけ、新たな出発点を作り出す。まず、彼は死者たちが死後の安寧を得るために不可欠なものである、追悼のミサを執り行う。ミサという死を克服するための宗教的儀式が行われることにより、生者と死者の区別が最終的に確定し、この儀式の後は生者たちが物語の主役となる。ミサのために、ディエトリーヒはキリスト教徒のためにはキリスト教の司祭、異教徒のためには異教の司祭を手配するが、語り手はディエトリーヒの行動原理の中心にあるのが「誠」に他ならないことを強調する[322]。

　司祭たちが集められると、国家的序列に従う形で次々と埋葬が行われる。まずエッツェルの臣下の中でも筆頭の位置にあるリュエデゲールが、司祭たちがその魂の救済を祈るなか、葬られる（v. 2350-2360）。続いて王や侯の身分にあるものが個別の棺に納められて埋葬され、ハゲネとフォルケール、そしてダンクワルトは彼らの主人達に並置された（v. 2366-2370）。ハーワルト、イーリンクそしてイルンフリットの三人、そして王の開いた祝宴へとやってきた王侯たちが皆埋葬されるまでには三日の時間を要した（v. 2384）結果、ブルグントからやってきた九千人の小姓を含むそれ以下の身分の者たちは、一つの大きな墓碑の元に埋められた[323]。この時点で、戦いの中で英雄的な働きを見せた死者たちは最終的

---

[322] v. 2342-2343。「誠に相応しいことのほかに、ディエトリーヒの殿には何ができたでしょうか？ waz mohte her Dietrîch nu tuon,/wan als iz triuwen tohte?」

に姿を消すこととなる。

　『哀歌』第二区分では、個々の人物の具えていた徳目や業績、そして最期の様子が「目撃者」の視点から語られるが、それは個人の生前の姿を想起し、「嘆く」ことを通した彼らに関する「記憶」の発生として叙述されてきた。それに対し、ここでは社会的ないし国家的秩序に従った、死者への追悼の宗教的儀式と埋葬が執り行われることにより、「嘆き」の主体が個人から国家という社会的組織へと移行している。そしてこの国家的行為としてミサを執り行うのが、本来その任を果たすべき国王エッツェルではなくディエトリーヒであることは[324]、大いなる「嘆き」を経た後の世界の変容を導いてゆく主導権の在り処を示唆している。さらに『哀歌』の詩人は、「誠」に従って国家的義務を果たすディエトリーヒとは対照的な姿の内にエッツェルを描き出し、相対的にもディエトリーヒがその位置を占めるのに相応しい存在であることを強調する。

　Bヴァージョンでは、エッツェルはクリエムヒルトとオルトリエプの棺のところへとすぐに向かい、意識を失う[325]。そしてあまりの苦悩ゆえに耳と口から血を流し、「彼がこの嘆きを生き延びたのは奇跡（v. 2314-2316）」というほどの嘆きを見せる。そうした彼の様子は人々にも大きな嘆きを再び与えることになる。

> wer kunde klage dâ gedagen?
> si begunden alle mit im klagen,
> die den jâmer muosen schouwen.
> ritter unde vrouwen
> in jâmer klagelîche
> bâten den künec rîche,
> daz er den lîp iht sô verlür
> und daz er bezzern trôst kür:
> daz waere in beidenthalben guot.
> dô getrôsten si dem helde den muot.　　　　　　　　（v. 2317-2326）

---

323) 小姓たちがこうした集団墓地に葬られていることは、彼らに対する個別の記憶は発生し得ないことを示唆している。
324) 低い身分の者たちの遺骸の処理をどうするかと相談する箇所ではエッツェルの名も挙げられるが（v. 2389）、ミサの準備や埋葬を取り仕切っているのは明らかにディエトリーヒである。
325) Cヴァージョンはこの箇所（Bヴァージョン v. 2305-2326）を省略している。

3. 『哀歌』——「記憶」の発生と対象化

誰がそこで嘆きを抑えられたでしょうか？その苦悩を目にしなければならなかった者たちはみな、彼と共に嘆きの声を上げました。騎士と貴婦人達は痛ましい苦悩のなかで、高貴なる王にその身をいたわり、よりよい希望をもつように、そうすれば王にとっても自分達にとっても良いことなのだ、と願いました。ここで、彼らは王の心に慰めを与えたのです。

　エッツェルは親族を失った騎士たちや貴婦人達に自らの苦悩する姿を見せて嘆きの声を上げさせ、本来ならば庇護すべき対象である彼らに慰めを与えられる。これはまさに、ディエトリーヒが嘆く乙女たちに「憐憫」を顕して慰めを与え、嘆きから解放したこととの完全な対照をなす。ここでのエッツェルは力なき弱者を保護する[326]のではなく、自らが弱者として身を晒しており、本来ならば慰めを与えるべき対象に逆に慰められているのである。そしてエッツェルのこの振る舞いは人々の目に「悪しきもの」として映り（「人々はエッツェル王の振る舞いをひどく悪しきものとみました Etzeln man gebâren/vil ungüetlîche vant.（v. 2434-2435）」）、またエッツェルは仕えるもの全員が死んだのではないこと、自分とヒルデブラントはこの国でエッツェルの傍にいること（v. 2444-2454）をエッツェルに伝え、嘆きを止めるようにと諭すディエトリーヒに対し、「それが何の助けになるというのか waz hilfet daz?（v. 2455）」と突っぱね、「王冠も錫ももう帯びようとは思わない（v. 2468-2472）」として王としての義務をすべて放棄することを宣言する。

> vreude, êre und werdez leben
> daz wil ich allez ûf geben
> und wilz allez nider legen,
> des ich zer werlde solde pflegen,
> sît ez mir allez missezimt. 　　　　　　　　　　(v. 2473-2478)

　喜び、誉れ、そして立派な生、わしはこれらをみな放棄し、この世界でわしに委ねられていることもすべて辞める。どれもみなわしには相応しくないのだ。

---

[326] 弱者に対する同情と保護もまた、騎士に望まれた宗教的徳目の体系では「謙虚さ」の発露である。Vgl. Bumke (2002), S. 385.

王の象徴である王冠と錫杖を持つ意志を失い、すべての職責をエッツェルが放棄することは、王弟ブレーデルがダンクワルトに、王子オルトリエプがハゲネによって討たれてもはや亡き今、国の滅亡に直結する。当然人々は彼を慰め、王としての職責及び地位の放棄が好ましいことではないと説得するが、「これまでに手にしたもののうち最良のものが奪われた wand ez im allez was benomen/daz er des besten ie gewan（v. 2486f.）」という外的要因に加え、人々が目にした彼の振る舞いは、彼がもはや宮廷君主に相応しくない存在であることを示してもいる。すなわち、彼は自らの意志に従って王の職責を放棄すると同時に、その能力及び資質が失われてしまったために、そもそもそれを担い続けるのが不可能であることを、『哀歌』は生者が死者に別れを告げたまさにその時点において示す。かつて権勢高く、多くのものたちの上に君臨していた王は、今や一個の弱者として立ち尽くすのみであり、前述の「苦しみゆえに誠を忘れてはいけない」というヒルデブラントの言葉の逆を行くエッツェルは、「苦しみゆえに誠を忘れてしまった」存在として描かれているのである。

　個的な領域では宮廷騎士に望ましいとされる徳目を顕して他者の苦悩を和らげるという理想的な姿を見せ、また国家的な領域では死者を追悼する儀式を取り仕切り、危機的状況にあった世界の再建のきっかけを生み出すディエトリーヒと、王権を放棄することまで口にして、王たる資質を苦悩に飲み込まれてしまったエッツェルの間の対比は、『ニーベルンゲンの歌』に語られた復讐の連鎖に終止符を打ち、「誉れある者たち」の死の跡に始まる新たな世界への予感と相まって、過去のものとなった英雄的世界への決別と新たな出発、そしてそれに伴う世界の変容を象徴するものである。そして、ディエトリーヒとエッツェルにおいて明らかにされたこの構図は、ゼロ地点へ至った世界の変容プロセスのひな形となっており、フンの宮廷のみにおけるものではなく、事件のあらましが伝えられる先のベッヒェラーレンとヴォルムスでも反復されることとなる。

3.3.2. 物語の伝承と「嘆き」の克服

　フンの宮廷での死者たちへの「嘆き」が終わり、それによって死者たちの生きた生が生者の視点から総括され、彼らに対する最初の「記憶」が発生した時点から、ゼロ地点に停滞していた物語は再び脈動を始める。『哀歌』が真に『ニーベ

3. 『哀歌』——「記憶」の発生と対象化

ルンゲンの歌』の「その後」を語りだすのはこの時点であり、これ以降は『ニーベルンゲンの歌』に語られたフンの宮廷における事件の、各宮廷[327]への伝播とそれに対する反応を軸として物語は展開してゆく。

まず、この伝播の発端に目を向けてみたい。フンの宮廷で死者たちは埋葬されたが、戦いの場となった館には未だに彼らの残した鎧や剣が山をなしていた。ディエトリーヒとヒルデブラントは、これらの遺品の血を洗い落とし、国許へと送り届けることをエッツェルに進言する。『哀歌』の詩人がこの行為を戦いに最終的な決着をつけ[328]、また過去との決別を象徴する行為であるとともに、未来を見据えたものとして描いていることが、エッツェルに向けたディエトリーヒの言葉——多分にプラグマティックな物言いではあるが——からはうかがうことができる[329]。

des gewinnet ir noch êre.
die jungen mugen iu mêre
gevrumen danne diu sarwât,
die hie der tôt erloeset hât.　　　　　　　　　　(v. 2557-2560)

そのこと（死者が国許に残してきた孤児たちに武器衣服を送り返すこと）で、

---

[327] フンの宮廷から、ウィーン、ベッヒェラーレン、パッサウ、バイエルン、そしてヴォルムスの宮廷へと情報は伝えられてゆく。これは、『ニーベルンゲンの歌』でブルグントの者たちが辿った行程を遡るものでもある。

[328] Müller (1997), S. 87.

[329] この進言は、Bヴァージョンではヒルデブラント、Cヴァージョンではディエトリーヒのアイデアとして描かれている。両ヴァージョンの差異の背景として、この箇所に先立ってヒルデブラントがヴェローナへの帰国をディエトリーヒに勧めていることと、それに伴うディエトリーヒ像の描き方が関係しているものと思われる。Cヴァージョンには、このことをエッツェルに勧める箇所の直前に、「われわれはこのようにしましょう——それをしておいたほうが良いように私には思われるのだ。エッツェルの部屋へ行って、王に申し上げよう（…）wir suln einen wîs tuon,/daz dunket mich nû guot getân,/daz wir zuo Etzln gân/in sîne kemenâten/und dem künige râten....（C: 2632-2636）」という、Bヴァージョンにはないディエトリーヒの言葉がある。エッツェルの配下の者たちは、彼自身が嘆いているように皆討たれてしまっており、ヒルデブラントの勧めに従ってディエトリーヒがヴェローナへと帰ると、エッツェルの傍らには誰もいなくなってしまうため、善後策として若者たちがエッツェルを支えることが出来るようにとの配慮をディエトリーヒがしているとCヴァージョンの描写は解釈することが可能であり、これまで描かれてきた理想的徳目を具えたディエトリーヒ像により相応しいといえる。

貴方はまだ誉れを得ることが出来るのです。若者たちは、死がここで解いた鎧などより、貴方のために役に立つことができるのです。

　死者たちの遺品とともに、フンの宮廷での出来事をヴォルムスへと伝える使者として、楽士スヴェンメルが選ばれる[330]。スヴェンメルがこの役に選ばれた理由として、まずすでに『ニーベルンゲンの歌』でヴォルムスへの使いを果たしており、「道を良く知っている dem sind die wege wol bekant（v. 2594）」ためであることが述べられているが、ミュラーは使者として彼が選ばれた潜在的な理由として、「楽士」という職業の持つ特性を指摘している。「楽士 videlaere は単なる音楽家ではなく、詩人 Dichter でもある。スヴェンメルは、単なる目撃者ではなくて、世俗-口承文化の代表者でもあった。つまり目撃者は、この物語自体を広めた職能階級の一員であったのだ。それにより、彼は二重の意味で適性をもっていることになる。事件のことをまとめた報告を行うことに関して、彼は明らかに適任であると信頼されていた[331]」。また、楽士が恒常的に使者としての役割を担う職業として想定されていることは、「これほどひどい知らせは、今までに伝えたことがない als unwerdiu maere/diu gevuort ich noch nie mêr（v. 2644f.）」とのスヴェンメルの言葉に裏付けられている。さらに、彼は単に楽士であるのみならず、生き残った数少ない事件の「目撃者」でもあるという点は、彼の伝える情報の本質を考える上で重要な要素となってくる――「目撃者」の言葉ほど、文字によらない情報伝達において「まことのこと wârheit」として認識され得るものはない。『哀歌』は、フンの宮廷で起こった事件の伝播を描くにあたり、その端緒をスヴェンメルという何重もの点において「まことのこと」に近しい人物に担わせることにより、そこから発せられる物語が「まことのこと」を伝えていることに対する、最大の保証を与えているのである。前節で検証したように、死者に対する「記憶」の発生には、彼らの残したもの――具体的には、多くの場合その武具が相当する――と「目撃者」による証言および裁定が大きな役割を果たしていたが、「目撃者」たるスヴェンメルによるこの武具の返却は、まさに各地に死者たちに関する「記憶」を発生させ、それを統合して共同体の記憶を形成する役

---

330) ブルグントの者たちは一人残さず戦いで命を落としていたため、エッツェルの方で誰か使者を立てねばならなかった。
331) Müller (1997), S. 97.

割を担ったものとして機能する。そしてここから『哀歌』はスヴェンメルによる各地への「まことのこと」の伝達とそれに伴う死者たちに関する「記憶」の確立、それによる世界の変革を語り始める。

　その際に注目されるのが、スヴェンメルの担う情報伝達は、具体的にいかなる内容を持つものとして描かれているかという点である。スヴェンメルの出立に際して、エッツェルはブルグント宮廷に「一切はどのような成り行きであったか wie ez allez sî ergangen（v. 2625）」を伝えることを命じるが、それは三つの要点を内包する。まず一点目は、客人であったブルグントの者たちが祝宴の主催者であったエッツェルに対し、これ以上ない苦難を与えたこと（v. 2628ff.）、すなわちフン族側は被害者であるという見解の表明である。そして二点目は自分は客人たちに対して好意的であり、そうした苦しみを受ける道理はなく、彼らの破滅に関しても「無罪 unschult（v. 2634）」であるということであり、これによりエッツェルはフン族側にはブルグントの者たちの死に対する責任はなく、彼ら自身に咎があることを主張している。これらの伝達内容は、フン族側の視点から『ニーベルンゲンの歌』で語られた出来事における加害者と被害者を定めるものであり、それはいわば事件に対するフン族側の外交上の公式見解としての性質を帯びる。そして、注目されるのは三つ目の点である。

> des ensuln si doch beide
> niht engelten", sprach der guote,
> „Brünhilde und vrou Uote".　　　　　　　　　　　　　　（v. 2630-2632）

> 「このこと（ブルグントの者たちが与えた損害のこと）については、ブリュンヒルトと貴婦人ウオテは償いをする必要はないのだ。」と善良なるエッツェルはいいました。

　ブルグントの側に自分が蒙った被害に関しての責任があるとしながらも、それに対する償いに関しては不問に付すことを、スヴェンメルを通じてエッツェルはブリュンヒルトおよびウオテに言明する。このことは、自国側を被害者として理解するエッツェル王自身が賠償の要求を放棄し、クリエムヒルトの個人的な復讐から始まった復讐の連鎖から、物語内現在以降の世界が切り離されることを意味する。そのため、スヴェンメルによる情報の伝達は、「何が起こったか」に関し

ての「まことのこと」を広めることそれ自体が目的なのではなく、和平的な関係の再構築と秩序の再建を目的とした正式な外交としてとらえることができる[332]。そして、ブルグントの者たちが彼に与えた損害に対する責任を、ブリュンヒルトおよびウオテという、グンテルをはじめとする三人の王亡き今、ブルグントを政治的に代表する存在から切り離すことは、グンテルまでの王権とそれ以降の間に明確な一線を引いていることを含意するものであり、これは先に述べた、『ニーベルンゲンの歌』の結末によって促進された世界の変容が、フンの国のみではなく各宮廷に波及していくことを象徴するものとなっている。

　ベッヒェラーレンの生き残りである七名の小姓とスヴェンメル、そして遺品である武具を運搬する十二名のものたちは、エッツェルの元を出立して後[333]、ウィーンを経由してベッヒェラーレンに向かい、その後パッサウに立ち寄ってからヴォルムスへ至るという旅路をとる。その途上で『ニーベルンゲンの歌』に語られ、スヴェンメルが伝達することを託された話が人々に伝わる様子が描かれてゆく。その経緯からは、ある歴史的事象が人口に膾炙してゆくプロセスを『哀歌』の詩人、ひいては中世盛期の聖職者階級――まさに歴史叙述に関わる者たちが、どのようなものとして想定しているかを読み取ることが可能である。そして、この情報の伝達は二つの異なる領域で行われることに注目したい。一つは各地の宮廷の主君を相手とする外交的な領域でなされるもの、もう一つは旅の途上で民衆に対してなされるものであり、それぞれスヴェンメルの持つ公的な使者としての面と、楽士という声の文化の担い手としての面に対応している。

　一見並行して行われ、交わることのないようにも見えるこの二つの情報の伝達だが、一行がフンの宮廷を後にしてまず初めに訪れることになる、ウィーンへの道程と同地の滞在の間に行われるウィーンの宮廷および民衆への情報の伝播の過程において、『哀歌』は両伝承を密接な連関のうちに描きだす。そして、その連関の構図は、ウィーン以降の使者の訪問地、パッサウおよびベッヒェラーレン、そしてヴォルムスにおける情報伝達の構図のひな形となっている。

　フンの宮廷を発ち、ウィーンへと向かったスヴェンメル率いる使者の一行は、

---

332) Ebd., S. 87.
333) このスヴェンメル一行の出立の箇所が、C ヴァージョンでは第四歌章の冒頭となっており、C ヴァージョンの改訂者がここに物語上の区切りを見ていたのをうかがうことができる（C: 2821）。

3.『哀歌』——「記憶」の発生と対象化　201

その途上で土地の民衆に目撃される。ディエトリーヒの命もあり[334]、一行はリュエデゲールの死を秘匿し、惨事のことは口外しないまま歩を進める。深い悲しみに沈み、嘆きを抑えきれない彼らの態度には、彼らが口にはしないものの何か大きな悲しみの報を携えていることは余りに明確に表れているのだが、詩人は彼らに声をかけるものたちが、彼らの様子から何が起こったか、聞いてもそれを教えてもらえなかったことを述べる。

  Man zôch schrîende dan
  vil lût âne mâze
  sîn ros ûf der strâze.
  dâ si dâ riten über lant,
  mit vrâge ez niemen ervant
  rehte, waz in waere.　　　　　　　　　　　　　(v. 2722-2727)

リュエデゲールの軍馬を、彼らは道沿いに節度を忘れたかのような大声で叫び声をあげながら引いていきました。問うても誰も彼らに何があったかを正しく聞き知ることはなかったのです。

 人々は彼らの担う悲しみの理由を知らされず、また彼らの様子からそれを推測することも出来ない——そればかりか、人々はスヴェンメルをエッツェル王かリュエデゲールだと誤認する（v. 2738-2741）[335]。さらに、スヴェンメルも彼らに王は他の多くの勇士たちと共に自分の国にいるとの嘘をつき、また彼らはそれを信じるのである（v. 2745-2749）。ウィーン到着を前に、スヴェンメルの持つ情報、すなわち「まことのこと」は一般民衆に対しては伝達されないばかりか秘匿され、また民衆もそれを洞察する能力を持たないことがまず語られる。
 しかしそうした民衆に対する態度とは対照的に、一行はウィーンに入ると城主である女公イザルデには彼らの知る「まことのこと」を隠すことができず、フン

---

334)「『この痛ましい知らせは道中いかなる所でも秘匿せねばならぬ』」とディエトリーヒは言いました。Ir suln heln", sprach Dietrich,/„disiu maere jaemerlîch/allenthalben ûf den strâzen. (v. 2669-2671)」
335) この誤認は、使者たちが民衆に対して情報を開示しないだけでなく、民衆の側からはそれに対する正しい自発的なアプローチが不可能であることを暗示している。

の宮廷での事件を彼女に話すことを余儀なくされる。

> diene kund ez niht werden verdagt.
> an den boten siz ervant. (v. 2760f.)

> イザルデには隠すことができませんでした。彼女は使いの者たちから、そのことを聞き知ったのです。

　悲報を聞いたイザルデは喀血し、その余りの嘆きのゆえに使者たちは事態を収拾することができず、その結果として真相は街のもの皆――「街の住人や商人たちの間に under die burgaere unde under diu koufliute」――に広まった（v. 2781-2783）。ここで初めてフンの宮廷での惨事は外部の者に知られることとなるのであるが、この経緯には『哀歌』の詩人が想定する情報伝達とその浸透の図式が明瞭に表れている。ウィーンでの経緯は、公的な外交任務を負ったスヴェンメルにより情報が伝えられるのは、その土地の政治的権力者に対してであり、彼ないし彼女がそれを認識して後、初めて情報は「まことのこと」として民衆に伝承されるものとなるという構図を浮き彫りにする。声の文化の領域に存在する民衆は、自分たちを政治的に支配する存在、ここウィーンでは女公イザルデの「嘆き」を通して、初めて真相を認識する。逆の視点からいえば、一般の民衆には「まことのこと」を見定めることは不可能であり、それは権力者による認知を経てはじめて可能となるものとして『哀歌』は描いているのである。同時に、ディエトリーヒによる情報隠蔽の命に関わらず、使者たちはイザルデの前で「まことのこと」を隠し通すことが出来ない――この箇所で可能の助動詞 künnen が用いられていることには、イザルデに対して情報を伝えたのが彼らの意に反していることが暗示されている――こともまた、権力者に対して「まことのこと」は歪曲して伝えられ得ないという、『哀歌』の想定する権力者と「まことのこと」の関係を物語っている。この箇所に現れている民衆と政治的な権力を持つ者の間の「まことのこと」の伝承の在りようから、ミュラーはオーソリティを持ちうる「まことのこと」とは、権力と関連のうちにあり、また権力の領域に属するものである可能性があることを示唆している[336]。民衆は、前述のように使者たちの様子を知るこ

---

336) Müller (1997), S. 91.

とはできても、そこから「まことのこと」を洞察し知ることは能わず、彼らの判断は誤った、むしろ「まことのこと」の正反対のものとして描写される。文字を利用することができず、声をもって情報伝達を行う彼らの間でなされる伝承が「まことのこと」となるためには、政治的な権力を持つ者によりまずその内容が確定され、それを起点とした形で伝承される必要があるものとの認識が、ウィーンでの伝承プロセスには反映されているといえるだろう。また同時に、ウィーンでの情報伝達の優先順位からは、スヴェンメルに託された任務であるフンの宮廷での事件の伝承が、国家的行為のカテゴリーで行われるべきものであることを改めて確認することができる。そして政治的に権力を持つ者と「まことのこと」の間に連関があるという構図は、続いて使者たちの向かうベッヒェラーレン、パッサウそしてヴォルムスにおいて繰り返されることとなる。

3.3.2.1. ベッヒェラーレンにおける伝承

　ウィーンを後にしてベッヒェラーレンへと向かう使者たちの一行は、ウィーンへの途上と同様に悲嘆を隠そうとはせず、多くの道行くものたちに悲しみに暮れるさまを目撃されるが、ウィーンでの伝承過程に示された通り、一般の民衆に対して使者の側から能動的に「まことのこと」が明かされることはやはりなく、また民衆が使者一行の様子から「まことのこと」への確かな洞察を行うこともない。そしてこの「まことのこと」の非認知の描写は、ベッヒェラーレン入城の際にさらに繰り返される。ベッヒェラーレンへと一行が到着すると、それを城壁の上から眺めていた乙女たちは、使者たちが「酷く苦しみながら馬を進めてくる（v. 2816)」を目にしているのにも関わらず、その苦しんでいる様子の理由を洞察せず、反対に彼らがやってきたことを喜んで伯夫人に報告するのである。

　　　„Lop sî dir, herre trähtîn!
　　　nû schouwet, vrouwe marcgrâvîn!
　　　wir sehen liute rîten
　　　von den hôchgezîten.
　　　dâ kumt unser herre." 　　　　　　　　　　　　　　　　（v. 2823-2826)

> 主に誉れあれ！伯夫人様、ご覧ください。祝宴から皆が馬に乗ってくるのが見えます。あそこにわれらの主人もやってくるのです。

　この誤認は、ウィーンへの途上でスヴェンメルがエッツェルないしはリュエデゲールと取り違えられたことに対応している。知らせを聞いたリュエデゲール夫人のゴテリントと娘のディエトリンデは喜んで一行を迎えるが、その喜びは間もなく嘆きへと変わる。その際に、ベッヒェラーレンに入城してきた小姓たちの、普段とは異なる悲しみに打ちひしがれていた姿から「まことのこと」に関する正確な洞察を行うのは、リュエデゲールが留守である間ベッヒェラーレンの主人たるべき辺境伯夫人ゴテリントではなく、その娘ディエトリンデである (v. 2866ff.) ことは注目に値する。民衆や侍女たちとは異なり、彼女は小姓の数が余りに少ないのをみてクリエムヒルトによる祝宴が何か酷い結果に終わったという予感を口にする (v. 2864-2880.)。ウィーンのイザルデは、彼女を前に情報を秘匿しておくことが出来なかった使者たちから事件のことを「聞き知り」、嘆きの余り喀血したが、ディエトリンデは使者に知らされる前に、小姓たちの携えて来た知らせが凶報であることを客観的な観察を通して悟る。ミュラーの指摘するように「まことのこと」が権力と結びつくものであり、また権力者の前で明らかとなるべきものであるならば、ベッヒェラーレンでいち早く「まことのこと」を察したディエトリンデは、本来ならば母ゴテリントがそこにあるべき、ベッヒェラーレンにおける権力者としての位置にあることが、この箇所には暗示されている[337]。

　ここですでにその兆しが見えるように、ベッヒェラーレンでの情報伝達の過程では、リュエデゲールの死の後を受けて未亡人ゴテリントから娘のディエトリンデへと、ベッヒェラーレンの政治的中心が移行してゆくことが、「まことのこと」に対するゴテリントとディエトリンデの対照的な描写を通して明らかにされてゆく——これはフンの宮廷で描かれた、エッツェルとディエトリーヒの対照と相似をなすものである。「まことのこと」に迫るディエトリンデの疑問に対し、まず使者たちはリュエデゲールの死を伝えないようにというディエトリーヒの命に従

---

[337] 使いの者たちの様子にディエトリンデが不審を抱くのに続いて、ゴテリントは不吉な夢を見たことを述べる (v. 2884-2901)。その内容はリュエデゲールの身に凶事が起こったことを暗示するものであるが、詩人はゴテリントにその内容に対しての洞察を行わせない。それとは対照的に、ディエトリンデは使いの者たちとの対話から真実へと迫ってゆく。

い偽りの報告をするのだが、それに対してのディエトリンデとゴテリントの反応は、やはり対照をなすものとして描かれる。使者により[338]、リュエデゲールがエッツェルの命で軍勢を率いているためにしばらく帰国できない旨が伝えられる（v. 2960ff.）と、ゴテリントは「何年もの間かつてこれほど哀しい心持ちになったことはない（v. 2940f.）」という状態になりながらも、ただ夫の無事を祈るばかり（v. 2966-2973）であるのに対し、ディエトリンデはリュエデゲールが国許へ使いをよこすときは必ず自分の所にまず知らせを遣していたのに、今回はそれを行わないことに疑念を抱き（v. 2978ff.）、使者にリュエデゲールの真意を問い、涙を流す。使者の報告の矛盾を見抜き「まことのこと」を暴きだすのがゴテリントではなくディエトリンデであることは、ウィーンにおけるイザルデの位置をここベッヒェラーレンではディエトリンデが占めることを意味する。それに対して使者は嘆きをやめるようにと諭し、彼が12日のうちにベッヒェラーレンへとやってくることを伝える。ゴテリントはそれを信じて喜ぶ（v. 3010-3013）が、ディエトリンデはここでもゴテリントとは正反対に、さらに「まことのこと」へと迫る疑問を使者に対して投げかける。

> Dô sprach diu junge magt guot:
> „sagt uns der maere mêre,
> wie Kriemhilt diu hêre
> enpfienge ir bruoder und ouch ir man.
> oder wie was der gruoz getân,
> den si sprach gein Hagene?
> wie gebârte si gegen dem degene
> oder gein Gunthêre?
> ob si noch iht sêre
> zurnde hin zin beiden?
> oder wie ist ez gescheiden?"　　　　　　　（v. 3014-3024）

そこで若い善良なる乙女はいいました。「高貴なるクリエムヒルトが、彼女の兄

---

[338] ここで虚偽の報告をする使者は、「彼ら（使者たち）のうちで最も身分の高いもの der beste under in (v. 2945)」とされており、常に「楽士 videlaere」と呼称されるスヴェンメルではない。

弟と家臣たちをどのように迎えたのか、もっと話をきかせてください。彼女はハゲネに対してどのような挨拶をしたのでしょうか？彼女はその勇士に対して、またグンテルに対してどのように振舞ったのでしょうか？彼女は未だ彼ら二人に怒りを抱いているのでしょうか？もしくは、それはどのような決着がついたのでしょうか？」

　このディエトリンデによる使者への質問を通して、使者の様子を見ても状況を把握できない侍女たちや、スヴェンメルをエッツェルやリュエデゲールと取り違えた民衆、凶事を暗示する夢を見たにも関わらず使者の言葉に疑問を抱かない母ゴテリントとは、明らかに異なる地点、「まことのこと」に近い場所に立つ存在として『哀歌』の詩人はディエトリンデを描き出す。そしてこの問いに、使者はクリエムヒルトがエッツェルと共に親しくブルグントのものたちを歓待したと説明するが、それを信じないディエトリンデは、さらに決定的な疑問を投げかける。

> Si sprach: „nû sagt mir, umbe waz
> lie daz der künec Gîselhêr,
> daz mir der junge vürste hêr
> her wider bî iu niht enbôt?
> der vrâge mich twinget nôt.
> sît er mir niht enboten hât,
> ich vürhte, swie ez dar umbe stât,
> ich gesehe in nimmer mêr.
> jâ sagte mir der künec hêr,
> er wolde mich ze trûte hân." (v. 3036-3045)

彼女は言いました。「教えてください、なぜ若き王ギーゼルヘルは、貴方を通して私に知らせを送ってくださらないのですか？この疑問は、私を大変苦しめます。彼が使いを送ってくださらないので、それがどういうことであろうと、もう二度と彼に会うことは無いのではないかと恐ろしいのです。そう、高貴なる王は私を花嫁にしたいといってくださったのですから。」

　ディエトリンデの追求にそれまで虚偽の報告を続けていた使者だが、そのやり取りにリュエデゲールの小姓の一人がもはや耐え切れなくなり、涙を流す（v.

3057-3064）ことで、ついに「まことのこと」が白日のもとに曝される。ウィーンの場合と同様に、「まことのこと」は権力者に対して隠蔽され得ず、この小姓の振る舞いから最終的に「まことのこと」を認識し言語化するのは、ゴテリントではなくやはりディエトリンデである。

> Ir tohter dô zehant sprach:
> „Ach wê, vil liebiu muoter mîn,
> ich waene, wir gar gescheiden sîn
> von vreude und ouch von wünne.
> mîn vrouwe hât ir künne
> leider swache enpfangen.
> ez ist uns übel ergangen.
> wir mügen wol weinen von rehte nôt:
> si und mîn vater sind waetlîche tôt". (v. 3068-3076)

彼女の娘はその時すぐさま言いました。「ああ、なんということ、とても愛しいお母様、私たちは嬉しさと喜びを全く失ってしまったのではないでしょうか。王妃様はご自分の一族に、残念ながら酷いもてなしをしたのです。私たちにとっても惨いこととなりました——涙を流すのにあまりに相応しい理由があるのです。彼ら（ブルグントの者たち）と私の父上は、恐らく命を落としたのです。」

そして、ゴテリントの「私の夫とどのような別れをしてきたか、詳しい話を聞かせてください sagt mir bescheidenlîche daz:/wie schiedet ir von mînem man? (v. 3100f.)」との問いかけに、使者たちは「虚偽をもうおしまいにせねばならなかった dô muose diu lüge ein ende hân（v. 3102)」。ウィーンで女公イザルデの前で初めて「まことのこと」が明らかになったのと同様に、ベッヒェラーレンでは娘のディエトリンデの追及によって初めて「まことのこと」が明らかにされ、伝承されることとなるのである。

　そしてこの場面でベッヒェラーレン到着以降では初めて話主としてスヴェンメルが登場する。彼は伯夫人ゴテリントとその娘ディエトリンデを前にして、「まことのこと」を語りだすのだが、このタイミングで彼が話を始めるようにベッヒェラーレンでの展開が構築されている背景には、それまでの虚偽の報告への責任

から彼を遠ざけ、「楽士」という口頭伝承の領域での最も信頼すべき情報伝達を担う存在と「まことのこと」の間の連関を損ねないための工夫と考えることができるだろう。そしてリュエデゲールとどのように別れてきたのか、そして、ゲールノートとリュエデゲールが相討ちしたことという、ベッヒェラーレンと直接関連のある事項[339]が報告されると（v. 3113f.）、宮廷には未曾有の嘆きが起こる[340]。ゴテリントとディエトリンデは共に苦悩のあまり喀血するが、それに続く描写に注目したい。

   si vielen beide in unkraft,
   sô daz ir zühte meisterschaft
   vergaz vil gar der sinne.
   die liute wâren inne
   worden wol der wârheit.   （v. 3127-3132）

  二人とも気を失ってしまい、彼女らの嗜みを制御することが出来なくなってしまいました。人々はまことのことをはっきりと知ったのです。

 この箇所には、特筆すべき点が二つある。まず一つは、ベッヒェラーレンではこの時点で初めて人々が「まことのこと」を知ったということが示され、またなおかつそれはスヴェンメルによる証言と、ゴテリントとディエトリンデの認知を経て初めて実現するものとして描かれている点である。「目撃者」であると同時に情報の伝達者として口承の領域で最も信頼しうる「楽士」という、二重にその発言内容の信憑性を保証されている存在が、公的な外交を行う使者として情報を伝達し、それを政治的権力を担うものが認識して初めて、その情報は「まことのこと」として一般民衆に広まるという構図がやはりここでも認められる。
 もう一点は、この「まことのこと」のもたらした苦悩のあまり、ベッヒェラー

---

339) この箇所では、スヴェンメルはベッヒェラーレン側から問われたことのみを語る。事件の全貌について彼が語るのは、ベッヒェラーレン側での「嘆き」が克服されてからである。
340) ディエトリンデはゲールノートの弟に当たるギーゼルヘルと婚約していたため、リュエデゲールとゲールノートはこの時点で縁者同士であり、彼らが相討ちして果てたことは、親族内での殺し合いとしての意味を持つ。また、前述したようにゲールノートが手にしていた剣は、リュエデゲール自身が彼に贈ったものであり、それが結局リュエデゲールの命を奪ったことは、状況をより悲惨なものとしている。

レンの宮廷を司る立場にある伯夫人ゴテリントとその娘ディエトリンデが、彼女らの「嗜み」に対する制御を失い、人事不省に陥っている点である。「嗜み」とは宮廷的存在にとって最重要の徳目の一つであり[341]、宮廷の頂点に立つものが宮廷的徳目を失うということは、宮廷が機能を喪失することに直結する。すなわち、スヴェンメルを通して「まことのこと」を聞き知ったベッヒェラーレンの宮廷は、「これまでに受けていたどんな知らせも、この話によって喜びから皆苦しみへと変わってしまい (v. 3132-3134)」、宮廷は喜びをなくしてその機能を喪失し、一時的に「宮廷の死」とでも呼べる状態に陥る。このように、詩人はベッヒェラーレンの宮廷でも、フンの宮廷と同様の「嘆き」とその機能の喪失という構図を反復しているのである[342]。

　フンの宮廷では、エッツェルが王権の放棄をまでを口にするのとは対照的に、ディエトリーヒが「誠」を顕して悲嘆にくれる侍女たちに慰めをもたらし、エッツェルに代行してミサを執り行うことが描かれ、それと軌を一にして政治的中心がエッツェルからディエトリーヒへと移行してゆく過程が明らかにされていた。そしてベッヒェラーレンにおいても、同様の構図のもと物語が展開される。スヴェンメルの伝えた「まことのこと」のあまりの悲惨さに意識を失った二人の女伯──今や語り手によってもゴテリントとディエトリンデ両人ともが「女辺境伯 marcgrâvinne」と呼称されている (v. 3145) ──の「嘆き」への対処も、やはり対照的である。ゴテリントが自分の夫のことを節度なく、「度を越した大声で unrehte lûte (v. 3147)」、すなわち宮廷貴婦人に相応しからぬ様で嘆き叫ぶのに対し、ディエトリンデは父のことをひどく嘆くものの、気丈にもスヴェンメルとの対話を再開し、ゲールノートと自分の父リュエデゲールが戦う羽目になったのは何故か、との問いを発する (v. 3183ff.)。スヴェンメルがフンの公的な外交を行う使者としての役割を担っていることに鑑みれば、ここでさらなる事実関係を認識するためにスヴェンメルとの対話を続けるディエトリンデは、母に代わって宮廷の中心、為政者の位置にあるのは明らかである。フンの宮廷でエッツェルが王権を放棄し、ディエトリーヒが国事を代行して宮廷を復興へと導いているのと

---

[341] Vgl. Bumke (2002), S. 425f.
[342] ベッヒェラーレンでのこうした真実の伝承とそれのもたらす「嘆き」による宮廷の機能喪失、そしてそこからの再生という展開は、パッサウおよびブルグントの宮廷でも反復されることとなる。

対応し、ベッヒェラーレンの宮廷においては、母から娘への政治の中心の移行と、それと共に宮廷を担ってゆく世代の交代が行われているのである。

　そして、今やベッヒェラーレンの政治的中心となったディエトリンデを前にして、初めてスヴェンメルにより「まことのこと」の一部始終が語られ、ベッヒェラーレンの宮廷を未曾有の「嘆き」に沈め、世代交代を促進させる。「まことのこと」の伝承とそれによる「嘆き」の喚起、この世代交代という物語の展開はのちにヴォルムスにおいても反復されるように、『哀歌』第三区分の基本構造となっている。そしてベッヒェラーレンでは特に亡き夫への想いに囚われて苦悩と嘆きゆえに狂気に陥り、自分の果たすべき役目が果たせないゴテリントと、悲嘆に沈みながらも、その母に代わってベッヒェラーレン宮廷の新たな主として行動するディエトリンデという新旧世代間の対照は、スヴェンメル一行への対応において具体的な形をとる。

> Nû huop sich êrste sundernôt.
> den gesten niemen niht enbôt,
> wederz wazzer noch den wîn.
> „wie lange welle wir hie sîn?"
> sprach der videlaere.
> „ez ist in solher swaere
> diu edel marcgrâvînne,
> daz si vor unsinne
> ez niemen wol enbieten mac."　　　　　　　　（v. 3237-3245）

　さて、ここでもう一つ別の問題が持ち上がりました。客人たちに、誰も水もワインも差し出さなかったのです。「いつまでここにいればいいのだ？」と楽士は言いました。「高貴なる辺境伯夫人はあのような苦悩のうちにあって、絶望のあまり誰にも何も提供することができないのだ。」

　「嘆き」のあまり、リュエデゲール亡き今本来その代役を果たすべきゴテリントの、客人に対する義務の不履行が使者の不満として描かれ、ベッヒェラーレン宮廷の機能不全が明らかにされる。それに対し、ここでも母に代わりディエトリンデはエッツェルの使者たちのため、街の中に宿をしつらえる（v. 3265f.）など、

ベッヒェラーレン宮廷の主人としての務めを果たす[343]。使者たちの饗応という責務において端的に示される、ゴテリントとディエトリンデの対比を際立たせる描写はさらに続く。ゴテリントが「彼女は正気を失ってしまい、親族も客人も、だれも認識できないほどでした ir sinne dô vil gar gebrast,/daz si den vriunt noch den gast/noch niemen erkande（v. 3269-3271）」というほどの狂乱ぶりを示すのに対し、「その時も若き女辺境伯（ディエトリンデ）はいまだかろうじて理性を保って dô het diu junge marcgrâvîn/ein teil noch ir sinne（v. 3274-3275）[344]」おり、彼女はヴォルムスへと向かう使者たちに、ベッヒェラーレンの主としての任を執り行う存在に相応しい依頼を行う。

> vriuntlîche minne
> enbôt si Brünhilden,
> der edeln und der milden.
> Si enbot ouch daz vroun Uoten
> umbe Gîselhêr den guoten,
> wie si im gevestent waere,
> unde mit welher swaere
> daz allez ende hât genomen.
> ez möht in nimmer wirs sîn komen.
> si enbôt ouch ir, daz Gêrnôt
> ir vater het erslagen tôt.　　　　　　　　　　　（v. 3276-3286）

---

343) さまざまな形態があるものの、客人に飲料や食料を提供して歓待するのは宿主の義務であり、またそれを通して客人の安全を保障するという機能を持つ（参照：H. C. パイヤー（1997））。フンの宮廷を出立するときから常に「安全であること」を心にかけていたスヴェンメル（v. 2654-2657）にとって、ベッヒェラーレンでの歓待を通した安全の保障がないことは不安材料であった。ベッヒェラーレンでの不備と対を成す形で、パッサウ出立の際には司祭ピルグリムによって使者一行に対して食事の提供及び護衛がつけられていることが描写されている（v. 3486-3489）ことからも、この箇所でのスヴェンメルの不満はゴテリントが宿主としての義務を果たしえていないことに起因していることは明らかである。

344) ディエトリンデの理性に関する記述で「ein teil」という表現が使われているが、これは文脈に応じて「大いに」と「ごく僅か」という対極の意味を持つ。この箇所でのディエトリンデの亡き父と婚約者ギーゼルヘルに対する嘆きは決して小さいものではなく、ゆえに「ごく僅か」の意味にとり訳出した。

彼女は、高貴で物惜しみのないプリュンヒルトに、友誼に満ちた愛情を、そしてまた貴婦人ウオテにも、善良なるギーゼルヘルのことを、いかにして彼女が彼と婚約したか、そして全てがどんなに辛い終わりを迎えたかを伝えさせました。彼女らにとって、これ以上悪いことは起こりえないのです。ディエトリンデはまた、ゲールノートが自分の父を討ったことも伝えさせました[345]。

　このディエトリンデがスヴェンメルに託したプリュンヒルトへの伝言は、『ニーベルンゲンの歌』に語られた物語においてベッヒェラーレンとブルグントの間で成立した関係に関する、ベッヒェラーレン側からの報告として外交的な性質を持つものである。そして、フンの宮廷での一連の事件を経た現在以降も、ベッヒェラーレンはブルグントに対して友好的な関係を望むこと、本来ならばブルグントとベッヒェラーレンは縁戚関係を結ぶはずであり、敵対する意図はなかったこと、そして自分たちもこの事件ではブルグントと同様に被害者であることという三つの内容が盛り込まれている。何より領主であるリュエデゲールとブルグントの王の一人ゲールノートが相討ちしたことへの言及は、ブルグントの者たちの死に対する免責[346]の意図を込めたものであるといえるだろう。

　こうした外交的任務をスヴェンメルに委託するのは、当然ベッヒェラーレンの主たるべき者であるため、リュエデゲール亡き今本来それはゴテリントの役割なのだが、彼女は前述のように正気を失っており、その役割を全うすること能わない。そこでその役割を娘ディエトリンデが代行することを通し、ゴテリントからディエトリンデへの世代交代が決定的なものとして描かれる。そして『哀歌』の詩人は、ディエトリンデへとその主を替えたベッヒェラーレンに関し、肯定的な行く末を暗示する。この前触れとなっているのが、ディエトリンデを慰めるスヴ

---

[345] この一文は、「ゲールノートが自分の父を討ったこと」とも「自分の父がゲールノートを討ったこと」ともとり得る。しかし、ここでディエトリンデがスヴェンメルに託す伝言が、ブルグントとの今後の友好関係を視野に入れたものであることを考慮に入れると、以下の論の通り「ゲールノートが自分の父を討ったこと」として解釈する方が妥当であると思われる。

[346] リュエデゲールは『ニーベルンゲンの歌』でブルグントの者たちのフンの国への道案内の役目を担っており、それに付随して彼らの安全を保障するという義務があったのに加え、ディエトリンデとギーゼルヘルの婚約によりブルグントの王族とは血縁関係を結んだ。しかし結果的にリュエデゲールはブルグントの王族に敵対し、道案内としての庇護の義務も、血縁者としての「誠」も遂行し得なかった。この問題に対してベッヒェラーレン側は、ブルグントの王族であるゲールノートによりリュエデゲールが命を落としたことを明らかにすることによってその義務の遂行が不可能になったことを主張し、それを通して免責を試みている。

ェンメルの台詞である。

> doch mügt ir, vrouwe, noch geleben
> vil manegen vroelîchen tac.
> swaz iuwer vreuden an in lac,
> die zen Hiunen sin erslagen,
> die müezet ir alle verklagen,
> wand got der weisen vater ist.
> vrouwe, ich rât iu ân argen list
> und ûf mîne triuwe,
> daz ir iuch iuwer riuwe
> mâzet und solher klage.
> der künec giht, all die tage,
> die in got noch leben lât,
> er welle iu schaffen al den rât,
> den iu schüefe Rüedegêr,
> der edel marcgrâve hêr".
> 　　　　　　　　　　　　　　(v. 3208-3222)

「しかし貴女さまは、ご婦人、まだ幾日もの多くの愉しい日々を送ることができるのです。フンの国で討たれた者たちに、どれほど貴女の喜びがあったとしても、その者たちへの嘆きを貴女は克服するべきです。なぜなら、主は孤児たちの父なのですから。ご婦人、私は邪な考えなく、貴女さまに私の誠にかけて助言差し上げているのです。貴女さまが、悲しみとそうした嘆きを緩められるように。エッツェル王は言われました、神が自分に生を与えていてくれる間ずっと、高貴なる辺境伯リュエデゲール殿がしたであろう援助を貴女さまに行うつもりであると。」

　このスヴェンメルの台詞でまず注目されるのは、彼がやはり「誠」に従いディエトリンデに憐憫の情を見せて慰めを与え、それが彼女を「嘆き」の克服へと導いたとして描かれていることである。フンの宮廷での「嘆き」の後、ディエトリーヒが「誠」に従って行動し、再び社会的秩序を回復していく過程は先に取り上げたが、ベッヒェラーレンにおいて宮廷を再びもとの姿へと戻る指針として、やはり「誠」が強調されており、これがフンの宮廷でディエトリーヒが「憐憫」の心

からヘルラートをはじめとする乙女たちの心を軽くしたことに対応しているのは明白である。

　このようなディエトリンデとゴテリントの対照的な姿は、両者のその後の顛末に直結する。ゴテリントは結局嘆きのために命を落とし（v. 4231-4237）、ディエトリンデは父と母のあとを継いで、名実ともにベッヒェラーレンの主となる。父母を一度になくした彼女の嘆きは大きなものであったが、ベッヒェラーレンに立ち寄ったディエトリーヒに慰められ、彼の「共に国を治める夫と娶わせよう ich wil dich einem manne geben,/der mit dir bûwet dîniu lant（v. 4274f.）」との約束を、「喜びをもって待ち望んだ des erbeite si vil gerne.（v. 4294）」ことを、『哀歌』はエピローグ直前に描く。こうしてリュエデゲール・ゴテリントの世代からディエトリンデの世代へと世代交代が行われ、彼女の治めるところとなったベッヒェラーレンにおいては、明るい未来への展望を予感させるかたちで物語は幕を閉じることとなる。ここには、死者への訣別が出来ずに過去に囚われるものと、大いなる「嘆き」を経たのちに宮廷を立て直し、未来の「愉しい日々」を生きることの出来るもののコントラストが描き出されている。

　ベッヒェラーレンでの情報の伝達の構図は、まず当地の権力者による真実の看破と、それを経て初めて「まことのこと」が明かされ、広く民衆にもそれが伝承されるという、ウィーンの宮廷で示されたのと同じ経緯をたどるものとして構築されている[347]。そしてその結果としてもたらされた「嘆き」を乗り越えて、同地の政治的中心となっていくのがリュエデゲールの娘のディエトリンデであることが示される一方で、『ニーベルンゲンの歌』の中心的人物の一人であるリュエデゲールの妻であり、『ニーベルンゲンの歌』の主要人物と同じ旧世代に属するゴテリントが命を落とし、やはり姿を消してゆくことに帰着する。ディエトリンデと彼女の治めるベッヒェラーレンの行く末は、ディエトリーヒの彼女のための婿探しの約束と結びつく形で、スヴェンメルの慰めにも述べられているように、「幾日もの喜ばしい日々」を予感させるものという形で示され、「嘆き」に結びつ

---

[347] この二つの宮廷の間の差異は、ベッヒェラーレンでははじめ使者がディエトリンデとゴテリントにも「まことのこと」を隠すのを積極的に試みている点である。ただし、ベッヒェラーレンは領主以下ほとんどの家臣をフンの宮廷での戦いで失っているのに加え、ディエトリーヒの秘匿しておくようにとの命もあったのに対し、ウィーンの宮廷は特に損害を受けているわけではないため、使者の態度の差は当然のものともいえる。少なくとも、両宮廷において権力者の前では「まことのこと」が明るみにでることが避けられないという点では一致している。

く死者たちに関する記憶は過去のものになってゆくことを詩人は描いているのである。『ニーベルンゲンの歌』に語られた物語がベッヒェラーレンの者たちに与えた影響は、ここで一定の決着を見ているということができるだろう。

3.3.2.2. パッサウにおける伝承

これまでフンの宮廷を発ったスヴェンメルの一行が、ウィーンそしてベッヒェラーレンで「まことのこと」を伝承し、それによってひき起こされる「嘆き」が、各宮廷にいかに作用しているかを検証してきた。ウィーンおよびベッヒェラーレンでの伝承過程には、「まことのこと」を知り「嘆き」を経た後の世界を、どのようなものとして構築し受容者に提示する意図を『哀歌』がもっていたかが反映されている。そして、ベッヒェラーレンに続いてスヴェンメル一行の訪れることになるパッサウでの伝承は、スヴェンメルのもたらす情報がその性質を大きく変容させるという点で一つの転機となっており、その内実は『ニーベルンゲンの歌』の後日談をあえて新規に創作し、物語の終着点を変更している『哀歌』の詩作動機に直接繋がっているものと考えられる。

ベッヒェラーレンを発ったのち、使者たちはパッサウで同地の大司教ピルグリムに事件のことを報告することとなる[348]。この報告以降、『哀歌』で「まことのこと」の伝承において大きな役割を演じることになるピルグリムについては、まず彼がブルグントの王たちの伯父であるという、血縁関係が言及される（v. 3300-3301）。そして使者一行が途上イン川を横断すると、彼らの到着の知らせが人々によってピルグリムのもとへもたらされるが、ここでも三たびウィーン到着の際に示された図式に則る形で事が進む。すなわち、使者の一行はブルグントの王たちと誤認され、フンの宮廷から甥たちが帰ってきたとの報がピルグリムへともたらされるのである（v. 3306-3309）。

パッサウに入ると使者たちはピルグリムにすぐに事の顛末を伝え、彼の甥と姪はみな命を落としたことを告げる（v. 3328ff.）。パッサウでも途上で会った民衆

---

[348] パッサウの司教であり、またブルグントの王たちの母ウオテの兄弟でもあるピルグリムは、『ニーベルンゲンの歌』にも登場するが、その役割は大きくない。彼の像については検討すべき点が多々あるが、本節では扱わない。歴史的なピルグリム像に関しては、Bumke (1996), S. 561-567を参照のこと。

には「まことのこと」は告げられず、しかし同地の権力者にはただちにスヴェンメルによって正式に「まことのこと」の伝承がなされている（v. 3350-3356）のは、ウィーンおよびベッヒェラーレンに使者一行が到着する場面と共通する[349]。そして、この知らせに対する反応を、やはりフンの宮廷およびベッヒェラーレンでの反応の反復として『哀歌』の詩人は描き出す——パッサウは嘆きに沈み、司教であるピルグリムが涙を流した（v. 3357）のを皮切りに、「宮廷全体にひどい嘆きが広がり über allen sînen hof/was vil grôziu ungehabe（v. 3358f.）」、混乱をきたすのである。「司祭たちは嘆きのせいで定時課を取りやめねばなりませんでした。というのも、平信徒たちと司祭たちは競うように泣いていたからです。die pfaffen muosen lâzen abe/durch klage vil ir tagezît,/wand dâ weinten widerstrît/die leien mit den pfaffen（v. 3360-3363）」。使者の伝えた知らせによって、宮廷は作法を失った状態（ungehabe）に陥り——これはベッヒェラーレンで宮廷的な嗜みを失って泣き叫ぶゴテリントの状態と呼応している——、また定時課の取りやめは教会が本来の役割を果たしていないことを意味する。

　このように機能を喪失しているという点において、パッサウはフンの宮廷での「嘆き」の後の状況や、ベッヒェラーレンでスヴェンメルによってリュエデゲールの死に関する「まことのこと」が伝承された直後と同じ状況にあり、ここでの物語の展開はウィーンおよびベッヒェラーレンの反復であることは明らかである。しかし、先の二つの宮廷とパッサウの最大の違いは、前者があくまでも世俗の宮廷であったのに対し、パッサウで権力の座にあるのは、ピルグリムという宗教的権威を背景に持つ人物であるということである。そしてそれを反映する形で、他の宮廷とは「まことのこと」が伝わった後の「嘆き」に続く展開に相違がみられる。ベッヒェラーレンでは宮廷を導くべきゴテリントが人事不詳に陥り、またフンの宮廷ではエッツェルが王の職責を放棄してしまったのに対し、詩人はピルグリムを、「嘆き」に沈んだままの存在としては描かない。ピルグリムは自らが主導して「嘆き」から同地のものたちを立ち直らせるのである。このピルグリムの姿には、生と死に関わる聖職者という彼の立場が明確に現れているとともに、デ

---

[349] このスヴェンメルの報告においても、それが真実であることを目撃者のトポスが支えている。「彼はすべてがどの様に起こったのか、可能な限り話しました。というのも、彼はそれをよく見ていたからです er sagte im, als er kunde,/wie ez allez was geschehen,/wand er het ez wol gesehen.（v. 3354-3356）」

ィエトリーヒを除いては一連の出来事への適切な対処をなしえなかった世俗の権力者との対比と、それによる聖職者の世俗の権力者に対する優越を示すことが意識されているものと思われる。そして世俗の存在と聖職者という対照を、『哀歌』は彼らの近親者の死への「嘆き」に関しての見解において明らかにする。ピルグリムは自分の甥や姪が皆命を落としたことを嘆き悲しむが、「もし涙と嘆きによって彼らが再び生き返るのであればそれまでは決して嘆きを止めないであろう（v. 3367-3377）」といった接続法による発言を通し、いくら嘆いてもそれは詮無きことであるという現実的な判断を示し、人々に嘆きを止めるようにと促す（v. 3364-3366）。『哀歌』がピルグリムのこの言葉に託する生と死に関するプラグマティズムは、「死」に己の英雄としての自己実現を期待する、旧世代に属する「英雄」的な人物たち[350]の特性の対極にあるものである。この箇所で彼が口にする以下の言葉は、彼、ひいては彼に象徴されるキリスト教的な視点からの「死」に対する認識をよく伝えている。

> man muoz die varen lâzen,
> die uns tegelîch der tôt nimt;
> wande im anderes niht enzimt
> wan scheiden liep mit sêre.　　　　　　　　　（v. 3444-3447）

> 我々のもとから日々死が奪い去ってゆく者たちのことは、去るに任せなければならない。なぜなら、死には喜びを苦しみによって隔てること以外に似つかわしいことはないのだから。

　近親の者たちの死を従容として受け入れ、いつまでも死者を嘆くことの無為を説くピルグリムの態度は、嘆きを克服できない者たちや、他者の「誠」に基づいた慰めを得て初めて嘆きから立ち直ることのできる者たちと、一線を画する。さらに彼は司祭や修道僧たちを呼び集め、「キリスト教の秩序にしたがって nâch kristlîchem orden（v. 3381）」死者たちのためのミサを執り行い、死者たちを公的な形で追悼する。フンの宮廷でディエトリーヒが埋葬とミサによって社会的秩

---

[350] その特性が最も端的な形で現われているのがヴォルフハルトである。前節で述べたように、彼は勇士と戦って死ぬことを己の誇りとする。そして彼の死に対する嘆きは、有限のものである。

序を再び示したように、このピルグリムによるミサは、キリスト教の秩序のもと『ニーベルンゲンの歌』で語られた一連の事件の連鎖に終止符を打ち、まず混乱したパッサウの宮廷を、ひいては物語世界全体を再び正常な状態へと立て直す端緒として位置づけられるものである。そこでは過去の事件が対象化され、現在そして未来との区切りが教会の司教という宗教的権威の下につけられていると見ることができる。

　またミサという儀式は、死者たちの生をキリスト教的文脈の中で確定し、「記憶」される対象へと移行させる機能を持つ[351]。そして、死者たちに関する記憶の固定化に伴い、スヴェンメルの伝えた情報が、「聞いたことを語る」という伝承の対象から、「解釈」する対象となったことが、使者たちがヴォルムスへと出立する際に、事の顛末についての自らの見解を述べるピルグリムの台詞には反映されている。このことは、口承の領域での情報の信憑性に関し権威を持つ楽士という存在から、書記の領域での権威を持つ司教という存在へと情報が受け渡されるのと軌を一にしており、パッサウにおける情報の変容が、メディアの変更と密接に関連していることの証左となっている。

> Er sprach: „nû ist der Ezeln hof
> mit sölher nôt zergangen,
> sô hât vil übele enpfangen
> Kriemhilt, diu niftel mîn,
> ir bruoder und die recken sîn.
> si möhte haben baz getân,
> unde hete doch genesen lân
> Gîselhêr und Gêrnôt.
> die ir Sîvrîden sluogen tôt,
> unde hetens die engolten,
> sô waere si unbescholten,

---

351) 中世初期以来の伝統を持つ、修道院で制作されていた「死者名簿 Nekrologium」や「記憶の書 Libri Memoriales」の存在にも明らかなように、死者に対する記憶は教会における儀式と密接に関連している。この物語世界の内での宗教的組織の代表者であるピルグリムにより行われるミサは、まさに死者たちを共同体の記憶の対象とする性質を帯びたものである。Vgl. Oexle (1994).

wande in sluoc doch Hagene.
des habe wir ze klagene
nâch vriunden immer mêr genuoc.
daz in sîn muoter ie getruoc!
daz müeze gote sîn gekleit,
daz sus lange werndiu leit
und alsô grimmiu maere
und ouch sô vil der swaere
von im ist erstanden
sô wîten in den landen.   （v. 3406-3426）

　ピルグリムはいいました。「今やエッツェルの宮廷はそのような災厄で没落したとは、我が姪のクリエムヒルトは自分の兄弟たちとその勇士らに酷い迎え方をしたものだ。彼女はもっと上手くできたはずであるし、またやはりギーゼルヘルとゲールノートを生き長らえさせるべきだった。シーフリトを討ち彼女から奪ったものたちがその報いを受けるというのなら、彼女は非難を受ける謂われはない——ハゲネが彼を討ったのだから。それにより、我々は親族のことを常に、大いに嘆かねばならぬのだ。あのような者を彼の母が身篭ったとは！ハゲネによって数多の国々に、これほどの長く続く苦悩、悲惨な知らせとまた多くのの苦しみがもたらされたことは、神に嘆かれねばならない。」

　これに続いて、ピルグリムは「ニーベルンゲンの財宝を手放していれば、ブルグントのものたちは危険なく妹のところへ行けたであろう（v. 3430-3433）」こと、「彼ら自身の罪と思い上がりから、みなエッツェルの国で命を失うことになった（v. 3434-3438）」ことを指摘し、そこで起こった災厄に対しての「罪」はどこにあるのかという問題に対する解釈を述べる。ピルグリムは、クリエムヒルトのやり方の拙さ——これはエッツェルが「女の思慮の足りなさ」にその原因を求めていた——に対する一定の批判は行うものの[352]、責任はひとえにシーフリトを討ったハゲネにあるとし、またブルグントの者たちの死は、彼ら自身の「罪」と「思

---

[352] クリエムヒルトの行為が「誠」に基づいているため、非難の対象とはならないが、リュエデゲールとゲールノートが戦うのに至った原因が彼女にあることを、ベッヒェラーレンにおいてスヴェンメルもディエトリンデを前に指摘している（v. 3193-3207）。

い上がり」にその理由があるという解釈を示す。彼の解釈は『哀歌』の詩人の主張を代弁するものであるのだが、それが司教ピルグリムという物語内での教会組織の代表者の口を通して言明されることは大きな意味をもつ。

　それはまず第一に、ここで初めて、スヴェンメルという「目撃者」により伝えられてきた情報——それは口承的な情報の伝達者にとっては、ただ「語る」対象であった——が「解釈」の対象となり、一貫した因果関係の下に整理されている点である。その際に、ピルグリムの司教という立場は、この解釈に宗教的オーソリティを与える。さらに教会の代表者としての司教の視点とはすなわち書記を司る機関の代表者の視点であり、これまで目撃者によって口頭で行われてきた伝承に司教が介入し、そこに伝えられる情報に「解釈」をほどこして因果関係を裁定することは、目撃者の伝承する情報がそれを通して書記の領域でも正当性を持つ「歴史 historia」として成立することを意味している[353]。これによって、フンの宮廷での一連の事件は枠と意味を定められ、記憶と語りの対象となる。そしてスヴェンメルにその目で見たことをもう一度報告するために再びパッサウへと戻ってくることを要請し（v. 3459ff.）、また自分も他に目撃者を探して、一連の悲惨な出来事が「忘れ去られることの無いように ez ensol niht alsô belîben（v. 3463）」、筆記させて後世へと書記的に伝承させるというピルグリムの意志が明示されることにより、彼の持つ歴史家としての側面が強調される。ここでピルグリムによる解釈として描かれる一連の出来事の因果関係は、ピルグリムという物語の一登場人物のものであるのと同時に、彼の社会的ステータスに結び付けられることで、その見解は私的な領域に留まらず、書記機関による公的な歴史としての意味を付与されるのである。そしてこのピルグリムの解釈は、第一部での語り手による『ニーベルンゲンの歌』の物語に対する総括と合致するものであり、それはピルグリムという書記機関および教会組織のオーソリティによる解釈に基盤を持つ「まことのこと」と共鳴し、受容者に対しての説得力を獲得する。

　パッサウでスヴェンメルの伝える情報が教会的書記的権威を背景とするピルグリムによって総括され、「歴史」として確定されたことの影響を、『哀歌』の詩人はスヴェンメルたちのパッサウ出立直後の描写にさっそく明確な形で反映させる

---

[353] 『ニーベルンゲンの歌』の物語の歴史としての成立過程は、次節で詳しく検証する。ミュラーは「教会の代表者には、儀式を通して情報を処理すること、そしてその関連の解釈が義務付けられている（Müller (1997), S. 91)」ことを指摘している。

3.『哀歌』——「記憶」の発生と対象化　221

——フンの宮廷での事件はもはや人々に隠す必要はなくなったのである[354]。そのため、ウィーンやベッヒェラーレンに向かう途上では、彼らが嘘をついてまで秘匿してきたフンの宮廷で起こったことに関する情報を、スヴェンメル一行はパッサウからヴォルムスへ向かう途上バイエルンに入ると、人々に伝えてまわる（B: 3497-3499）ないしは人々は事情を知る（C: 3587-3590）ことになる。

　ここでのスヴェンメルから不特定多数の人々へとなされる情報伝達の経緯には、『哀歌』が想定し、また『ニーベルンゲンの歌』および『哀歌』の成立した時点での受容者に対して説得力を持ち得た、国家的外交的な領域とは異なる、俗語口承的な領域での伝承の発祥のプロセスが描き出されている。フンの宮廷での出来事についての情報は、スヴェンメルの「目撃者」としての立場から真実性が保証されるのに加え、教会の代表者によってその因果関係が確定されることで初めて、口承および書記の両領域において「まことのこと」として人口に膾炙しうる、「語りの対象 Gesprächsgegenstand[355]」となったのである。フンの宮廷を出てからパッサウに至るまで、スヴェンメルが宮廷外の民衆に対して情報を伝えるのを避けていた背景として、それがディエトリーヒによる指示によるものでもあったのと同時に、「目撃者」のトポスによる保証はあるものの、誰に責任があり、誰が加害者で誰が被害者であるのかという、事件の因果関係が歴史伝承を司る機関による検証を経ておらず、「まことのこと」としての後ろ盾を欠いているものとして『哀歌』の詩人が想定していることを、パッサウ以前／以降の対比からは推測することが可能である。すなわち、スヴェンメルが民衆に対して行う口頭での伝承が「まことのこと」であるためには、まず書記機関によって情報の真実性が保証される必要があるという見解を『哀歌』が打ち出していたことが、この流れからは読み取れる。そしてスヴェンメルの担う情報が、ピルグリムによる解釈を経て後に口伝されることとなるというこの描写を通して、『哀歌』は口頭伝承の伝統の端緒に教会的書記的権威による総括を存在させ、そこから語り継がれること

---

354) これまでのウィーンおよびベッヒェラーレンでの情報の伝達と権力者によるそれの認知、そして民衆への伝播という図式と、ここパッサウのそれは多くの点で相違を見せる。その内の一つがここで語られている、権力者に対して情報が伝達された土地を後にしたのちに、使者一行がその情報を再び秘匿するか否かという点である。これは、世俗の権力者の権力の及ぶ範囲が限定されているのに対し、ピルグリムという宗教的権威の影響はそうした世俗的な版図を超越したものとして想定されていることを暗示している。
355) Müller (1997), S. 92.

となる物語——それはまさしく「我々のもとに伝わる古の物語」——が「まことのこと」であることを、書記的な文脈においても保証することを試みているのである。

3.3.2.3. ヴォルムスにおける伝承

パッサウでのピルグリムによる事件の総括を経て、スヴェンメル一行の旅路に沿うかたちで舞台は『ニーベルンゲンの歌』開始の地、ヴォルムスへと移る。ヴォルムスこそ、三人の王に加えてフンの国への旅に加わったすべての勇士と小姓を亡くし、一人も生き延びたものがいないという、最も大きな損失を蒙り、ゆえにスヴェンメルの伝える「まことのこと」の影響を最も強く受ける場所である。前述のようにパッサウでのピルグリムによる総括を経たことを反映して、ヴォルムスでの情報伝達の過程は様々な点でこれまでの各宮廷でのものとは異なっている。まず、ヴォルムス到着に際しスヴェンメル一行が姿を見せると、城市の者たちは彼らがグンテルの軍馬を引いているのを見て、来訪の理由に不吉な予感を抱く[356]。ベッヒェラーレンおよびパッサウで展開された、使者一行が到達した時に土地の者たちによる誤認が同地の支配者に伝えられ、帰還を喜ぶという構図とは異なり、このヴォルムスの城市の者たちは、彼らが「知らせを本当に耳にする前に」、また同地の権力者による情報の認知が行われていないも関わらず、ベッヒェラーレンやパッサウの時とは違い、使者たちのもたらす情報を予測しているのである。

パッサウ出立後、バイエルンでは道中人々に対して情報の伝達を始めたスヴェンメルだったが、ヴォルムス到着後は宮廷の者たちが事の成り行きを尋ねても、「自分が話をするべきところ」、すなわちヴォルムスの権力者である王妃プリュンヒルトの前以外で事件の報告をすることを拒否する（v. 3566-3574）。このスヴェンメルの態度の背景をなしているのは、宮廷という場での伝承と民衆に対する伝承が、異なる領域に属するという認識である。同時にこれは、ベッヒェラーレンやウィーン、パッサウで見られたように、情報が「まことのこと」として伝承

---

[356]「知らせを本当に耳にする前に、彼らの気持ちは少なからず重くなりました dô was in dem muote/ein teil den liuten swaere,/ê daz si diu maere/rehte dâ vernâmen. (v. 3540-3543)」

されるためには、まずその地での権力者による認知が必要であるという構図に従ったものであるといえるだろう。

　スヴェンメル到着の報に接し、留守を預かるグンテルの妃、プリュンヒルトは当初、使者たちがブルグントの者たちに先行してヴォルムスに至ったと思い込み、王たちの武具や軍馬が運ばれてきたとの報に、機嫌をよくする姿が描かれる[357]。しかしスヴェンメルが自らの知る事を伝えるために彼女の前に進み出、まず自分の身の安全保証を求める（v. 3611-3617）と、彼女はこの時点で凶事を悟り、涙を流す。

> si sprach: „mîn ougenweide,
> diu, waene, ze verre ist mir enpfarn".
> sin kunde daz niht bewarn,
> sine weinete ê der maere.　　　　　　　　　　（v. 3622-3635）

> 彼女はいいました。「私の愛しい方は、私の許からあまりに遠くへと旅立ってしまったのではないかと思うのです。」彼女は話を耳にする前に、涙が零れ落ちるのを抑えることができませんでした。

　当初誤報を受けて喜びを表しながらも、使者の態度に凶事を予感するというプリュンヒルトの心情変化は、ベッヒェラーレンでのディエトリンデのものと同じ構図を持つ。グンテルを想い涙を流すプリュンヒルトに対し、スヴェンメルは自らに課された外交的な責務を淡々と果たす。彼はまずフンの国王エッツェルのブルグントに対する親愛の意向と、ディエトリーヒの命をうけてブルグントへとやってきたことを伝え、続けてピルグリムに託された「嘆きに節度を持つように」との助言をプリュンヒルトに与える。それに加え、ピルグリムはブルグントに対してあらゆる援助を惜しまないこと、そして「誠」あるブルグントの家臣たちに対し、グンテルとプリュンヒルトの子を支えて養育するようにとの要請をしていることを伝える。この箇所でのスヴェンメルによる情報伝達は、プリュンヒルト

---

[357]「そこで豊けきプリュンヒルトの前では大きな喜びが湧きおこりました。彼女はたいそう心をこめて vil minneclichen (B: 3554)／喜んで vrœlichen (C: 3638) 言いました。『誰ぞ私に、どこに使者たちが殿方を待たせておるか、確かな話を知らせてくれたものには篤く報いましょう。』(v. 3552-3558)」

およびブルグントの臣たちに対して、「まことのこと」を伝える前にできうる限りの覚悟をさせるという、「嘆き」を抑えるための戦略的なものであり[358]、その上でスヴェンメルはグンテルをはじめとするフンの宮廷へと向かった国の中枢をなしていた者たちが、彼の地で斃れ、誰ももはやこの世の人ではないことを告げる。

　この事実が宮廷の者たちに明らかにされた途端、これまでのスヴェンメルの周到な語り口やピルグリムの助言、そして教えも空しく、宮廷は未曾有の嘆きの中に叩き込まれることとなり、中でもブリュンヒルトは嘆きのあまり喀血し、スヴェンメルとの対話を中断せざるを得なくなる。そして知らせを受けてロルシュの僧院に暮らしていたブルグントの王たちの母であるウオテもヴォルムスへと駆けつけるが、彼女も「女性がそれほどまで激しい叫び声をあげたことがなかったほど nie vrouwenwuof sô swinden/het man mêr vernomen (v. 3694f.)」の狂乱ぶりを示したことが述べられる。この二人の貴婦人の嘆きのさまは、やはりベッヒェラーレンの二人のそれと相似をなす。とりわけ、貴婦人としての節度を越えているものとして描写されるウオテの嘆くさまは、やはり「度を越した大声で unrehte lûte (v. 3147)」、宮廷的節度を失って嘆きをあげたゴテリントと等しいものであり、ゴテリントと同様にウオテも嘆きを克服できず、そのために命を落とすことになる——ここでも、『ニーベルンゲンの歌』で命を落としたブルグントの王族たちの母ウオテという、旧世代に属する人物が、「嘆き」とともに消えてゆく。

　こうして、フンやベッヒェラーレンの宮廷と同様、いやそれ以上[359]の嘆きは、ヴォルムスを三日に及び悲嘆のうちに沈めた (v. 3720)。しかし、フンの宮廷でディエトリーヒが「憐れみ」や「誠」といった宮廷的徳目を示すことにより、宮廷を機能不全の状態から救ったのと同様に、このヴォルムスでの『哀歌』内最大の「嘆き」からも、回復がなされることになる。そしてそのプロセスからは、ス

---

[358] ここにもスヴェンメルが外交的任務に熟練した存在として演出されていることを見て取ることができる。

[359] 語り手はヴォルムスの宮廷の嘆きの大きさを、直接ベッヒェラーレンのそれと比較している「やはり嘆きに沈んだベッヒェラーレンの二人の女伯も、これほどまでには嘆きませんでした。die marcgrâvinne beide,/die dâ ze Bechelâren/ouch mit klage wâren,/die ne klagten niht sô sêre. (v. 3666-3669)」。この嘆きの大きさには、一辺境伯領であるベッヒェラーレンとブルグントという王国の中心であるヴォルムスの格差がそのまま反映されている。

3. 『哀歌』——「記憶」の発生と対象化　225

ヴェンメルによる情報の伝承の持つ特質と、その影響をいかなるものとして『哀歌』の詩人が構想していたかのみならず、『哀歌』が『ニーベルンゲンの歌』と共同受容されたおそらく一番の理由である、物語の着地点の変更とそれによる物語全体のかたちと、その同時代的な意味が見えてくる。

　ブルグントにおける「嘆き」の克服に際し重要な役割を担うことになるのが、ピルグリムによる助言である。スヴェンメルがパッサウを後にし、ヴォルムスへ出立する際に、ピルグリムはほとんどの王や家臣を失ったブルグントの宮廷に対し、今後の国家再建のためとも言える助言を伝達するよう依頼している。

  Und saget ouch Gunthêres man,
  daz si wol gedenken dar an,
  wie ir der künec ie pflac
  mit ganzen êren manegen tac,
  und daz si tuon ir triuwe schîn
  unde in bevolhen lâzen sîn
  daz sîn vil wênigez kint,
  des doch nû diu erbe sint,
  und den ziehen ze einem man.
  des müezen si immer êre hân.　　　　　　　　（v. 3449-3458）

　そしてまた、かつての日々にいかに全き誉れをもって、王が彼らを養っていたかに思いを向けるようにと、グンテルの家来たちにも伝えるのだ。そして今や跡継ぎとなった彼のまこと幼い子の面倒を見、一人前の男子に教育することを通して、彼らの「誠」を顕わすようにと告げるのだ。これが彼らにきっと誉れをもたらすだろう。

　この助言の中核をなしているのは、やはり「誠」という概念である。ピルグリムは、今は亡きブルグント王グンテルが、封建主従関係において「誉れをもって」臣下の者たちに成した事を彼らに思い起こさせ、今やそれに報いて幼き跡取りをしっかり後見することで、彼らの「誠」を見せること、すなわち「誠」を基本とした封建主従関係の義務を果たすこと、そしてそれを通した国家の再建を要請する。広い意味の幅を持つ「誠」のなかでも、このピルグリムの台詞で想定されて

いるのは、封建制度の根幹をなす法的な「誠」であり、フンの宮廷におけるディエトリーヒ、そしてヴォルムスにおける臣下たちの「誠」こそが、クリエムヒルトの「誠」から発した復讐の連鎖により「嘆き」の淵へと沈み、没落してしまった世界を再生するための鍵の役割を果たすものとされていることが、各宮廷で反復される「まことのこと」の伝承の構図からは読み取ることができる。英雄性を基軸とする世界の没落後、ゼロ地点からの世界の回復と再構築において、「誠」がその機軸をなすべき概念として位置づけられ、その指針を定めたピルグリムが主導する形でのヴォルムスの再生への布石が打たれていることは、この後世界の再興を導いてゆくのが教会組織であることを暗示している。

　そして実際に、このピルグリムの要請が実現する形で、ブルグント宮廷の「嘆き」からの回復が描かれてゆく。三日にわたる嘆きのあと宮廷復興の端緒を担ったのは、今は亡きグンテルら三人の王たちに仕えていた、国中の多くの勇士たちであった。彼らは宮廷へとやってくると、その「誠」でプリュンヒルトの悲しみを和らげ、多くの貴婦人たちを苦しみから解放したことが語られる。

> die besten, diene wolden
> vergezzen niht ir triuwe.
> si senften vil ir riuwe
> Brünhilde der rîchen
> und schieden wîslîchen
> vil manec wîp von leide. (v. 3732-3737)

> 最良の者たちは、誠を忘れはしませんでした。彼らは豊かなるプリュンヒルトの悲しみを和らげ、多くの貴婦人たちを賢いやり方で苦しみから解放したのです。

　このヴォルムスでも再び、苦しみを取り除き宮廷を正常な状態に戻す役割が「誠」に与えられているのである。この箇所で言われる「誠」とは、宮廷騎士の徳目に則った弱者への憐れみや保護といった形をとって発現する個人的な領域のものであり、フンの宮廷でディエトリーヒが顕したものと同質のものである。臣下たちの「誠」によって貴婦人は慰めを得、またプリュンヒルトの気分も軽くなるが、しかしプリュンヒルトの嘆きはこの「誠」によって完全には払拭されない性質のものとして描かれていることは注目に値する。

3.『哀歌』——「記憶」の発生と対象化

> iedoch was vil vreide
> Brünhilde hôher muot,
> wande si dûhte lützel guot,
> des man ir râten kunde.　　　　　　　　　　（v. 3738-3741）

しかし、ブリュンヒルトの軒昂なる心はすっかり失われてしまっていました。彼女にとっては、自分に皆が助言してくれることがすべからく甲斐の無いものとしか思えなかったのです。

　群臣によって癒された他の貴婦人たちの「嘆き」と、ブリュンヒルトの「嘆き」は、いかなる点において異なるものとして構想され、また群臣たちの「誠」にはブリュンヒルトの「嘆き」を完全に払拭するためには何が不足しているのか。そして彼女の「嘆き」は何をもって初めて解消されるのか。この問いに対する答えを、『哀歌』の詩人は群臣たちに続いてやってきた献酌侍臣シンドルトの言葉のうちに潜ませる。

> „vrouwe, nû mâzet iuwer klagen!
> jâne kan niemen entsagen
> wol dem andern den tôt.
> werte nû immer disiu nôt,
> sine wurden doch niht lebhaft.
> der klage diu ungevüege kraft
> müese doch ein ende hân.
> irn sît sô eine niht bestân;
> ir mügt noch vil wol krône tragen.
> vrouwe, ez sol in kurzen tagen
> iuwer sun bî iu gekroenet sîn.
> sô ergetzet iuch daz kindelîn
> und uns der grôzen leide.
> vil liebe ougenweide
> mügt ir noch hie vinden.

> iu und iuwern kinden
> wir dienen sam vorhteclîchen
> sô bî Gunthêre dem rîchen". （v. 3747-3764）

「王妃さま、もう嘆くのはお止めください！人の死を取り消すことなど誰にもできないのですから。この苦しみが果てしなく続こうとも、死んだ者たちが生き返ることはありません。この酷く辛い嘆きには、やはり終止符を打たねばなりません。あなた様は決して孤独ではないのです――あなた様はまだ王冠を戴いていることができるのです。王妃さま、近々ご子息にあなた様の傍らで戴冠をさせましょう。さすれば、あなた様の苦しみも、われわれの苦しみも、ご子息が忘れさせてくれるでしょう。この地でまだ多くの喜びをあなた様は見出すことができるのです。豊けきグンテル王の時と変わらず、我々はあなた様とご子息らに謹んでお仕えする所存にございます。」

この「誠実なるシンドルト[360]」の言葉は、プリュンヒルトを動かした。

> Si sprach: „nû müese iu lônen Krist,
> der aller dinge gewaltec ist,
> daz iuwer sin und iuwer rât
> mîn herze alsô geringet hât,
> wand sol ich immer genesen,
> daz muoz von disem râte wesen". （v. 3765-3770）

彼女は言いました。「全能のキリストがあなたを嘉されますように――あなたの分別と助言が、私の心をこれほどまでに軽くしてくれました。私が救われるとしたら、それはこの助言のおかげに他ならないのですから。」

プリュンヒルトの「嘆き」を克服する決定的なものとされるこの助言と、群臣の「誠」に則った慰めとはいかなる点において異なり、シンドルトの助言の本質はどこにあるのだろうか。シンドルトの助言は、二つの内容上の核を持っている。

---

[360] シンドルトもまた「誠」を旨とする人物であり、またこの助言も彼の「誠」の現れであることが、彼の登場の場面に述べられている（v. 3742-3745）。

3. 『哀歌』──「記憶」の発生と対象化　229

一つ目は、死と死者に対する認識（v. 3748-3753）であり、その認識に基づいたシンドルトの助言は、ピルグリムのそれと完全に一致する[361]。すなわち、いくら嘆いたところで死者たちは決して生き返ることはないというプラグマティズム[362]、それゆえに嘆きに節度を持つべきであるというピルグリムが示した見解が[363]、シンドルトの助言には内包されているのである。この助言を通し、宗教的権威を持つピルグリムの提言が宮廷の内部の世俗的存在であるブルグントの封臣シンドルトに仮託される形で実現しており、それはブルグントの権力者の地位にあるプリュンヒルトの死者たちに対する「嘆き」は、こうした宗教的プラグマティズムによってのみ解消されるものであることを示す。前述のように、この助言の基礎を成しているピルグリムの死生観は、世俗的なそれとは対照をなすものとして描かれているため、宮廷騎士の徳目の範囲に納まる「誠」はプリュンヒルトの気分を軽くすることはできるものの「嘆き」を癒し得るものではなく、プリュンヒルトの「嘆き」を何が真に払拭したのかという点においても、世俗的なるものに対する宗教的なるものの優越が示唆されている。プリュンヒルトの「嘆き」を払拭するこの助言のもと、「嘆き」とそれに伴う機能不全から宮廷が立ち直りを見せることには、これ以降のブルグントの宮廷、引いては世界全体の再生が、ピルグリムに象徴される宗教的なものの庇護のもとで行われていくという『哀歌』の構想が反映されている[364]。

---

[361] スヴェンメルがプリュンヒルトにピルグリムからの言葉を伝えたときにはシンドルトはその場におらず、彼が助言の場面の直前、多くの地方領主たちに続いて宮廷にやってきたことが述べられており、（「ちょうどその時に献酌侍臣のシンドルトも姿を見せました Dô kom ouch sâ ze stunde/des küneges schenke Sindolt. (v. 3742f.)」）シンドルトによる助言はピルグリムの意見をそのまま繰り返したのではなく、自発的になされたものとして描かれている。

[362] これに対応するピルグリムの言葉は v. 3368-3379 参照のこと。

[363] ピルグリムはスヴェンメルに伝言を託す際に以下のようにいっている。「スヴェンメル、私の妹（ウオテ）に伝えるのだ、嘆くのはやめるべきだということを。故郷にいたとしても、結局彼らは死ぬことになるのだ。Swämmel, sagt der swester mîn,/daz si ir klagen lâze sîn./si waeren doch dâ heime tôt. (v. 3427-3429)」「また王妃（プリュンヒルト）にも、私の思慮が及ぶ範囲ではこれ以上よい助言を与えることはできない──私は彼女のためを思っているのだから──が、嘆きを抑えるようにと伝えるのだ。und saget der küneginne/daz ich von mînem sinne/ir niht bezzers râten kan,/wande ich ir wol guotes gan,/daz si klage ze mâzen. (v. 3439-3443)」

[364] 前述したように、ピルグリムの死生観は英雄的なそれとは対照的なものであり、それが「嘆き」以降の世界の軸になるということは、世界が英雄的世界からキリスト教的世界へとパラダイムシフトしているのを表象しているとも解釈することが可能である。

そしてもう一点が、プリュンヒルトとグンテルの息子に対しての、グンテルに対するのと変わらぬ忠誠の表明と、それに伴う彼女の身分の保証（v. 3754-3764）である。シンドルトによるプリュンヒルトならびにその子息に対する不変の臣従の誓いは、ピルグリムがブルグントの家臣たちに要請している「誠」の発現であり、その「誠」とは先に述べたように、これまで幾度となく言及され、また『哀歌』の作品世界の根幹をなす概念の一つである「誠」の持つ多様な意味内容のうち、臣下の主君に対する服従およびそれを通した相互の封建的な主従関係を成立させる契約という、法的概念としてのものが想定されている。ブルグントの家臣たちに変わらぬ「誠」を要請する伝言をスヴェンメルに託す際に、ピルグリムはグンテルが生前にいかに誉れをもって家臣たちを世話していたか、すなわち「誠」を家臣たちに発揮していたかを想起させ、ブルグントの家臣たちはそれに報いる「誠」を示すようにと、国家を成立させる礎である封建的な主従関係を成立させる意味に特化した「誠」を要請した。そして上に述べた死生観と同様、彼がこの場で顕した「誠」と、封建的主従関係を構築する概念として言及されるピルグリムいうところの「誠」は一致を見せる。そしてこの封建体制の維持の誓いをスヴェンメルの伝承が行われている状況と合わせて考察すると、プリュンヒルトの嘆きとそこからの回復が意味するところのものが明らかとなってくる。その鍵となるのが、プリュンヒルトとスヴェンメルの対話において、プリュンヒルトがいかなる存在として描かれているかということである。

スヴェンメルの報告は外交的態度をもって行われたことは前述したが、フンおよびベッヒェラーレンからの公的な使者としてのスヴェンメルに相対するとき、プリュンヒルトはブルグントの主として、いわば個的存在としてではなく国家的存在として存在する。そして、スヴェンメルのもたらした、グンテルをはじめゲールノート、ギーゼルヘルという、三人の王冠を担う資格のあるものたちが死んだとの情報により、ブルグントは国家として存続の危機に瀕することとなる。三人の王の死が持つもっとも重要な意味が、国家継続の危機であることは、ブルグントの臣下の者たちに変わらぬ「誠」を求める際の、スヴェンメルの以下のような報告の仕方にも如実に現れているといえるだろう。

> Ouch hân ich daz von im vernomen,
> er bitet alle des küneges man,

3. 『哀歌』——「記憶」の発生と対象化 231

die iht triuwe wellen hân,
daz si iuch und iuwer kindelîn
in wol bevolhen lâzen sîn,
wand iuwer man, der ist tôt.
Gîselhêr und Gêrnôt
mügen krône niht hie getragen.
si sint alle drî erslagen.　　　　　　　　　　　　　　　（v. 3644-3652）

また私はピルグリム様より言われたのは、王の家臣みなに彼が願いたいのは、誠を持つものなればあなた様——プリュンヒルト王妃とご子息らによく気をかけて欲しいということです。なぜなら、プリュンヒルト様の夫君は亡くなられたのですから。ギーゼルヘル様とゲールノート様も、この国で王冠を戴くことは不可能となりました。お三方はみな斃れたのです。

　この報告の中で、現実的な問題として強調されているのが、「王冠を戴くもの」が皆命を落としているために、現時点ではブルグントは国王不在の状態であり、王権の連続性が断絶してしまっていることである。プリュンヒルトの「嘆き」とは、個的存在としてのものではなく、まさにこの危機に起因する国家的存在としての「嘆き」であり、したがってそれを癒すことができるのは、ピルグリムが家臣たちに要請した封建的主従関係の再構築を可能とする封建的「誠」に他ならなかった。そしてピルグリムの要請に相応しい「誠」を示し、国家の存続を保証するシンドルトの言葉に、プリュンヒルトの「嘆き」は払拭されたのである。
　プリュンヒルトとスヴェンメルの会見は、外交的政治的な性質を持つものとして構築されている。その場におけるプリュンヒルトは一個の個的存在である以前にブルグントという国家を表象する存在であり、その「嘆き」とは自分の夫を亡くしたという個人的なもの以上に、首長を失って存続の危機を迎えている共同体の「嘆き」であった。そうした公的存在としてのプリュンヒルトの嘆きを払拭する、端的にいえば国家の存続を保証するためには、群臣たちによる個人的な領域に属する「誠」の顕示とそれによる慰め以上に、封建的主従関係の再構築が可能であることを確認させる、シンドルトの助言が必要だったのである[365]。
　こうしてプリュンヒルトの「嘆き」が克服された地点で初めて、スヴェンメルによって事件の全体像が語られることとなる（v. 3778ff.）のだが、さらに『哀歌』

はここでのスヴェンメルの語りを特別なものとして演出する。スヴェンメルが『哀歌』の中で最後にして最長[366]の「語り」を始めるにあたり、人々はまずブルグントの新しい王となるプリュンヒルトの息子を連れてくる。そして、スヴェンメルは宮廷中の人々を前にして話を始める。

> Den jungen künec man brâhte dar.
> Swemmel stuont vor der schar. (v. 3775-3776)

若い王を人々はそこへ連れてきました。スヴェンメルは群衆の前に立ったのです。

ここでのスヴェンメルの「語り」は、これまでの「語り」とは性格を異にすることをまず確認しておきたい。ウィーンやベッヒェラーレン、そしてここヴォルムスでのプリュンヒルトを前にしたスヴェンメルによる情報の伝承は、その対象を同地の権力者に限った外交的なものとして描かれている。それゆえに、ヴォルムスに到着した際にスヴェンメルはプリュンヒルトの前以外での情報の伝承を拒んだ。しかしここでのスヴェンメルの「語り」とそれによる情報の伝承は、より広範な宮廷の人々と、そして来るべき未来においてブルグントという国家を統べ

---

[365] この事に付随して、プリュンヒルトのものと同質のエッツェルの嘆きに対し、それを慰めるべきディエトリーヒが、ブルグントの群臣たちと同質の個人的な「誠」しか示し得ず、それゆえに彼の嘆きを払拭し得なかったことの理由が、フンの宮廷とブルグントの宮廷の状況を比較からは明らかとなる。ブルグントには王の後継者としてプリュンヒルトとグンテルの息子(『ニーベルンゲンの歌』にはシーフリトという名が出てくる)が、そして献酌侍臣シンドルトや大膳職ルーモルトといった臣下の者たちが未だ残っており、シーフリトの刀礼とそれに続く戴冠、そして封建国家としての復興がこの先語られることになるが、フンの宮廷では後継者たり得るエッツェルの子息オルトリエプはハゲネに、弟ブレーデルはダンクワルトに、そして王妃クリエムヒルトはヒルデブラントによりすでに殺害されている上、臣下の者たちも皆死んでしまっているために、国の復興が事実上不可能な状態であるのである。すなわち、エッツェルに対しての国家の連続性を保障するという慰めはすでに失われており、ここに『哀歌』の示すブルグントとフンの対照的な先行きの原因がある。

[366] エピローグの箇所でスヴェンメルの報告をもとにピルグリムが書記的記録を編纂したことが語られているが、物語の筋の中での「語り」が行われるのはこれが最後である。そして、ここでの彼の語りは170詩行に及ぶ長大なもので (v. 3778-3947)、シーフリトの死にすべての原因を見ることから始まり、フンの宮廷でのブルグントの者たちとフンの者たちの戦いの経緯を余すことなく伝える。なお、Cヴァージョンでは『ニーベルンゲンの歌』と内容上重複するこのスヴェンメルの物語は大幅に短縮されており、『ニーベルンゲンの歌』と『哀歌』が共同受容されることを前提としていたことを裏付けるものとなっている。

る若い王を聞き手としてなされる。そして、今やスヴェンメルの語るフンの宮廷での事件に関する情報は、パッサウで書記機関の長であるピルグリムによって解釈を施され、歴史として確立されたものであり、若き王という新しい権力者と、彼の治める共同体の構成員の前で「まことのこと」として伝承されることで、それはブルグントという共同体の記憶となり、また国家の公的な歴史としての性格を帯びる。スヴェンメルによるこの「語り」は、決して恣意的な報告であったり、楽士の語る英雄譚としてではなく、ヴォルムスの支配層にとって政治的に重要な情報として受容されるべきものである。それはミュラーも指摘しているように、続いてすぐにプリュンヒルトの息子の刀礼および戴冠が行われたことにその反映をみることができる。「王家のより年長の者たちの運命が、国の代表者たちの前で拘束力を持つ形で確定されて初めて、この戴冠は可能になる[367]」のである。

　こうしてフンの宮廷での顛末はブルグントの者たち皆の知るところとなり、やはり大きな嘆きを呼び起こし、その過程で旧世代に属する「英雄たちの母」ウオテ[368]は嘆きのあまりに命を落とす。「まことのこと」の伝承がもたらした、国全体を巻き込んだ「嘆き」はしかし、宮廷へとやってきた国中の「最も高貴で最良の者たち die hoechsten und die besten（v. 3997）」の助言によって克服されることになる——彼らは王妃をこれ以上ひどく嘆かせること、また国が主君不在のままでいることを良しとしなかったのである（v. 4002-4005）。彼らのこの姿勢は、先に検証したプリュンヒルトの個人的存在としての「嘆き」と国家的存在としての「嘆き」両者を正確に酌んだものであり、ブルグントの復興を促すものであった。ここにおいて、法的な封建制度の支柱としての君臣間の「誠」と、個人的な領域に属する宮廷騎士にとっての宗教的道徳体系を背景とした徳目としての「誠」は結合し、「嘆き」に沈んだ世界は最終的に新たな一歩を踏み出すこととなる。人々がプリュンヒルトの息子を騎士に叙任し、「それによって人々の底知れぬ嘆きのかなりの部分はかき消されることとなった dâ von muose erleschen sint/ein teil ir ungevüegen klage.（v. 4008-4009）」ことが語られるのである。

---

[367] Müller (1997), S. 94.
[368] ウオテが過去の英雄的世界に強く結び付いていることが、彼女の死についての記述からはうかがうことができる。「かつて英雄たちの前で王冠を戴いていた彼女の心は、悲嘆のあまり二つに割れてしまいました ir brach daz leit ir herze entzwei,/diu ê vor helden krône truoc.（v. 3988-3989）」。

さらにこの箇所では自分の領地から知らせを聞いてやってきた大膳職ルーモルトが登場する。彼はブルグントの封臣の立場からスヴェンメルの伝えたフンの宮廷での事件についての総括を行う（v. 4028-4081）が、この内容はシンドルトによるプリュンヒルトに対する助言と同様、ピルグリムによる解釈を完全に反復するものとして叙述される。すなわち、すべての悲劇はハゲネの思い上がりに由来するものであり（v. 4031）シーフリトは咎なく暗殺された（v. 4049）と彼は断じる。そして最後に若き王に戴冠させることを要請し、それは衆議の一致するところとなる――「『さあ、今こそ我々の若君に王冠を被っていただくのだ！』彼らは皆口をそろえて同じ助言をしたのです。"Nu schaffet et, daz krône trage/ unser herre der junge!"/ir gemeiniu zunge/gab gelîche dô den rât. (v. 4080-4083)」。そして彼の言葉に導かれ、グンテルとプリュンヒルトの息子はブルグントの王として戴冠する。その戴冠の様子を伝える記述は、スヴェンメルによる「まことのこと」の伝承とそれによりもたらされた「嘆き」を経て、それを克服したブルグントの行く末を象徴的に示すとともに、『ニーベルンゲンの歌』の物語を語り手および聴き手にとっての現在地点に直線的につながる時間軸上に配置する。

> Niemen uns gesagt hât,
> des wir noch vernomen haben,
> daz sô hêrlîch würde erhaben
> in alsô kurzen tagen,
> als wir die liute hoeren sagen,
> ein alsô grôziu hôchzît.
> Wormez diu stat wît
> wart gar vol der geste.
> jâ heten si daz beste
> mit grôzen triuwen getân.
> dô sach man under krône stân
> den jungen künec rîche.
> si enpfiengen gemeinlîche
> ir lêhen von dem kinde.

```
der hof und daz gesinde
wâren ein teil in vreude komen.

(B: 4084-4099)
```

```
                              ir leit mit vreuden sît vergaz.
                              wie der künec sît gesaz
                              und wie langer krône mohte tragen,
                              daz kan ich niemen gesagen.
                              diu maere suln uns noch komen.

                              (C: 4132-4155)
```

誰もそれほどのことを語ったことがなく、我々も聞いたことのないほどに盛大な祝宴が、我々に伝わっているように、それほど短い日数の間に華々しく開催されたのです。ヴォルムスは大きな街ですが客人であふれました。そう、人々は大いなる誠をもって最良のことをなしたのです。若く豊かな王が王冠を戴いているのを人々は目にし、彼らはこの若君からみな等しく所領を得たのです。宮廷と家臣たちは、いささか喜びを取り戻しました。(C: 彼らの苦悩は後に喜びによって忘れ去られました。王がその後どのように君臨したか、どのくらいの間王冠を戴いていたか、このことは誰にも言うことができません。この物語は今日に至るまでわれわれに伝わっているのです。)

　若き王の戴冠と、それに続く家臣たちとの封建体制の再確立[369]は、スヴェンメルによる「まことのこと」伝承以降の、国家の主たる王が不在であるという危機的状況に終止符が打たれることを意味する。そして、「嘆き」に満ちた過去と訣別し、哀しみを克服した先には再び「喜び」があること、さらにCヴァージョンではその喜びの内に哀しみは忘れられたことが語られる。ここに始まる新しい世代によって牽引される世界は、「喜びは悲しみに終わる」という運命観を持った、旧世代の者たちが属する『ニーベルンゲンの歌』の世界とは正反対のものとして造形されているのである。
　こうして新生するブルグントの出発点におかれる国の「過去」に対する総括と、ピルグリムによって示された解釈の一致は、教会組織を代表する人物の示した価

---

[369] 戴冠にあたり、新王が家臣に所領を与えるとの記述は、王として臣下の者たちとの封建関係の契約を結んでいることを意味している。

値基準に即応して復興がなされることを示している。そしてその先導者となるのが、ブリュンヒルトの「嘆き」を払拭した献酌侍臣シンドルトと、ここで若王の戴冠を主導する大膳職ルーモルトである。彼ら両名は『ニーベルンゲンの歌』にも登場するが、彼らの役職および『ニーベルンゲンの歌』での役割は、彼らが主導する形で新生するブルグントが、いかなる基盤の上に拠って立つものであるかを示唆するものである。まず、『ニーベルンゲンの歌』での登場場面で、ルーモルトの役職は「大膳職 kuchenmeister（10, 1）」、シンドルトは「献酌侍臣 scenke（11, 3）」とされているが、これらは宮廷の役職のうちでも食事に関わるものであり、「大膳職」は『ニーベルンゲンの歌』と『哀歌』の成立した12世紀末から13世紀初頭における宮廷文化を形成する要素のうちで、最先端をいく新しい職種であった[370]。この役職はまた、「宮廷料理人 Hofkoch」として侮蔑的ニュアンスのもとに語られることもあり、ルーモルトとシンドルトは英雄的行為を通して自己認識を行うといった英雄的存在とは対照的な存在として造形されているのは明らかである。とりわけフンの宮廷へと危険を予感しながらも出立しようとする王一行——この時点以降、ブルグントの者たちの行動原理は英雄的なものへと傾いてゆく——に対して反対する場面は、彼の『ニーベルンゲンの歌』での立ち位置をよく示している。彼は自国にとどまれば安全であるのみならず、「豪華な衣装で着飾ることもできる（1467, 3）」のであり、「ただ最上のワインを飲み、綺麗な女を愛していればよい（1467, 4）」ことをフンの国への旅に反対する理由とする。さらに、ブルグントでは「いかなる王侯でもこの世で食べた事のないような最上の食事（1468, 1-2）」が供せられていることを指摘しており、Cヴァージョンではこの傾向はさらに強められ、もし旅を取り止めるのであれば、「油で揚げたパイ（1497, 3）」を特別に作ろうともちかけるのである。ルーモルトの示すこうした言動は、彼の職に相応しいのみならず、この時点でハゲネの言動に表面化しつつあり、フンの宮廷での戦いにおいてはブルグントの者たちが従うこととなった英雄的な行動原理と対照させた場合、滑稽にすら感じられる。しかし実際には彼の

---

[370] 大膳職 kuchenmeister という職名が初めて現れるのは、1181年のレーゲンスブルクの宮廷の史料においてという説と、1205年のフィリップ・フォン・シュヴァーベンの宮廷が初という説がある（Vgl. Grosse (Kommentar), S. 732.）。どちらにしても、『ニーベルンゲンの歌』の詩人は当時の宮廷の最先端の事情に通じており、これらの職を持つ両人は、英雄的存在ではなく宮廷的存在として印象づけられたことは容易に推察される。

3.『哀歌』——「記憶」の発生と対象化　237

　助言を受け入れなかったブルグントの者たちはフンの宮廷で命を落とす結果となり、それはブルグントに国家断絶の危機をもたらした。そして、『哀歌』でのルーモルトの見解とピルグリムのそれとの一致は、『哀歌』がピルグリムによる総括を経ることによる世界の変容と、死した旧世代の者たちに蔑視されていたルーモルトの持つ価値基準を従来のそれにとって代わるものとして描き出していることを示す。

　しかし、『ニーベルンゲンの歌』でルーモルトが重要な役割を果たすもう一つの箇所では、こうした英雄性の対極に位置するような、物質的な充足を良しとする価値基準は、彼の担う一面にすぎないことが明らかとなる。彼は上述のような英雄的世界における道化としての面と同時に、封建的臣下としての「誠」も持ち合わせる人物として『ニーベルンゲンの歌』ですでに造形されていることを、以下の箇所からは読み取ることが出来る。フンの国へとブルグント一行が出立するまさにその朝、ルーモルトは今一度訪問の中止を進言する。

> Diu kint der schoenen Uoten　　die heten einen man,
> küene und getriuwe.　　dô si wolden dan,
> dô sagt' er dem künege　　tougen sînen muot.
> er sprach:《des muoz ich trûren,　　daz ir die hovereise tuot.》
>
> Er waz geheizen Rûmolt　　und was ein helt zer hant,
> er sprach:《wem welt ir lâzen　　liute und ouch diu lant?
> daz niemen kan erwenden　　iu recken iuwern muot!
> diu Kriemhilden maere　　nie gedûhten mich guot.》
>
> 《Daz lant sî dir bevolhen　　unt mîn kindelîn,
> unt diene wol den vrouwen:　　daz ist der wille mîn.
> swen du sehest weinen,　　dem troeste sînen lîp.
> ja getuot uns nimmer leide　　des künec Etzeln wîp.》　　（1517-1519）

麗しきウオテの子には、ある勇敢で誠実なるものが臣下にありました。彼らが出立せんとしたときに、そのものは王に対してひそかに自分の思うところを告

げたのです。彼は言いました。「皆様が宮廷訪問の旅に出るのは残念なことです。」彼はルーモルトといい、手練の勇士でした。「誰にこの民と国を委ねられるのですか？誰も皆様勇士の方々の心づもりを変えさせることができないとは！クリエムヒルト様の話は、私にはよい事のようには思えないのです。」と彼は言いました。「国のことはお前に任せる。私の子供のこともだ。そして婦人たちによく仕えるがいい。これが私の望みだ。誰か泣いているものがあれば、そのものを慰めてやるのだ。そう、我々にエッツェル王の妃は害になることなぞするまい。」

　「誠実」との形容詞を冠されるルーモルトが、宮廷訪問の中止を今一度望むのは、国家の安全と存続を考えてのことであり、ここではルーモルトという人物に封建的臣下としての模範的な思考が託されているといってよいだろう。こうしたルーモルトの「誠」をグンテルは信頼し、自分が後に残して行く者たちへの庇護を委ねるのである。そこには、「誠」により結ばれた君臣間の関係が描かれているのが確認できる。そしてグンテルによる「国」と「息子」に対しての庇護の依頼を、ルーモルトは『哀歌』でまさに託された通りに果たす。『哀歌』の詩人は、『ニーベルンゲンの歌』でルーモルトがグンテルから受けた依頼を、ブルグントの復興という時点においてルーモルトに遂行させており、それはまたピルグリムがブルグントの家臣たちに要請した、国家を成立させる礎である封建的な主従関係を成立させる意味に特化した「誠」の具現化に他ならない。『ニーベルンゲンの歌』では英雄的なるものと対置されて揶揄の対象であったルーモルトが、その封建的「誠」をもって危機に瀕したブルグントの宮廷を救い、そして「哀しみ」を払拭して「喜び」をもたらす原動力となっていることは、大いなる「嘆き」を経た後で世界がどのように変容したかを象徴している。すなわち、英雄的原理が支配的であった状態は、克服された過去として歴史の中に封印されることとなり、英雄的原理とは対置される存在であるルーモルトやシンドルトによって主導されて新生するブルグントは、グンテルらの旧世代が治めていた状態から大きく方向転換している。その根幹をなすのはピルグリムの見解に象徴され、ルーモルトらによって具現化される宮廷的および宗教的原理であることを、「嘆き」の克服から若き王の戴冠に至るまでの物語において『哀歌』は示しているのである。

　以上、フンの宮廷での出来事がいかにして「目撃者」であり「楽士」であるスヴェンメルによって伝達され、それがいかなる影響力を持つものであったかを検証してきた。その中心となるのはウィーン、ベッヒェラーレン、パッサウそして

ヴォルムスの四つの宮廷であった。これらの宮廷では、「まことのこと」の伝承はまず「嘆き」をもたらし、それによって宮廷は一時的に機能不全に陥るが、その「嘆き」を克服し、事件を対象化することにより、再生が果たされることが描かれる。ただしその際に、『ニーベルンゲンの歌』では主要な役割を担っていた旧世代に属する者たち、具体的にはフンの宮廷で戦死したベッヒェラーレンの辺境伯リュエデゲールの妻ゴテリントと、ブルグントの王たちの母ウオテは、再生を果たし新たな秩序のもと再構築される世界にはもはや占めるべき場所はなく、姿を消すこととなる。そして、『哀歌』の末尾では旧世代に属するもののうち、社会的に最も高い地位にあったエッツェルもまた、ブルグントで若王の戴冠とそれに伴い未来への展望が開かれるのとは対照的に、ディエトリーヒが国を去る際に苦悩の余り昏倒し、正気を失って生死の境をさまよったことが語られる（v. 4183-4199）。彼の最終的な立場について注目されるのが以下の叙述である。

> Swie grôzer hêrschefte er ê pflac,
> dar zu was er nû gedigen,
> daz si in eine liezen ligen,
> unde niemen ûfe in niht achte.　　　　　　　　　　（v. 4200-4204）

> かつていかに大いなる権勢を誇っていたにしても、今や人々は彼をただ一人で横たわらせておき、誰も彼に注意を向けない、というようなことになってしまいました。

ハゲネやフォルケール、そしてダンクワルトへ肯定的評価を下したことにあらわれていたように、エッツェルは『ニーベルンゲンの歌』で死んだ者たちと同様、本質的に英雄的世界に親和性の高い存在であった。「嘆き」を克服して世界がその様相を変え、その主役の座がディートリヒやディエトリンデ、ブルグントの若王らの新しい世代へと移行した後には[371]、彼にとって世界に自分の居場所を見つけることは不可能となる。「嘆き」を克服し得ないエッツェルは、「嘆き」の克服とともに過去の存在となった死者たちと同様に、生者から隔絶されて、物語か

---

371) かつてエッツェルの担っていた権力がディエトリーヒへと移行していることは、エッツェルの亡き妻ヘルヒェの財産がディエトリーヒの恋人ヘルラートに相続されたこと (v. 4145-4171) にも象徴的に示されている。

ら姿を消してゆくのである。

　エッツェルに象徴される旧世代の支配者に代わり、新生した世界を導くものとしてクローズアップされるのが、ピルグリムに代表される教会組織とキリスト教、『ニーベルンゲンの歌』では揶揄の対象とされていた、「文官」とでも言うべきルーモルトやジンドルトといったブルグントの家臣たち、そして彼らによって具現化される封建社会における法的概念としての「誠」である。スヴェンメルにより伝承された「まことのこと」は世代交代を促進し、「嘆き」の果てに新たな構成原理を持ち込んで、『ニーベルンゲンの歌』に描かれた英雄的原理のもと滅亡へと向かう世界を過去のものとする。また、スヴェンメルの伝承する情報は、まず各地の宮廷で外交的領域において伝承され、そこで各地の政治的代表者による認識を経て初めて「まことのこと」として民衆に伝えられるものとなるのだが、パッサウで司教ピルグリムに対して伝承がなされると、書記機関の長であり、歴史家としての役割を持つピルグリムによる解釈を経ることで、一貫した因果関係のもとに歴史化され、「まことのこと」として伝播されてゆくこととなる。それはすなわち、『ニーベルンゲンの歌』に語られる物語が、死者たちに関して共同体の持つ「記憶」としての意味づけを与えられていることを意味している。

3.4. 書記と口承の融合——『哀歌』にみる歴史伝承観

　これまで検証してきたように、『哀歌』に描かれたフンの宮廷での出来事の伝播の過程では、「目撃者」として「まことのこと」を語る楽士スヴェンメルにより、いかにして各宮廷にフンの宮廷での戦いとその結果が伝えられ、皆がそれを知ることになったか、言い換えればいかにして彼の報告が集合的記憶となっていったかが語られている。その際に彼の伝える情報の性格が変容したのが、教会という宗教的組織および書記機関の代表的存在であるピルグリムによって解釈の対象となった時点である。ピルグリムによる事件の因果関係に対する解釈とそれを通した歴史としての固定化が行われ、国家の将来への指針がブルグントに伝えられると、ブルグントの者たちは「嘆き」を克服して「喜ばしい」未来へと一歩を踏み出して行き、「哀しみ」は「喜び」へと解消してゆく。このように各地の宮廷がスヴェンメルにより伝えられた「まことのこと」を記憶とすることで、死者たちを過去のものとし、未来へと歩みを始めるのに対し、ピルグリムは己の職責を果

3. 『哀歌』——「記憶」の発生と対象化

たすため、今一度自分自身の総括により「過去」となった一連の事件へとその視線を向ける。

ピルグリムはスヴェンメルがパッサウを発ってヴォルムスへ向かうのに際し、ヴォルムスを訪れた後に自分の許にもう一度戻ってくることを要請するが、それは他でもなく、「目撃者」たるスヴェンメルを第一の証言者として、歴史叙述を行うためであった。彼は、声の文化における情報伝達者であるスヴェンメルの報告を、書記化して歴史伝承へと取り入れようとしているのである[372]。そしてピルグリムが企図したこの歴史叙述を、『哀歌』がどのような性質のものとして描いているかは、パッサウへの帰還を依頼する際のピルグリムの言葉から読み取るができる。

> Swemmel, lobt an mîne hant,
> sô ir wider rîtet durch diu lant,
> des bite ich, vriunt, daz ir
> danne kêrt her ze mir.
> ez ensol niht alsô belîben.
> ich wilz heizen schrîben,
> die stürme und die grôzen nôt,
> oder wie si sîn gelegen tôt,
> wie ez sich huop unde wie ez quam
> und wie ez allez ende nam.
> Swaz ir des wâren habt gesehen,
> des sult ir danne mir verjehen.
> dar zu wil ich vrâgen
> von ieslîchen mâgen,
> ez sî wîp oder man,
> swer iht dervon gesagen kan.
> dar umbe sende ich nû zehant
> mîne boten in Hiunen lant.
> dâ vinde ich wol diu maere,

---

[372] Bumke (1996), S. 462.

wande ez vil übel waere,
ob ez behalten würde niht.   (v. 3459-3479)

スヴェンメル、わが友よ、私の掌に誓ってくれ、お主が再びこの領地を通るときは私の元へと帰ってきてくれるよう、頼みたいのだ。ことをこのままにしておくわけにはゆかぬ。私は戦いと大いなる苦難や皆がどのように命を落としたかということ、そしてその発端から経過、いかなる結末に至ったかを筆記させようと思うのだ。事件についてお主が見たものはすべて、私に語ってほしい。さらに私は、男であれ女であれそのことに関して何か証言できるあらゆる縁者たちから話を聞くつもりだ。そのために、すぐにフンの国へと私の使いを送ろう——同地では当然情報を得ることができるだろう——なんとなれば、このことが忘れ去られてしまうのは、あり得べからざる事態だからだ。

　この箇所と関連して、『哀歌』はエピローグで再びピルグリムがこのような書記記録を編纂した動機について言及している。同箇所の詳細な解釈は後で行うが、上に引用したスヴェンメルの言葉との関連から注目されるのが、「このことを後に知った誰もがそれを真実だと思えるように（C ヴァージョン：もしだれかそれを嘘だと思うものがあれば、その書の中で真実を見出すように）daz manz vür wâr solde haben,/swerz dar nâch ervunde（ob ez iemen vür lüge wolde haben,/daz er die wârheit hie vunde）B: 4300-4301, C: 4406-4407」と述べられていることである。書記的に記録されること自体が内容の信憑性への保証と直結するとの認識を前提とするこの理由づけを踏まえると、上に引用したピルグリムの台詞に含まれる、スヴェンメルが伝えた情報を書記化し、歴史叙述とする際に重視される二つの要点を容易に読み取ることができる。

　まず一点目が、「まことのこと」をめぐる口承と書記の間の関係が明らかにされていることである。「目撃者」でありまた「楽士」という、声の文化においては最も信憑性の高い情報源と目されるスヴェンメルからの報告を受けても、ピルグリムはそれをそのままの形で単に書き記すのではなく、さらに複数の情報源を確保することで精度を上げ、フンの宮廷での戦いに関する包括的な記述を行うことを可能にするよう努めている。これを通し、書記的な歴史叙述の制作は、口伝のものに比してより広範な背後関係を視野に入れた、より客観的に事象を伝えるものとして演出されているのである[373]。いうなればここでピルグリムにより編

纂される書記記録とは、口伝される複数の「記憶」が書記機関において精錬されたものであり、それゆえにその内容の信憑性に関して、口伝されるものに対して上位に位置づけられる。こうした口承と書記に対する見解は、『哀歌』の詩人が高い可能性で聖職者という身分であることから考えれば、当然のものといえるだろう。

　そして二点目は、スヴェンメルの伝えた情報を筆記した形で残すのは、それが「忘れ去られてしまう」ことのないようにするためという理由が挙げられていることである。過去の出来事を書き留めるという行為が、その出来事に関する「記憶」の保存と継承を目的にしていることは言うまでもないが、ここでのピルグリムの台詞の背後には、書記的に記録されない情報や記憶は、たとえそれが口頭伝承の流儀に則ったものであっても常に忘却の危険に脅かされており、出来事や死者にまつわる記憶が「忘れられる」ことなく伝承されていくためには、書記記録として成立していることが必要不可欠であるという見解が存在する。つまり、このピルグリムの台詞の前提となっているのは、口承メディアを通して伝達される情報がさらに通時的に伝承されていくためには、それが書き留められる必要があるという認識である。これは「目撃者」としてのトポスに支えられた口頭伝承が、共時的な平面において情報を「まことのこと」として伝承する際に有効に機能するのに対し、書記伝承は通時的な伝承に際して忘却の防止と「まことのこと」であるとの保証を与えるという機能をもつとみなされていたことを明らかにしている。そして、ピルグリムの意図として、情報の書記化が忘却からの救済と直接結び付けられていることは、『ニーベルンゲンの歌』および『哀歌』成立当時、書記伝承と口頭伝承がどのような性質のものとして認知されており、また両者はどのような関係の内にあると認識されていたのかという問題に対する考察の手がかりとなる。

　ある物語が「まことのこと」であるか否か、すなわちその物語が伝える内容のオーソリティが問題とされた場合、それが純粋に口承の領域で伝承されるもので

373）ミュラーはこの箇所を解釈して、目撃者を通した出来事の成り行きの前後関係の把握が歴史家の使命と見なされており、そこから得られた情報を加工とその因果関係付けは教会の代表者に義務付けられていることを指摘している（Müller (1997), S. 91f.)。すなわち、歴史家／教会の代表者のオーソリティのもとまとめられた書記的なテクストとは、複数の「目撃者」による伝承が一定の視点の元に一つの総合体としての「物語」として構成されたものであるとの認識が、このピルグリムの台詞の背景をなしているのである。

あれば、口承的な「語り」の形式のもと語られることによって口頭伝承の伝統へと組み込まれ、「語り」の内容は集合的記憶とアイデンティファイされることで、そのまま「まことのこと」として受容・伝承され得、そして口承の領域ではそのように存在してきた。そして第一章で検証したように、『ニーベルンゲンの歌』はその伝統に連なるものとして演出された作品である。しかし、『ニーベルンゲンの歌』の口承性はあくまで「装われた口承性」であり、作品自体は書記的に成立したものであるのに加え、複合体を共に構成する作品として『ニーベルンゲンの歌』と結び付けられて伝承されている『哀歌』は、形式および物語に対する視点といった点においても書記文芸の典型的な特徴を有する。そして常に複合体として受容されてきた『ニーベルンゲンの歌』と『哀歌』は、「古の物語」を語る、つまり共同体の記憶を語る歴史伝承としての特性を持つ口伝の英雄詩を素材として書記的作品化したものである。とりわけ、『ニーベルンゲンの歌』は口承の領域におけるそうした記憶の伝承が、書記の領域へと流入する地点となっており、そこで語られていることが「まことのこと」として認識されるか否かは大きな問題であったと思われる。そして、この複合体が立脚している書記文芸の地平においては、物語が「まことのこと」を伝えるものであると認められるためには書記的な原典による裏付けが必要であり、『ニーベルンゲンの歌』が持つ口承的な語りの構図とは異なる、物語を書記文芸の価値体系において認められ得る真実性に結び付けることが可能な、何らかの対応が求められたであろうことは、想像に難くない。そこで浮上するのが、声の文化の領域で歴史伝承を担ってきた英雄詩[374]の伝達する情報は、『ニーベルンゲンの歌』と『哀歌』以前は、書記の側に身を置く者たちからはどのようなものとして認識されていたのかという疑問である。この問題を扱う上で、まず『ニーベルンゲンの歌』以前の歴史叙述と口承文芸の関係のあり方に視線を向けてみたい。

　口伝の英雄詩と歴史叙述の交差を示す事例として、まず注目されるのが『クヴェートリンブルク年代記 Quedlinburger Annalen』である。これは10世紀末から11世紀初頭にかけて編纂されたラテン語による年代記で、現在まで伝承されているのは16世紀中期に成立したと考えられている断片のみであるが、オットー帝後期の時期に関する史料として最も重要なものの一つに数えられるものである。こ

---

374) 英雄詩の歴史伝承としての特徴については Müller (2002), S. 17ff. を参照のこと。

3. 『哀歌』——「記憶」の発生と対象化　245

の年代記は、オットー一世に始まる神聖ローマ皇帝家と結びついており、とりわけオットー三世の近親者に対する頌歌としての側面を持つ[375]。またクヴェートリンブルクという場所には、ハインリヒ二世の主導によって1017ないし1018年に『メルゼブルクの死者の書 Merseburger Totenbuch』へと引き継がれた、オットー皇帝家およびその縁者に関する記憶を伝承する死者の記録帳 Nekrolog の伝統があり、オットー皇帝家の死者に関する記憶の中心地であったことがこれまでの研究で指摘されている[376]。そこで編纂された『クヴェートリンブルク年代記』は、公的な皇帝家の歴史記述書としての性質を持っているといえる。

　その核となっているのは、今日では失われてしまった、しかし再構築が可能な『ヒルデスハイム年代記 Annales Hildesheimenses maiores』を中心とする歴史書であり、天地創造から8世紀初頭のカロリング家台頭の箇所については、年代記作者がヒルデスハイム年代記からさらに別の伝承に取材して、独自の記述をしたことが研究史上早い段階から明らかにされている[377]。皇帝家の歴史書が、複数の情報源を元に記述を行っているということは、ピルグリムが書記記録を編纂するのにあたり、複数の情報源を確保することを試みたという『哀歌』の記述を思い起こさせる。そうしたこの年代記独自の記述の中でも、書記伝承と口頭伝承の関係を知る上でとりわけ重要なのが、民族大移動期の記録である。この箇所はゴート族の王エルマナリヒ及びテオドリヒ、そしてフン族の支配者であるアッチラについて、またフランケンの王フグディエトリーヒとテューリンゲンの王イルミンフリッドの争いについての記述を含む。同箇所は俗に「英雄伝説章句 Heldensagen-Passagen」と呼ばれており、兄弟であるヴァレンティニアヌス帝（在位364-375）とヴァレンス帝（在位364-378）の治世に、フン、ゴート、アレマン、そしてフランクといった諸民族がローマ帝国の脅威となってゆく様が描かれているが、年代記作者はベーダの歴史書、カロリング朝初期の『フランク史 Liber Historiae Francorum』といったラテン語による歴史叙述と並んで、口伝の英雄詩も情報源として取り入れ、完全に新しい独自の歴史構想へと変容させているのである[378]。すなわち、『クヴェートリンブルク年代記』の作者は、ドイツ

---

375) Haubrichs (1989), S. 175f.
376) Ebd., S. 176.
377) Ebd., S. 177.
378) Ebd., S. 180.

語圏における「英雄時代」である民族大移動期[379]の事象を伝える伝説を、他の書記記録と並んで史実を証言するものと捉え、年代記作成上の至上命題である、オットー皇帝家に至る帝国の「正しい」歴史に組み込み、口頭伝承と書記伝承の混交から一つの歴史を精錬しているのである。『クヴェートリンブルク年代記』の編纂された時点では、口伝の英雄詩は、書記的な歴史叙述と同質かつ同等の信憑性を持つ歴史伝承とみなされていたことが、ここからは推測可能である。

　この口頭伝承を含む数種の情報源が混在する記述は、ヴァレンティニアヌス帝及びヴァレンス帝からユスティニアヌス帝（527-565）に至るまでの、ローマ帝国と諸民族間の戦いを述べる二世紀分に及ぶ。ハウプリヒスはこの箇所の記述がいずれの原典に拠っているかを検証し、そのうち全ゴート族の王であるエルマンリクスが親族であるオドアケルの助言に従い、やはり親族であるテオドリヒをヴェローナから追放したため、アッチラの元へ亡命したこと、またエルマンリクスがゴート族を支配し、ローマの支配権を手にしたこと、そしてアッチラの助けを借りたテオドリヒがラヴェンナの戦いでオドアケルを破るものの、アッチラの仲裁により彼の命はとらず、亡命させたことと一連のイーリンク伝説の箇所が伝説に拠ったものであること――それは内容上『ヒルデブラントの歌』に語られているテオドリヒ／ディエトリーヒの逃亡伝説と一致している――を指摘している[380]。そして、おそらくはこの年代記が16世紀に写本として成立した際に書き加えられたと考えられている、「テオドリヒはアムルンク Amulung と呼ばれます。というのも、ゴート族で最も権勢高いとされていた彼の祖先は、アムル Amul[381] と呼ばれていたのです。そしてこのものこそが、かつて無学の者たちが謡っていたあのベルンのテオドリヒなのです Amulung Theoderic dicitur: proavus suus Amul vocabatur, qui Gothorum potissimus censebatur. At iste fuit Thideric de Berne, de quo cantabant rustici olim[382]」との記述は、16世紀の時点で、一連のテオドリヒ／ディエトリーヒに関するエピソードは口伝が主流の伝承形態であっ

---

379) Vgl. Brunner (1993), S. 8f.
380) Haubrichs (1989), S. 180ff.
381) 歴史的ディエトリーヒ叙事詩にディエトリーヒの叔父として登場するエルメンリヒの原型であるエルマナリヒもこのアマル家に属しており、テオドリヒから数えて4世代前にあたることが、後にも触れることとなる、ヨルダネスによる『ゲティカ』に記されている。アマル家の家系が述べられているのは、以下の箇所。Vgl. Getica, S. 76. Z. 16-S. 78. Z. 2.
382) QA. S. 31, Z. 23-25.

たと認識されていたことを示唆しており、数世紀を遡る『クヴェートリンブルク年代記』での「英雄伝説章句」の記述が、やはり口承されていた伝説に取材していることを窺わせるものとなっている[383]。

以上のように、皇帝家の公的な歴史叙述である『クヴェートリンブルク年代記』において、とりわけ年代記作者が独自の歴史構想を記述する箇所に、他のラテン語による書記記録と並列させて口承由来の情報を組み込んでいるということは、この年代記作家が、口頭伝承を書記された歴史書と並んで信頼できる内容を持つものとして認識していたことを示しており、そこには『哀歌』のピルグリムの台詞にみえるものとは異なる書記伝承と口頭伝承の関係が見て取れる。すなわち、『クヴェートリンブルク年代記』の作者にとっては、書記されて伝承された情報も口承される情報も、ともに歴史伝承を行うものとして同じ土俵上に並列されて扱われるものであり、年代記成立時点では、『ニーベルンゲンの歌』および『哀歌』の成立した時点と比較して、口頭伝承の持つ信憑性がより強かったことを示唆している。

しかし、『クヴェートリンブルク年代記』が歴史叙述と同様の信憑性をそこに認め、情報源として採り入れたテオドリヒやアッチラに関する情報は、口伝の英雄詩にしばしば見られるように、本来は関係のない様々な歴史的事象に端を発したエピソードが独自の因果関係のうちに纏められ、一つの世代間の物語として再構成されたものであり[384]、それは歴史的事実とはそもそも異なる虚構である。そしてこのことはクヴェートリンブルク年代記からの書記伝承が受け継がれてい

---

383) ただし、ここで「ベルンのテオドリヒ」に関して「かつて謡われていた」との記述からは、この書き込みがなされた16世紀にはもはや彼に関しての伝承が口承の領域特有のものとはみなされていなかった可能性が推測できる。本論では詳しくは触れないが、東ゴート族のテオデリック大王とその事績を核に発展したテオドリヒないしディエトリーヒ・フォン・ベルンに関する伝説は、中世に至るまでニーベルンゲン伝説と並ぶ広範な伝説圏を形成していた。その核をなしているのが、戦いには勝利するものの敵方の奸計ゆえに支配地を追われ、亡命を余儀なくされるという逃亡伝説である。9世紀に書き留められた古高ドイツ語の『ヒルデブラントの歌』にその構図が確認できるほか、ほかならぬ『ニーベルンゲンの歌』後編に登場するディエトリーヒの境遇も、この伝説に準じたものである。ディエトリーヒを巡る物語は長らく口承の領域で伝承されてきたものと推測されるが、13世紀に歴史的および冒険的ディエトリーヒ叙事詩として書記作品化された。その後に英雄本へと収録されたのに加え、15世紀には『新ヒルデブラントの歌 Jüngeres Hildebrandslied』が書かれるなど、中世盛期以降その基盤が書記へと移行していたことを指摘しておく。

384) Müller (2002), S. 17.

った先のフルートルフによる『世界年代記 Chronicon universale』で問題とされることとなる。

　フルートルフ・フォン・ミヒェルスベルクはバンベルクのミヒェルスベルク修道院の僧であり、彼の編纂した『世界年代記』は彼の死後エッケハルト・フォン・アウラにより捕筆および改訂された[385]。フルートルフによる『世界年代記』は、『クヴェートリンブルク年代記』の「英雄伝説章句」をほぼそのまま引用して収めている『ヴュルツブルク年代記』を改作したものであるが、377年以降のゴート族の歴史を記述するに当たり、6世紀に成立したヨルダネスによるゴート族の歴史書『ゲティカ Getica[386]』を「英雄伝説章句」と並んで原典としている。この二つの書記記録は、ともにテオドリヒ／ディエトリーヒに関する記述を含むのだが、ヨルダネスによる歴史叙述は、エルマナリク、アッティラとテオドリヒを史実どおり、それぞれ異なる世代に属するものたちとしている[387]。つまり、この三人を同時代に生きたものとし、それに基づいて異なる世代に属する本来無関係な複数の事象を一つの因果関係のうちに描く伝説を情報源とする「英雄伝説章句」から『ヴュルツブルク年代記』へと取り入れられた、主にディエトリーヒ／テオドリヒのフン族との敵対およびその脅威による亡命に関するエピソードと、それに真っ向から矛盾する内容を持つ書記記録の両方を、フルートルフは情報源として持っているのである。フルートルフ自身は、『ヴュルツブルク年代記』という歴史叙述から口承起源のエピソードを引用しているため、「英雄伝説章句」の内容に関しても書記的な受容をしているのであるが、それが書物に書かれたことであれ、元来口承の領域で伝承されてきたものであると認識していたことは、ヨルダネスの記述と矛盾するエピソードのことを「民衆の語るお話や詩の歌唱に残っているのみならず、またいくつかの年代記にも書き記されている quod non solum vulgari fabulatione et cantilenarum modulatione usitatur, verum etiam in quibusdam cronicis annotatur[388]」ものとして述べていることからも読み取るこ

---

385) この年代記は大部分を編纂したフルートルフの著作として今日知られている。世界創造から1125年に至るまでの歴史が納められており、そのうち1099年までがフルートルフの手によるものであり、その後の30年弱、ハインリヒ5世の治世の箇所をエッケハルトが追加した。
386) この『ゲティカ』という題名は通称であり、正確な名称は『ゴート族の起源と行動 De origine actibusque Getarum』といい、カシオドロスによるゴート族の歴史叙述を編纂したものである。
387) Heinzle (1999), S. 21.

とができる。すなわち、フルートルフはヴュルツブルク年代記に収められている書記記録と口頭伝承が、同一の内容を持つことを認めているのである。ゆえに、フルートルフがこの相反する二つの可能性から導く結論には、ある事象が口承と書記双方において伝えられ、なおかつその内容が異なる場合に、彼のような書記機関に属する者が両伝承の伝える情報の真偽について、いかなる認識をもっていたかが反映されていると考えることができる。エルマナリヒとテオドリヒ、そしてアッチラの間の世代問題に関して、フルートルフはヨルダネスの記述と『ヴュルツブルク年代記』に収められ、また口頭伝承されてきたヴァージョンの間の矛盾にどのような決着をつけたのか。

　この問題に対し、フルートルフは書記記録もしくは口頭伝承どちらかが史実を伝えるもの、すなわち「まことのこと」であるかという二者択一的な判断を下すことはせず、その代わりに第三の選択肢を提示する——「すなわち、ここ（ヨルダネスの記録）に間違いが書かれているか、もしくは民衆が間違ったことをいいまた間違ったことを言われているのか、もしくは別のエルメンリヒと別のテオドリヒがアッチラと同時代人であるのか——その者たちであればそうした適切な関係を認めることができる Igitur aut hic falsa conscripsit, aut vulgaris opinio fallitur et fallit, aut alius Ermenricus et alius Theodericus dandi sunt Attilae contemporanei, in quibus huiusmodi rerum convenientia rata possit haberi[389]」、つまりアッチラと同世代に属する「別の」エルムリヒとテオドリヒが存在していたという可能性を想定しているのである。そして、この口頭伝承と書記伝承どちらが歴史の真実を伝承しているのかという問題に対するフルートルフの態度には、フルートルフという11世紀末の書記機関に属する存在が、ヨルダネスによる歴史叙述と民衆の間に流布している口承の物語に同等の信憑性を認めていること、すなわち『クヴェートリンブルク年代記』の場合と同様に、書記記録に対して口頭伝承の価値を貶めることをせず、両者に同等の信憑性を認めるという姿勢が反映されている。

　しかし、書記記録と口頭伝承を同等のものとして扱いながらも、口頭伝承を積極的に書記記録の情報源として採り入れ、両者を並列させる形で歴史伝承を行っ

---

388) Frutolf von Michaelsberg: Chronicon universale. S. 130, Z. 35-36.
389) Ebd., S. 130, Z. 53-55.

た『クヴェートリンブルク年代記』とは異なり、フルートルフの論理的な観察は両伝承がそれぞれ伝える「まことのこと」が両立し得ないということを、白日の下に曝してしまったともいえる。そしてこのフルートルフの提示した可能性は、書記機関に身をおき歴史叙述を担うものにとっては、受け入れ難い選択肢を含んでいた。それはすなわち、ラテン語による歴史叙述が「誤り」を伝えている可能性である。前掲の引用部で、ヨルダネスによる歴史叙述が「誤り」である、すなわち「まことのこと」を伝えていない可能性に言及したフルートルフの指摘を受けて、書記機関に属するものたちは書記記録の信憑性を主張するため、口頭伝承を虚偽を伝えるものとし、論駁を始めることになった[390]。そして、その嚆矢をハインツレはドイツ語圏での俗語による最古の歴史作品、『皇帝年代記 Kaiserchronik』であるとしている[391]。この作品は、『ニーベルンゲンの歌』および『哀歌』に先駆けることおおよそ半世紀、おそらくは1140年代にレーゲンスブルクで匿名の詩人によって編纂されたと推測されており、ローマ帝国建国から1147年に至るまでの歴史を様々な素材に取材し、54名の皇帝の年代記として語る[392]。この年代記はドイツ中に広まって[393]中世盛期及び中世後期の詩人や年代記作者の典拠となり、12世紀以降の俗語文学における歴史理解の鍵を為す作品となっている[394]。

　これまで検証してきた書記伝承と口頭伝承の伝える情報の信憑性という問題に関して、『皇帝年代記』は示唆に満ちた作品である。まず、プロローグで口頭伝承と書記伝承の伝える内容の信憑性の問題を直接扱っているのに加え、フルートルフによる『世界年代記』をテオドリヒ／ディエトリーヒ及びアッチラに関する箇所の素材の一つとしており、上に述べた両者が同時代人であったかどうかという、書記伝承と口頭伝承の間の矛盾をやはり叙述の対象として採り上げているのである。

　『皇帝年代記』は、まずプロローグでこれから物語る作品を紹介するのにあたり以下のように述べる。

---

[390] Heinzle (1999), S. 21.
[391] Ebd., S. 21.
[392] 『皇帝年代記』は未完であり、僧院長ベルナールがコンラート三世と諸侯に対し、十字軍を要請する箇所で途切れている。
[393] 13世紀中に二度改作され、また14世紀には散文訳もされている。
[394] Vgl. Werli (1998), S. 187ff.

3. 『哀歌』——「記憶」の発生と対象化　251

> Ein buoch ist ze diute getihtet,
> daz uns Rômisces rîches wol berihtet,
> gehaizzen ist iz crônicâ.
> iz chundet uns dâ
> von den bâbesen unt von den chunigen,
> baidiu guoten unt ubelen,
> die vor uns wâren
> unt Rômisces rîches phlâgen
> unze an disen hiutegen tac. 　　　　　　　(v. 15-23)[395]

> われわれにローマ帝国のことをよく伝える書物がドイツ語で詩作されました。その名をクロニカ（年代記）といいます。この書はわれわれに、教皇たちや国王たち、良いものも悪いものも、我々に先んじてローマ帝国を治めていたものたちについて、今日に至るまでのことを知らせてくれます。

　ここでは、まずこれから始まる物語がドイツ語で書かれた「書物 buoch」、すなわち書記されたテクストであることが明示されており、また語り手はその書物を「年代記 crônicâ」としてジャンル規定をしていることが注目される——「年代記」という名を書物が担っているということは、それが学術的な、ラテン語による書記伝統に属する歴史叙述というジャンルに属することを指し示しているのである[396]。先にも述べたとおり、『皇帝年代記』は歴史伝承を旨とする作品としてはドイツ語で書かれた最古のものであり、それまでラテン語によるものしか存在しなかった「年代記」というジャンルを、ドイツ語という俗語による文芸世界に確立した作品とみなすことができる。従来ラテン語による書物によってのみ行われていた歴史叙述の伝統は、書記伝承に連なるものとしての自己理解を有する『皇帝年代記』によって、ドイツ語による文芸の領域へと導入されたのである。

　俗語により歴史叙述を行う年代記文学の誕生に際して問題として表面化するのが、俗語文芸での「もう一つ」の歴史伝承の形態、すなわち口伝の英雄詩との関係である。それまでは口承と書記、俗語とラテン語というように、時にはこれま

---

395) 引用は以下の校訂テクストから。Die Kaiserchronik eines Regensburger Geistlichen. Hrsg. von Edward Schröder. MGH I/1. Berlin 1895 (Ndr. Berlin/Zürich 1964).
396) Hellgardt (1995), S. 95.

でに例示してきた歴史叙述に見られるように触れ合いながらも、両伝承は別々の流れを形成し、またそこで語られることの真実性の保証は相異なる論理によっておこなわれてきたが、『皇帝年代記』が俗語による年代記というジャンルを開拓することは、二つの伝承を区切っていた言語の垣根が取り払われ、両者が直接交差することを意味する。そのため、フルートルフの『世界年代記』でクローズアップされた口承されてきた内容と書記記録の間の矛盾をどう処理するかは不可避の問題となるが、その扱いかたには、『皇帝年代記』の作者が両伝承の関係をどのように想定していたかが反映されていると考えるのが妥当である。そして、前掲のプロローグに続く、語り手が一種の当世批判を行う箇所からは、『皇帝年代記』の作者が非常に明瞭な書記伝承と口頭伝承の二項対立の図式を作品構想の基本に据えていることが明らかとなる。

> Nu ist leider in diesen zîten
> ein gewoneheit wîten:
> manege erdenchent in lugene
> unt vuogent si zesammene
> mit scophelîchen worten.;
> (………)
> sô lêret man die luge diu chint:
> die nâch uns chunftich sint,
> die wellent si alsô behaben
> unt wellent si iemer fur wâr sagen.　　　　　　(v. 27-31, 35-38)

> 今や残念なことに、ある習慣が広まっています——あるものたちは、嘘を考え出してそれを虚構の言葉でまとめるのです。(中略) そして人々は我々の後に続く子供にその嘘を教え、彼らはそれを認めてずっとまことのこととして語ることになるのです。

ここで糾弾されている「虚偽」の対極にある「まことのこと」を伝えるものとして、プロローグ部分で示された「書物」、そしてそれに象徴される歴史叙述が想定されているのは言うまでもないだろう。先に引用した箇所で、語り手はこれから開始される物語は「まことのこと」であることを強調する。しかし、そうし

た「まことのこと」を伝承する書記記録の存在にも関わらず、人々はその「書物」の伝えることよりも、「虚構の言葉 scopheliche worte」によって語られ、伝承されているもの——そしてそれを『皇帝年代記』の作者は「嘘 luge」と断言している——を「まことのこと」とみなしていることがここでは語られ、語り手はそうした現状を批判する。ヘルガルトの解釈するとおり、ここで「虚偽」として否定されている、しかし人々の間で「まことのこと」として語り継がれる虚構の言葉とは、他でもない口頭伝承、とりわけその内容が歴史的事実を伝えるものとしてこれまで認識されてきた、そして今後も認識されるであろう、口承の領域で歴史伝承を司る英雄詩のことを指していることは明らかである[397]。そして『皇帝年代記』はプロローグで書記伝承＝「まことのこと」を伝えるもの、口頭伝承＝虚偽を伝えるものとして両者を二項対立の関係の内に規定しており、両伝承の伝える内容をともに信憑性のあるものと認識する『クヴェートリンブルク年代記』や『世界年代記』とは異なり、書記伝承のみに「まことのこと」を認めるという立場を表明している。さらにこれに続くプロローグの末尾には、口頭伝承は虚偽であるのみならず、それが悪徳としてさえみなし得るという見解が述べられる。

　　lugene unde ubermuot
　　ist niemen guot.
　　die wîsen hôrent ungerne der von sagen.
　　nû grîfe wir daz guote liet an.　　　　　　　　　　　　(v. 39-42)

　　嘘と思い上がりは誰にとっても良いものではないのです。賢い者たちは、そうしたことを耳にするのを好みません。さあ、我々は良い物語を始めるとしましょう。

　『皇帝年代記』の作者は、人々の間で口伝される物語を「虚偽」とするのに加え、それをさらに宗教的悪徳である「思い上がり」と同列において非難する。この記述には、書記伝承には「まことのこと」が語られており、それは「よい」ものである一方、口頭伝承は「虚偽」を伝えるものでしかなく、「悪」であるという、非常に単純化された図式が示されているといえるだろう。「ラテン語 – 書記」と

---

397) Ebd., S. 95.

「俗語-口承」というそれまでの構造を解体し、俗語による年代記、すなわち書記的歴史叙述という、従来であればその存在自体が矛盾であった作品を開始するにあたり、『皇帝年代記』の作者は、二つの異なる伝承の「まことのこと」を伝える機能、歴史伝承としての質の優劣に対する自分の見解を明瞭な形で表明することで、作品の拠って立つ場を明らかにしているのである。それでは『皇帝年代記』において、フルートルフの手による『世界年代記』でテオドリヒ／ディエトリーヒに関する叙述において象徴的に表面化した、両伝承の間の矛盾はどう扱われているのか。

　プロローグでの姿勢からすれば、口頭伝承と書記記録の伝える内容の矛盾の原因に関する三つの可能性のうち、口頭伝承が誤っているという見解を支持するのが妥当のように思われるが、年代記作者はこの問題に関して少々意外な措置をとる。すなわち、口頭伝承と書記伝承の伝える内容の相違から生じる矛盾の解釈として、エッツェルと同時代を生きていたのは別の、「もう一人」のディエトリーヒであるとする、フルートルフの示した第三の可能性と等しい見解を選択しているのである。書記伝承こそが「まことのこと」を伝えるものであり、口頭伝承は「虚偽」であると公言して憚らない『皇帝年代記』がこの選択肢を選んだということには、年代記作者がプロローグで示したほどには口頭伝承と書記伝承の間の関係は単純でないことが反映されているといっていいだろう。

　『皇帝年代記』でのディエトリーヒの記述は、他の歴史叙述と同様に東ローマ皇帝ゼノン帝（在位474-491）の治世への言及に接続されるかたちではじまる。『皇帝年代記』はここでエッツェルと同時代人としてのディエトリーヒを登場させる。これはフルートルフが明らかにしたとおり、ヨルダネスによる記録という歴史叙述とは内容を違え、むしろ口伝の英雄詩を介して人口に膾炙している、亡命伝説の主役であるディエトリーヒの持つ背景と一致する。ここで『皇帝年代記』の作者は、このエッツェルと同世代に属するディエトリーヒを「古のディエトリーヒ der alte Dietrich[398]」と呼称し、彼の孫でやはり「ディエトリーヒ」の名を持つ人物と区別する。すなわち、『皇帝年代記』には二人のディエトリーヒ

---

398) 彼の名は13840行目に初出「そのころメランをある侯が治めていましたが、その名を古のディエトリーヒと言いました。ain vurste was dô ze Mêrân,/gehaizen was er der alte Dietrich (v. 13840-13841)」。ここですでに「alt」という形容詞を冠されていることから、所謂逃亡伝説の主人公であるディエトリーヒよりも前の世代の別人であることが示されている。

3.『哀歌』──「記憶」の発生と対象化 255

が存在しているのである。以下に『皇帝年代記』でのディエトリーヒに関わる箇所の大筋を紹介する。

　時はゼノン帝のこと、メラン侯ディエトリーヒ（「古のディエトリーヒ」）は、エッツェルの臣下になることを拒んでいた。そこでエッツェルはメランへと侵攻し、ディエトリーヒはランゴバルトへと逃れることとなる（v. 13848）。同地でディエトリーヒに嫡子ディエトマールが誕生し、ディエトリーヒの死後その後を継ぐ（v. 13852）。それから間もなくエッツェルが死亡すると、ディエトマールはメランへと帰還する（v. 13859）。エッツェルには二人の息子、プローデレ Plôdele[399]とフリーテレ Fritele があり、彼らはディエトマールに再び臣従を求めるが、ディエトマールはそれを拒んだため（v. 13869ff.）戦いとなるが、ここでエッツェルの二人の息子は命を落とす（v. 13831）。その勝利後の凱旋の際、ディエトマールのもとに子息が誕生したことを伝える使者がやってくる（v. 13895）──このディエトマールの息子こそが、「若きディエトリーヒ der junge Dietrîch[400]」であり、ディエトマールは彼に後を継がせることを宣言する。しかし、自分の息子はローマ帝国を統べることになるだろうとのディエトマールの予言[401]がゼノン帝の怒りを買い、メランは皇帝の軍の侵攻を受ける（v. 13915）。ディエトマールと家臣たちはこれに抗戦しようとするが、賢者たちの助言もあって若きディエトリーヒを人質として差し出すことで解決を図る（v. 13918ff.）。そしてコンスタンチノープルへ送られ、同地で養育された若きディエトリーヒは、刀礼を済ませて軍旗預かりになると名声を高めてゆき、皇帝の助言者としての役目を果たすまでになる（v. 13939f.）。そしてローマ総督のエティウスがシュタイアー侯オドアケルとともにゼノン帝に敵対すると、ラヴェンナの戦いでディエトリーヒは両者を破り、ゼノン帝の忠実な封建家臣として、皇帝と等しいまでの権勢を得る。し

---

399)「プローデレ」という名は『ニーベルンゲンの歌』および『哀歌』でのエッツェルの弟ブレーデル Blödel と同一視可能であるが、ここではエッツェルの息子とされている。さらに彼とフリーテレの二人の兄弟は、ディエトリーヒの逃亡伝説でディエトリーヒの弟であるディートヘルとともに殺されることになるエッツェルの二人の息子とも連関を持っており、各伝承間で一つのフィギュールが多様に変奏されている好例をなしているといえるだろう。
400) この「若きディエトリーヒ」という呼称は、後述する人質としてギリシアに送られる箇所（v. 13923）で初出。
401) 物語のその先を暗示する予言は、『ニーベルンゲンの歌』にも頻出するように、英雄詩の特徴とされる。

かしその後、それまでは英雄として描かれたディエトリーヒは一転してネガティヴな人物へと転じてゆく。自らの出生を巡って教皇と敵対し402)、結果彼は「キリスト教徒を辱めた want er die cristen hête gelaidiget (v. 14168)」ゆえに神の罰を受けて悪魔に火山へと投げ込まれ、最後の審判の日までそこで身を焼かれる責めを受けることになったことが語られ、『皇帝年代記』でのディエトリーヒ／テオドリヒに関する描写は終わる。

　この『皇帝年代記』でのディエトリーヒに関する描写の独自性は、口頭伝承および書記伝承で、ディエトリーヒという名を持つ一個の人物形象に結び付けられているさまざまな構成要素を、三代にわたる一族の物語として展開し、再構成した点にある。フルートルフがディエトリーヒ／テオドリヒに関する歴史叙述と口伝の英雄詩の間の矛盾点に対する説明の一つとした、同一の名前を持つ複数のディエトリーヒが存在するという第三の可能性を踏襲しつつ、『皇帝年代記』はそれをさらに推し進める。そしてエッツェルと同世代の「古のディエトリーヒ」を創出することにより、ディエトリーヒにまつわる歴史叙述および口伝の英雄詩の持つ内容を、ディエトリーヒの祖父と父ディエトマール、そして「若きディエトリーヒ」という三世代へと割り振けて拡散させるのである403)。エッツェルと同世代に属する、歴史叙述に登場するものとは「別の」ディエトリーヒを存在させるという操作を通して、『皇帝年代記』作者は、フルートルフ以降ディエトリーヒ／テオドリヒについての記述での矛盾の原因となっている、世代の問題に対する解決を図っているのである。そしてこの三つの世代に関する記述の検証は、『皇

---

402) ディエトリーヒは「私生児 kebese (v. 14115)」との誹りを、ラヴェンナの戦いの際にオドアケルから受ける。出生の場面では彼が不義の子であるとの記述はないのだが、これを発端として教皇は生まれの卑しいものがローマ帝国を守護するのは相応しいことではないとゼノン帝に告げている (v. 14142ff.)。すでにヨルダネスの『ゲティカ』にも、ディエトリーヒ／テオドリヒが妾の子供であるとの記述があり、これがディエトリーヒが私生児であるという非難の根拠になっているとも考えられる。

403) 一つの血族の中で同じ名前を持つ人物が複数存在する、というのは英雄伝説にはよく見られる現象であり、その代表例としてはヴォルフディエトリーヒ伝説が挙げられる。それに加え、とりわけゴート族の歴史にはテオデリチ Teoderici の名を持つ王が複数おり、歴史書ですら取り違えをおかしていることなどもあり、こうした「ディエトリーヒ」という名前に付随した同名異人の現象が、フルートルフの提示した三つの可能性のうち、「別の」ディエトリーヒの存在の可能性を『皇帝年代記』が選択する理由となったことを、ヘルガルトはあくまでも推論としながらも、指摘している。Hellgardt (1995), S. 100.

3．『哀歌』——「記憶」の発生と対象化　257

帝年代記』の作者がどのように口承および書記伝承それぞれの情報を扱っているかという問題の解決の糸口となる。

　まず、ヨルダネスによる歴史叙述でのディエトリーヒ／テオドリヒに関する記述、すなわち人質としてコンスタンチノープルで養育されたこと、皇帝の命によりイタリアを征服し、オドアケルらを殺害したことは、『皇帝年代記』では第三世代目の「若きディエトリーヒ」と関連付けされている[404]。アッチラ／エッツェルから二世代分下ったこの「若きディエトリーヒ」に、歴史叙述に見えるテオドリヒ／ディエトリーヒの事績を割り当て、同一の人物として記述していることは、『皇帝年代記』がテオドリヒ／ディエトリーヒとアッチラ／エッツェルは世代を異にするという、ヨルダネスによる歴史記述を根拠とする書記伝承こそが史実を伝えるものであるとの視点に立っていることを反映している。これは、フルートルフの示した三つの可能性のうち、ヨルダネスの記述が誤りであるという、歴史叙述の信憑性に疑問符をつける選択肢を否定し、改めてそれを「まことのこと」として扱っていることを示す。

　それに対し、『皇帝年代記』に叙述されている、若きディエトリーヒの祖父に当たる「古のディエトリーヒ」と父ディエトマルに関する物語については、ヘルガルトも指摘するように、歴史叙述にも口伝の英雄詩にもその痕跡を見出すことはできない。そのためこの「古のディエトリーヒ」およびディエトマルの二世代分に関しては、『皇帝年代記』の作者が自由な構想に基づいて物語を展開していることが推測されている[405]。そして「若きディエトリーヒ」に関する記述を歴史叙述でのディエトリーヒ／テオドリヒに関する記述と一致させ、ヨルダネスからの書記伝承を受け継ぐ姿勢を示しているのとは対照的に、この「古のディエトリーヒ」および「若きディエトリーヒ」の父ディエトマールの二世代分に関する記述の核をなしているのは、古くは9世紀に書き留められた『ヒルデブラントの歌』の背景となった、ディエトリーヒの逃亡伝説として口伝されていたと考えら

---

[404] Hellgardt (1995), S. 102. ただし、ヘルガルトは一連のエピソードはもともと歴史叙述として伝承されていたものではなく、奇跡譚として教会の伝統の内にあるものであり、フルートルフによって歴史叙述へと取り込まれたものであることを指摘している。
[405] Ebd., S. 102. ちなみに、ヨルダネスによる『ゲティカ』では、テオドリヒ／ディエトリーヒの父の名は Thiudimer となっており、『皇帝年代記』での Dietmâr と同定することが可能であるが、彼の事績に関しての記述は両者の間で異なっている。Vgl. Getica. S. 128.

れる亡命のモチーフである。すなわち、『皇帝年代記』は口頭伝承の信憑性を否定しながらも、口頭伝承に起源を持つ亡命のモチーフを自らの記述に採用しているのである。ここに、自由に構築が可能であったはずの二世代分の記述から、『皇帝年代記』の作者が口伝のディエトリーヒ伝説の核をなしている逃亡伝説というモチーフを排除しなかったのは何故なのかという疑問が浮上する。

　口伝の英雄詩が「まことのこと」を伝えていることを否定しながらも、そのモチーフ自体は取り入れるという、一見矛盾した『皇帝年代記』の作者のとるこの態度に関し、比較的容易に推察できる理由として、エッツェル／アッチラとディエトリーヒが同世代のものではないという主張のみでは、口頭伝承を通して俗語の領域ですでに広く知られていた伝説を否定する根拠としてはあまりに弱かったこと[406]が従来の研究ですでに指摘されている。前述したように、『皇帝年代記』は歴史叙述を行う作品ながらも俗語で書かれており、ラテン語によるそれとは異なる受容者層を持つ。そしてそこで想定されている受容者とは文盲の者が大多数を占める世俗の者たちであり、彼らにとっての歴史伝承とは口伝の英雄詩に他ならなかった。つまり、『皇帝年代記』の受容者にとって、口承される情報とは共同体の記憶としてすでに確立されているものであり、そこに語られていることを、書記伝承の絶対的真実性を確信している『皇帝年代記』の作者といえども、単にエッツェル／アッチラとディエトリーヒが同世代の存在ではないとする記述のみをもって全否定することは出来ず、それが『皇帝年代記』がディエトリーヒの逃亡伝説を取り入れた理由の一つであることは十分に考えられる。

　ただし、詳細にこの二世代分の叙述を検証してみると、書記記録による保証を重視し、その観点から口頭伝承を否定して書記伝承を唯一の「まことのこと」を伝承するものとする信条に相応しく、『皇帝年代記』の作者は「古のディエトリーヒ」とディエトマールの二世代が関わる亡命のモチーフを描くにあたって、伝説の内容を直接援用しているわけではないことが明らかとなる。それはプロローグに表明されているように、口伝されていることは「虚偽」であるという見地からすれば当然のこととも言えるが、しかしその改変は恣意的なものではなく、そこには書記的歴史伝承を是とする立場にあるものが、口頭伝承の伝える内容をどのようなものとして理解していたかを読み取ることができる。

---

406) Müller (2002), S. 19.

3. 『哀歌』——「記憶」の発生と対象化　259

　三代にわたるディエトリーヒの血族についての記述の終わりに、『皇帝年代記』はディエトリーヒとエッツェルの属する世代に関しての問題に対し、最終的な結論を述べる。

> Swer nû welle bewaeren,
> daz Dietrîch Ezzelen saehe,
> der haize daz buoch vur tragen.
> do der chunic Ezzel ze Ovene wart gegraben,
> dar nâch stuont iz vur wâr
> driu unde vierzech jâr,
> daz Dietrîch wart geborn.
> ze Chriechen wart er erzogen,
> dâ er daz swert umbe bant,
> ze Rôme wart er gesant,
> ze Vulkân wart er begraben.
> hie meget ir der luge wol ain ende haben.　　　　（v. 14176-14187）

　ディエトリーヒとエッツェルが顔を合わせたということを証明したければ、書かれたものをここに持ってこさせなさい。エッツェル王がオーフェンに埋葬されてから、ディエトリーヒが誕生するまでには実に43年の開きがあるのです。彼はギリシアで養育され、また同地で刀礼もうけました。ローマへと彼は送られ、火山に眠ることとなったのです。これで、うそ偽りにはけりをつけることができるでしょう。

　ここで『皇帝年代記』の作者は、ディエトリーヒとエッツェルが同時代人であるという、おそらくは『皇帝年代記』の想定する受容者層を形成する世俗の者たちの間では「まことのこと」として認識されていたであろう両者の関係を、若きディエトリーヒが生まれたのはエッツェルの死後43年後であるという具体的な数字を挙げて否定する。そしてディエトリーヒとエッツェルが同時代に生きていたことがあくまでも「まことのこと」であるとの主張に対しては、それを証明する「書かれたもの」、すなわち書記的な記録の提示を求める。この要求は、書記的な原典を持たない情報の信憑性の否定と同時に、自らが述べることが「まことのこ

と」であると主張する『皇帝年代記』という作品自体が、書記記録にのっとっていることの表明をも意味する[407]。

ここで留意したいのが、確かにこの「ディエトリーヒ」という名前の時間軸上の拡散によって、ヨルダネスによる歴史書以降、歴史叙述に記されているディエトリーヒ／テオドリヒに加え、亡命伝説に結び付けられるもう一人のディエトリーヒという二人のディエトリーヒの存在が仮構されるのだが、『皇帝年代記』の作者による、書記記録にのっとった自らの語りこそが真実であるという表明は、若きディエトリーヒに託された書記伝承でのディエトリーヒに関する記述が真実であることを強調するのみならず、結果的に書記的な原典を実際には有さず、『皇帝年代記』が口承モチーフのもと独自に創作した古のディエトリーヒおよびディエトマールの二世代の記述に関しても、それが「まことのこと」であるという保証が書記文芸の論理に則るかたちで与えられることとなる。そしてそれは口頭伝承の伝える内容として受容者が知る物語が、やはり「まことのこと」を伝えるものとして認識される可能性へとつながる。

これに対し、古のディエトリーヒおよびディエトマールに関する記述では、『皇帝年代記』の作者は、前述したように口伝の物語をそのまま受け入れて記述するのではなく、大幅な改変を行っている。そのため、口伝の物語を「まことのこと」ではないとする姿勢に矛盾が生じることはないのだが、この改変の基底にあるコンセプトを検証してみると、『皇帝年代記』の作者が口頭伝承されている情報をどのようにとらえていたかが明らかとなる。

ディエトリーヒの逃亡伝説では、ディエトリーヒを亡命へと追いやるのは初期の段階ではオドアケル、のちにディエトリーヒの叔父でありゴート族の王エルマナリク Ermanarich が原型となっているエルメンリヒ Ermenrich であるのが[408]、『皇帝年代記』ではフン族の王エッツェルに変更され、それとともに古のディエトリーヒの亡命先も、フンの宮廷からランゴバルトになっている。この改変はディエトリーヒの名を担う存在と敵対関係にある勢力の変更と、それに伴い逃亡伝説の発端が変わることを意味する。とりわけ重要なのは、逃亡伝説ではディエトリーヒの庇護者及び援護者として登場するフン族の王エッツェル──この関係は

---

407) Hellgardt (1995), S. 94.
408) Heinzle (1999), S. 5.

3. 『哀歌』——「記憶」の発生と対象化　261

『ニーベルンゲンの歌』および『哀歌』でも継承されている——が、『皇帝年代記』ではディエトリーヒの血族に敵対する、まさに亡命の原因を作った張本人として描かれることである。このゴート族とフン族の対立という状況は、西暦375/6年にフン族によりゴート族の王、アマル家のエルマナリクが滅ぼされたという、ヨルダネスの『ゲティカ』にも記述されている史実と一致しており、この箇所の変更を通し、ディエトリーヒの逃亡伝説として成立する過程で正反対のものとなったゴート族とフン族の関係は、『皇帝年代記』では歴史叙述が伝える通りのものへと戻されている。

　また、伝説を素材として後に歴史的ディエトリーヒ叙事詩のひとつとして成立した『ラヴェンナの戦い Rabenschlacht』に含まれる重要なモチーフの一つに、ディエトリーヒが後見していたエッツェルの若い二人の息子が命を落とすというものがある。ラヴェンナを巡る戦いは、史実ではテオドリヒとオドアケルの間で493年に行われ、オドアケルが敗れてラヴェンナを開城している。ディエトリーヒの逃亡伝説では、このラヴェンナでの戦いがエッツェルの二人の息子の死と関連付けられているが、書記記録と照らし合わせた場合、エッツェルの二人の息子の死は時間軸上ディエトリーヒ／テオドリヒの世代より前の出来事として位置づけられるべきものであり、この二人の息子の死とラヴェンナでの戦いは同時に起こりうるものではない。そのため、両者の間には時間的ずれが生じることとなる。この問題に対し、『皇帝年代記』はラヴェンナの戦いを若きディエトリーヒとオドアケルの間のものとして記述することで、若きディエトリーヒの父であるディエトマールと戦ったエッツェルの二人の息子の死と、ラヴェンナという街に結び付けられた戦闘という二つの要素の間の連関を解除している。このモチーフに関するディエトリーヒの逃亡伝説と『皇帝年代記』の相違は、『皇帝年代記』がやはり歴史叙述に基づき、口頭伝承の内容を一義的に否定するのではなく、「適切」な形へと改変していることの好例となっている。『皇帝年代記』は、大枠としては口頭伝承に由来する亡命のモチーフを用いながらも、その内容および人物間の関係、そして物語の因果関係を大きく変更し、歴史叙述にみられる時間軸上の配列や勢力間の関係に従って事象間の連関を再構成し、そのもとで物語を展開しているのである。

　そして、両者の間の差異を考察する上で一つの示唆を与えてくれるのが、過去の歴史的事象が口伝されてゆく際にとる形態である、英雄詩の形成のメカニズム

である。英雄詩とは、様々な由来を持つ歴史的事象が、ある単一の連鎖のもとに濃縮されたものであり、そこでは複雑に絡み合う出来事の因果関係は、単純な状況と原始的かつ個的な葛藤へと簡略化されて記憶に留まり易いような物語の内に構築される[409]。すべての事象は英雄の個人的な行為のうちに表現され、一つの民族全体の運命すらもが英雄の個に結び付けられることとなる[410]。これをディエトリーヒを巡る伝承と、『皇帝年代記』におけるその扱いに照らし合わせてみると、『皇帝年代記』がディエトリーヒの血族についての記述の箇所で行った操作の本質が見えてくる。

　中世まで口伝されてきたディエトリーヒをめぐる物語は、故郷からの追放、エッツェルのもとへの亡命、帰還のための戦いとその過程におけるエッツェルの二人の息子の死といった様々なモチーフを含むが、これらの核となった諸々の歴史的事象は、もともと直接の連関のうちにはないものであった。しかし、それらがディエトリーヒ／テオドリヒという一個の英雄形象に結び付けられることによって、彼一代の生涯のうちに連鎖をもって起こり続いてゆく物語へと濃縮されていき、声の文化の領域で歴史伝承を担う英雄詩として成立したのである。それに対し『皇帝年代記』は、ディエトリーヒという個人へと凝縮されていた物語を、三世代にわたるものへと逆に展開し、物語を成立させていた因果関係を解体して、なおかつ歴史叙述との矛盾を解消する方向でそれを再構築することを試みる。これはまさしく、歴史的事象が英雄詩へとまとめられるのと正反対の過程をたどるものである。すなわち『皇帝年代記』は、英雄詩へと構築されてゆく過程で「虚偽」となってしまった歴史的事象の「まことのこと」の姿を取り戻し、そして書記的文脈にのっとった「語り」のもとで新たに「まことのこと」として示すという態度をもって、ディエトリーヒに纏わる伝承を再構成しているといえるだろう。こうした姿勢の背景をなしているのは、書記的な記録を持たない口頭伝承が歴史的事象を誤った形で後世へ伝えているという、『皇帝年代記』のプロローグで示された見解であり、口頭伝承が「虚偽」へと堕してしまうという認識は、前述の『哀歌』での、忘却から逃れるための通時的な伝承を保証するのには書記的な記録が必要であるという意識を思い起こさせる。

---

[409] Müller (2002), S. 22.
[410] Ebd., S. 23.

このように、年代記作者の尊重する歴史叙述と一致する若きディエトリーヒに関する記述には、歴史叙述の伝える情報が「まことのこと」であるという見解が反映されているのに対し、亡命のモチーフを中心に据えた、若きディエトリーヒに至る二世代の物語の箇所では、口承され俗語で広く知られていたディエトリーヒの逃亡伝説の構図がそのまま採用される一方で、内容はそれを「虚偽」とするプロローグでの言葉通りに、書記記録に伝承されている状況を反映させて大幅に人物間の因果関係や時間的な構造が構成しなおされ、「正しい」歴史叙述へと改変されている。そして口頭伝承を修正した形をとる古のディエトリーヒとディエトマル二世代分の叙述は、最終的には書記的な歴史叙述と一致する三代目の若きディエトリーヒに関する記述へと連結されることにより、「正しい」歴史へと組み込まれる。すなわち、『皇帝年代記』の作者は口頭伝承の伝える物語の構成要素自体を否定しないが、伝承されている内容とそこに見られる要素間の連関の在り方を否定し、構成要素を一度解体してから歴史叙述と整合をとる形へと改変してそれに組み込むことで、歴史的事象のあるべき「本当の姿」を提示しているといえる。

　そして、自らの叙述——具体的にはディエトリーヒとエッツェルが別の世代に属するということ——に対して異論のある者に対しては、書記的な証拠を要求する。すなわち、『皇帝年代記』の書かれた12世紀半ばの時点に至ると、その内容が一般には口伝の文芸を通して知られているものであっても、書記的な根拠があることこそが、「まことのこと」であることを保証するという認識の存在を確認することができる[411]。

　このように、歴史伝承の真実性が書記性と強く結び付き、書記文芸の領域内で「まことのこと」を伝えるものとして存在するためには拠って立つ書記記録が必要とされていることに鑑みると、ディエトリーヒを巡る伝承と異なり書記記録を持たず、しかし「古の物語」という声の文化の領域における歴史伝承を、書記文芸の地平へと導入し展開することを試みている『ニーベルンゲンの歌』と『哀歌』からなる複合体にとっては、受容者に信憑性を認められ、聴き手に「まことのこと」として受容されうるか否かはまさに作品のアイデンティティに関わる問題で

---

411) この書記的な原典を重視する姿勢は、12世紀後半から俗語文学の中心を担うようになっていった宮廷叙事詩に顕著に見られることにも一言言及しておく。

あったことは容易に推測ができる。

　この問題に対し『哀歌』は、『ニーベルンゲンの歌』および『哀歌』からなる複合体全体で語られる物語の原典創作を行い、そもそも口承されてきた『哀歌』の素材に当たる英雄譚が、書記記録を源泉とするものであるという演出を行うことを通し、口頭伝承の伝統全体を書記伝承の枠の中に組み込むことで対処している[412]。まず作品冒頭で、作品内で語られる物語がかつてある書記により本に纏められたものである旨を述べるのに加え（v. 17-19, v. 295-299）、要所要所で物語が口頭伝承と並んで書記的原典にのっている旨の言及がなされる。この原典に関しての言及でも、『哀歌』が題材とする物語は、受容者には明らかに口伝を通して知られているものであるのにも関わらず、あくまでも書記記録にそれが基づいているのを強調しているという点において、『ニーベルンゲンの歌』および『哀歌』の想定する受容者層には、書記的な裏付けが重要視されていたことを改めて確認することができる。そしてエピローグに当たる箇所では、『哀歌』の物語が依拠しているとされる書記記録の成立の過程が語られる。そこでは口伝の英雄詩として受容者に知られている物語の発祥および伝播が、前述のピルグリムによる書記記録に結びつけられることで書記的原典から派生していることが示され、書記文芸の論理にのっとってその信憑性に対する保証が与えられているのである。

　『哀歌』終結部では、『ニーベルンゲンの歌』の中心人物のうち、最後まで生き残ったものたちの消息についての記述に続いて、一連の事件が書記化された後、それがどのように人々に知られていったかについて、その顛末が語られる。

> Von Pazzouwe der bischof Pilgrîn
> durch liebe der neven sîn
> hiez schrîben diz maere,
> wie ez ergangen waere,
> in latînischen buochstaben,
> daz manz vür wâr solde haben, 　　（ob ez iemen vür lüge wolde haben,)
> swerz dar nâch ervunde, 　　　　　（daz er die wârheit hie vunde,)

---

[412] 存在しない書物を作品の原典として作中で挙げるということは、宮廷叙事詩でいえば『パルチヴァール』に見ることができる。

> von der alrêrsten stunde,
> wie ez sich huop und ouch began
> und wie ez ende gewan
> umbe der guoten knehte nôt,
> und wie si alle gelâgen tôt.
> daz hiez er allez schrîben.
> ern liez es niht belîben,
> wand im seit der videlaere
> diu kuntlîchen maere,
> wie ez ergie und geschach,
> wand erz hôrte und sach,
> er unde manec ander man.
> daz maere brieven began
> sîn schrîber, meister Kuonrât.
> getihtet man ez sît hât
> dicke in tiutscher zungen.
> die alten mit den jungen
> erkennent wol daz maere.
> von ir vreude noch von ir swaere
> ich iu nû niht mêre sage.
> diz liet heizet diu Klage.
>
> (v. 4295-4322)

パッサウの司教ピルグリムは、自分の甥や姪を思いやり、事件がどのような軌跡をたどったのか、この物語をラテン語で筆記するようにと命じました――このことを後に知った誰もがそれを「まことのこと」だと思えるように（もしだれかそれを嘘だと思うものがあれば、その書の中で真実を見出すように[413]）、事がどのように起こり後にどのような終わりを迎えたのか、騎士たちの苦難、

---

413) この箇所の訳はCヴァージョンに基づく。Cヴァージョンが、この書物に書かれているものが「虚偽」ではないことを強調している背景として、『皇帝年代記』序文における書記伝承と口頭伝承の「真実－嘘」の対比が想起される。『ニーベルンゲンの歌』の物語は、作品成立の時期に至るまで口承の領域で伝承されてきたと考えられるが、その真実性について懐疑的な見方がされるようになってきたことを推測させる記述である。

そして彼らがどのようにみな斃れることになったのか——これらのことを彼は
みな書き留めさせたのです。ピルグリムはこのことを忘却にゆだねようとはし
ませんでした。というのも、事件を見聞きした楽士が事の次第に関する情報を
巧みに語り、また彼とともに多くのものたちは、事の全てをその目で見ていた
からです。ピルグリムの書記コンラートがこの情報をよく検証しました。そし
て後にそれはしばしばドイツ語で詩作されたために、老いにも若きにもこの物
語はよく知られることとなったのです。彼らの喜びや苦しみについて、私が皆
様方に語ることはもはやありません。この歌をして、哀歌と申します。

この箇所で描かれている、もたらされた情報の書記化の過程からは、歴史的事
象が人口に膾炙していく過程を、『哀歌』がどのようなものとして受容者に提示
しようとしていたか、ひいては13世紀初頭の書記機関に所属するものが、書記伝
承と口頭伝承の関係をどのように理解していたのかを読み取ることができる。そ
の過程を、前節で考察した物語内での情報の伝播のプロセスを参照しながら整理
しておく。まず楽士スヴェンメルをはじめとする、事件を「その目で見た」者た
ち、すなわち「目撃者」からの情報が集められた後、書記機関の長である司教ピ
ルグリムの命により、「書記 schrībaere」の任にあるものがそれを統括し[414]、ラ
テン語を用いて書物[415]として書き留める——この工程を通して初めてスヴェン
メルら「目撃者」のもたらした情報は、書記機関による保証を得て公的な歴史と
なる。その際、情報が「まことのこと」として認知されるためには、書記機関に
よるその内容の吟味と解釈を通過する必要があるのだが[416]、このエピローグで

---

[414] この「書記コンラート」なる人物について留意すべきなのは、「書記 schrībaere」という職
能の役割の範囲である。ブムケは、中世における「書記」とは単なる「写字生 scriptor」では
なく、「速記者 notarius」であり、また「尚書 cancellarius」でもあるため、この「書記」コンラー
トなる人物は、ピルグリムの命を受けたパッサウ司教座つきの文学的事業の指導者の立場にあ
る存在と見ている（Bumke (1996), S. 462f.）。すなわち、コンラートの仕事として想定されて
いるのは、スヴェンメルら「目撃者」の語るところをそのままに書き下すことではなく、ピル
グリムの細心をもって真実を探る態度にふさわしく、また彼がスヴェンメルの第一回目のパッ
サウ訪問の際に、一連の事件を一義的な因果関係のもとに整理したのと同様に、得られた情報
を校訂し、歴史的真実として記録に残すことである。
[415] この書物が実在したかという問題は研究上の論点であり、『哀歌』の言うこの書物が『哀歌』
の前段階の詩作を指すのか『ニーベルンゲンの歌』を指すのか、もしくは『ニーベルンゲンの
歌』の前段階のものを指すのかという議論がなされてきたが、現在はそもそもここで述べられ
ている「書物」自体が架空のものであるという認識が一般的となっている。Vgl. Bumke (1996),
S. 465ff.

はその目撃者がもたらした、『ニーベルンゲンの歌』に語られる物語を伝える情報を「書記」が書き記した書記記録の実在が証言されることにより、そこから派生する伝承の源に書記的原典が据えられ、真実性が保証されることになる。この書記記録自体は『哀歌』の創作、すなわち虚構だが、『皇帝年代記』が自らが書記的原典に拠っていることを演出していたように、『哀歌』もこの原典創作を通して、口承されてきた情報とその内容を書記文芸化した『ニーベルンゲンの歌』と『哀歌』からなる複合体に対し、書記文芸の論理で「まことのこと」としての保証を与えることを試みていると考えられる。

この書記記録の成立に続き、そこに描き留められたことの成り行きが後にしばしばドイツ語による詩作の対象となったことが述べられる。この箇所でわざわざ「ドイツ語」による詩作として使用言語に言及されているのは、これらの後世の伝承と書記コンラートの手による「ラテン語の書物」の対比が念頭に置かれていることによるものであろう。修道院が書記機関として長い書記文芸の伝統を持つのに対し、市井の者たちは言うに及ばず、宮廷文化の担い手であった貴族階級でさえほとんどが文盲であったという当時の状況下[417]では、「老いにも若きにも」受容され得た「ドイツ語」の詩作とは、一義的に口伝される英雄詩を指していることは明らかであり、ここには『哀歌』が想定した、歴史的事象が発生してから人口に膾炙し伝播してゆくプロセスが、端的に表れている。すなわち、ある事件が起こると、「目撃者」および「楽士」という口承の領域において情報の真実性を保証するものによって、その事象に関する情報が書記機関に属するものへとまず伝えられ、それが書記的権威のもと、ひとつの因果関係の内に整理されることで歴史叙述として成立し、忘却の危険から救出される。そしてそれを原典とする形で口伝の英雄詩が詩作されて後世へと拡散し、共同体の記憶として定着するという図式である。俗語による目撃者証言からラテン語による書記記録へ、そしてその書記記録から俗語による口伝の英雄詩へという伝承の図式からは、本来声の文化の領域でのみ伝承されてきた『ニーベルンゲンの歌』に語られる物語を、『哀

---

[416] 前節での、パッサウ以前と以降の民衆に対する伝承の差に関する分析を参照のこと。
[417] 中世の社会状況は、完全に文字／書記がないわけではないが、それを使用する集団は限られており、一部の文盲の者たちも文字文化に触れることができる一方で、文字を扱うことのできる者たちもまた支配的であるオーラルなコミュニケーションの中に入っていけるような状態であり、書記社会と口承社会の中間段階といえる。

歌』がその「歴史的発祥」以来中世の「現在」に至るまで、声と文字の複合的な伝承を経て来たものとして描き出そうとしていることがわかる。

　そしてこの図式で特に注目されるのは、書記的な記録がその後の口頭伝承の源、出発点とされている点である。この構造を通して、『ニーベルンゲンの歌』に語られる、『ニーベルンゲンの歌』以前は書記化されたことが確認されておらず、おそらく口承によってのみ存在してきた物語が、書記記録を源泉としていることが仮構される。それを通し、書記伝承と口頭伝承はその発祥において一元化、統合されているのである。先に検証した『皇帝年代記』は書記記録の有無を、「まことのこと」と「虚偽」を分ける決定的な鍵とする認識を示していた。そこでは口承と書記という二つの伝承が厳然として分たれた形で認識されており[418]、同じ歴史的事象を核とした伝承であっても、それぞれは別々の独立した経路をたどっていることが前提とされている。それに対してこの『哀歌』での原典創作は、歴史的事象が発生したその直後に書記記録を存在させることで、両伝承の起点を同一のものとして、口承の伝統全体を書記伝承の枠内に包み込む形で組み込み、口頭伝承を書記伝承の文脈においても信憑性を持つものとして位置づけている点において異なっている。『皇帝年代記』が口頭伝承を信頼できるものではない、「虚偽」を伝えるものとして批判したのに対し、『哀歌』は口頭伝承と書記伝承が同根のものであることを示し、口伝の英雄詩に書記文芸的な原典に相当するものを与えているのである[419]。この『哀歌』における原典創作の持つ意味を、ブムケは「ブルグントの者たちの没落に関する物語に、目撃者のトポスとラテン語の書記性を通して信憑性を与えることにより、真実の歴史として、また書物に書かれた記録として存在させ、それによって己の作品（『哀歌』）自体がニーベルンゲ

---

[418] 『クヴェートリンブルク年代記』がすでに情報源として口承素材を使っていることからも、両伝承は折にふれ接触していることは明らかである。しかし、フルートルフの「人々の物語るところや詩の歌唱に残っているのみならず、またいくつかの年代記にも書き記されている」という言い方からもわかるように、情報源として書記的な記録でないものをそのまま取り入れるということは、書記伝承においては想定されないことであったと思われる。

[419] そのうえでさらに、時には両伝承に伝えられていることの同一性を示し、両者を並列することによって、口伝の英雄詩として知られている事柄が「まことのこと」であるのを強調することもある。代表例としては、Ｃヴァージョンでのシーフリト暗殺の理由に対する記述が挙げられる。「彼は後にただ嫉みと妬みによって殺されたのです。我々に語られ、また我々が書物で知るところによれば。sît wart der helt ermort/niwan durch haz und durch nît,/als uns ist gesaget sît/und ist uns von den buochen kunt.（C: 64-67）」。

ンを巡る事件の歴史性へと取り込まれ、歴史的な信憑性が付与される」と解釈している[420]。そもそも、『ニーベルンゲンの歌』と『哀歌』が素材としているのは口伝されてきた物語であるため、『皇帝年代記』の基準に従えば、その内容自体が虚偽であり、「まことのこと」を伝えるものたりえない。『哀歌』はこれを信憑性のあるものとするために原典創作という工夫を行っているのである。

　またここで今一度、ピルグリムがスヴェンメルのもたらした情報を書き留めさせた理由を振り返ってみたい。エピローグではピルグリムは「彼の甥や姪を思いやり」、一連の事件を「忘れ去られないように」するため、書記コンラートに事件の全容を書き記させたとの説明がなされているが、死者に関する記憶は教会での儀式と密接に結びつくものであった。そしてここで教会組織の代表者であり書記機関の長として、ピルグリムがブルグントの王族たちがどのような成り行きで命を落とし、またいかなる最期を遂げたかをラテン語で筆記させることは、王家の死者たちに関する記憶を保存することであり、その記録はブルグント王家の滅亡に関する歴史叙述としての性質を帯びる。すなわち、『ニーベルンゲンの歌』に関わるすべての伝承の源に存在するものとして『哀歌』で創作された書記的原典は、ブルグントの王家と密接に結びついた年代記的性格を持つ、権威あるものとしての意味を与えられているのである。そして、それに準拠する形で詩作されることとなった口伝の英雄詩を、純粋な書記的な伝承と同等ではないが、それに準じる「まことのこと」を伝えるものとして『哀歌』の詩人は位置づけているということができるだろう。

　ここまで、フンの宮廷での一連の出来事が、ピルグリムという教会組織および書記機関の長による総括を経て書記記録として成立する過程に見える、『哀歌』の想定している書記記録の持つ機能および性質と、ピルグリムによる書記記録と『ニーベルンゲンの歌』がどのように結びつけられ、そこには『ニーベルンゲンの歌』と『哀歌』成立時のいかなる歴史伝承観が反映されているかを、書記的な歴史叙述における口頭伝承の位置づけの変遷と合わせて検証してきた。ピルグリムはスヴェンメルという「目撃者」による情報から書記記録を編纂する際に、単一の証言に頼ることなく複数の情報源を確保し、そこから客観性の高い真実を精錬することに心を砕いており、また書記記録の編纂理由として、スヴェンメルの

---

[420] Bumke (1996), S. 464.

伝えた知らせを「忘却」から救済することを挙げる。これは、教会組織と密接に結びついている、死者への記憶の保存という機能との関連を示唆しているとともに、書記伝承と並ぶ「もう一つ」の歴史伝承形態である口頭伝承が、「目撃者」のトポスなどと結びついた場合に共時的平面での伝承においてその真実性を保証されるのに対し、事件が通時的に伝承されるためには、書記的に記録される必要があるとの認識を反映するものとなっている。そして、『皇帝年代記』で示されている、書記記録を欠いた口頭伝承は虚偽であるとの認識からは、「装われた口承性」を持つものの、本質的に書記文芸作品である『ニーベルンゲンの歌』を書記文芸の地平においても「まことのこと」を伝えるものとして成立させるためには、書記的論理に従うかたちでその信憑性を保証する要素が必要であったことを容易に想像することができる。

　そこで『ニーベルンゲンの歌』が「まことのこと」を伝えていることを保証するのが、歴史的事象が人口に膾炙してゆくメカニズムの中で語られる、『ニーベルンゲンの歌』が素材としている口頭伝承の発祥が、ピルグリムの命によって編纂された書記記録であるという、『哀歌』のエピローグでの原典創作であった。そこでは、ピルグリムによる書記記録が「実在」するものとして、口頭伝承の発祥へと結び付けられ、その結果口承の伝統全体が書記伝承の中へと組み込まれることにより、その出発点に書記記録を持つ、書記的原典に裏付けられ、それに準拠した伝承とされる。これにより『ニーベルンゲンの歌』は口伝の英雄詩を素材としながらも、書記文芸の平面においても書記的原典との結びつきとそれを通した語られる内容への保証を得ることが可能となる。そして、この書記文芸の論理に則った信憑性への保証こそが、『ニーベルンゲンの歌』と『哀歌』が一つの複合体として受容および伝承されていった主たる理由として推測されるとともに、この複合体がメディアの枠を超越する形での口承と書記両伝承の交差と融合を企図したものであることが明らかとなる。

4. 『ニーベルンゲンの歌』および『哀歌』に見る 口承文芸と書記文芸の交差

　これまで、『ニーベルンゲンの歌』と『哀歌』の分析を通して、共同体にとっての「英雄時代」の歴史的事象から発祥し、口伝の英雄詩として伝承されてきた過去の「記憶」が、13世紀初頭に『ニーベルンゲンの歌』として再構築されて書記文芸の地平へと組み込まれた際に、いかなる変容を遂げたのか——そこに新たに付与された同時代的意味や、元の素材に対する中世盛期の受容者の認識などを検証してきた。とりわけ、『哀歌』と組み合わされた形での伝承は、口承文芸と共通する詩形および語法によって口伝の英雄詩の伝統に連なるものとして詩作され、絶対的な破滅という確固たる物語の枠を持つ『ニーベルンゲンの歌』が、単体では完結した伝承単位とはみなされず、『哀歌』との複合体を形成して、初めて写本伝承の対象となった作品であったことを示しており、この複合体の構築の効果とその理由を探ることが、『ニーベルンゲンの歌』および『哀歌』という作品およびそこに語られる過去からの「記憶」の中世におけるアクチュアリティの解明につながると考えられる。

　この前提のもと第二章で行った主要三写本での『ニーベルンゲンの歌』から『哀歌』への移行箇所の検証からは、各写本は視覚上の工夫を行うことで、両叙事詩を単に並列させているのではなく積極的な融合を試みていることが明らかとなった。これは、『ニーベルンゲンの歌』が写本伝承という書記的な伝承の対象となるためには、作品としての外枠を変更し、拡張する必要があったことを示唆している。第一章で確認したように、『ニーベルンゲンの歌』は詩節形式や語法を通していわば擬口承叙事詩として詩作され、書記作品でありながら口承文芸の伝統への接続が意図されていた一方、『哀歌』は同時代の宮廷叙事詩や年代記文学などの書記文芸と共通する形式を持つのみならず、ピルグリムという教会すなわち書記機関の代表者が編纂したラテン語による書記記録の仮構を通し、書記文芸の論理に則った形での物語の内容に対するオーソリティを獲得し、そこへ『ニーベルンゲンの歌』と『哀歌』で語られた物語全体を収斂させ、口承文芸の

伝統を書記文芸のそれに内包させる。『ニーベルンゲンの歌』と『哀歌』の構築する複合体は、書記文芸の側に軸足を置きつつ、声の文化と文字の文化という二つの異なる文化的領域を越境し、両者を結合させたハイブリッドな伝承単位となっているのである。『ニーベルンゲンの歌』と『哀歌』以外にも、伝承上二つ以上の作品が結合されて複合体をなしている事例は存在するが[421]、一つの複合体を構成する叙事詩同士がその形式を違え、しかし写本収録に際して積極的な結合が意図的に行われているという点において稀有なものであり、この超領域性は、同複合体を口承文芸と書記文芸双方の伝統に接続することを可能ならしめる。

　こうした複合体の構築が企図された背景をなしているのが、『ニーベルンゲンの歌』と『哀歌』が成立したとされる12世紀末から13世紀初頭の文芸を巡る社会および文化の状況である。当時俗語文芸の中心としての役割を担っていた世俗の宮廷は、文字ないし書記的なものが完全に存在しないというような純粋に口承的な社会ではないが、文字の使用が特定の集団や機関に限定されているという半口承的な社会であった。そこでは、一般的なコミュニケーションは口頭で行われ、一度書記された言語もそれが再び受容される時には、その朗読者ないし謡い手の声をとおして口頭での伝承へと還元されていたため、作品が書記文学であっても純粋に書記的な受容は前提とされなかった。すなわち、この時期の文化活動では、書記性と口承性は分ちがたく結び付いており[422]、『ニーベルンゲンの歌』と『哀歌』からなる複合体の超領域性は、そうした同時代の状況を極めて象徴的に反映したものであるといえる。

　ただし、そうした口承と書記の混淆という文化状況から不可避的に生じるのが、声の文化の領域での「記憶」の伝承を司っていた英雄詩と、文字の文化の領域で過去の「記憶」の保全と伝承を担う歴史叙述の間の相克である。第三章で検証したように、口承文芸は必ずしも書記的な領域における文芸活動と隔絶していたわけではなく、折に触れて二つの領域は交差していた。それを示す事例として、6

---

[421] 第二章でも指摘しているように、『ニーベルンゲンの歌』および『哀歌』Bヴァージョンを収録しているザンクト・ガレン写本は、やはり時系列的連続性の指摘されるシュトリッカーによる『カール大帝』とヴォルフラムによる『ヴィレハルム』を収めている。

[422] Müller (1998), S. 26. さらに、『ニーベルンゲンの歌』と『哀歌』の依頼主がおそらくはパッサウの大司教ヴォルフガー・フォン・エルラであったことは、口承の文芸素材を、書記機関である教会および修道院が書記作品化したということを意味し、そこでは口承と書記が最も緊密に交差しているといえるだろう。

世紀に書かれたヨルダネスによる『ゲティカ』をはじめ、皇帝家の正史としての性格を持つ『クヴェートリンブルク年代記』などの歴史叙述が、情報源として口伝の英雄詩を取り入れていることなどを挙げることができる。こうしたラテン語による書物への収録と並んで、書記機関に属する者たちが口承文芸に関心を持っていたことを示している著名な例が、『エッツォーの歌』の制作依頼者として知られる11世紀のバンベルクの司教グンター・フォン・バンベルクに関して、バンベルク司教座聖堂付属学校の教師として彼の信任を受けていたマインハルト・フォン・バンベルクの記した書簡である。この書簡の中で、マインハルトはグンターのことを「聖アウグスティヌスや聖グレゴリウスのことは一向に学ばないのに、何時もアッチラやアメルンク[423]などといったもののことにかまけてばかりNumquam ille Augustinum, numquam ille Gregorium recolit, semper ille Attalam, semper Amalungen et cetera id genus portare tractat」として批判しているが、この史料からは11世紀の時点での教会という書記機関に身を置く者が、主に声の文化の領域に存在し、伝承されていた英雄とそれにまつわる物語に対してどのような認識を持っていたかが浮かび上がってくる[424]。

　まず、書記とそれによる歴史叙述を司る機関である教会の代表者である司教——司教がこの役割を担っていることは、他ならぬ『哀歌』でのピルグリムの果たした役割に明確に反映されている——が、声の文化の領域に属する英雄物語に己の本分以上の興味と熱意を傾けていたという事実は、司教という存在にとっても、口伝の英雄詩は身近なものであったことを示している[425]。しかしそれと同時に、それへのグンターの熱意がマインハルトによる批判の対象となっていることは、英雄詩は聖職者にとって身近なところにありながらも、教会組織に属する者が扱うべき対象とは一線を画したもの——マインハルトの言葉通りに受け取れば、グンターは教父の伝統を蔑ろにして、「異教徒」に関する物語に耽溺していたのである！——として認識されていたことを示唆している。さらにマインハルトはこれとは別の書簡で、やはりグンターの英雄物語愛好に関し、「クッションにもたれて宮廷の物語に pulvillis fabulisque curialibus」時間を浪費していることを非難しているが、ブムケはマインハルトがここで「宮廷の物語」という言葉

---

[423] ディエトリーヒ・フォン・ベルンのこと。
[424] Vgl. Henkel (1999), S. 73f.
[425] Vgl. Millet (2008), S. 101.

を用いていることから、11世紀の時点で諸侯の宮廷がそうした英雄詩伝承の中心的役割をはたしていたと推測されることを指摘している[426]。マインハルトの司教グンターへの批判の論理からは、英雄詩は世俗の宮廷に属するもの、そして書記を司る教会にとっては領域外のものであるという、聖職者の視点からの口承文芸に対する認識を読み取ることができる。こうした認識の背後には、英雄にまつわる物語は一義的に文盲／世俗のものであるとの理解と、それゆえに教会組織に属する存在がそうしたものと関わりあうことへの批判的な視線を見出すことが可能である。

　ヘンケルも指摘しているように、このマインハルトによるグンターへの批判は、両者の間の個人的な問題という範疇を超え、「教会－世俗」および「学識ある聖職者の書記的世界－文盲の世俗の者たちの口伝の英雄詩の世界」という二項対立を浮かび上がらせている[427]。このことを踏まえると、第三章で考察の対象とした、12世紀半ばの『皇帝年代記』にみられる書記文芸の側に属する詩人による口承文芸に対しての批判的な見解も、『皇帝年代記』の詩人が書記文芸と口承文芸をそうした二項対立の内に認識していることがその背景をなしているためと説明することができる[428]。このように、声の文化と文字の文化の領域はお互いに完全に断絶した関係ではないものの、その文芸の伝統自体は全く別のカテゴリーに属するものであり、書記文芸の側にあるものの多くは、口承文芸を書記文芸とは異なる水脈に属するものとして見ていたことを、マインハルトの書簡や『皇帝年代記』の詩人の認識は示唆している。こうした文化的状況の中、書記的な作品を創作する上であえて口伝の英雄詩を素材にとり、しかもその口承的要素をそのまま保持

---

[426] Bumke (2002), S. 612f. このブムケの指摘は、当時の世俗諸侯の宮廷は基本的に口承文化の内にあったことを前提としたものである。

[427] Henkel (1999), S. 73.

[428] ただし、第三章でもすでに述べたとおり、この『皇帝年代記』における口承文芸の「真実性」の否定とそれが虚偽であるという主張は、フルートルフ・フォン・ミヒェルスベルクによる口伝の情報と書記記録の内容が合致しない場合、後者が誤謬を犯している可能性への指摘を受けてのものである。このことは、『皇帝年代記』の詩人のように書記を司る立場のものとして受け入れ難いものであると同時に、逆に書記機関に属するものの中でも、口伝の情報を、歴史叙述と対等の歴史伝承と見做していたものが存在したことを示している。そして『皇帝年代記』の詩人も、口承文芸として伝わる物語が根本的に虚偽であるという見解ではなく、口伝の過程で本来正しい情報が「誤ったもの」になり、結果として「虚偽」になったという論理を展開していることは、先に指摘したとおりである。

した上で書記的平面へと移行させる手法をもって口承と書記の領域を横断する『ニーベルンゲンの歌』は、明らかに突然変異的な作品であった。そしてその超領域的な創作を可能ならしめるため、作品構成上様々な工夫が施されているが、そうした工夫は逆に口承と書記の領域を越境する際にどのような問題が存在したかを物語っている。

　まず『ニーベルンゲンの歌』を書記作品としては特異なものとしているのが、口承文芸と共通する語法および詩節形式である。これらの要素は、先に述べたような当時の一般的な受容形態に従い、朗読ないし謡われるという――『ニーベルンゲンの歌』の場合は、オーストリア・ドナウ地方の初期ミンネザングの代表的ミンネゼンガーであるデア・フォン・キューレンベルクのものと共通する詩節形式のもと綴られていることから、旋律を伴って謡われた蓋然性が高い――、口承的な受容がなされた場合、『ニーベルンゲンの歌』は口承文芸との同質性をまとって受容者の前に現出することとなる。とりわけ、より初期のものとみなされている写本Ｂでの物語の開始の手法が、ミュラーやクルシュマンの指摘するように口承の「語り」での典型的な物語の開始を素朴に模倣したものとなっているのは、『ニーベルンゲンの歌』が口承文芸の形式上の特徴を忠実に再現することを試みたことの証左であり、そこには作品を直接的に口承文芸の伝統へと連結させようとする目論みを見てとることができる。

　そして、声の文化の領域においては、語られる内容が「まことのこと」であるという保証を与えるのは、そこで語られる事柄と共同体にとっての「記憶」との接続が明確にされるということである。この点で『ニーベルンゲンの歌』は、聴き手を前にした口頭での受容の際には、その口承的な形式の遵守や、口承文芸に相応しい物語およびその登場人物に対する語り手の言説の客観性[429]を通し、またなにより物語が「語られるの聞く hœren sagen」ものとして語り継がれているのをたびたび示すことにより、「細部は一致せずとも、内容的に同一のものを伝承する」という口承文芸の伝承形態に合致したものとして認識されるよう、工夫がこらされた作品である。また、語り手ないし謡い手の声を介して口承的な領域へと還元された時、その口承的語法や形式を通して口承文芸的な「語り」の場が構築され――それを完全に様式化したのがＡおよびＣヴァージョンのプロ

---

[429] Vgl. Haymes (1977), S. 2f.

ローグ詩節である——、そこでは内容に対する口承文芸的な保証が機能したと考えられる。これにより、『ニーベルンゲンの歌』という作品は口承文芸の伝統に連なる作品としての立ち位置を得ると同時に、口承文芸の論理に則ったかたちでそこで語られる内容に対しての信頼性を獲得している。

しかし『ニーベルンゲンの歌』は口承文芸としての外観を持つものの、書記的に成立し、写本という書記的なメディアによって伝承される、本質的に書記文芸にカテゴライズされるものであって、その口承性はあくまでも演出されたものに過ぎない。ゆえに写本伝承に際しては、それとは異なる保証の原理、端的にいえば同時代の宮廷叙事詩に見られるような、書記的な原典の存在を明示することが必要とされたと思われる。

ドイツ語圏では12世紀後半以降に隆盛をみた俗語による書記文芸だが、何より重視されていた点の一つが、作品が書記的な原典を持つかどうかということであった。例えば第一章で検証したように、ドイツ宮廷叙事詩の巨人であるヴォルフラム・フォン・エッシェンバハは、彼が実際には『パルチヴァール』の原典としたクレチアン・ド・トロワの作品『ペルスヴァル』を、「物語を正しく伝えていない」として自分の作品が拠っている原典であることを否定する。しかし、ヴォルフラムは『パルチヴァール』という作品で語られる物語を自分の創作とはせず、詩人キオートが「アラビア語で書かれたパルチヴァールの物語を見出し der dise âventiure von Parzivâl / heidensch geschriben sach (416, 26-27)」、それを彼がフランス語で語ったものに拠っているとする。ヴォルフラムの創作した架空の詩人キオートによるパルチヴァール物語が、書物の体裁をとっていたかどうかについてはヴォルフラムは語らないが、キオートという存在を間に挟んでいるとはいえ、彼は自分の語る物語が書記的な原典に依拠していることをこの箇所をはじめとして度々述べており、そこにはあくまでも「書かれた」原典の存在を明示しようとする意識を読み取ることができる[430]。これは、物語が「まことのこと」を伝えるものであること、すなわちそこで語られる物語の正当性を保証するために

---

[430] 第431詩節では「私はキオートが読んだ通りに皆様にお伝えします ich sage iu als Kyôt las (431, 2)」と述べ、また第453詩節ではキオートがアラビア語で書かれた原典をトレドで発見したこと、第455詩節ではグラールを守護する民について調査するために多くのラテン語による年代記にあたったことを述べ、キオートが語りそれを自分が伝えるとする『パルチヴァール』の物語の真実性の保証を、書記的な原典の存在に求めていることは特筆される。

は、書記的原典の存在が不可欠であるというヴォルフラムの認識を示しており、宮廷叙事詩の詩人が書記的な原典を重要視していたことの一つの好例となっている。

こうした書記文芸作品における原典重視という原則に関しては、『ニーベルンゲンの歌』は口伝の英雄詩を素材としているため、そもそも書記的原典を提示することは本来不可能である。おそらくこの問題が、写本での伝承に際して『ニーベルンゲンの歌』が単体では収録されず、常に『哀歌』と結びつけることで複合体を構築するという措置がとられた理由の一つであり、作品の正当性に対する保証という観点からすると、『哀歌』第三部[431]でフンの宮廷での出来事が後世に伝えられることになった過程を描くことを通した『ニーベルンゲンの歌』で語られた物語の内容を持つ書記記録の存在の創作は、この複合体において『哀歌』の持つ最も重要な機能の一つであると考えられる。フンの宮廷での出来事と死者たちに関しての記憶がパッサウの司教ピルグリムへと伝えられ、彼がその情報を精査し編纂することにより歴史叙述とそれが伝える歴史の成立する過程が、『哀歌』のなかでも大きな比重をもって描かれることを通し、『ニーベルンゲンの歌』へと至る口承の伝統の出発点に書記記録が仮構される。この口伝の英雄詩の源泉を歴史叙述とするエピソードの存在は、『ニーベルンゲンの歌』が書記文芸として伝承の対象としての内実を具えるためには、不可欠なものであったと思われる。

この原典創作を含む『哀歌』第三部では、フンの宮廷での出来事が楽士スヴェンメル——楽士とは、声の文化の領域での情報の伝達のプロフェッショナルであり、そのもたらす情報は「まことのこと」として受容された[432]——により各地の宮廷へと伝えられ、最終的にパッサウの司教ピルグリムによって解釈を施された上で書記記録として成立し、そこから再び物語が「幾度となく vil dicke」「ドイツ語で in tiutscher zungen」詩作されて、一般に広まったと語られる。ここで述べられる「ドイツ語」による詩作とは、ピルグリムが書記コンラートに「ラテン語で in latînischen buochstaben」書き記させた一連の出来事を伝える歴史叙述とは対照をなしており、一義的に口伝の英雄詩のことが想定されていることは明らかである。つまり、『ニーベルンゲンの歌』でいうところの「我々のもとに

---

431) 『哀歌』の部分わけに関しては第三章を参照のこと。
432) スヴェンメルのような楽士が、実際に公的な使者としての任務を果たすことがあったと推測されることは、第三章ですでに指摘した通りである。

伝わる古の物語」、共同体にとっての「記憶」は、書記機関により作成された歴史叙述から発祥したものであり、それが皆の知るところとなったのは口承と書記のハイブリッドな伝承によるものであると『哀歌』は説明しているのである。この『哀歌』の描く情報伝播のモデルでは、別々の水脈であると理解されてきた口承文芸と書記文芸の伝統が、源泉を一本化することにより同根のものとして提示される。そしてこの操作を通し、『ニーベルンゲンの歌』へと流入するすべての口伝の英雄詩が、書記機関によって編纂された書記的原典から派生した二次的なものと位置づけられ、『ニーベルンゲンの歌』で語られる物語が書記文芸的な論理上「まことのこと」と見なされる書記記録へと遡行可能であるとされているのである。その上で、『哀歌』は『ニーベルンゲンの歌』で語られる物語に対して「正しい」解釈、すなわち口承による伝播の過程で多様な解釈と伝承が行われるようになった物語[433]の「正しい」姿をドキュメント的に受容者に物語る作品としての立ち位置を獲得する。写本への収録の際に『ニーベルンゲンの歌』と『哀歌』が複合体を構築していることが重要視されたのは、原典創作の中でもまさにこの口伝の英雄詩への書記文芸的オーソリティの付与と、第三章で『皇帝年代記』において検証したような、英雄詩という形で人口に膾炙している共同体の過去の記憶に直結する物語の「正しい」姿を再現するという機能ゆえであることが推測される。

　語り手／謡い手と聴衆が対峙する口承的な受容と、書記文芸としての写本を介した書記的な伝承という、二つの異なる原理に則った受容の局面が存在していた作品成立当時の文芸を巡る状況に鑑みると、両叙事詩の複合体を形成した上での伝承という事実からは、書記および口承のハイブリッドとしての特性を持つ『ニーベルンゲンの歌』は、双方の領域においてそれぞれの論理に則った形で内容の正当性に対する保証が求められたものと考えられる。そして『ニーベルンゲンの歌』という擬口承的な作品単体では、口承文芸の論理上は問題ないものの、書記文学作品にとって不可欠な書記的原典を欠いていた。しかし写本収録に際し、

---

433)　『哀歌』の詩人がそうした「正すべき」誤った解釈として挙げているのが、本書3.1.で検証したクリエムヒルトは罪を負って地獄に落ち、その魂は救われなかったとする、おそらく『ニーベルンゲンの歌』および『哀歌』の成立した時点で一般に広まっていたと推測できる見解である。この見解を「男も女も」みな信じようとする、しかし誤ったものであると非難する『哀歌』の詩人の姿勢には、やはり口頭伝承を「虚偽」を伝えるものとして非難した『皇帝年代記』の作者のそれと共通するものがあるといえるだろう。

『ニーベルンゲンの歌』が素材としている口承文芸の伝統全体が遡及可能とされるような、司教という書記機関の代表者によって編纂された書記記録の存在を示す『哀歌』と融合を果たすことで、書記文芸的な論理のもと、語られる内容が保証されることとなる。すなわち、『ニーベルンゲンの歌』単体では口承文芸の伝統への接続を可能とするまさにその擬口承性、そして素材の選択ゆえに困難であった、語られる内容が「まことのこと」であることに対する書記文芸的な保証が、『哀歌』との複合体の構築により補填されることで、『ニーベルンゲンの歌』は書記と口承の両メディアの文芸伝統に正当に連なるものとして存在することが可能になっているのである。この全く異なる基盤を持つ二つの叙事詩からなる複合体の構築は、口承文芸の伝統と書記文芸の伝統を交差させ、一元化して統合するという文学史上でも特異点をなすものであり、以降のディエトリーヒ叙事詩群をはじめとするドイツ中世英雄叙事詩というジャンルを拓いたという点で、文学史上エポックメイキングな事象となっている。

　しかし、この複合体の構築による両文芸伝統の統合に際し、両者は等価なものとして扱われているわけではないことには留意する必要がある。『哀歌』は第三部での原典創作において、『ニーベルンゲンの歌』が素材とした口伝の英雄詩を、書記記録から二次的に発生したものとして描き出す。これは『ニーベルンゲンの歌』の物語に関する口承文芸の伝統全体を、司教という書記機関の代表者によって解釈を施され、歴史的事象とそれにまつわる記憶を「忘れ去られることのないように」筆記された、歴史叙述から派生したものとしての位置価値を与えるものであり、口承文芸の伝統を書記記録の下位に位置するものとして定義付けすることに等しい。フンの宮廷での一連の出来事の「目撃者」である楽士スヴェンメルの証言は、口承の領域では最高度の信憑性を持つべき情報源であるが、『哀歌』での司教ピルグリムはスヴェンメル以外にも情報源を求め、より「正確」な書記記録を編纂しようとする——そしてラテン語で書き記させたのは「それがまことのこととみなされるように daz manz vür wâr solde haben（B: 4300）」「それが虚偽であるとみなされた場合に、まことのことがわかるように ob ez iemen vür lüge wolde haben, / daz er die wârheit hie vunde（C: 4407-4408）[434]」であった。

---

[434] C ヴァージョンでの、「それが虚偽とみなされた場合に」との言葉は、『皇帝年代記』の詩人による、口承文芸が「虚偽」を伝えるものであるという認識を思い起こさせる。

『哀歌』でのこの記述は、語られている内容が「まことのこと」であることを保証するのは、「目撃者の証言であること」ではなく、「ラテン語で筆記されていること」という、書記文芸の論理であることを明示している。さらに、パッサウを発ってヴォルムスへと向かうスヴェンメルに対して再びパッサウへの帰還と情報の伝達を要請する際に、ピルグリムは事の次第を書き記させる理由として「もしそれが忘れ去られるなどしたら、ひどく遺憾である wande ez vil übel waere, / ob ez behalten würde niht（B: 3478-3479, C: 3574-3575)」ことを挙げているが、このことばには、『ニーベルンゲンの歌』と『哀歌』の創作に携わったと考えられる聖職者階層の口承と書記それぞれの伝承に対する認識が反映されている。

　前述したように、口承的なコミュニケーションが支配的である文盲の社会では、口承文芸は「記憶」の継承を担うメディアであり、それゆえに英雄詩は共同体にとっての歴史伝承として理解されていた。しかしこの箇所でのピルグリムの言葉の前提となっているのは、口承による伝達では、その内容が忘却される危険があり、それゆえに「記憶」を忘却の淵から救いだすには書記される必要があるとの認識である。このことは、『ニーベルンゲンの歌』および『哀歌』の詩人たちが書記性の側に属するものであることを差し引いても、両叙事詩が成立した12世紀から13世紀への世紀転換期の時点の社会が、声の文化から文字の文化への移行期にあり、そこでは口承文化が終焉を迎えつつあることを暗示している。『ニーベルンゲンの歌』と『哀歌』はまさにこうした文化的状況の産物なのである。

　そして、上述のマインハルトや『皇帝年代記』の詩人の認識に端的に表れているように、従来は別個の水脈を形成し、同一の地平では語られてこなかった口承文芸と書記文芸だが、『ニーベルンゲンの歌』は口承的な「語り」を疑似的に構築するという文学的操作を通して、また『哀歌』は第三部での原典創作により、歴史叙述の枠内に口承文芸の伝統全体を組み込むという関係の在り様を提示することで、両伝承の伝統を直接的に連関させる。両伝統の結合に際し、口承文芸に語られている英雄的世界を宮廷社会を背景とした同時代的な視点から再構成したのが『ニーベルンゲンの歌』であり、またそれに対して口伝の英雄詩として語り継がれてきた「古の物語」を書記的伝承の枠組みに組み込むと同時に、書記機関に属する聖職者の視点からの解釈を加えているのが『哀歌』である。

　そして『哀歌』エピローグで描かれるピルグリムによる書記記録の編纂に関する経緯は、『ニーベルンゲンの歌』と『哀歌』の制作動機に関しての示唆を与え

てくれる。『ニーベルンゲンの歌』は、1191年から1204年の間パッサウの司教の座にあったヴォルフガー・フォン・エルラによりその制作依頼がなされたと一般的に認められているが、このヴォルフガーという依頼者の社会的地位を考慮に入れると、書記記録編纂の動機として、「自分の甥や姪たちへの好意 durch der liebe neven sin（B: 4296, C: 4402）」が挙げられていることは注目に値する。ここではパッサウの司教ピルグリムとブルグントの王女クリエムヒルトの間の血縁が再確認されると同時に、その血縁がピルグリムに歴史叙述の編纂を決意させる最大の要因とされているのである。ニーベルンゲンの物語、すなわち『ニーベルンゲンの歌』と『哀歌』の受容者にとっての「古の物語」の伝承の源とされる書記記録の成立動機が、ピルグリムとブルグント王家の血縁関係に帰せられることは、パッサウの司教という役職とブルグントの王族の「血縁付け」が強調され、またパッサウの司教座が口伝のニーベルンゲン素材に対してオーソリティを獲得することにつながる。『ニーベルンゲンの歌』と『哀歌』の成立した12世紀末から13世紀初頭、アリストテレス哲学の受容を通し、「代替 surrogatio」の概念を通した制度的なるものの超個人性が一般に認められており、それにより血筋の連続性と同様に、制度上の地位の継承は超個人的な性格をもっていた[435]。そのため、『ニーベルンゲンの歌』の制作依頼者と目されるヴォルフガーにとって、パッサウの司教座の先達であるピルグリムとブルグント王家の血縁関係は、自分自身と口承文芸における英雄的存在を直接的に結びつけることを意味していた。また、ヴォルフガー個人についても、ヴァルター・フォン・デア・フォーゲルヴァイデに対し革の上着を与えたという史料が残されていることからも、俗語文芸に対して大きな関心を持ちパトロンとしての役割を果たしていたことが立証されており[436]、彼にとって、英雄的存在とパッサウの司教座の連結は大きな関心事であり、それが制作依頼の主要因の一つであったことは想像に難くない。

　また、史実でのピルグリムはパッサウの司教として971年から991年までその役職にあったが、彼の一族にはしばしばニーベルンゲン素材にまつわる名が見られることから、バイエルンの貴族階級であった彼の一族が、当時ニーベルンゲン素材の伝承において大きな役割を果たしていた可能性がこれまでの研究で指摘され

---

435) Vgl. Kellner (1999), S. 49ff.
436) Bumke (1996), S. 562.

ている437)。前述のように、ニーベルンゲン素材に関する一切の伝承の源泉となる書記記録の成立をピルグリムに帰する『哀歌』の記述は、この可能性を裏付けるものである。さらに、『ニーベルンゲンの歌』と『哀歌』でピルグリムがクローズアップされている理由として、パッサウの教会にとっての具体的な経済的理由が存在した。当時パッサウの教会は焼失していた大聖堂再建のため、緊急に資材を集める必要があったが、1181年にはピルグリムの墓で奇跡が起こったとされており、この奇跡と並んで信仰心篤いものをパッサウへと引きつけ寄付の切っ掛けとなるように、『ニーベルンゲンの歌』および『哀歌』を通したピルグリムへの尊敬の念の喧伝が行われた可能性をハインツレは指摘している438)。『哀歌』第二部で描写された死者たちへの「嘆き」と、それに伴う死者に関する「記憶」の発生および固定化を経た後に、彼らの生および彼らの身に起こったことが忘却されないようにという目的のもと、司教ピルグリムにより編纂されたラテン語による書記記録は、その機能上「死者の記録帳439)」と等しいものとして構想されているが、この「血縁付け」を介し、ブルグントの王族たちという受容者の集合的記憶の中の存在が、実在した書記機関の代表者であるパッサウの司教ピルグリムと結びつけられるとともに、口承の領域で知られていたニーベルンゲン伝説が、ラテン語による記録——それは書記的領域において死者たちに関する「記憶」を伝承する役割を担うものである——へと取り込まれる。そしてピルグリムという書記機関に属する実在の人物と、口伝の英雄詩に語られるブルグント王家の「血縁付け」は、『ニーベルンゲンの歌』と『哀歌』が口承と書記、虚構と史実という領域の間の敷居を乗り越えてゆくことを可能にする。それに加え、口承文芸の伝統がパッサウの司教の編纂した書記記録から発祥したものとの位置づけを通し、ニーベルンゲン素材、受容者とっての集合的記憶が、パッサウの司教座の管轄下に入れられることになる。すなわち、すべての受容者の「記憶」の源泉にパッサウの司教座が置かれ、受容者の文化的帰属先としての意味が与えられることになるのである。

　これまで見てきたように、『ニーベルンゲンの歌』と『哀歌』による複合体の

---

437) Ebd., S. 493.
438) Heinzle (2005), S. 49.
439) 第三章で言及したように、中世における教会機関の機能の一つとして、「死者の記録帳」の作成とそれによる死者に関する「記憶」の保存がある。Vgl. Oexle (1994)

4．『ニーベルンゲンの歌』および『哀歌』に見る口承文芸と書記文芸の交差

構築は、口承文芸と書記文芸を交差させ、教会と世俗、ラテン語と俗語、英雄的世界と宮廷的世界といういくつもの対立項の統合を果たす。そうした諸要素の統合のあり方のなかで、素材となった口伝の英雄詩の伝承してきた「記憶」は、変容を遂げてゆくことになる。

　『ニーベルンゲンの歌』は、口承文芸的な形式と語法のもと、口承の流儀に則った形で綴られた作品であり、まずそこで語られていることと聴き手の属する共同体にとっての「記憶」との同一性を受容者に意識させる。それは、「語られるのを聞いた」、あるがままに伝承されるべきものである。しかし『ニーベルンゲンの歌』は物語を宮廷的・キリスト教的論理を前提とした書記文芸の地平へと展開し、出来事の連鎖を英雄詩の骨格を構成している英雄的原理と、同時代の文芸と共通する宮廷的徳目および宮廷社会の根幹をなす封建制度に属する諸概念の相克の結果として描き出す。すなわち『ニーベルンゲンの歌』は、口伝の英雄詩という形で存在していた「記憶」を口承の流儀に従ってそのままの形で書き記したのではなく、その「記憶」を構築する原理であった英雄性と同時代的な宮廷的道徳の交差をいわば文学化した作品としてとらえることができる。

　そして『哀歌』は、『ニーベルンゲンの歌』の語る物語について聖職者的視点からの善悪二元論的な注釈を行い、もとの素材の持つ英雄的原理に支えられた物語の因果関係を、宮廷的・キリスト教的概念によって換骨奪胎し、再構成する。その書記文芸的な形式に相応しく、『哀歌』は『ニーベルンゲンの歌』で語られているとされる「記憶」を、もはや「語られるのを聞いた」ままに引き続き伝承してゆくのではなく、解釈を施す対象とし、同時代的な物語へと変容させているのである。

　さらに『哀歌』は『ニーベルンゲンの歌』に語られた物語のその後を語り、死者たちへの「嘆き」と、生者が死者たちの生前の行為およびその生に対して「目撃者」の視点から下す裁定を叙述する。これはまさに死者たちに関する「記憶」の発生するその時の擬似的なドキュメントであり、この裁定を通して死者と彼らの生きた生は完結し初めて「記憶」の対象となるものとして描かれる。そして、ここで発生した「記憶」が、声の文化の領域での「まことのこと」を伝達する職能、楽士スヴェンメルによってパッサウの司教ピルグリムのもと伝承された後、ピルグリムによってクリエムヒルトの復讐の因果関係とその結果に対する責任の所在に関する解釈が披露されることになるが、この「解釈」とは、歴史叙述のオー

ソリティによる「記憶」の内容に対する絶対的な評価を意味し、それはいわば書記的に伝承され得る「記憶」、すなわち歴史叙述としての正当性を具えるための「洗礼」に等しい意味を持つ。こうして目撃者により口伝された情報が、書記的に伝承され得る「まことのこと」として認可される過程を描いた後、『哀歌』はさらにピルグリムによって編纂された書記記録から様々な詩作が行われ、それが口承の領域で伝承されていったという、口承文芸の伝統自体の仮構を行い、『ニーベルンゲンの歌』が素材とした共同体にとっての「記憶」に、教会的権威の手による書記記録から派生した二次的なものとしてのステータスを与え、その「記憶」の本来的な「正しい」姿を主張しているのである。

　『ニーベルンゲンの歌』は口伝の英雄詩として伝承されていた共同体の「記憶」を、まず口承文芸の地平から書記文芸の地平へとその立脚点を移行させた。そして『哀歌』は書記記録がいかに「古の物語」、すなわち共同体にとっての「記憶」になったのかという経緯を仮構して描くことを通して書記文芸の中に『ニーベルンゲンの歌』の存在可能な枠組みを構築し、それまで折に触れて交差しながらも領域を違えていた口承文芸の伝統と書記文芸の伝統を同一地平上に展開する。この両叙事詩による対照的な視点からの取り組みにより、口伝の英雄詩に語られてきた「記憶」は13世紀初頭の文化基盤の上で読み直され、それに即した新たな意味構造と文化史上の位置づけを与えられているのである。

あとがき

　早いもので、私が『ニーベルンゲンの歌』を初めて原語で読み始めてから、15年以上が過ぎ去りました。はじめはまず何よりも遠いドイツ、遠い中世に書かれた作品に横溢する空気に触れるだけでも心躍り、毎週の授業を心待ちにしていたことを思い出します。大学院に進学し、本格的に研究を始めてからは、自分が生きている環境と全く異なる世界を識ることのできる喜びを味わうとともに、常に自分の常識に疑問を突き付けられる日々でもありました。そして2009年11月9日、奇しくもベルリンの壁崩壊のちょうど20年後に博士論文を提出し、その論文を改訂したものが本書となります。この間、厳しくも暖かくご指導いただき、博士論文の主査を務めていただいた東京大学の松浦純教授には、異文化と向き合う姿勢、そして何よりも研究者に不可欠な批判精神をご教示いただきました。心より感謝と御礼を申しあげます。

　副査を務めていただいた東京大学の重藤実教授、同じく宮田眞治准教授には、研究に関することや研究外のことでもご助言を賜りました。また学部以来、東京大学の一條麻美子准教授には中世文芸を読む楽しさを折に触れてお教えいただき、慶應義塾大学の香田芳樹教授には、論文審査を務めていただいた後も様々な研究発表の場を与えていただきました。ここに謝意を表させていただきます。

　私の『ニーベルンゲンの歌』への取り組みのターニング・ポイントになったのは、ドイツ学術交流会の奨学生としてドイツ・ミュンヘン大学に留学中、受け入れ教授になっていただいていたヤン＝ディルク・ミュラー教授のアドヴァイスでした。ニーベルンゲン研究の第一人者であるミュラー教授のもとで学ぶということはまさに望外の幸運でありました。そしてゼミナールでの研究発表の材料として、主要三写本における『ニーベルンゲンの歌』と『哀歌』の移行部の特徴というテーマを与えていただいたことが、その後の私の研究の方向性を決定づけたといえます。その成果は本書の第二章に収められていますが、ここで得た『ニーベルンゲンの歌』と『哀歌』観が、本書の基礎をなしていることは、お分かりいただけるのではないかと思います。ミュラー教授には心より感謝申し上げたいと思

いきす。また、留学中の2003年から2004年にかけて、ドイツ・カールスルーエで開催されていた『ニーベルンゲンの歌』に関する展覧会を訪問する機会がありました。そこでの歴史上初という『ニーベルンゲンの歌』と『哀歌』の写本A・B・Cの同時展示をこの目でみたことは、まさに中世という時代に生きた人々の文学的営みのあり方そのものに目を向ける契機となり、強烈な記憶として私の研究の原点となっています。

　まだまだ研究は道半ばでありますが、こうしてここまでの研究成果を一つのまとまった形にできたことは大きな喜びであり、これも様々な形で公私にわたり支えていただいた周囲の方々のお蔭と思っております。また、本書は独立行政法人日本学術振興会平成26年度科学研究費補助金（研究成果公開促進費）の交付を受けての刊行となります。関係者の方々にも深く御礼申し上げます。博士論文からの補筆過程で、考察の不十分な点などに関し改訂を施しましたが、問題点は未だ残っていることと思います。ご意見・ご批判をいただければ幸いに存じます。そして本書が日本における中世研究の今後の発展の一端を担うことができるのであれば、これに勝る喜びはありません。

　最後に、なかなか進まぬ研究を、常に暖かく見守ってくれた父と母への心からの感謝をもって、あとがきとさせていただきます。

2014年11月　　山本　潤

参考文献目録

論文本文中に引用する場合には、著者名および刊行年を記する。また、校訂テクストあるいはそれに付随する注釈に言及する場合、鉤括弧で囲った略称を記する。

1. 校訂テクストおよび注釈

『聖書』
Die Bibel. Nach der Übersetzung Martin Luthers. Deutsche Bibelgesellschaft 1999. [Die Bibel]
『ゲティカ』
Iordanis Romana et Getica recensvit Theodorvs Mommsen. Berlin 1882. [Getica]
『クヴェートリンブルク年代記』
Annales, chronica et historiae aevi Saxonici. Hrsg. von Georg Heinrich Pertz, Hannover 1839. [QA]
『フルートルフの世界年代記』
Frutolf von Michaelsberg: Chronicon universale. Hrsg. von Georg Waitz, Hannover 1844. [Frutolf von Michaelsberg: Chronicon universale]
『皇帝年代記』
Die Kaiserchronik eines Regensburger Geistlichen. Hrsg. von Edward Schröder. MGH I/1. Berlin 1895 (Ndr. Berlin/ Zürich 1964). [Kaiserchronik]
『エーレク』
Hartmann von Aue: Erec. Hrsg. von Manfred Günter Scholz. von Susanne Held. Frankfurt am Main 2007 (Deutscher Klassiker Verlag im Taschenbuch Bd. 20). [Erec]
『トリスタン』
Gottfried von Straßburg: Tristan. Nach dem Text von Friedrich Ranke neu herausgegeben, ins Neuhochdeutsche übersetzt, mit einem Stellenkommentar und einem Nachwort von Rüdiger Krohn. 5. Auflage. Stuttgart 1996. [Tristan]
『パルチヴァール』
Wolfram von Eschenbach: Parzival. Mittelhochdeutscher Text nach der Ausgabe von Karl Lachmann. Übersetzung von Peter Knecht. Mit Einführungen zun Text der

Lachmannschen Ausgabe und in Problem der ‚Parzival'-Interpretation von Bend Schrok. Berlin/New York 2003. [Parzival]

『ニーベルンゲンの歌』（本文への引用は B ヴァージョンは de Boor/Wisniewski (Hrsg.) から、C ヴァージョンは Hennig (Hrsg.) から行う）

Das Nibelungenlied. Mittelhochdeutsch/Neuhochdeutsch. Nach dem Text von Karl Bartsch und Hermut de Boor ins Neuhochdeutsche übersetzt und kommentiert von Siegfried Grosse. Stuttgart 1997. [Grosse (Kommentar)]

Das Nibelungenlied. Nach der Ausgabe von Karl Bartsch. Hrsg. von Helmut de Boor. 22. revidierte und von Roswitha Wisniewski ergänzte Auflage. Mannheim 1988. [de Boor/Wisniewski (Hrsg.)]

Das Nibelungenlied. Nach der St. Galler Handschrift. Hrsg. und erläutert von Hermann Reichert. Berlin/New York 2005. [Reichert (Hrsg.)]

Das Nibelungenlied nach der Handschrift C. Hrsg. von Ursula Hennig. (ATB 83). Tübingen 1977. [Hennig (Hrsg.)]

Das Nibelungenlied. Nach der Handschrift C der Badischen Landesbibliothek Karlsruhe. Mittelhochdeutsch-Neuhochdeutsch. Hrsg. und übersetzt von Ursula Schulze. Düsseldorf und Zürich 2005. [Schulze (Hrsg.)]

Das Nibelungenlied und die Klage. Nach der Handschrift 857 der Stiftsbibliothek St. Gallen. Mittelhochdeutscher Text und Kommentar. Herausgegeben von Joachim Heinzle. Bibliothek des Mittelalters Bd. 12. Berlin 2013. [Heinzle (Hrsg.)]

『哀歌』（本文への引用は Bumke (Hrsg.) から行う）

Die Nibelungenklage. Synoptische Ausgabe aller vier Fassungen. Hrsg. von Joachim Bumke. Berlin/New York 1999. [Bumke (Hrsg.)]

Die Nibelungenklage. Mittelhochdeutscher Text nach der Ausgabe von Karl Bartsch. Einführung, neuhochdeutsche Übersetzung und Kommentar von Elisabeth Lienert. Paderborn 2000. [Lienert (Kommentar)]

Das Nibelungenlied und die Klage. Nach der Handschrift 857 der Stiftsbibliothek St. Gallen. Mittelhochdeutscher Text und Kommentar. Herausgegeben von Joachim Heinzle. Bibliothek des Mittelalters Bd. 12. Berlin 2013. [Heinzle (Hrsg.)]

2. 『ニーベルンゲンの歌』および『哀歌』写本のファクシミリ・写真版

写本 A

Das Nibelungenlied nach der Hohenems-Münchener Handschrift (A) in phototypischer Nachbildung. Hrsg. von Ludwig Laistner. München 1886.

Das Nibelungenlied und die Klage (Leithandschrift A)-BSB Cgm 34
    http://daten.digitale-sammlungen.de/~db/0003/bsb00035316/images/

写本 B

Sankt Galler Nibelungenhandschrift. Hrsg. von Stiftsbibliothek St. Gallen Basler Parzival-Projekt. Codices Electronici Sangallenses 1. Digitalfaksimile (CD-ROM), 2003.

写本 C

Die Nibelungen-Handschrift C Digital. Webseite der badischen Landesbibliothek.
    http://www.blb-karlsruhe.de/blb/blbhtml/nib/uebersicht.html

3. 辞書

Mittelhochdeutsches Handwörterbuch. Von Matthias Lexer. Stuttgart 1872-1878. [Lexer]

Mittelhochdeutsches Taschenwörterbuch. Von Matthias Lexer. Mit den Nachträgen von Ulrich Pretzel. 38., unveränderte Auflage. Stuttgart 1992.

Kleines Mittelhochdeutsches Wörterbuch. Von Beate Hennig. In Zusammenarbeit mit Christa Hepfer und unter redaktioneller Mitwirkung von Wolfgang Bachofer. 4., verbesserte Auflage. Tübingen 2001.

4. 研究文献

Assmann, Jan: Das kulturelle Gedächtnis. Schrift, Erinnerung und Politische Identität in frühen Hochkulturen. München 1992.

Bäuml, Franz H./Ward, Donald J.: Zur mündlichen Überlieferung des Nibelungenliedes. Deutsche Vierteljahrsschrift 41 (1967), S. 351-390.

Bennewitz, Ingrid: Chlage über Kriemhild. Intertextualität, literarische Erinnerungsarbeit und die Konstruktion von Weiblichkeit in der mittelhochdeutschen Heldenepik. In: 6.

Pöchlarner Heldenliedgespräch. 800 Jahre Nibelungenlied. Rückblick-Einblick-Ausblick. Hrsg. von Klaus Zatloukal. Wien 2001, S. 25-36.

Brackert, Helmuth: Beiträge zur Handschriftenkritik des Nibelungenliedes (Quellen und Forschungen zur Sprach-und Kulturgeschichte der germanischen Völker NF135), Berlin 1963.

Braune, Wilhelm: Die Handschriftenverhältnisse des Nibelungenliedes. PBB 25 (1900), S. 1-222.

Brunner, Horst (Hrsg.) : Interpretation. Mittelhochdeutsche Romane und Heldenepen. Stuttgart 1993.

Bumke, Joachim: Die vier Fassungen der Nibelungenklage. Untersuchungen zur Überlieferungsgeschichte und Textkritik der höfischen Epik um 13. Jahrhundert. Berlin 1996.

Ders.: Geschichte der deutschen Literatur im hohen Mittelalter. dtv. 2450. 4., aktualisierte Auflage. München 2000.

Ders.: Höfische Kultur. Literatur und Gesellschaft im hohen Mittelalter. 10. Auflage. Nördlingen 2002.

Curschmann, Michael: Nibelungenlied und Nibelungenklage. Über Mündlichkeit und Schriftlichkeit im Prozeß der Episierung. In: Deutsche Literatur im Mittelalter. Kontakte und Perspektiven. Hugo Kuhn zum Gedanken. Hrsg. von Christoph Cormeau. Stuttgart 1979, S. 85-119.

Ders.: Zur Wechselwirkung von Literatur und Sage. Das Buch von Kriemhild und Dietrich von Bern. PBB 111 (1989), S. 380-410.

Ders.: Dichter alter maere. Zur Prologstrophe des Nibelungenliedes im Spannungsfeld von mündlicher Erzähltradition und laikaler Schriftklutur. In: Grundlagen des Verstehens mittelalterlicher Literatur. Literarische Texte und ihr historischer Erkenntniswert. Hrsg. von Gerhard Hahn und Hedda Ragotzky. Stuttgart 1992, S. 55-71.

Ehrismann, Otfrid: Nibelungenlied. Epoche-Werk-Wirkung. 2. Auflage. München 2002.

Gillespie, George. T.: Die Klage as a commentary on Das Nibelungenlied. In: Probleme mittelhochdeutscher Erzählformen. Marburger Colloquium 1969. Hrsg. von Peter F. Ganz u. Werner Schröder. Berlin 1972, S. 153-177.

Haferland, Harald: Mündlichkeit, Gedächtnis und Medialität. Heldendichtung im deutschen Mittelalter. Göttingen 2004.

Haug, Walter: Literaturtheorie im deutschen Mittelalter von den Anfängen bis zum Ende des 13. Jahrhunderts. 2., überarbeitete und erweiterte Auflage. Darmstadt 1992.

Haubrichs, Wolfgang: Heldensage und Heldengeschichte. Das Konzept der Vorzeit in den Quedlinburger Annalen. In: Festschrift für Herbert Kolb zu seinem 65. Geburtstag, hrsg. von Klaus Matze/Hans-Gert Roloff. Berlin/Frankfurt/New York/Paris 1989, S. 171-201.

Haymes, Edward R.: Das mündliche Epos (SM151). Stuttgart 1977.

Ders.: Das Nibelungenlied. Geschichte und Interpretation. München 1999.

Heinzle, Joachim: Mittelhochdeutsche Dietrichepik. Untersuchungen zur Tradierungsweise, Überlieferungskritik und Gattungsgeschichte später Heldendichtung. München 1978.

Ders.: Einführung in die mittelhochdeutsche Dietrichepik. Berlin/New York 1999.

Ders.: Die Nibelungen. Lied und Sage. Darmstadt 2005.

Hellgardt, Ernst: Dietrich von Bern in der deutschen >Kaiserchronik<. Zur Begegnung mündlicher und schriftlicher Tradition. In: Deutsche Literatur und Sprache von 1050-1200. Festschrift für Ursula Hennig zum 65. Geburtstag. Hrsg. von Annegret Fiebig/Hans-Jochen Schiewer. Berlin 1995, S. 93-110.

Henkel, Nikolaus: >Nibelungenlied<und>Klage<. Überlegungen zum Nibelungenverständnis um 1200. In: Mittelalterliche Literatur im Spannungsfeld von Hof und Kloster. Hrsg. von N. Palmer und H-J Sciewer. Tübingen 1999, S. 73-98.

Ders.: Die Nibelungenklage und die *C-Bearbeitung des Nibelungenliedes. In: Die Nibelungen. Sage-Epos-Mythos. Hrsg. von Joachim Heinzle, Klaus Klein und Ute Obhof. Wiesbaden 2003.

Hinkel, Helmut (Hrsg.) : Nibelungen Schnipsel. Neues vom alten Epos zwischen Mainz und Worms. Mainz 2004.

Hoffmann, Werner: Die Fassung C* des Nibelungenliedes und die ‚Klage'. In: Fs Gottfried Weber. Hrsg. von Heinz Otto Burger und Klaus von See. Bad Homburg 1967, S. 109-143.

Ders: Mittelhochdeutsche Heldendichtung (Grundlage der Germanistik 14). Berlin 1974.

Ders.: Das Nibelungenlied. 6., überarbeitete und erweiterte Auflage des Bandes Nibelungenlied von Gottfried Weber und Werner Hoffmann. (SM7) Stuttgart/Waimer 1992.

Höfler, Otto: Die Anonymität des Nibelungenliedes. In: Wege der Forschung Band 14. Zur germanisch-deutshcen Heldensage. Hrsg. von Karl Hauck. Darmstadt 1965, S. 330-392.

Johnson, Peter: Geschichte der deutschen Literatur von den Anfängen bis zum Beginn der Neuzeit. Bd. II/1, Die höfische Literatur der Blütezeit. Tübingen, 1999.

Kellner, Beate: Kontinuität der Herrschaft. Zum mittelalterlichen Diskurs der Genealogie am Beispiel des >Buches von Bern<. In: Mittelalter. Neue Wege durch einen alten Kontinent. Hrsg. von Jan-Dirk Müller/Horst Wenzel. Stuttgart/Leipzig 1999, S. 43-62.

Klein, Klaus: Die Handschriften. In: Das Nibelungenlied und seine Welt. Hrsg. von der Badischen Landesbibliothek Karlsruhe und dem Badischen Landesmuseum Karlsruhe. Darmstadt 2003, S. 188-208. [2003a]

Ders.: Beschreibendes Verzeichnis der Handschriften des Nibelungenliedes. In: Die Nibelungen. Sage-Epos-Mythos. Hrsg. von Joachim Heinzle, Klaus Klein und Ute Obhof. Wiesbaden 2003, S. 213-239. [2003b]

Knapp, Fritz Peter: Tragoedia und Planctus. Der Eintritt des Nibelungenliedes in die Welt der Litterati. In: Nibelungenlied und Klage. Sage und Geschichte, Struktur und Gattung. Passauer Nibelungengespräche 1985. Hrsg. von Fritz Peter Knapp. Heidelberg 1987, S. 152-170.

Kragl, Florian: Die Geschichtlichkeit der Heldendichtung. Wien 2010.

Ders. (Hrsg.): Nibelungenlied und Nibelungensage. Kommentierte Bibliographie 1945-2010. Berlin 2012.

Ders.: Heldenzeit. Interpretationen zur Dietrichepik des 13. bis 16. Jahrhunderts. Heidelberg 2013.

Kropik, Cordula: Inszenierte Sage. Überlegungen zum Traditionsverständnis des Nibelungenepikers. In: >Nibelungenlied<und>Nibelungenklage<. Neue Wege der Forschung. Hrsg. von Christoph Fasbender. Darmstadt 2005, S. 141-158.

Dies.: Reflexionen des Geschichtlichen. Zur literarischen Konstituierung mittelhochdeutscher Heldenepik. Heidelberg 2008.

Lienert, Elisabeth: Deutsche Antikromane des Mittelalters [Grundlagen der Germanistik: 39]. Berlin 2001. [2001a]

Dies.: Der Körper des Kriegers. Erzählen von Helden in der Nibelungenklage. ZfdA 130 (2001), S. 127-142. [2001b]

Mertens, Volker: Hagens Wissen — Siegfrieds Tod. Zu Hagens Erzählung von Jungsiegfrieds Abenteuern. In: Erzählungen in Erzählungen. Phänomene der Narration in Mittelalter und Früher Neuzeit. Hrsg. von Harald Haferland und Michael Mecklenburg. München

1996, S. 59-69.

Millet, Victor: Germanische Heldendichtung im Mittelalter. Berlin 2008.

Müller, Jan-Dirk: Der Spielmann erzählt. Oder: Wie denkt man sich das Entstehen eines Epos? In: Erzählungen in Erzählungen. Phänomene der Narration in Mittelalter und Früher Neuzeit. Hrsg. v. H. Haferland u. M. Mecklenburg. München 1997, S. 85-98.

Ders.: Spielregeln für den Untergang. Die Welt des Nibelungenliedes. Tübingen 1998.

Ders.: Aufführung-Autor-Text. Zu einigen blinden Stellen gegenwärtiger Diskussion. In: Mittelalterliche Literatur und Kunst im Spannungsfeld von Hof und Kloster. Hrsg. von Nigel F. Palmer und Hans-Jochen Schiewer. Tübingen 1999, S. 149-166.

Ders.: Das Nibelungenlied (Klassiker Lektüren Bd. 5). Berlin 2002.

Ders.: Die Klage-Die Irritation durch das Epos. In: Der Mord und die Klage. Das Nibelungenlied und die Kulturen der Gewalt. Dokumentation des 4. Symposiums der Nibelungengesellschaft Worms e. V. vom 11. bis 13. Oktober 2002. Hrsg. von Gerold Bönnen und Volker Gallé. Worms 2003, S. 165-181.

Nolte, Ann-Katrin: Spielregeln der Kriemhildfigur in der Rezeption des Nibelungenliedes. Figurenwürfe und Gender-Diskurse in der Klage, der Kudrun und den Rosengärten mit einem Ausblick auf ausgewählte Rezeptionsbeispiele des 18., 19. und 20. Jahrhunderts. Bamberger Studien zum Mittelalter Bd. 4. Münster 2004.

Oexle, Otto Gerhard: Memoria in der Gesellschaft und in der Kultur des Mittelalters. In: Modernes Mittelalter. Neue Bilder einer poplären Epoche. Hrsg. von Joachim Heinzle. Frankfurt a. M. und Leipzig 1994, S. 297-323.

Parry, Adam (ed.) : The Making of the Homeric Verse: The Collected Papers of Milman Parry. Oxford 1971.

Schaefer, Ursula: Vokalität. Altenglische Dichtung. Tübingen 1992.

Schulze, Ursula: Das Nibelungenlied. Stuttgart 1999.

Sankt Galler Nibelungenhandschrift (Beiheft). Hrsg. von Stiftsbibliothek St. Gallen, Basler Parzival-Projekt. 2003.

See, Klaus von: Kontinuitätstheorie und Sakraltheorie in der Germanenforschung. Antwort an Otto Höfler. Frankfurt a. M. 1972.

Szklenar, Hans: Die literarische Gattung der Nibelungenklage und das Ende „alter maere". Poetica 9 (1977), S. 41-61.

Vollmann-Profe, Gisela: Geschichte der deutschen Literatur von den Anfängen bis zum Beginn der Neuzeit. Bd. I/2, Wiederbeginn volkssprachiger Schriftlichkeit im hohen Mittelalter. 2., durchgesehene Auflage. Tübingen, 1994.

Voorwinden, Nobert: Nibelungenklage und Nibelungenlied. In: Hohenemser Studien zum Nibelungenlied. Unter Mitarbeit von Irmtraud Albrecht. Hrsg. von Achim Masser, Dornbirn 1981, S. 102-113.

Wenzel, Horst: Augenzeugenschaft und episches Erzählen. Visualisierungsstragien im Nibelungenlied. In: 6. Pöchlarner Heldenliedgespräch. 800 Jahre Nibelungenlied. Rückblick-Einblick-Ausblick. Hg. von Klaus Zatloukal. Wien 2001 (Philologica Germanica 23), S. 215-234.

Werli, Max: Die „Klage" und der Untergang der Nibelungen. In: Zeiten und Formen in Sprache und Dichtung. FS Fritz Tschirch. Hrsg. von Karl-Heinz Schirmer u. Bernhard Sowinski. Köln/Wien 1972, S. 96-112.

Ders.: Geschichte der deutschen Literatur im Mittelalter. Von den Anfängen bis zum Ende des 16. Jahrhunderts. 3. bibliographisch erneuerte Auflage. Stuttgart 1998.

M. アルヴァックス著、小関藤一郎訳:『集合的記憶』行路社　1989.

W-J. オング著、桜井直文・林正寛・糟谷啓介訳:『声の文化と文字の文化』藤原書店　1991.

M. カラザース著、別所貞徳監修、柴田裕之・家本清美・岩倉桂子・野口迪子・別所幸徳訳:『記憶術と書物――中世ヨーロッパの情報文化』工作舎　1997.

R. シャルティエ／G. カヴァッロ編、田村毅・片山英男・月村辰雄・大野英二郎・浦一章・平野隆文・横山安由美訳:『読むことの歴史――ヨーロッパ読書史――』大修館書店　2000.

M. パストゥロー著、松村剛監修、松村恵理訳:『紋章の歴史』ヨーロッパの色とかたち「知の再発見」双書69　創元社　1997.

H. C. パイヤー著、岩井隆夫訳:『異人歓待の歴史』中世ヨーロッパにおける客人厚遇、居酒屋そして宿屋　ハーベスト社　1997.

J. ル・ゴフ著、立川孝一訳:『歴史と記憶』法政大学出版局　1999.

石川栄作著:『ニーベルンゲンの歌――構成と内容――』郁文堂　1992.

［著者紹介］

山本　潤（やまもと　じゅん）

1976年生まれ。東京大学大学院人文社会系研究科博士課程修了。博士（文学）。現在、首都大学東京准教授。専門はドイツ中世文学。ドイツ学術交流会奨学生として、ルートヴィヒ・マクシミリアン大学（ドイツ・ミュンヘン）に留学。論文に「『哀歌』の『ニーベルンゲンの歌』に対する注釈的機能——triuweとübermuotを巡って——」（『詩・言語』73号、東京大学大学院人文社会系研究科ドイツ語・ドイツ文学研究会、2010）、「トーマス・クリングと中世——オスヴァルト・フォン・ヴォルケンシュタインとの関わりから」（日本独文学会研究叢書094号「文化史・文学史からみたトーマス・クリング」、2013）他。

「記憶」の変容
——『ニーベルンゲンの歌』および『哀歌』に見る口承文芸と書記文芸の交差

2015年2月20日　第1版第1刷発行

Ⓒ著　者　山　本　　潤
発行者　多　賀　省　次
発行所　多　賀　出　版　株式会社

〒102-0072　東京都千代田区飯田橋3-2-4
電　話：03（3262）9996代
E-mail:taga@msh.biglobe.ne.jp
http://www.taga-shuppan.co.jp/

印刷／文昇堂　製本／高地製本

〈検印省略〉　　　　　　落丁・乱丁本はお取り替えします．

ISBN978-4-8115-7811-8　C1098